长风破浪

一个国企的迭代升级笔记

骆自星———

著

光明日报出版社

图书在版编目（CIP）数据

长风破浪：一个国企的迭代升级笔记 / 骆自星著 .

北京：光明日报出版社，2024.9. -- ISBN 978-7-5194-8189-6

Ⅰ . I25

中国国家版本馆 CIP 数据核字第 2024A7A904 号

长风破浪：一个国企的迭代升级笔记
CHANGFENG POLANG：YIGE GUOQI DE DIEDAI SHENGJI BIJI

著　　者：骆自星

责任编辑：李壬杰　　　　　　　　责任校对：李　倩　唐玉兵
封面设计：知库文化　　　　　　　责任印制：曹　净

出版发行：光明日报出版社
地　　址：北京市西城区永安路 106 号，100050
电　　话：010-63169890（咨询），010-63131930（邮购）
传　　真：010-63131930
网　　址：http://book.gmw.cn
E - mail：gmrbcbs @ gmw.cn
法律顾问：北京市兰台律师事务所龚柳方律师

印　　刷：三河市龙大印装有限公司
装　　订：三河市龙大印装有限公司
本书如有破损、缺页、装订错误，请与本社联系调换，电话：010-63131930

开　　本：170 mm×240 mm
字　　数：266 千字　　　　　　　　印　　张：22
版　　次：2024 年 9 月第 1 版　　　印　　次：2024 年 9 月第 1 次印刷
书　　号：ISBN 978-7-5194-8189-6

定　　价：98.00 元

写在前面

1988年，沐着三月的微风，带着梦想，带着一颗年轻火热的心，我在时代的洪流中走进这家以矿业装备领衔的大型国企。于我来说，人生中最大的收获，是能够始终与国企、与为国企的成长和成功默默奋斗的人们同行，参与并见证了一个国有大型传统制造业企业迭代升级的全过程。

当我从中信重工办公室主任兼党务工作部主任、党委宣传部部长岗位卸任，即将退休之际，翻阅多年记录的一本本工作笔记和企业日记，回望21世纪初那一幕幕色彩斑斓的变革历程，禁不住心潮澎湃，毅然决然地写下了四个大字：长风破浪。一个国企的迭代升级笔记就这样开启了……

这个迭代升级，是传统要素驱动向创新驱动的切换，是传统制造业到先进制造业的跃升，折射出中国工业正在超越传统装备制造业模式，开拓性地迈向"中国创造"的进程。传统制造业企业的裂变发展，使我们更加自信，传统制造业和先进制造业之间没有不可逾越的鸿沟，完全有可能通过优化升级，达到国内领先或国际先进水平。

这个迭代升级，是改革开放的缩影。一位睿智的老人在南方画下一个圈，深圳小渔村便不断诞生神奇的传说，"中华民族迎来了从站起来、富起来到强起来的伟大飞跃！中国特色社会主义迎来了从创立、发展到完善的伟大飞跃！中国人民迎来了从温饱不足到小康富裕的伟大飞跃！"包括中信重工在内的传统国企也在这场浩荡的春风里浴火重生，融入全球化的巨变时代。让我们用掌声为改革开放喝彩。从一个传统制造业企业的迭进升级，你或将能感受到不断推进和深化国企改革的历史脉动，并从那些奋斗者书写的鲜活故事里汲取智慧与启迪。

这个迭代升级，折射出国企的自我变革，这正是我国国企的伟大之处。伴随着改革开放，一大批国有企业强势崛起，正从跨越式发展的追赶者，变成与国际先进企业同台竞争的并行者，有的领域和行业已经成为领跑者。中信重工的发展实践，实际上是国有大型企业在市场经济的大环境下积极探索改革和发展道路的缩影，是我国道路优势、制度优势在国企的具体体现。中信重工的经历再次告诉我们，以国有大型企业为主体的国有经济是社会主义经济的主导，是完全可以搞好的。企业发展的好坏和所有制形式并无多大关系，外资企业也有发展不好的，而国有企业也有发展得很好的。在改革的路上，魅力国企必将芳华绽放。

这个迭代升级，这个制造业蝶变的中信重工样本，浸透了企业家们的创造与奉献。岁月静好，只是有人在为我们负重前行。一个濒临破产的企业通过改革、创新重新走向辉煌，进入国际竞争的第一方阵，再一次证明：世上没有做不好的企业，只有带不好企业的领头人。向有激情、有担当、有智慧、有追求的企业家们致敬！致敬，是为了感恩，感恩他们对实业、对制造的耐心与坚守、魄力与远见，感恩他们为一个传统制造业企业乃至中国装备制造事业所进行的探索、付诸的艰辛、做出的贡献；致敬，更是为了前行，期望从他们谱写的先进装备制造业高质量发展篇章中聆听时代的澎湃潮声，获得信心与力量。

这个迭代升级，这个在先进制造业领域的突破和成长，浸透了平凡而非凡的产业工人的创造与奉献。支持着中信重工在改革创新道路上一路向前的，是广大职工所焕发出来的空前的积极性、主动性和创造性，这是深入在国企基因中的无可替代的政治优势。中信重工的浴火重生，也是贯彻落实党的全心全意依靠工人阶级根本指导方针的生动实践。生活不仅是我们活过的日子，也是我们记住的日子，记住那些普通人的奋斗与奉献，记住那些平凡而非凡的产业工人的创新与创造。

这个迭代升级，这个传统制造业到先进制造业的华丽跃升，无不彰显出一种精神的磅礴力量。最执着的追求，始自信念；最恢宏的书写，源于精神。有着深厚历史积淀和文化传承的中信重工人无疑是幸运的。从1953年6月到1962年6月，焦裕禄同志在中信重工的前身洛阳矿山机器厂工作、生活了9年，孕育形成了弥足珍贵的焦裕禄精神。焦裕禄的公仆情怀、求实作风、奋斗精神、道德情操，像焦裕禄大道上郁郁葱葱的梧桐，已深深扎根于中信重工这片沃土，成为中信重工人铿锵前行的精神动力。无论是在壮士断腕般的改革过程中，还是在卧薪尝胆成为创新型企业的艰苦创业中，焦裕禄精神这个独特的红色基因，驱动中信重工在追逐中国制造强国梦的同时，不断推进着企业的高质量发展。

三十年的相濡以沫，尤其是亲历了企业的兴衰起落，发现我对中信重工、对国企、对中国制造竟如此深情，并油然而生一种责任，要为她书写，为她而歌。这不仅仅是一个人和一家公司的故事，这是一个关于大国制造崛起的故事。

如果说改革是从没有路的地方走出来的，包括中信重工在内的国企改革则更是经历了上下求索、攻坚克难的曲折过程，至今仍处进行时。我们回忆过去，亦更加期待明天。

"装备制造业是国之重器，是实体经济的重要组成部分，要把握优势，乘势而为，做强做优做大。当前，国家正在推进高质量发展，建设'一带一路'，正是装备制造业大有可为之机，要继续练好内功，继续改革创新，确保永立不败之地、永远掌握主动权。"习近平总书记 2018 年 8 月 26 日在黑龙江省齐齐哈尔市考察中车齐车集团有限公司时这样强调。

"江河是向海的路""每一步都是追逐"……

加油，中信重工！

加油，中国制造！

目　录

第一章

折戟的战舰

2004 年 2 月，隆冬的寒意还未全消，大地却已吐露一簇簇嫩绿的新芽。中信重工人期盼的春天不仅仅是一个季节，更是一种期许和希望。

此时，出于一种近乎本能的责任和情感，中信重工新一届领导班子担负起拯救企业的重任。

总经理办公室的门热情地敞开着。刚刚履新的任沁新走进去，然而，迎接他的，竟是一封冰冷的集体辞职信！

矿研院提升设备研究所共有 21 名工程师，除了所长和 1 名出差人员，在家的 19 名工程师都在辞职信上签了名。

提升设备是联系矿山井上和井下的咽喉设备，是煤矿生产的一条生命线，由电机带动机械设备，以带动钢丝绳从而带动容器在井筒中升降，主要用于提运煤炭和煤矸石、运送物料、提升人员和设备等输送任务。中信重工建厂的第一台产品就是提升机，是焦裕禄带着职工干的。

这封集体辞职信的背后，是公司多年矛盾积累的总爆发。

技术人员应有的报酬，技术人员应受的礼遇，技术人员应该拥有的施展拳脚的平台，可以说当时是要什么没什么。企业研发经费的投入少得可怜，专业技术人员人心思走，一批一批流失。地处洛阳的一家外资企业，是用中信重工研制的装备一手"武装"起来的，中信重工眼巴巴地指望着以此为契机开拓出一片新天地，但痛心的是，自己这方面的技术骨干后来带着技术竟都跳槽到这家公司，市场就此搁浅在沙滩上。人事部门做了一项统计，在 1999—2003 年的 5 年间，公司流失的本科以上技术人员达 791 人，占全部技术人员的一半还多。这不仅是宝贵的人力资源的流失，更是决定企业命门的核心技术的流失，是人心的流失，是企业精气神的流失，是企业未来和希望的流失。

它是共和国第一个五年计划中的 156 个重点项目之一；

它的首任厂长纪登奎，后来曾担任国务院副总理；

著名物理学家钱伟长是它的顾问；

县委书记的榜样焦裕禄在这里工作过 9 年，带领职工制造出国内首台直径 2.5 米的双筒提升机；

······

共和国的一代长子，竟然沦落到如此地步！

尽管有思想准备，但千疮百孔的企业还是超出任沁新和新班子的想象。

一、重大装备的摇篮

1953 年 1 月 1 日，《人民日报》发表题为《迎接一九五三年的伟大任务》的社论，宣布我国经济恢复时期已经胜利结束，今年将开始执行国家建设的第一个五年计划。

"一五"计划的基本任务是：集中主要力量发展重工业，通过苏联援建的 156 个项目，建立国家工业化和国防现代化的初步基础；保证在发展生产的基础上，逐步提高人民物质文化生活水平。

新兴的共和国将关注的目光投向了洛阳。

洛阳，因水得名，地处古洛水之北岸，中华民族的母亲河——黄河在此交汇，孕育出生生不息的华夏文明。这是一个古今辉映、人杰地灵，蕴含着诗和远方的地方，中国先后有 13 个王朝在此建都，故有"千年帝都"之称。洛阳城的画卷在历史长河里旖旎展开，有烽火烟云、金戈铁马的激荡雄浑，也有笔尖撩着醉意、洛阳纸贵的诗韵文情。"谁家玉笛暗飞声，散入春风满洛城"，这是太白笔下洛阳的春风；"洛阳地脉花最宜，牡丹尤为天下奇"，这是永叔诗中洛阳的牡丹；"洛阳亲友如相问，一片冰心在玉壶"，这是少伯信里洛阳的亲友；"玉楼金阙慵归去，且插梅花醉洛阳"，这是希真词中洛阳的自己。

中华人民共和国成立后，洛阳被确定为国家重点建设城市。第一个五年计划期间，全国 156 个重点项目这里就有 7 个。中信重工的前身——洛阳矿山机器厂就是其中之一。

1954 年 1 月 8 日，经毛泽东主席同意、国家计委正式批准，我国第一座现代化的矿山机器厂——洛阳矿山机器厂，在洛阳西郊一片辽阔的田野动工兴建。

　　那是一个激情燃烧的岁月

　　那是一个在一片空白上书写奇迹的时代

　　曾经，乌克兰煤矿设计院的工程师用生硬的中国话说："我们的计划是 6 年建成这个厂——"

　　但以纪登奎厂长为代表的洛矿建设者们却向党中央打了这样的报告："这个工厂的建设，3 年就行了！"

　　1956 年 4 月 20 日，木工车间动工；5 月 17 日，辅助车间动工；8 月 11 日，锻工车间动工；9 月 20 日，一金工车间动工；10 月 23 日，备料车间动工……

　　在代号"703"的土地上，

　　一个个车间像雨后春笋，破土而出。

　　洛矿，这个中国重型装备行业的厚重符号，

　　开始醒目地镌刻在了中国工业史上。

　　1958 年，共和国第一台直径 2.5 米双筒提升机诞生，

　　1959 年，大型减速器等新产品在国庆 10 周年展览会闪亮登场。

　　从填补了国内空白的首台牙轮钻机，

　　到被评为国优产品的天井爬罐，

　　洛矿厂以自己的智慧和豪迈，挺起中国工业的脊梁！

　　……

　　在 2006 年 10 月 8 日中信重工庆祝建厂 50 周年晚会上，老职工这样回顾了当年的洛阳矿山机器厂。

二、新中国工业起步的红色荣光

　　这是被红色精神滋养的土地，这是走出好榜样焦裕禄书记的土地。

　　60 多年前由焦裕禄主持制造的新中国第一台直径 2.5 米双筒提升机在这里静静地屹立着。漫长的岁月给它烙上了一丝沧桑，但抹不去它身上承载的新中国工业起步的红色荣光。

　　1953 年，洛阳矿山机器厂和其他 6 个国家"一五"期间的重点项目落户十三朝古都洛阳，掀起了新中国工业建设的热潮。也就是在这一年的 6 月，

31 岁的焦裕禄从共青团郑州地委第二书记任上，被组织派到洛阳矿山机器厂参加工业建设。

焦裕禄出生在一个贫农家庭，从小逃荒要饭、放牛、当长工，参加工作后长期在农村工作，对工业知识一窍不通。但是，面对着雄伟的工业建设图景，焦裕禄充满了信心。洛矿老领导记得，焦裕禄脸膛黝黑，身体结实，浓眉下双目锐利有神，一办完报到手续就率领大家筑路架桥，不知疲倦地在工地上奋斗。

为了搞好工业，焦裕禄通过勤奋学习和刻苦钻研，用最短的时间把自己变成企业的行家里手。他说："搞工业是艰苦的，担子是沉重的，但我们是共产党人，这个担子一定能挑得起来。只要钻进去，外行也能变内行。"

在哈尔滨工业大学工农速成班学习深造时，焦裕禄自我加压，每天除了吃饭睡觉，剩余的时间都花费在功课上，常常学习到深夜。他在速成班考试中取得了优异成绩，被评为优秀学员。

在大连起重机器厂实习时，焦裕禄每天从早到晚待在车间一线，看看这、问问那，晚上十有八九不回家，经常一个人深夜蹲在图纸室里翻阅图纸。从图纸、零件到加工方法，遇到不懂的就去问，比较全面地掌握了指挥工业生产所需的技术管理知识，在工业的大熔炉中，从一个"拉牛尾巴的人"锻炼成一名真正的行家，大家都称他是"最棒的车间主任"。

学有所成的焦裕禄，于 1956 年 12 月回洛矿担当起了一金工车间主任。

1958 年，厂还没有完全建好，就传来国家的紧急召唤：生产中国自己的提升机。

这个光荣而艰巨的任务落到一金工车间。

厂房是新建的，设备是新安装的，工人也是新招来的，怎么协调、磨合？没有成熟技术，没有任何经验可以借鉴，能不能按时完成国家交给的任务，谁的心里都没底。

"我们生产的不仅是新中国第一台先进的提升机，更是 6 亿人民的志气，是新中国工人阶级的气概！"动员大会上，焦裕禄的眼睛里燃烧着熊熊火焰。

焦裕禄用解剖麻雀的方法，带领技术人员、老工人把整台机器上千个零件，从图纸资料、工艺规程到工具准备、材料准备、外协作件准备，一件一件地熟悉，连一个小螺丝钉都不放过。他经常在夜静更深的时候看资料、画图、写方案，用了几十个夜晚，将提升机上的关键零件、加工方法、所用工具都一一画在本子上，还打了很多记号。

2.5 米提升机投入生产以后，从毛坯加工到装配，很多技术难题压在焦裕禄的双肩。焦裕禄扔下一句"革命者就要在困难面前逞英雄"，便一头扎进一线，组织干部、技术员和工人组成"三结合小组"，分析研究攻关。

减速器上的被动轮，是由齿轮轴与齿轮组合而成的。按照苏联图纸规定，要把齿轮内孔加热，使孔扩张后装入齿轮轴，这种加热装配方法叫"烘装"。但是，图纸没说明烘装的具体办法，他就请教苏联装配专家。由苏联专家指挥，他们用半天多的时间用砖垒了一个简易炉子，把大齿轮架在炉子上面，用焦炭加热齿轮内孔，加热到一定时间，把炉子拆掉，再把轴装入齿轮孔内，第一个齿轮轴就这样装完了。

使用这种方法，人人看见都想笑，因为轴与孔的装配，一台减速器就有六道工序，各种规格都不同，装一个垒一个炉子那怎么能行？

当时人们对苏联专家都很恭敬，有意见不敢提。于是，有工人找车间技术组组长初玉玺，他很支持工人，对苏联专家的办法直摇头，但也不敢正面提。工人提出直接用木柴加热不支炉子，初玉玺说要请示焦主任。焦裕禄答复，只要多快好省就尽管干，但要避开苏联专家晚上干。

第一次在夜间烘装齿轮时，工人把大齿轮用三点支平，用木柴加热内孔，由于没经验，当齿轮轴下到 1 米时，就再也下不去了。出这么大的事故，工人们都很害怕。焦裕禄告诉大家不要紧，分析一下再说。

最终分析原因是内孔受热不均匀，导致孔上端扩张大、下端扩张小，形成了上大下小，所以齿轮轴下到 1 米就下不去了。针对这种情况，改用尺棒代替千分尺，解决了因工件太热人不好靠近测量尺寸的问题，再就是，注意工件的上下受热均匀。

焦裕禄又指示制作专用吊具，使吊装省劲又安全。以后烘装各种齿轮都用这种办法，一直沿用好几年。

提升机上有一种叫轴瓦的零件，按工艺规定，这种轴瓦上要浇注一层"巴氏合金"，可是使用手工浇注时连续几次都没能成功，不是出现气孔，就是黏合不牢，出了不少废品。这不但浪费了许多贵重的钨金，而且直接影响试制提升机任务的完成。

一个技术员说："我们在外国实习时，这样大的轴瓦，他们也用手工浇注，质量也是马马虎虎的，咱们还能有什么办法！"

焦裕禄说："这是我们厂试制的第一台大型提升机，我们交给国家的产品，一定要达到高质量标准，绝对不能凑合！"

他找到装配工段的工段长于盛华和技术员陈继光等人，鼓励大家想办法攻克这项难关。

于盛华等人想了很久，提出了离心浇注的方案。试验时需要一台机床来测定转数，当时车间里负责设备的人担心把机床弄坏了，不让他们使用。焦裕禄知道后，马上决定给他们腾出一台机床。

在浇注机试验时，连续失败了几次，每次失败后，焦裕禄就和于盛华、陈继光等人一起找失败的原因。在他的大力支持下，离心浇注机浇注出合格的轴瓦，不仅突破了生产中的关键瓶颈，而且为以后的批量生产奠定了基础。

在中信重工原一金工车间，有一间特别的办公室，复原了焦裕禄当年工作的场景。其中，一条用装箱板钉成的长板凳尤为引人关注。那段日子，工人们都是晚上 12 点下班，而他则每天在工人下班后主持召开 30 分钟的生产例会。他就在这样的长板凳上，盖上棉大衣眯一觉，连续 50 多天没回过家。板凳很窄，不能翻身，这样他可以保持警觉，只要机器声响不对劲儿，他就马上起来。

那时，焦裕禄有严重的胃病，经常疼得直不起腰来。可他从来不把自己的病放在心上，实在疼得扛不住了，就顺手从兜里掏个苏打片放到嘴里。大伙心疼他，劝他回办公室休息一会儿，他爽朗地说："我扛得住。屁股和板凳结合得多了，腿就会软，人就会懒，就会和工人疏远了。"

在焦裕禄的带领下，只用了 3 个月时间，提升机研制成功，结束了国家依赖进口的局面。这台额定使用年限 20 年的机器，后来在观音堂煤矿一直坚持服役了 49 年。2015 年，洛矿用一台崭新的提升机换回了凝聚着焦裕禄心血的"新中国第一"。

仰望祖国的天空，当年的豪言壮语还挂在蓝天白云，定格在万里苍穹。感人肺腑的故事，时光磨砺的焦裕禄精神和为国担当的责任感，都随着提升机一起流传下来。

忘不了你啊，老焦，在那激情燃烧的岁月，为了早日生产出提升机，你的腰弯成了一座桥！

忘不了你啊，老焦，在那吃着窝窝头、穿着破衣裳的岁月，你的双脚踏遍了洛矿的土地。你那消瘦的颜面上永远保持的是朝气蓬勃、坚毅自信的微笑！

忘不了你啊，老焦，在那起早摸黑、披星戴月的岁月，你把身心毫无保留地交给了洛矿，交给了党。你和衣而睡的那条长凳已经成为不朽！

忘不了你啊，老焦，每一个黎明，当红日照上刻有你名字的大道时，当洛矿历经 50 年而不老时，无数后来人正循着你未竟的事业求索、奔跑……

在 2006 年 10 月 8 日中信重工庆祝建厂 50 周年晚会上，伴随着《怀念战友》的旋律，焦裕禄曾经的工友满怀深情地朗诵。

三、一路风尘一路景

1959 年，新中国走过了 10 年的探索历程。

这一年，刚刚投产两个月的洛矿，迎来了发展建设的新高潮。

一金工、二金工生产红红火火，平炉车间开工兴建，1200 薄板轧机、新型打眼机试制成功……更令职工骄傲的是，洛矿生产的提升机、点接减速器、打眼机等 4 项新产品，披红挂彩参加了国庆 10 周年展览。

这一年，给洛矿人留下印象最深的是，时任中共中央副主席、国务院总理周恩来来到一金工车间视察。

10 月 12 日下午 3 时 30 分，周恩来总理疾步走进一金工车间。

参观一金工结束后，周总理不仅掌握了洛矿的生产建设情况，对企业发展做出重要指示，并且建议洛矿再增加 20 台打眼机，支持密云水库建设工程。

距首都北京 100 公里的密云水库，位于京郊密云县城北燕山峡谷中。青山环绕、波光粼粼的密云水库，是敬爱的周总理和 20 万水库建设者奉献给北京人民的一颗璀璨的明珠。周总理曾七上密云水库，对水库的修建和保护倾注了无数心血。

为了总理的嘱托，洛矿上下鼓足干劲，力争上游，把周总理建议新增的 20 台打眼机作为至高无上的荣誉。

厂党委召开生产会议进行部署，提出节点要求。广大职工内心澎湃着滚滚热浪，仅一金工车间就贴出 60 多份保证书，纷纷表示把支持密云水库任务完成好。生产过程中，各车间、各工序你追我赶，大家动脑筋、想办法，克服种种困难，为提前完成 20 台打眼机忘我拼搏。最终于 1959 年 12 月 7 日，提前 8 天完成打眼机增产任务。

12 月 8 日，洛矿打电报向周总理报捷。

紧接着，时任国家主席刘少奇带着党和国家的亲切关怀走进洛矿。刘少奇同志直奔生产现场，对工厂进行了详细视察，亲切慰问了装备新中国的洛矿干部职工。

时隔半年，即 1960 年 11 月，时任中共中央副主席、国务院副总理陈云也来到了洛矿，希望洛矿加快建设与发展，为国家做出更大贡献。

这不是传奇，这是经历；

这不是沧桑，这是成长。

独一无二的红色资源，党和国家领导人的亲切关怀，化作企业最为珍贵的财富，激励着洛矿人不忘初心，坚定信念，砥砺奋进。

1958年11月，第一期建设工程刚刚结束，同年12月，第二期扩建工程随之开工，第二期工程处于结尾阶段，第三期扩建工程便接踵而至。广大干部职工边扩建、边生产。1960年提升机平均月产量为25台，接近日产1台。1966年，9项经济指标奇迹般地创造历史最好水平。

这是一个飞跃的时代，这是一个创造的时代。

1974年10月1日，洛矿自行设计制造的我国第二大吨位的大型铸锻设备——8400吨水压机迎来了投产的日子。重达200吨的钢锭从加热炉中运过来，天车伸出力拔万钧的手臂，将钢锭稳稳地放置在水压机的砧子上。操作工大手一挥，水压机横梁迅速落下，炽红的大钢锭像面团一样被揉来搓去，金花四溅，很快变成一根长长的大轴……

1977年，洛矿制造的我国首台SZ/700大型竖井钻机在淮北临涣西风井开钻。经过两年多的努力，建成钻深310米、钻井直径7.9米、成井直径6米的井筒，开创了国内钻井法施工深大井筒的先例。

从1958年投产到1978年年底，洛矿试制成功新产品582种，提升机系列产品1978年荣获全国科技奖。

"河南足球在洛阳，洛阳足球在洛矿。"这句话在今天看似有些自矜，但在20世纪70年代中期到80年代末，却是河南足球界公认的事实。那个时期，洛阳向省足球队输送了大量人才，其中有80%来自洛阳矿山机器厂。当时洛矿体协的负责人，还时常被借到省队任技术顾问。这个插曲，从一个侧面印证了洛矿的芳年华月。

四、大潮的洗礼

国际社会常用"奇迹"一词形容中国过去40多年的历史性变迁，而奇迹的原动力，无疑是1978年启动并延续至今的伟大变革。一个古老的民族和她10多亿人民，为了不被"开除球籍"，为了自己向往的美好生活，在前30年艰苦创业的基础上，集聚起惊人的能量，硬是从没有路的地方蹚出路来，把一条条羊肠小道踏成通衢大道，终于闯过惊涛骇浪的"历史三峡"，迎来伟大复兴的满天霞光。

随着经济体制的改革，企业由封闭生产型逐步转变为生产经营型，从长期以来不考虑市场需求的"以产定销"，转变为"以销定产，按合同出产"。

工厂站在新的起点上，开足火力向市场挺进。

1983 年，洛阳矿山机器厂及产品介绍赫然出现在《人民日报》上，之后，产品广告连续 42 次亮相中央电视台。

山西铝厂签订的两台 Φ4.5×110 米回转窑和两台 Φ4.5×50 米冷却机，总重 2643 吨。洛矿厂派出 70 多人的作业队，把辊扳机、自动焊机、焊胎等生产设备和检验仪器运往施工现场，进行加工制造。黄河滩上的临时工棚，沸腾着热血，沸腾着劳动的热情。职工们在此工作生活 9 个月，在用户现场树起洛矿品牌。

由洛矿厂针对两淮煤田建井地质条件而专门设计制造的 AS9/500 竖井钻井机在淮南潘三西风井开钻，并于 1984 年 11 月钻成钻井直径 9 米、深 508.2 米的当今世界上采用转盘式钻机所钻成的最大直径煤矿井筒。这台钻机的高度 44 米，约等于 15 层楼；重量 1150 吨，需 300 辆"解放"车运载。《区域经济评论》报道称："它不像一部机器，简直像座大山，一座钢铁之山，同时也是一座凝聚着中国工人阶级志气、科技人员骨气，闪耀着华夏智慧之光的山！"

1988 年、1989 年，洛矿入选"中国 500 家最大工业企业"，1990 年荣获"全国五一劳动奖"。

"幸福的花儿心中开放，爱情的歌儿随风飘荡……"《我们的生活充满阳光》那优美抒情的旋律，那闪耀着爱情和理想光彩的音符与画面，还原了当年拥抱新时代的巨大喜悦。每日清晨，上班的人流、自行车流如潮水般涌向工厂，汇集成湍急的河，欢快的自行车铃声像春光中叽叽喳喳的百灵。傍晚，下班如退潮，欢笑声晚霞般多姿多彩，一串串叮叮当当的自行车铃声按捺不住生活的诱惑，急促地去赴爱情和时代的约会。

历史的航程波澜壮阔，时代的大潮奔腾不息。

20 世纪 90 年代，一场以转换内部经营机制为主要内容的改革在洛矿迅速展开。

突破销售、生产、科研相互分离的营销管理模式，建立以洛矿为制造支柱、以矿研院为科研开发支柱、以中矿公司为工程成套支柱的三大支柱经营新体系。

突破狭窄的服务领域。一方面，由原来的煤炭、建材、冶金行业向有色矿山、化工矿山、电力等领域扩展；另一方面，在努力提高单机制造水平的基础上，发展成套工程项目。

突破计划经济模式，果断地进行劳动、人事、工资制度改革，强化企业内部激励机制。

突破工厂制，走集团化、公司化经营之路，进军国外市场。1993 年 12 月 13 日，经国务院同意，洛矿厂整体进入中信集团。公司抓住新的机遇，充实和加强了外贸工作，出口产品从单件小批发展到成套，国外市场延伸到韩国、菲律宾、印尼等国。

长江浪飞波荡，似乎容不下直插江心的钢围堰。

围堰，主桥墩的基石！能否固定，人们把希望寄托于洛矿。

1992 年 11 月 28 日，黄石长江大桥建设史上写下浓重一笔：穿入岩底、灌满钢筋混泥土的 32 个孔，牢不可破地将围堰铆在了咆哮的大江。

《黄石大桥快报》报道：洛矿研发制造的全液压全断面三米直径一次成孔钻机的打孔实践，大长了二航人的信心，大桥建设工期可望提前。

不息的大江，广阔的交道市场，一颗新星冉冉升起……

岁月像河流一样向前奔涌。

中信重工在改革开放的浪潮中奋楫笃行。

到 1995 年，洛矿生产的提升机遍布全国 120 个矿务局，全国三分之二的统配煤是用洛矿生产的提升机从井下提上来的。全国有 177 座洗煤厂都选用洛矿产品，洛矿生产的洗煤机占全国拥有量的 35% 以上。全国钢厂安装的冷轧管机，80% 是洛矿制造的。

五、折戟市场

1992 年 1 月 17 日，严寒覆盖了广袤的山川大地。一列没有编号的专列载着一位老人，深夜出京。

而这次看似寻常的南方之行，却在之后的很长一段时间里，影响了整个中国。

"社会主义市场经济"不再遮遮掩掩，正式写入 1992 年的中共十四大报告中。

此前已陷入进退两难境地的改革开放路线被再次确认，中国由此步入发展与崛起的快车道。

此后，每一道关注中国发展的目光都注意到中华民族释放出的惊人活力。

美国《华尔街日报》一篇文章这样感叹——迅速连通全中国的高速公路，

迅速铺满全中国的高速铁路，不断扩大的飞机场，不断增加的飞行航线，成千上万拔地而起的现代化大中小城市，看不完、玩不够的自然和文化旅游景点，数不清的现代化十足的购物中心，全世界最多的现代化工厂，等等。这就是现在的中国！中国人不知不觉，世界却惊奇不已，太快了！太不可思议了！

随着改革开放的推进，进入 90 年代中后期，企业外部环境发生了巨大变化，其中对企业影响最深的有三方面：

（1）1994 年开始的以财政、税收为主线的改革，使国家宏观管理由计划体制转向市场经济体制。随之进行的金融、外汇、外贸等体制改革，以及随着国家控制价格的放开而形成的价格机制的转变，使得社会主义市场经济管理体制的构架初步形成。面对这一体制剧变的形势，长期依附于旧体制的国有企业一时难以适应。

（2）随生产能力的持续增长，居民消费结构升级，市场上的供需关系发生了历史性逆转。长期卖方市场转向供需平衡或供过于求，出现了结构性生产能力过剩。市场对企业的制约明显增强，长期低水平重复建设、技术开发投入不足和产品结构、产业结构不合理的矛盾逐渐爆发。

（3）随着体制转轨和对外开放的深化、关税总水平的降低，中国市场进一步国际化的格局已经形成。世界最强的跨国公司纷纷进入中国市场，使中国企业即便在国内市场也要面对世界最强对手的竞争。企业国际竞争力不足的矛盾凸显。

长期以来，国有企业就是在计划体制、卖方市场、高关税环境下生存和发展的。面对如上三方面历史性变化，包括中信重工在内的绝大多数国有企业缺乏准备和应变能力。当这些变化到来的时候，企业之间只能在相对狭窄的领域进行低水平恶性竞争。此时，结构调整已势在必行。但由于体制、政策的制约，技术更新、产业结构升级、企业重组的高潮未能及时形成。从弱势企业开始，库存产品积压，不能及时支付利息，银行停止贷款，工厂停工半停工，大量职工下岗，不能及时领到工资，大量退休职工不能按时领到退休金……长期积累于国有企业的深层次矛盾不断爆发。同时又叠加了 1997—1998 年亚洲金融危机的外部冲击下有效需求的减少，需求端的压力逐步延伸到供给端，国有企业发展举步维艰。1997 年，国有独立核算工业企业盈亏相抵后净亏损 380 亿元，在 1.6 万户国有及国有控股大中型工业企业中竟有 6599 户发生亏损，亏损面高达 39.1%。

在被国家经贸委确定的 6599 户脱困企业中，就有中信重工。

目前国内主要的重型机械制造商都是国有企业，大型企业占主导地位，经过多年的发展，形成了"七大重机"，即大连重工、太原重工、中国一重、中国二重、北方重工、上海重机、中信重工。

谁承想，中信重工这个中国最大的矿山机械制造企业，这个具有独特红色基因的共和国长子，一度成为中国重型装备行业困难程度最大、持续时间最长的企业，濒临崩溃。

黄河冰封，草木无语。

上海澳门路 128 号，1889 年上海机器织布局在此成立，上海"母亲工业"纺织业应运而生。1998 年 1 月 23 日，此处的上海申新九厂敲响压锭第一锤，12 万锭落后棉纱锭回炉报废。以改造难度最大、阻力最大的纺织行业作为突破口，国有企业改革和脱困攻坚战的大幕隆重开启。

为全面推进国有企业改革进程，改变亏损严重的状况，党的十五大和十五届一中全会发出国有企业改革与脱困的"动员令"，即从 1998 年起，用三年左右的时间，通过改革、改组、改造和加强管理，使大多数国有大中型亏损企业摆脱困境；力争到 20 世纪末大多数国有大中型骨干企业初步建立起现代企业制度。这就是国有企业改革与脱困的"三年两大目标"。

三年目标提出后，党中央、国务院采取了一系列政策措施。这些措施主要是：①改善宏观经济环境，加强宏观调控；②淘汰落后，按市场需求对生产实施总量控制；③催死催生，对劣势企业实施破产关闭，推进企业重组和上市；④减轻企业负担，实行银行债权转股权；⑤促进企业技术进步，给予企业技改项目贷款贴息；⑥引导企业加强管理，深化三项制度改革，转换经营机制；⑦全面实施下岗分流、减员增效和再就业，坚决把国有企业内部的富余人员减下来。

其中，影响最大的是结合国有商业银行集中处理不良资产的改革，成立4 家专门的金融资产管理公司，对部分符合条件的重点困难企业实施"债权转股权"改革。到 2000 年，最后确定了对符合条件的 580 户国有大中型企业实施债权转股权，涉及债转股总金额 4050 亿元。已实施债转股的企业，资产负债率明显下降，由原来的 70% 以上下降到 50% 以下，这些企业每年减少利息支出 200 亿元。

越来越多的国有企业在三年改革与脱困中获得新生。

被确定为脱困基数的国有及国有控股大中型亏损企业 6599 户，到 2000年年末，它们从名单上消失的有 4799 户，脱困面达 72.7%，企业的盈亏状况明显改观。到 2000 年年末，国有及国有控股工业企业实现利润 2391.9 亿元，比 1997 年增加 1585.4 亿元，增长 196.6%。其中，大中型企业实现利润 2343.8 亿元，比 1997 年增加 1487.3 亿元，增长 173.6%；亏损企业亏损额417.6 亿元，比 1997 年减少 248.3 亿元，降低 45.5%。

　　但同样不容置疑的是，国企三年改革与脱困取得成效，企业自身努力自然是其内因，但三年来国家实施的一系列政策起了主要作用。这些政策对企业脱困的作用有些是长远的、根本性的，有些则是阶段性的。就此而言，一些企业暂时脱离困境，基础是相当羸弱的，多年累积而成的深层次矛盾仍困扰着中国的国企改革与发展。

　　中信重工在三年改革与脱困中取得了重要进展，尤其是下岗分流政策的实施，为企业的长远发展奠定了基础，但许多经年积累的深层矛盾远未解决，从 1996 年陷入困境后就一蹶不振，时间长达 8 年。

　　一个企业怎能禁得起 8 年的沉沦？！

　　中信重工人内心的焦灼在一步步地暴涨升腾。

六、折戟的战舰能否扬帆起航

　　改变发生在 2004 年。

　　当我们打开 2004 年春天这个记忆的盒子时，2 月 11 日这天已成为中信重工人的集体记忆。

　　这天，公司新领导班子临危受命。中信集团副总经理王炯兼任中信重工董事长，任沁新任中信重工总经理、法定代表人，王欣迪任党委书记。

　　这不是简单的人事更迭，背后是中信集团拯救中信重工的决心。

　　特殊的历史时期，注定新班子要有一段艰难又极具挑战的路要走。

　　从 1999 年开始，中国在经历了重工业化、轻工业化的发展道路之后，再次进入一个重新重工业化的阶段。那一年，重工业增长速度超过了轻工业 1 个百分点。然而，身处重型装备行业的中信重工却与这次机遇失之交臂。"资产质量差，累计亏损大，负债多，管理基础薄弱，社会负担沉重，抗风险能力脆弱。"这是 2004 年年初中信集团审计报告对 1997—2003 年中信重工状况的描述。截至 2004 年 2 月，公司总资产仅 29 亿元，账面上的亏损达 13.6 亿元，且债台高筑，所欠统筹金位居河南省第一。以致任沁新在回忆那些年月时，作为公司主管财务的副总经理，他所有的记忆就是跑政府——要政策；跑银行——要贷款，跑法院——应对各种官司。时任公司财务部信贷科科长芮元斌回忆，曾经有一个月，收款情况不理想，但是银行的还款期限到了，下午 5 点钟银行关门之前，公司必须要把 300 万元的贷款还上，否则进黑名单，还要缴滞纳金，最要命的是当时企业都是滚动借贷，旧账不还，新的贷不出来，生产经营就难以为继。那时候孤注一掷了，他就跑到下面的子公司，跑到几个小学（当时几个小学还是归企业管，可以面向社会招寄宿生收点费），把能收拢的资金全都收拢起来，勉强在下午 5 点钟还清了 300 万元贷款。第二天新贷款下来后，赶紧把借下面的钱还上。

随着企业陷入困境，先是减发工资，后是拖欠工资，职工编了顺口溜叫"开资没有号，劳保没手套，洗手没肥皂"。截至 2004 年 2 月，公司累计拖欠职工工资 19 个半月。提起当年的日子，谭晶的歌声在耳边回响——"辛苦了这一年，就为这一天……"对工薪层的职工来说，"辛苦了这一月，就为这一天"——发工资的日子。可他们盼来了什么呢？那种窘迫、那种无奈、那种压抑、那种挣扎，曾经的曾经，不堪回首。公司党群工作部主任任宏军在《洛阳矿山机器厂口述实录》一书中回忆，1997 年只发了半年工资，差 6 个月；1998 年是最难的一年，就发了 4 个月工资，有一个月他只拿到两角钱，那是把水电费扣完就剩两角钱。他的工资还稍微高一点，有些人扣了水电费不够还得倒贴。他的一个同事，当时是小学老师，他家条件好一点，洛阳郊区的，就买了一辆三轮摩托车。好多人住在南山，山上有个大坡，车斗两边绑上两块板，拉个帘子，然后就可以坐人了。一次拉个三四个、五六个，一个人一元钱，工作之余就去干这个，他得养家糊口。从那个年月走过来的，最能体会"让劳动者体面劳动尊严生活"的弥足珍贵。

自 1864 年法国人马丁利用有蓄热室的火焰炉，用废钢、生铁成功地炼出钢液起，直到 1960 年，平炉炼钢一直是世界上的主要炼钢方法。从 20 世纪 60 年代起，平炉逐渐被氧气转炉和电炉炼钢所代替。到 2001 年年底，我国平炉炼钢的历史已宣告结束。但直到 2004 年，中国最后一座平炉仍在中信重工运行着。时任中信重工副总工程师赵永让曾告诉我，一个日本人来公司考察，他就带着到平炉炼钢的现场去看。这位日本人说："平炉，我听说过，但没见过，只是在日本的博物馆里见过照片。"从 1990 年到 2002 年，作为一个大型国有企业，生产力几乎十几年不进步，如何挺立市场！

深夜，公司新班子走进生产现场巡查，刚入车间大门，一团火光伴着浓烟扑进眼帘，一台机床失火了！而操作工人睡着了，浑然不觉。协同消防人员扑灭火灾后，新班子到该分厂一落实，上半年任务压根无着落。第二天一早紧急召开各单位党政一把手会议，那个分厂的厂长竟然"失联"了。之后的几天，一点儿音讯都没有。后来得知，这个厂长跳槽到南方的一家工厂。在党政一把手会议上，讲起昨晚的巡查，公司主管生产的副总经理被严峻的现实压得喘不过气来，他哽咽着摇摇头，讲不下去了……

"下岗职工闹事了！"

真是怕什么来什么，接到保卫部门急促的电话，任沁新和王欣迪的面色变得越发凝重。

一切以摧枯拉朽之势发生。

厂前广场上，黑压压的人群越聚越多，"要说法、要工作、要待遇"的声音一个比一个响亮。

从1985年开始，复转军人、大中专毕业生、"五大"生、职高技校毕业生、职工子女每年以平均600人的速度进入洛矿厂，90年代初，企业突破2万人大关，最高峰时达到21000人。

于是，企业发展史上最为悲壮但也最为无奈的一幕出现了。

1997年、1998年，中信重工按照党和国家关于国企减员增效工作的指示，抓住国家下决心实施再就业工程的机遇，根据企业实际情况和需要，实施了定编定员、下岗分流工作，先后有7467名职工下岗分流。时任冶金建材设备分厂工会主席姜春波回忆说，下岗的时候，有的工人流着眼泪，真的是流泪，实际上85%的人都是不想走的，他当时所在的冶金建材设备分厂有600多人，减掉了三分之一，最后剩400人左右。

"伤感岁月"在题为《你好，二号街坊》的网文中写道——

　　二号街坊今天已被文物系统列为重点文物保护区域，里面有焦裕禄同志与其他领导的故居，是各级领导常调研民生的标志性小区，60年楼龄苏式建筑的红砖褐瓦无不透露着洛矿厂几代人的岁月沧桑。

　　20世纪80年代中后期，二号街坊便拥有了洛阳市第一批建制性供暖系统和闭路电视。那时洛矿的效益在洛阳独占鳌头，公务员和六一二的年轻姑娘嫁人首选就是洛矿青年职工。

　　由此，二号街坊里一到夜晚便自行车铃声大作，南来北往的青年男女一对对从这里走进走出，幸福洋溢在每个人的脸上。

　　那时康滇路口的啤酒摊上人声鼎沸，到了每周五（洛矿的周日），上海市场自由街上购买服装鞋帽的人也都是洛矿的。

　　大家在青岛路两旁的服装摊位上互相打着招呼，毫不吝啬自己的钱包，因为那时他们心中充满着对未来的希望。

　　90年代中后期，伴随着刘欢《从头再来》的悲壮歌声，一批批年轻工人下岗被推向社会自谋职业，二号街坊里的年轻人一夜之间突然少了，街坊邻居们的笑声少了，他们的菜篮子米袋子空了，小区里的每个人脸上神色凝重，对未来由满怀希望一夜之间变为充满焦虑。

　　进入21世纪这20年，与我同龄的一群发小已经消失，他们多半从厂里下岗后去外地谋生，尤以广东居多。

如今这些人都在外地安家，二号街坊只是他们年迈父母的老家，若父母百年以后，在他们的眼中，洛阳恐怕连老家都算不上了。如果再放在他们的下一代人，或许在多年后，这些孩子会从广东或上海回到二号街坊来一次寻根之旅。

当初，公司为解除年龄偏大下岗职工的后顾之忧，使他们老有所养，按照上级有关政策，经洛阳市政府批准，为2600名下岗托管期满、距离法定退休年龄10年或工龄满30年的下岗职工，协议保留劳动关系，由单位一次性交足本人至退休的社保基金后，不再安排工作和发放工资，而发给劳动手册，由其自谋职业，这些职工被称为"协保职工"。

他们中的一些人选择了默默离开，在改革开放大潮中重新找到人生坐标，闯出了属于自己的一片新天地。但也有相当一部分人离开了生活大半辈子的厂子后显得无所适从，有的家庭生活陷入困顿。

经典电影《海上钢琴师》里，主角1900面对着岸上繁华的城市，最终选择掉头回到他一直生活的船上，因为"城市太大了，无边无际，让他感到恐惧"。他的人生只有在钢琴有限的88个琴键上，才能获取无限的可能。

许多职工也是这样，在厂房里、车床上、炼钢炉旁，他们是技艺精湛的工人，是受人尊敬的师傅，但当面对整个社会的滚滚洪流时，他们感到迷茫和失落。

与海上钢琴师不同的是，他们没有选择，再也没有一艘船可供他们回头。只有在没有机器轰鸣、黑漆漆的夜里，或是烟雾缭绕的烧烤摊上，才会独自回味着那些年在车间里挥洒汗水的激情岁月。曾经的相濡以沫，终究相忘于江湖，后会再也遥遥无期。

这个特殊群体中的困难职工，包括其他的下岗职工，陆续聚集厂前广场，且越聚越多，情绪都很激动，就像一堆干柴，一点立刻爆燃。

气氛异常地紧张，公司保卫人员堵在厂区大门口，双方对视着……

眼前突发的一幕，使刚上任的领导班子压力陡增，他们对企业的困难复杂程度还是低估了。

第二章

从"心"开始

初春的深夜，寒意依然很浓。走在厂区坑洼不平的主干道上，几盏路灯散发着无精打采的、昏黄的光，厂区内是一片与工厂不相称的寂静，而任沁新和新班子成员的内心却是惊涛拍岸。

如何唤醒这个沉睡的企业？如何点燃万名员工的激情？如何扭转面临的危局？如何与社会、客户、员工重建信任？

他们太清楚，在中信重工最危急的时候担纲这样的重任，是他们无法选择的事；但要把中信重工带往哪个方向，却是这个班子能决定的事。

一、"遵义会议"上的铿锵诺言

穿过公司主办公楼前建厂初期栽种的 14 棵参天翠柏，沿着中间楼梯上到 5 楼，就来到了被中信重工人称为"企业发展史上的遵义会议"会场。

那是 2004 年 2 月 13 日夜，中信重工新任领导班子召开的首次中层干部大会。

对中信重工来说，一个新的时代注定要开始。那个新的时代会是什么样子，人们无法确知，只能在惴惴不安的期待中，迎接着它的到来。

新任总经理任沁新和全体班子成员走上简陋的主席台，霎时掌声雷动，久久不息，一种久违的气场弥漫了整个会场。

1975 年，那个梦想和选择交汇的时刻。下乡两年的知青任沁新，同时接到美术学院的录取通知书和中信重工的前身——洛阳矿山机器厂的招工通知。最终，他舍弃了当一名画家的梦想，毅然决然地选择了做一名产业工人。从又脏又累的造型工干起，到经济计划处计划员、科长、处长，直至公司总经理助理、副总经理、总经理，几乎历经了公司从繁荣到衰退的全过程。此刻，他忽然感觉内心充满了前所未有的温暖和力量。

他代表公司首先明确当年必须完成 10 万吨产量、20 亿元产值，并为 2005 年储备 30 亿元的订货，简称"123 零工程"。

他说："123 零工程是公司最大的任务，压倒一切，任何人、任何单位不能以任何借口影响这个大局。公司领导班子经过慎重研究，在此立下军令状，向全公司员工郑重承诺，如果完不成任务，公司领导班子在今年年底集体向中信集团递交辞呈。这个决定已正式通报中信集团公司工作组，今天正式向全体干部及全公司员工宣布。希望大家监督我们实现这个承诺。各单位也要向公司做出相应承诺。公司新领导班子这样做，就是断了自己的后路。如果留了后路，中信重工长远发展的机遇就会丧失，这是对历史的犯罪。"

铿锵有力、掷地有声的承诺，在中信重工干部心中激荡。

我注视着任沁新总经理，他神情凝重，目光火热而坚定。

关于人才发展，他指出："人才流失问题是我公司长期以来存在的突出问题，也是公司今后发展道路上的重大障碍。对企业来说，这是灭顶之灾，令人痛心和惋惜。值得庆幸的是，公司还拥有一批优秀的能吃苦耐劳、忠诚企业的工程技术人员，否则，中信重工不会发展到今天。"

他说："对改变人才流失的现状，公司新领导班子已达成共识，我们必须从现在起抓好几方面工作：1. 公司全体干部要树立四个尊重，即尊重劳动，尊重知识，尊重人才，尊重创造。2. 公司上下要营造一个人才发展、发育、成长和使用的良好环境和氛围。3. 要引进对公司有用的人才。4. 要把挖掘现有技术人才作为工作的重点，同时把人才能力建设作为重中之重。5. 要召唤流失的技术人员归队。人事部门要制定相应的制度，对这些人才要分成类别给予不同的制度约束，对公司急缺的特殊人才要不计前嫌，甚至委以重用。6. 年底前争取不再流失一个人才。"

最后，他重点讲了领导班子作风建设。他说："在班子建设方面，公司 2 月 12 日召开了第一次民主生活会，大家推心置腹，共同表达了改变班子现状的强烈愿望，达成了共识，做出了约定。经中信集团工作组同意，在此正式向全体干部职工明示。作为中信重工新领导班子，我们有三方面的约定：一是明确班子守则；二是做出十条纪律规定；三是五条规定。"

他说："我们把它明示给全体干部职工，以接受职工的监督。要求全体干部都要按照公司的要求去做，无论发现哪名干部、哪个班子出现违反守则、违反十条纪律和五条规定的，公司都将严肃处理。通过这些措施、规定，我们要在全公司重新塑造班子的形象，叫作领导干部形象工程。领导干部形象工程和前面所讲的 123 零工程、人才工程，并称公司 2004 年的三大工程。"

任沁新的目光，与会场上一双双期待的眼神对接。他的目光是澄明的，真诚的，有热量的。我感觉到，他投去的目光，开始被大家谨慎而带有保留地接受和收藏。

会上，党委书记王欣迪进一步强调了班子作风建设，通报了班子自我制定的班子守则、十条纪律和五条规定。其中，五条规定直指全体班子成员：①在干部任用上实行亲属回避制；②班子成员亲属不从事与公司主业相同的经商项目；③不大吃大喝、铺张浪费；④不配专车和专职秘书；⑤不利用职务以权谋私。

会议结束，走出会场已是深夜，但很多职能部门的干部直接回到办公室，直属厂的干部直接去了生产现场。

一名干部连夜写了一首诗交到公司报社，题目是《起飞》——

> 起飞是重工人 8 年的期盼
> 为此我们不惜卧薪尝胆甚至壮士断腕
> 起飞是向命运的挑战
> 承载着重振雄风的宣言
> 起飞曾经多么艰难
> 在崎岖的小路上颠簸，在迷雾中寻觅、苦战
> 起飞是多么豪迈
> 挟着重工人搏击长空的冲天气概
> 起飞又是多么关键
> 离开了地平线才能触摸到天之蔚蓝
> 起飞更是必然
> 重工人湿透的工装，满手的老茧
> 疲惫的面容，熬红的双眼
> 惊风雨，动苍天
> 10 万吨，20 亿——瞄准我们攀升的新高
> 胸中灿烂着小康企业的前景
> 也许我们的包袱还很沉重
> 也许未来还会有雾、雨、风

然而，坎坷的路已被我们坚定的信念和坚实的脚步踏成跑道

平展、宽阔，伸向天边

添加了智慧的汗水是最有力的推进剂

而且晴空万里，正是起飞的好天气

新班子、新形象、新重工

我们万众一心，2004 年一定起飞成功，翱翔蓝天

二、燃情岁月

我当时在公司报社做总编，我的《企业日记》记述了接下来那难忘的一幕幕——

2004 年 2 月 18 日　星期三

2 月 18 日晚上，公司领导班子在发电设备厂现场办公。现场办公 9 点 40 分结束，公司领导就地召开班子会议安排部署工作，会议不到半小时就散会了。夜 10 点 10 分，班子一行走出发电厂直奔电石厂，又一场现场办公开始了……

2 月 16 日到 18 日，一连三个晚上，公司领导班子深入 8 个直属厂现场办公，并连续深夜走进一线，察看各单位二班生产。

在现场办公会上，很多直属厂表现出高度的政治责任感和大局意识，主动承担任务，要求多干。对各单位提出的需要公司解决的问题，公司坚持两条：①一般问题当场协调解决；②涉及投资问题，3 天内予以答复。

我参加了公司领导在铸锻厂的现场办公。对铸锻厂提请公司解决的 8 个问题，新班子当场协调解决了 7 个。离开时，任沁新说："热加工的产量、利润是靠血汗浇出来的，我知道热加工干得苦、干得累，十分不容易。你们越是干得好，中信重工就越有希望。我和王书记及全体班子成员对我们热加工的每一名干部和工人表示深深的敬意，希望你们继续努力。"

任沁新是从这里的造型工走出去的。对总经理的理解和信任，热加工干部眼眶湿热。

走出会议室，"咚咚"的锻锤声像一声声春雷震耳欲聋。

8400 吨水压机发出的怒吼，打破夜的沉寂。

大地一阵阵颤动，万物悄然复苏。

2004 年 2 月 24 日　星期二

矿研院提升所 19 名工程师的集体辞职信，给新任领导班子当头一棒。

机会、人才、技术和产品是公司成长的主要牵动力。机会牵引人才，人才牵引技术，技术牵引产品，产品牵引更大的机会。在这四种牵引力中，人才处于最核心的地位，何况企业当前百废待兴，人才奇缺，现有的技术人才绝不能再流失了！

收到集体辞职信的第二天，任沁新和王欣迪就来到提升设备研究所。

任沁新当着 19 名技术人员的面动情地说："这些年对不住大家！"

他们深深地鞠躬，向技术人员致歉。

在他们抬起头的那一刻，技术人员看到了他们眼中的泪水。

泪，饱含着深深的愧疚。

泪，饱含着满满的真诚。

泪，饱含着殷殷的期待。

在场的很多技术人员都流下了眼泪。泪，无声地诉说着那伤、那痛；泪，无言地传递着那份爱、那份不舍。

领导的泪、技术人员的泪流在了一起。

泪水交融，情感碰撞。

"公司人才流失，我认为归根结底问题出在领导班子身上。我们是不是真正认识到人才的价值？是不是真心实意地尊重知识、尊重人才？是不是真心实意地把人才当作企业的宝贵资源和财富？"

任沁新说："请给新班子一点时间，一年之内公司面貌不发生大的改变，大家再提出调走，我签字！"

19 名工程师全留了下来。

2004 年 3 月 25 日　星期四

在深入现场察看过程中，公司新班子越来越认识到，现场是问题萌芽产生的场所，现场最能反映出员工的思想动态，现场能提供大量的信息。

置身现场，看到员工目光中流露的信任与期许，看到员工生产中高涨的热情与干劲，新班子定下一条规矩：让员工每天在现场看到领导的身影。

从这时起，公司班子成员就形成了一种习惯，只要不出差，每天一大早进入厂区所做的第一件事，就是到生产、技改现场巡视。生产的重点、关键机床的运行、重点技改的进展、一线职工所思所想等，都在他们心里装着。

每周六上午，班子成员都要带着生产、技术、技改等部门人员到一线检查进度，协调处理疑难问题。生产紧要关头，公司领导在一线与工人师傅一起熬通宵。

总经理奔赴市场前沿，直接参与和丹麦史密斯公司的谈判，促成了双方在价格及进一步合作上达成共识并签署了合作协议。根据协议，史密斯公司对中信重工的采购价格将上涨 18%，这对于缓解因原材料涨价公司效益受损的问题具有重要意义。党委书记亲赴安钢，表达真诚合作的良好意愿，促成了公司建厂以来最大一笔价值 7000 万元的冶金设备合同的签订。

2004 年 3 月 26 日　星期五

没有一种风比春风更令人陶醉。春风过处，大地为之一振，苏醒，返青，拔节，生长。

中信重工人在春风里笃定前行，托起热腾腾的创业图景。

一封封热情洋溢的来信，带着指间残留的余温从四面八方飞来。一些在职的、离退休的职工及家属纷纷表达对公司抓住机遇、加快发展的渴望，踊跃对公司工作提出意见和建议。

一颗颗滚烫的心，一双双热切的目光，无不感染着、激励着新班子。总经理、党委书记给公司全体职工写了公开信，登在公司报纸上，表达了新班子不负众望、不辱使命，坚决和大家一起把公司的事业推向前进的决心。

为了更好地集中群众的智慧和力量，实施"123 零工程"，同时维护好职工群众的合法权益，公司新班子在直接接收职工来信来电的同时，通过工会组织开展合理化建议活动，在公司报社设立了职工信箱，进一步畅通言路，对大家提出的意见和建议认真研究，积极采纳。

公司上下以心换心，真情互动，"折戟的红色战舰"正经历着一场华丽蜕变。

2004 年 3 月 28 日　星期日

1927 年 8 月 1 日凌晨 2 点，连续三声枪响，南昌城内各处起义军应声而起，揭开了党独立领导武装斗争和创建革命军队的序幕。随后，2.2 万余人的起义队伍南下，计划"先得潮、汕、海陆丰，建立工农政权，后取广州，再举北伐"。

刚刚诞生的队伍信心满满。谁也没有料到，仅仅一个多月后，在敌人的疯狂反扑下，他们险些夭折——主力部队损失殆尽，朱德领导的断后部队成了四面楚歌的孤军。

前进还是撤退？放弃还是坚持？留下还是离开？每个人都面临选择。

南昌起义失败后，最终有 800 余人的队伍上了井冈山。他们保存住的革命火种从此再未熄灭。朱德当时曾跟他们说过这样的话：愿意离开的可以离开，相信我的跟我走。

有一句话说——有的人因为看见而相信，有的人因为相信而看见。

因为相信，中信重工人看见了希望；因为看见，中信重工人选择了相信。

阳春三月天渐暖，外面的花树已经孕育出了花朵，只待经历雨露，便能蓄势开放。坚信中信重工也会在风雨中成长……

2004 年 4 月 10 日　星期六

经过 8 年艰难困苦的历程，企业已经百病缠身，再也禁不起丝毫的折腾。但问题还是接踵而至。

近 40 名协保职工找到公司反映问题，随后大批人员开始在厂门前广场聚集。

刚刚组建的领导班子心中，燃烧着一团火，焦急的火。

我看到，协保职工代表被邀请到会议室，公司领导和他们倾心交谈。

经过一系列真诚的交谈，协保职工理解了公司的苦衷，也看到公司新领导班子解决问题的诚意，从聚集、对立、偏激，到缓和、理性、对话，阴霾消散，阳光乍现。

两天后，公司做出决定：向有劳动能力和就业愿望的特困协保职工提供即时岗位；子女符合用工条件的，优先安排子女就业；对有创业计划但资金不足的，优先帮扶解决小额贷款。

一个月之后的今天——2004 年 4 月 10 日，公司又审议通过了《对协保职工实行医疗救助的试行办法》，让协保职工和在职职工享受一样的医保待遇。

2004 年 4 月 12 日　星期一

新班子部署"123 零工程"之初，同时安排了职工福利。2004 年职工福利计划，已经职代会代表团长联席会议讨论通过，今天进入实施阶段。内容共八项：一是加快旧房改造步伐，改善职工的住房条件，使职工安居乐业。二是加大教育投入，从硬件上、软件上全方位提高办学和幼教水平。三是解决医疗保障问题。四是改善职工的生活环境。最基本要做到道路畅通，所有路面硬化、彩化，每个社区都有活动场所和设施。同时要加强社区治安防盗，让职工有居住安全感。五是改造公共设施，包括水、电、煤气、暖气、房屋治漏等。六是改善文化体育设施。七是为关键机床、关键岗位职工提供免费午餐补助。八是完善一线工人计时（件）工资制和职能管理人员薪酬办法，增强工资分配的激励作用。

同时加快解决几年前欠发职工工资问题，在 2、3 两个月归还了 6 个月的拖欠工资。

2004 年 4 月 20 日　星期二

改建职工食堂是公司为职工所办的 8 件实事之一。历经两个多月的改建，20 日开始营业了。

公司总经理任沁新，工会主席何淳，副总经理王继生、刘予进及直属厂、公司两级职代会部分职工代表等出席了剪彩仪式。

任沁新在剪彩仪式上指出，今年，"123 零工程"目标十分艰巨，奋战在关键机床上的职工们日夜兼程，24 小时不停机，生产效率不断提高，公司考虑关键岗位职工的实际情况，决定为他们提供免费工作午餐，保证饭菜干净卫生，保证大家吃得饱吃得好。改建后的职工食堂，从 4 月 20 日到月底试营业，希望大家多提宝贵意见和建议。

改建后的职工食堂将引进新的管理机制，延长供餐时间，节假日、双休日照常营业，每天中午可为职工至少提供 5 种快餐、10 种面食、20 种小炒，而且天天都有新花样。

2004 年 4 月 29 日　星期四

你一生中最重要的台词是什么？相信每个人都有自己的答案。

李道同的答案是："我亲历和见证了中信重工炼钢业的历史性变迁。"

这一天——2004 年 4 月 29 日，这位 66 岁的中信重工"平改电"工程常务副总指挥，再也抑制不住自己，将眼泪洒在了 50 吨新型电弧炉投产仪式上。

包括陈家驹、顾冠玉、赵成儒等已进入古稀之年的"老洛矿"谈了 20 年、盼了 20 年的公司平炉改电炉工程宣告竣工，中国人自己设计制造的 50 吨新型电弧炉投产并炼出了首炉钢。

中信重工投资上亿元，通过技术创新和技改力求"治本"。代表国内先进水平的电炉炼钢全面取代了落后的平炉炼钢，从根本上消除了平炉炼钢中重油燃烧带来的烟尘和二氧化硫污染。

为了使公司"平炉改电炉"技术改造成为绿色工程，中信重工为 50 吨电弧炉专门配套了洛阳市大型工业炉中规模最大的除尘系统，仅此一项投资就达 900 万元。

与此同时，公司在压力中做出艰难决策：投资 700 多万元对铸铁厂进行树脂砂改造。

翻开尤明的工作日记，一切历历在目：那天上午9点，公司领导班子到铸铁厂召开现场会。会上，总经理宣布铸铁树脂砂改造项目经公司办公会研究决定启动，由技术副厂长尤明担任项目负责人。并且强调：这是公司第一个设专职负责人管理的技改项目。"当时我感到很突然，没有一点思想准备，但内心却为全体铸铁人感到高兴。"

2005年树脂砂改造完成后，过去铸铁厂常见的粉尘弥漫、噪声超标、作业环境脏累差的状况得到有效改观，一些使用40多年的陈旧设备退出历史舞台，老铸铁第一次旧貌换新颜。

也是从这时起，中信重工人开始主动进行环境和职业健康安全认证。

任沁新在接受《中国环境报》记者采访时说："我曾是一名造型工，干热加工出身。粉尘弥漫、乌烟瘴气的工作环境给我留下了深刻的记忆。当我站在领导岗位上时，首先想要解决的问题就是企业对环境的影响，企业如果以牺牲环境为代价来换取经济效益，最终结局是可悲的。"

2004年4月30日　星期五

昨日，中信重工大型机加装配工厂奠基仪式与50吨电炉投产仪式同时举行。中信集团副总经理兼中信重工董事长王炯在讲话中指出，如何抓住当前良好机遇，提高企业核心竞争力，是公司面临的突出问题。中信重工要以科学发展观指导企业发展，进行大规模的技术改造。

"从1990年到2002年这12年时间，除了一台6.3米立车，我们的技改投资几乎一片空白，我们的历史欠账太多太多了！"技改装备部主任的一席话代表了当时大多数人的想法，大家对大型机加装配工厂的上马寄予期望。

然而，围绕大型机加装配工厂如何定位、配置什么样的设备等问题，却引起了极大的争议。

起因来自一台比直升机还贵的机床。

为了给即将上马的大型机加装配工厂设局布阵，中信重工派出代表到德国、法国、意大利对设备厂家进行全面考察。回国后，考察组提出选用进口6.5×18米数控龙门移动镗铣床的提议。

此议一出，立刻引来一片反对声。这台由德国科堡公司设计制造的6.5×18米数控龙门移动镗铣床，虽然设计先进、制造精良，代表着当时世界机床制造的最高水平，但是它的造价却更吓人，整整400多万欧元，折合人民币5000多万元。这对刚刚迎来转机的中信重工来说，无疑是一个天文数字。

公司思考更多的是，面对残酷的市场竞争，企业必须培育自身的核心竞争力才可能在激烈的市场竞争中赢得优势。虽然当前确实存在很多困难，但如果因此就在技术装备的投入上搞低水平的重复建设,那么企业就会永无出头之日。

公司最终做出引进 6.5×18 米数控龙门移动镗铣床的决定。

大型机加装配工厂项目建成后,加上"平改电"项目 50 吨电炉以及即将完成的 10 米滚齿机、12 米立车、6.3 米数控加工中心、1.2 米和 2.8 米数控成型磨齿机等进口制造装备,中信重工的铸锻能力和机加能力将比现在翻一番。

2004 年 6 月 1 日　星期二

中国最后一台平炉在经过 31 年的风雨历程后光荣退役。6 月 1 日上午,中信重工专门举行仪式,总结回顾一号平炉的业绩,庆祝"平改电"三期工程 60 吨钢包精炼炉在一号平炉炉址上开工。

1970 年 10 月建成,1973 年 5 月 1 日炼出首炉钢,同年 6 月正式投产的一号平炉,在过去的 31 年里为公司生产提供合格钢水 11577 炉,共计 70 多万吨。

6 月 1 日一大早,听说要拆平炉建精炼炉,许多老炼钢人早早就到了一号平炉现场。他们或一起回顾过去的生产场面,或合影留念,或绕着大炉进行最后一次端详。

在 20 世纪七八十年代,钢铁工人的典型形象就是头戴安全帽、手握大铁钎、眼挂防护镜,在炼钢平炉前操作,钢花四溅,感觉非常光荣。事实上,那是落后的平炉,工作条件非常艰苦,能耗高、效率低、质量差。与平炉朝夕相处 20 年的杨金安回忆:"老平炉很不好干,一晚上 8 小时才出一炉 50 吨钢水,我们现在 50 吨钢水只要 60 分钟,这是多大的差距啊。平炉脱磷硫是非常难的,因为它是个死炉子,不像现在的炉子是活炉,所以有的人可能 20 多个小时 50 吨钢水都炼不出来。另外,平炉非常不好控制它的化学成分,它不像现在的电炉,最多误差就只有半个区间。干平炉如果渣子氧化得狠一点,打个比方,我加进去 100 个,它可能来 40 个,如果氧化得低一点,我加进去 100 个,它可能来 95 个,就是这么不稳定,所以说干平炉能给人头发干白,那个太不好控制了!"

杨金安欣喜地看到,继"平改电"一期工程 50 吨电炉投产后,"平改电"三期工程 60 吨钢包精炼炉就要在一号平炉炉址上开建了!他想象不到中信重工热加工未来的巨变,但当时有一点他是确定无疑的,中信重工必将追赶并超越同行的脚步。

2004 年 6 月 9 日　星期三

"咔——"闪电划破天空，天空颤动着，发出撕裂的声音。暴雨超乎人们预想，提前坠了下来。

那个深夜，由于厂区地势较低，排水设施陈旧，从建设路上冲下来的洪水破门而入，直灌中信重工厂区，很快便淹没了焦裕禄大道等路面，全厂一片汪洋。地下排水设施瘫痪，生产车间冒出污水，大段大段的围墙被暴雨侵蚀而倒塌。

公司党委宣传部拍摄的电视纪录片《尘封已久的镜头，难以忘却的记忆》，记录了当时的景象和抢险的画面。画面中，滂沱大雨中，能源公司经理杨奎烈和一队防汛队员依次站立在焦裕禄大道上翻滚着漩涡的雨水井旁，如同一个个人体坐标，指引着上夜班的职工安全通过。

新任总经理任沁新和闻讯赶来的干部职工抱着大沙袋，呼啸着劳动的号子，在厂区大门口与洪水搏斗。

雨柱漫天飞舞，像千万支利箭从空中射来。任沁新感到冰凉的痛感，那种痛感和胸腔内揪扯的痛感汇在一起，很快蔓延至全身。

一场强降雨，工厂竟如此不堪一击！

残酷的现实，加剧了新班子改变现状的紧迫感。

2004 年 6 月 18 日　星期五

2004 年 6 月 18 日，一场别开生面的"拉练"正在进行。这一天，总经理任沁新、党委书记王欣迪和所有高管一起，走遍公司的每个角落。

夏日的中信重工早已草长莺飞，空气中都弥漫着腾腾热气，可此时任沁新的内心却寒如坚冰。

他和大家在这个拥有半个世纪历史的厂区里默默行走，汗水滴落在坑洼不平的路面上。

车间内，待加工的提升机卷筒浸在一大摊油污里，被砸坏的地坪露着石子。

装配平台几乎没有一条缝隙是干净的，里面尽是丢弃的各种杂物以及车刀、螺钉。

一个 1 平方米的装配平台上竟有六七个烟头。乱乱的一堆物什旁，还散发着尿臊味。

公司设备仓库杂乱无章，一片狼藉。

厂区边缘灌木丛生，废弃物乱扔，居住人员复杂。更有甚者开荒种地，向日葵、地瓜、蔬菜等应有尽有。

几小时后，"拉练"结束。

任沁新转身对着自己的同僚："大家看，我们是不是要换种活法？"

"公司目前处在一个重要的变革期。"在现场召开的会议上，任沁新满脸寒风凛冽，目光凝重，"变革，就要从观念、思想、思维方式方法上有一个彻底的脱胎换骨，就需要用一个全新的视角审视我们企业的发展，研究究竟应该打造怎样一个新重工？"

几小时的"拉练"和任沁新的讲话，深深地刺痛了班子成员和各单位党政一把手的心。

全体动员，迅速行动，扎实苦干，在确保"123零工程"的前提下，公司打响了环境整治的硬仗。

2004 年 8 月 12 日　星期四

8 月 12 日下午，公司领导任沁新、王欣迪、刘新华、何淳、王继生与今年新进厂的 95 名本科生交流座谈。公司各单位一把手与会。

"你若盛开，清风自来。"据悉，今年有 130 多名本科生加盟中信重工，为 1997 年以来人数最多的一年。

王新建、袁海洋都是 10 年前分配到公司的大学生，后来都离开了公司，他们被新的人才政策和公司发展前景吸引回到公司，并成为技术创新的骨干。据统计，2004 年 2 月以来，先后有近 30 名优秀人才选择回归。

公司电气自动化研究生培训班在蒙蒙细雨中开课。这是继管理工程、机械工程、材料工程后，公司与华中科技大学合办的第四个研究生培训班。

自从公司职工教育培训基地 4 月 10 日揭牌以来，几乎每天晚上都是灯火辉煌，每周六的处级干部培训更是成了不变的惯例。据统计，截至 6 月底，公司共举办各种类型的培训班 76 个，受培训职工达 5874 人次，培训学时65960 小时。除此之外，87 名员工参加了公司急需的外部培训。

2004 年 9 月 13 日　星期一

铸锻厂突击队开进厂区"北大荒"，顶着高温以摧枯拉朽之势"斩草除根"，将野树杂草连根除掉，并"沙里淘金"，捡回废钢十几吨。

齿轮箱厂利用晚上、双休日展开现场大整改。首先从装配入手，财务科的"小姐姐们"手拿铁条，直到深夜 12 点，硬是把试车平台上的陈年油垢一点一点地抠出来。汗水湿透了她们的工装，也滋润着她们的心田。

铆焊厂修筑的安全通道成为各单位的样板，一条条高标准的安全通道在热处理、齿轮、铸锻等单位延伸。车间内曾经油乎乎、坑洼不平的地面被平整的塑胶地板取代，上面还刷着一层油亮的环氧树脂漆。

厂区主干道改造工程在挖掘机的隆隆声中开工。全长 1027 米的东西主干道将拓宽到 13.7 米，全长 741 米的南北主干道将拓宽至 15 米。

仅重机厂第一轮环境治理就完成厂房粉刷 11.78 万平方米，铺设、修整各类路面 8850 平方米，对各类管网刷漆 3400 平方米，新建彩板工具间、休息室 159 间。

一度灰色沉闷、破败脏乱的中信重工，伴随着这场绿色风暴开始绿、亮、净、美、畅。

当中信重工下定决心改变"地无三尺平，草无方寸绿"的惨状时，很多人不理解："为什么要把钱埋在地下呢？"

不久，人们就发现"埋在地下的钱"长出日渐美丽的绿草鲜花；一流的生产现场进行着清洁化的生产；新建的职工休息室窗明几净；往日的"北大荒"变成郁郁葱葱的后花园；"扬灰路、水泥路"一跃成了宽敞平坦的高等级道路。置身面貌全新的工厂，再也没有人对当初的行动质疑了。在车间干了 32 年画线工的黄建庄由衷地说："工人们在这样的环境里上班，更舒心、更安全，效率更高了。"

2004 年 12 月 1 日　星期三

环境好治，积习难改。

平滑明亮的花岗岩大理石安全通道，有人在上面轳辘活件出现划伤；整齐划一的工具箱门时常敞开着，被行人碰来碰去。特别是乱扔烟头行为，屡禁不止。

环境要"脱胎"，思想先"换骨"。公司党委迅速部署开展了全员性的"治理生产环境，打造文明重工"的大讨论。

公司对保持厂区环境制定了奖惩办法，坚持全天保洁，一小时一巡查。对违反卫生和环境管理规定行为者进行严格处罚，处罚资金以捐款形式设立专门账户，全部用于"金秋爱心助学"公益事业。

对乱扔烟头，公司报纸公开曝光并处以重罚，发现一个烟头，单位"捐款"500 元。能查实的，责任人"捐款"；查实不了的，单位替捐。一次现场巡视，巡视人员当场抓了"现行"，随手扔了烟头的职工抓起烟头吞进肚里。此人后来免予处罚。任沁新解释："吞烟头的滋味不好受。相信他会记一辈子的，不会再乱扔烟头了。"

在厂区道路和生产现场，很快刹住了随手扔烟头和杂物的陈规陋习。但乱扔烟头并未绝迹，后来发现烟头集中在各厂的厂门口。员工在厂门口吸烟，不自觉地吸完随手一丢。像捉迷藏似的，厂门口的烟头没有了，有人竟将烟头随手扔在厂区道路两边的草坪里。对草坪里的烟头一样处罚，谁的卫生责任区谁负责。

"改变和超越"是中信重工人的秉性，摆在他们面前的课题始终是"下一步我们将改变什么？超越什么？"

大规模的环境治理之后，工厂全面实施以"五定"，即定物品、定位置、定标准、定程序、定责任为主要内容的定置化管理。通过实行定置化管理，不仅在"硬环境"上实现了标准化、规范化和科学化，而且对员工思想观念的转变起到由表及里的触动。

之后，以"整理、整顿、清扫、清洁、安全、素养"为内涵的6S管理走进中信重工，不断"刷新"中信重工人的工作环境，也一次又一次"刷新"人们对中信重工的认识。

三、浮出水面

走进一线，一个个故事让我感动。

齿轮箱厂4台插齿机操作工实行机群操作，4人操作4台机床三班倒，24小时不停机，人员没有增加，班次增加了，效率提高一倍还多。

重机厂闫光明操作的立车最大承重只有80吨，而出国产品加工中两件轮带毛坯单重84吨。他采用机床的强力泵增加机床工作台面的承载负荷，并科学改进刀具，确保了活件的圆满加工。外商感慨地说："你们用在欧洲淘汰的机床，加工出了欧洲最先进的机床才能加工出来的产品。"

公司技改项目12米立车和10米滚齿机的基础施工紧锣密鼓，建筑安装公司施工员孟锐的脑海里天天萦绕的是钢筋数量、钢筋间距、螺栓洞、螺母角度、标高等问题，常常晚上10点以后才回到家。她爱人说："她总在梦里大声吆喝，标高不对！"

铸锻厂梁永祥一边干活一边笑着对我说：如今，不同工段、不同车间的职工每天在吃饭、休息时互相询问最多的是，今天你们干了多少、这个月又干了多少，产量是上去了还是下来了。在职工之间、车间之间，一方产量如果下来是会遭对方骂的："孬种，拖了我们后腿让全厂完不成10万吨，影响我们收入你就是大信球！"

我来到发电设备厂，走近汽轮机车间4米龙门刨操作者魏宣德，魏宣德笑笑："我刚开完工资,你猜我这个月拿了多少?"他爽快地告诉我:"5800多元!"魏宣德每天早上三四点钟就带着馒头、苹果、方便面等食物往厂里赶,敲开大门,进入车间,开动机床,一直到晚上八九点钟才回家。磨刀的路上来回总是小跑,龙门刨上左右两侧的刀经常是同时开工,从未让其得闲。天车忙,等着着急,趁天车来一次,他就集中时间吊来一大堆活放在机床跟前。他说:"趁着身体好,多干些活,一方面对厂里做出贡献,另一方面自己还可以挣一大笔钱,何乐而不为?"看他那么乐观的样子,我说:"你可要多注意身体。"他笑着说:"我在吃的方面很舍得,没有好身体,就谈不上做贡献、挣大钱。"

……

我很难记录下他们,因为我握笔的手在颤抖着。

在中信重工燃烧的热土上,每天都上演着这样的故事。

新班子也没想到,即便是想到了,也没预见到这种热血偾张的力量能爆发得如此强烈。

公司确定的"123零工程"目标,提前1个月实现了!

阳光、星辰做证。截至2004年11月底,公司累计完成机器产品产量10.06万吨,实现商品产值20.88亿元,新增订货36.65亿元,比上年同期分别增长86.14%、92.6%、80%。扭亏为盈,实现利润1830万元。

营销春早。针对国家经济调整给公司市场带来的剧烈动荡,公司及时调整营销策略,建立"大营销"模式,加强与20多家大客户的合作,不断优化产品结构,并逐步实施"三大战略转移",即以国内市场为主向国内外市场并进转移,由主机制造向工程总承包转移,从建材为主向多元化均衡发展转移。

研发显效。公司紧跟国家产业政策和市场需求,大力推进技术研发,新型干法水泥大型装备研制稳居国内龙头地位,极具市场潜力的纯低温余热发电项目取得重大突破,4米以上提升机、球团烧结、活性石灰等形成竞争优势。"大型高质量采选煤项目""特大型新型干法水泥装备产业化项目"列入国债项目,"基于虚拟设计制造技术的大型矿井提升装备开发"列入国家"863"攻关计划。

生产提速。公司通过增班次、上批量、扩外协和采用新技术、新工艺、新刀具、新方法等,全方位适应市场需求。广大员工倾注心血和智慧昼夜拼搏,掀起一浪连一浪的生产热潮。

技改报捷。公司以前所未有的决心和魄力,全年投入3.71亿元实施技术改造,2.8米、1.2米数控成型磨齿机,12米立车、10米滚齿机、6.2米数控加工中心，"平改电"工程 50 吨电炉等一批重大装备相继完工投产。

……

人心凝聚起来了！

信心建立起来了！

希望，就像清晨第一抹阳光，勇敢地穿越地平线，照亮了中信重工。

中信重工职工医院中医科医生杨红生，给公司报社送来了自己创作的一首诗。他的诗这样写着——

假如企业可以用雕塑来比拟

重工在我心中是拓荒牛：

世界一流的创作室

炼钢工人将坚强的意志铸入拓荒牛坚实的肌肉

八千吨水压机把非凡的胆魄塑进其庞大的身躯

铆工将毅力铆进拓荒牛强健的筋骨

车工、铣工用高超的技艺精雕细刻

万名员工用火热的爱厂之情为其抛光

汗水为拓荒牛镀耀眼的光泽

于是，拓荒牛不仅有健硕的肌体，虎虎生气

更有敢为天下先的胆量、勇气

不向命运低头的倔强、坚韧

从而在重工大市场

拓出属于中信重工的一片繁茂、葱郁

在音乐的层面上

我心中的重工是一曲雄壮的交响曲：

汽笛像小号高亢、嘹亮

奏响重工提速的号令

轰鸣的机声如低音提琴般深沉

揭示出重工底蕴的厚重

锤声叮当，有打击乐现代节奏的紧迫

伴奏重工健步如飞气势的迅猛

出钢的钟声是钢琴弹响的重音

领奏炽热的乐章达到高潮的火红

焊弧像激光闪烁、跳跃

烘托出重工大剧场气氛的火爆、欢腾
员工的每一次心跳都是一个强劲的音符
心声共鸣，谱写出奋发向上的主旋律
指挥者有卡拉扬的大气
又有小泽征尔的激情奔放
这首交响曲有《命运》《英雄》的豪迈、激昂
又有《黄河》的英雄气概荡气回肠
万众一心，管弦和鸣，声震云天
演奏出摄人心魄的华彩乐章

从绘画的角度看
我心中的重工是一幅壮阔的中国山水画：
塔吊挥舞巨臂洒脱运笔
写意出气势恢宏的神韵
工程师精心描绘，工人着力刻画
图纸和产品有工笔画的严谨、细腻
钢水泼洒橙红色的颜料
重彩浓抹生产场面的火热
车刀锐利，在钢铁的底版上游刃有余
画面就有了木刻一样的鲜明、犀利
天车以万钧铁腕信手勾勒
线条粗犷、刚劲，有钢梁铁柱般的质地
画上题诗的风格一定是豪放派
题诗的结构由巨大的厂房撑起
诗的韵味由工人宏大的气魄一气贯穿
员工的豪情充溢于字里行间，包括每个标点
字字句句如锻锤敲击惊天动地
题诗的字体必然是柳公权风骨的刚健
每个字都像钢坯一样质朴、沉甸甸
画尾的印章是著名品牌"中信重工制造"
由万名员工用心血和智慧精心镌刻
印章的字体是整齐、平稳、庄重的小篆
是重工人严谨、规范、团结的体现
小篆的飘逸舒展

又象征重工人富于创造、机智灵活、自信干练
印色是重工人热血一样的赤红
机器像山一样雄伟，主峰挺立，诸峰层叠
装机出厂的车队像河一样雄浑
蜿蜒到天边
这是何等雄奇、壮丽、辉煌的画卷

第三章

信 则 立

这不能不令人惊讶，也令人匪夷所思。

已经刷好沥青防锈油的半闸盘上，清晰地印上了几只大脚印；

即将发往用户的磨机筒体，在转运过程中被钢丝绳勒得遍体鳞伤；

某技术人员在抄写工艺时，将挂轮齿数 21 误写为 20，造成两吨多的齿圈报废；

浙江用户反映，立磨基座的外形尺寸与图纸不符。经查，原来是将安徽用户的货错发到了浙江！

……

随着订单的爆发式增长和生产任务的骤然加大，各种陈规陋习和令人哭笑不得的质量问题在中信重工生产现场层出不穷，应该按合同交货的产品屡屡拖期，引发客户诸多不满。

刚从"沼泽地"爬出来的中信重工面临着一场信任危机。

一、"韦尔奇"走进中信重工

这些问题尽管看起来都有一定的偶然性，但任沁新和班子成员意识到问题的本质。中信重工与其他国有企业一样，长期以来受计划经济体制的影响，一度禁锢在传统的经营理念与经营方式之中。那些由来已久、根深蒂固的思维模式和行为顽疾，不但不同程度地存在于相当多的干部和普通员工之中，而且以固有的惯性在持续作祟，从而导致了问题的频频发生。它不仅玷污了中信重工人苦心建立起来的信誉名片，更直接冲击着中信重工的生存根基。

从根本上解决这些问题已经迫在眉睫。

以突破"诚信缺失"这一制约企业发展的瓶颈为主旨，凝聚组织成员的智慧和力量，全员参与，群策群力解决问题，成为公司的战略选择。

2005 年 5 月 5 日，洛阳黄河小浪底宾馆迎来了一批特殊的客人。他们身着清一色的蓝色工装，下了车直接进入会议室。来自中信重工生产、技术、营销系统和职能部门的 80 多名代表，五一黄金周"封闭"于此，召开群策群力讨论会。

"群策群力管理方式"源于韦尔奇的创造。1989 年 1 月，通用电气公司一年一度的碰头会在美国佛罗里达州的勃卡雷顿举行。韦尔奇向到会的 500 名高级总经理宣布了实施"群策群力管理方式"的计划。

群策群力的基本形式是：举行企业内各阶层职员参加的讨论会。在会上，与会者要做三件事：动脑筋想办法，取消各处岗位多余的环节和程序，共同解决出现的问题。

一时间，"群策群力管理方式"出现在通用电气公司的各个部门。1991 年的一项统计显示，共有 4 万名员工参与这种管理方式，占员工总数的三分之一。

中信重工群策群力讨论会，首先播放了《警钟为质量而鸣》《质量警钟需要长鸣》两部专题警示片。鲜活的案例引起大家心灵的震撼。

随着讨论的深入，大家对残酷的现实有了更加刻骨铭心的理解：

"我们现在的客户大都是各行业数一数二的大客户，我们现在的产品大都是有影响的重点产品，我们现在的市场大都是极具发展潜力的大市场。但一旦产品质量出现纰漏，产品交货期无法保证，对公司声誉造成的影响也会更大，我们失去的客户和市场也会更大。"

"市场形势这么好，我们按部就班、轻轻松松行不行？也行。但明天我们就会难受点，后天就会很尴尬，再后来就会四面楚歌，一夜回到原点。"

群策群力，共识很快达成：

"公司的主要矛盾已经发生了重大转变，中信重工要想做百年老店，产品质量必须禁得起客户和市场检验。"

"质量和交货期这场硬仗只能胜不能败！我们好不容易争得的饭碗，绝不能再亲手把它砸碎了。"

"革除陈规陋习，确保产品质量和交货期，必须从每名干部员工做起，从自身岗位做起，从现在做起。"

《警钟为质量而鸣》《质量警钟需要长鸣》两部质量教育专题警示片在公司所属各单位同时播放，先后共计 6993 人观看，受教育范围覆盖了所有涉及质量体系的员工。

总经理、党委书记带头，公司全体领导分别深入自己的联系单位，与基层员工一起观看质量专题片，一起进行质量大讨论。

在深刻反思和自我剖析后，排查出陈规陋习 278 项；7071 名员工递交了质量诚信宣言。

制订《质量陋习改进计划》，并以公司文件形式下发各单位落实改进。同时，每月不定期到各生产厂进行陈规陋习改进检查。

此后，每年的五一黄金周，中信重工都要召开群策群力大会，集中两到三天，总结一年来的成绩，查找存在的问题，安排部署新一轮群策群力活动。

二、尼尔斯的质量报告

在 2007 年五一的群策群力大会上，尼尔斯的质量报告再次引起大家心灵的共振。

尼尔斯被全球最大的水泥装备工程企业——丹麦史密斯公司派到中信重工任监理。他对待工作一丝不苟，在中信重工加工史密斯公司所订的产品期间，他天天泡在加工现场，对机床刀具上沾的星点儿油污都要求擦洗干净，甚至工人作业时一个不规范动作也要纠正。2006 年年底，尼尔斯在史密斯公司的任期结束，中信重工则把他挽留下来，聘他做质量总监。

尼尔斯针对出口产品磨辊轴的质量、加工、信息反馈、返修等问题，向公司递交了质量报告，对已成熟的制造技术仍连续发生问题迷惑不解。

尼尔斯在报告中痛心地指出：

"通常一个公司若做许多同样类型的零件，它应该在此方面越做越好，错误越来越少，失误也越来越少。但我公司在最近却不是这样的情况，错误频频出现。

"有两个磨辊轴（锻造号为 206–1076 和 106–7535）加工后尺寸偏小，一个偏小 0.5 毫米，另一个偏小 1 毫米，各超过了所要求的公差 5 倍、10 倍之多。

"加工失误的磨辊轴对我公司质量而言是个负面例子。它们就在加工车间里，大家都可以看到。"

任沁新总经理在收到报告的当天立即给尼尔斯回信并愤怒地做出批示，指出存在质量问题的严重性，责成有关部门制定有效的纠正预防措施并付诸实施，查找同类问题和错误，建立长效机制。

与会者针对尼尔斯报告提出的问题和总经理的批示，围绕怎样从制度上、从长效机制上彻底革除陈规陋习；怎样在更深层次上树立精品意识，打造精品；怎样提高员工的素质，建立一个推动企业长期发展的体系等，提出了32条整改措施和建议。

接下来，让尼尔斯欣慰的事越来越多：

试行监理制，加强对重点产品、重点外协件的质量控制，并探索实行远程监控和诊断，提升服务质量和水平。

推行"精细化生产"。同样是油漆这道工序，尼尔斯看到，如今则要在无尘的油漆房经过表面除锈、酸洗、上底漆、测漆膜、上面漆等一系列工作才能完成。

加强质量前期策划，产品制造工艺也要进行模拟，在加工制造之前要计算出有可能发生差错的地方以及预测有可能出现的问题。

推行"质量看板管理"，编织专管成线、群管成网的质量看板管理网络，把质量防线设在每个班组、每道工序。

以建立质量长效机制为重点，公司群策群力活动走向纵深。

2008年至2009年，伴随着"新重机"工程的投入和国际化步伐的加快，公司及时启动以变革创新为主题的群策群力活动，推行质量看板管理、"6S管理"和"PDCA循环管理"等方法，为公司实现在全球金融危机形势下的逆势增长奠定了坚实的质量管理基础。

2010年至2012年，公司的群策群力活动又把关注点从自身需要转变为关注客户需求，开展以"关注客户、降低质量成本、提升品质、赢得客户"各类主题活动，引入卓越绩效管理模式，推行质量成本管理，明确各级别质量职责，满足客户精益求精的质量要求。

从2013年开始，公司进入战略转型发展期，群策群力活动外延不断延伸，内涵不断丰富，逐渐从单一的产品质量到公司的发展质量，从产品质量管理扩大到公司质量、技术、营销、生产等全系统、全流程的改造、提升，把提升产品质量上升到中信重工品牌和形象的新高度，上升到公司战略转型和发展的新高度。

三、从群策群力到诚信文化

群策群力作为改变人们行为的最大规模行动计划之一，通过突破"诚信缺失"这一扭曲的价值观，唤起组织成员的主人公责任感，加速岗位诚信的进程。

随着群策群力活动的深入推进，中信重工开始了《岗位诚信规范》的制定。规范涉及从操作工到总经理在内的749个岗位，内容包括工作目标、权限、主要职责、关键控制点等多方面。

同时归纳出292条岗位不诚信行为。

这样，每位员工从一上班开始，所有的行为都有据可依。一旦违规，则按照相应的扣分标准计入诚信档案，并以此为依据计算下一年度的薪酬。

像中信重工生产这么大块头的产品，需要成千上万道工序，经过几千人的双手。公司很清楚，要打造百年企业，人盯人是不行的，必须依靠制度，依靠根植于每位员工心底的诚信文化，把做好每一件岗位职责内的事变成每位员工的自觉行为。

《岗位诚信规范》出台后，各单位组织员工举行诚信宣誓仪式和签字仪式，利用班前会学习贯彻岗位规范。

员工岗位操作规范达标考试陆续进行。对员工岗位诚信关键事件进行评定，并进入员工岗位诚信档案。

公司诚信督导组每月深入各单位检查、督导诚信工作的进展情况。

依托公司经营理念，以打造百年基业为目标，以诚信为核心价值观，以焦裕禄精神为企业精神之源，以岗位诚信管理体系为特色的诚信文化日渐成形。

2009年1月23日晚，随着公司总经理、党委书记和职工代表共同启动水晶球按钮，中信重工企业文化手册在雷鸣般的掌声中首发。公司以诚信为核心的企业文化孕育成熟，并进入贯彻实施阶段。

四、像血脉一样绵延在企业里

一个人的职业生涯很短暂，中信重工要走的路却很长。我们所做的，只是为中信重工的百年基业打下坚实的基础。

这是任沁新《CEO手记》中的一段话。

正是基于这样的初衷，中信重工建立了以岗位诚信管理体系为特色的诚信文化。

岗位诚信管理体系是通过建立岗位规范，制定岗位诚信评价标准，对员工诚信度实施考核并与薪酬挂钩的不断循环的持续改进过程。

"它就像血脉一样，绵延在企业里。即使决策者不在现有位置上了，这个体系依然还会发生作用。"任沁新说。

也许，人们会问，现在几乎每个企业都把诚信置于企业文化的重要位置，那么，中信重工的诚信与其他企业的诚信相比，特色在哪里？

特色就在，中信重工将抽象的诚信概念具体化地植入企业生产经营活动全过程，量化到每个员工的岗位工作内容之中，员工岗位诚信度被转化为可操作、可衡量的评价指标，直接影响每个员工的绩效评估、报酬、晋升和聘用，使员工所要达到的目标更加明确、更加具体，并能从中获得精神与物质上的收益。

首先，以诚信宣言与员工达成诚信心理契约，激发员工产生自觉遵守岗位规范的自我约束力；其次，以岗位规范为准绳，量化员工诚信行为和结果，建立员工诚信档案，实施员工诚信考核，并通过持续不断的群策群力活动，完善自我，用驱动力与约束力双重激励精益过程管理，实施改善与反馈并存的绩效考核制度；最后，将岗位诚信规范与员工上岗培训系统、员工个人成长计划相结合，为员工量身打造良好的职业生涯发展平台，实现以岗位诚信提升员工的个人价值和企业核心竞争力，不断追求和实现卓越目标，推动企业发展。

它有四个模块：

员工诚信宣言。诚信宣言是员工岗位诚信行为驱动模式的起点，为企业塑造了一个良好的诚信氛围。员工内心的自我约束弥补了制度约束的盲点，使得"要我诚信"为"我要诚信"。

岗位诚信规范。岗位诚信规范是岗位诚信行为的制度保障，保证诚信行为的持续性。诚信行为因此从单纯制度契约下的令行禁止，升华为制度契约与关系契约完美契合下的不令而行。

群策群力活动。员工通过践履诚信行为的亲身感受，破除陈规陋习，不断完善自我，并为企业发展献计献策，诚信文化体系在实践中得到完善升华。

员工诚信考核。公司在实施员工岗位诚信缺失关键事件管理的基础上，采用排序法、等级评定法、360°考核法对员工岗位诚信度进行百分制评价，其评估结果计入当年员工岗位诚信档案。

员工诚信宣言、岗位诚信规范、群策群力活动和员工诚信考核四个模块相互依赖、相互促进，分别从心理、制度、行为、反馈四方面对员工岗位诚信行为形成四轮驱动的"螺旋桨"。

很多企业的文化理念都有诚信这一条，但是很难指导实践。而在中信重工，**诚信倡导不只是浮现在企业文化的表层**，公司从提高和改善员工履行岗位职责的感情、意志、理想、行为和习惯的各环节着手，有目标，有管理控制手段，有评价标准，有考核并与员工薪酬挂钩，抽象的诚信概念可操作、可考核，意识形态上的道德观念升华为每位员工的行为规范，促使了中信重工诚信文化落地生根，实实在在落脚于"打造百年基业"之上。

五、泽尔玛效应

一个调试机床的外国人在中信重工引发一种"效应"，听起来有点匪夷所思。事情的当事人叫泽尔玛，来自瑞士，是一位知名的梳齿机专家。

每天早上7点半，泽尔玛准时到达工作现场，严格遵守工作时间。工作中，公司要给他准备咖啡，被他婉拒，仅要求提供一瓶矿泉水。

上班时间，泽尔玛不顾年迈，蹲地坑、上下车床、记录数据、比对数据。机床每一个零部件和运行中的每一个动作，泽尔玛都做出详细的记录。他的工作紧张而有序，忙碌却不失章法。

一天，天气异常炎热，这位勤劳的老外已经连续工作了很长时间。设备工具公司的任建生科长想请他去办公室讨论技术问题，顺便也让他歇一歇、喝口水。没承想，他断然拒绝了任建生的好意。

"No！我的工作在这里！"这个外国人表情夸张地反复"吼"道，"我的工作在这里！"一边说，一边指着身旁的12米梳齿机。

12米梳齿机"生病"的原因很快被他查明。

随后几天，打磨、清洗零部件成了泽尔玛的新工作。细腻耐心的动作，认真严肃的表情，让人觉得他不是在和钢铁打交道，而是在和一个刚出生不久的襁褓婴儿亲密接触。此时的他，更像是12米梳齿机的父亲。

故障很快排除了。"严格按照工艺和规范去做工作"——泽尔玛指出排除故障的"秘诀"。这也是他留给中信重工人的一笔宝贵财富。

"在泽尔玛身上集中体现了岗位诚信，这是我们许多员工所缺乏的，我们要以他为榜样，向他学习。"中信重工人这样看待泽尔玛精神。

紧接着，讨论会、学习会、分析会一场接一场展开，全面深入剖析泽尔玛现象。

泽尔玛不仅给中信重工留下了一台高效的12米梳齿机，而且改变了中信重工人的认识及行为。

"泽尔玛那种兢兢业业、事必躬亲、一丝不苟的认真态度和精益求精的敬业精神，是我们每一名员工都应该好好学习的。" 12米梳齿机机长王连森说。

"泽尔玛其实是一面镜子，映照出我们的不足，也引起我们的深刻反思。"重装厂领导直言。

对照泽尔玛这面镜子，重装厂将团结协作精神发扬光大。

"优先服务零号项目首台 $\Phi 7.9 \times 13.6$ 米球磨机装配"，成了重装厂每一个人的心声。

天车工、起重工随叫随到；钳工帮忙连接线路；关键时刻，首席员工冯伟主动请缨，带领装配三班工人负责球磨机固定端主轴承的装配，并提前完成任务。

在12米梳齿机维修的过程中，设备工具公司技术人员全程跟随，现场服务。"是泽尔玛让我们看到工作观念和实力的差距。我们必须转变观念，树立全新的工作理念。"设备工具公司经理说。

为了保证专机制造质量，钳工师傅们对任何毛刺和锈痕都不肯放过，常常用水晶纱轻轻打磨，打磨完以后再用布擦，如此反复，最终使零部件一次安装到位。

从图纸到两台专机落成，仅用了9个月。中信重工的两台专机能将端盖等形状复杂的工件吊到回转工作台上，找正后就可实现数控化精密加工，无须对零件进行二次调整。这几乎颠覆了人们对传统摇臂钻的概念。

从传统走向科学高效，以及一系列工艺流程的嬗变，泽尔玛的影子隐约闪现。尤为关键的是，他给许多员工的观念带来了一次更新。

六、史密斯的最后通牒

质量保证部例行召开的一次质量例会，任沁新总经理和公司主管生产、技术、质量、销售的副总竟然都来参加了。与会的质检系统人员神经一下子都绷紧了。

自中信重工的群策群力活动开展以来，生产现场的陈规陋习日趋减少，质量问题也得到有效解决。又是什么问题能够让公司领导班子如此兴师动众呢？

谜底很快揭开：史密斯产品的进度问题。在场的很多领导干部都清楚，史密斯的 15 个磨盘已经拖期两三个月了。但就在这样紧张的局面下，还发生了重复涂漆这样的笑话。

史密斯是公司的重点大客户，双方有着长期的友好合作。但由于在交货期上一拖再拖，迟迟不能兑现承诺，史密斯无奈之下向公司发了最后通牒。

听着各单位据"理"力争、纷纷扰扰的汇报，任沁新胸中的火气"噌"地一下燃了起来，忍不住插话："我觉得我们的问题找到了！"

大家顿时一愣。

任沁新接着说："保质量、保交货期是公司生产经营的大局，但我们干部的大局观念哪里去了？我认为：1. 制度停留在纸面上，没有认真落实，职能部门的作用和职责弱化，这是产生问题最主要的原因；2. 一些领导干部对工作抓得粗，不深入，不细致，没有很好地履行自己的职责；3. 出现问题推脱责任、躲避责任，总是以对方的毛病为理由和借口，在问题的处理上推诿扯皮，不惜影响生产进度；4. 解决不了问题，害怕问题。一边是想尽办法解决问题，另一边却在重复着同样的错误。"

任沁新掷地有声的话语和有条有理的分析，让争执不已的会场沉默了。

很多人都不会忘记，也正是在这次特殊的质量例会上，任沁新第一次提出中信重工的领导干部不能说四句话，不能做五种人。

不说四句话：不能说"不知道""不会干""不是我干的""没办法"。

不能做五种人：一是不深入实际，不去发现问题的人；二是身处实际，发现不了问题的人；三是发现了问题，解决不了问题的人；四是解决不了问题，也不反映问题的人；五是能解决问题，但解决不彻底的人。

后来又加上一条：不当"三无"干部：无为、无能、无绩效。

"三四五戒规"作为干部的行为准则，纳入中信重工的企业文化体系。

2010 年 6 月 18 日，在中信重工召开的"三查四严"专题会议上，公司保卫部主任站在大会上，对着所有的与会人员做公开检讨。

公司中层干部在大会上做公开检讨，这在中信重工的历史上少有。保卫部一下子成了全场的焦点。这样的焦点让保卫部的领导如坐针毡。

从年初开始，公司厂区内发生多起员工电动车被盗窃出厂和办公室重要物品被盗窃案件。尤其是 2010 年 4 月 21 日，公司外贸楼某外商办公室被盗窃两台笔记本电脑，严重影响公司的对外声誉。

与此形成鲜明对比的是，保卫部仅破获盗窃摩托车 1 起，盗窃自行车 1 起，盗窃物品 1 起。高发案率、低破案率，严重的低效，让保卫部门的工作饱受公司员工及员工家属诟病。

除了公开检讨，对保卫部给予全公司通报批评，并作为诚信缺失关键事件记入干部诚信档案。

会议强调，对于各级领导干部触犯干部"三四五戒规"，将启动行政问责制，追究相关领导责任，直至解职；对于员工违反公司规定，工作效率低下，人浮于事，将实施"待岗制"，直至解除劳动合同。

任沁新说："干部必须跟上公司的发展步伐。我们不让干部停下来、蹲下去，是对干部的爱护。蹲下去就站不起来，停下来就会被淘汰。"

七、失而复得的"面子"

薛爱民是一个很要面子的人，但是发生在他身上的一起质量事故，却让他一下子面子扫地。

因为粗心，他在测量活件时将外径尺寸看错，结果将活件加工成废品，使企业遭受经济和信誉的双重损失。

公司将此事定性为质量事故，薛爱民受到扣除岗位诚信分并罚款的处分，被公司从关键机床"下放"到普通机床。

薛爱民感到心里瞬间空了。他像变了一个人，上下班的路上见了同事和领导总是躲着走。在班上，上下嘴唇像是被电焊合上了，一声不吭。与在关键机床工作时相比，收入的减少也使他本来就不宽裕的家庭平添了几分沉重。

绝不能让一名员工掉队！

车间领导和厂领导多次找他谈心，引导他认识错误，并鼓励他放下心理包袱，勇敢面对现实，重新开始。

人不缺向外看的眼睛，但缺一双向内看的眼睛，要等到心碎掉之后，才能长出来。

薛爱民一点点反思：岗位诚信的缺失是导致自己"没面子"的根本原因。要拾回面子，就必须做到岗位诚信，不能再有任何闪失。

低落的情绪开始在鼓励和反思中回升。

每天上下班途中，薛爱民的眼神都会自觉不自觉地在公司厂区的宣传栏前停留。宣传栏上张贴的是公司劳模、模范党员、首席员工、岗位诚信明星的大幅照片和先进事迹介绍，这些人都是岗位诚信的标兵。每次观看，薛爱民的心情都不一样，从最初的艳羡、比对，到后来的不服气。他暗下决心：只要自己遵守岗位诚信规范，早晚有一天我要成为你们当中的一员。

要强的薛爱民在普通机床上从基础做起，严格按照岗位规范操作，脏活累活抢着干，很快赢得了师傅的信任。

在工作中，对曾改变他命运的产品质量，薛爱民更是格外重视。遇到难干的活或技术要求高的活，他不再凭经验干活，而是认真研究工艺和图纸，不懂就问师傅或向技术人员请教，努力将每一件活都干成精品。每次测量活件，薛爱民都要对照图纸要求，反复测量三遍以上。

"树立诚信理念，培养诚信品质；履行岗位职责，恪守岗位规范……"60字员工岗位诚信宣言，被做成展板悬挂在车间。工作间隙，薛爱民总是要用目光扫上一遍。虽然上面的诚信宣言早已铭记于心，但他想要做得比上面写得更好。

信心在一天天地增强，技艺在一天天地精进。在薛爱民的手中，一台已经干了20多年粗加工的普通65车床，也变成了可以粗精两用的机床。

很快，薛爱民练就了过硬的技能和品质，对产品质量精益求精，车间领导也放心大胆地将精车活件交给他加工。他所操作的机床和他本人一样，又重新焕发了活力。一天晚上，薛爱民带领两名青工突击抢干了4件精车轴套，将活件公差控制得恰到好处。

由于薛爱民平时干活肯吃苦，加工效率高，全年度月工时都在600点以上，他被破格提拔为大车班副班长。年终，薛爱民被评为厂级先进工作者；他们大车班被评为先进班组，受到了表彰。

我无法体验薛爱民当年的痛与疼，希望与绝望，努力与挣扎，只是今天提起这件往事，他依旧声音沙哑："说实话，能有今天，是中信重工这个大学校、大家庭、大熔炉的诚信文化氛围感染了我、激发了我。在这里，我掂出'诚信'这两个字的分量和责任。"

诚信是一枚古老的种子，在我们追随时代的行程里，匆忙的脚步可以忽略生活的节奏，但千万不要忘记带上这枚种子同行。发于内心，源于自觉，遵从自愿，如同一组生命的密码一样，自然而然，终身恪守，愿这枚古老的种子在薛爱民长长的人生路上生根开花，绽放风华。

八、镌刻在 12 米梳齿机上的诚信宣言

2011年5月1日，一个"不幸"的事件，恐将中信重工推向失信的深渊。

事情第一时间上报公司——重装厂12米梳齿机控制系统失灵，机床骤停，正在加工的KCM赞比亚项目10.8米大齿圈"停摆"。

该机床是 20 世纪 70 年代瑞士马格公司生产的，是完全靠机械系统实现四轴联动的高精密装备，目前全世界仅有 3 台。

该机床自引入中信重工后，几乎参与了所有世界级大型齿轮产品的加工，是中信重工的功勋级机床。由于它在中信重工大型、特大型齿圈加工中的作用和效能无可替代，当其无法启动的那一刻，时间都凝固了。

等待 KCM 赞比亚项目最后一个大齿圈的印度监理焦急万分。在随后的日子里，他几乎天天到现场，盼望奇迹发生。上至公司领导，下至机床操作者，无不心急如焚。经过初步分析，该机床生的不仅是"洋病"——主控 PLC 系统老化损坏，导致程序丢失或紊乱，而且可能是"无药可治的病"——由于微机和自动化控制技术的飞速发展，寻找 20 世纪七八十年代的机床控制程序并写入 12 米梳齿机，将比修复一件千年文物还难。

更为严重的是，根据合同，KCM 赞比亚项目最后一个大齿圈必须在 8 月底交付赞比亚用户。否则，中信重工将面临 110 万美元的巨额违约罚款。

折中的办法也有，那就是改变工艺，利用公司 16 米滚齿机加工，不过刀具是个问题。德国肯纳公司的刀具最早只能在 17 周后的 9 月 15 日到中信重工。

不惜代价在短时间内修复 12 米梳齿机，成为解决燃眉之急的唯一选择。

（一）泽尔玛来了

中信重工上下紧急反应，启动了全球协作机制。

瑞士著名的梳齿机专家，70 多岁的泽尔玛被中信重工紧急请来了。

这位敬业的老人在 3 年前的 12 米梳齿机安装中的表现堪称经典。

这一次他表示，只要搞到损坏的电路板，就有一定把握将 12 米梳齿机修好。

泽尔玛给中信重工带来了一块 CPU 板。但他很快发现，这块 CPU 板与 12 米梳齿机电控系统不兼容。他这一试，造成了机床原版控制数据流失，12 米梳齿机原有的油泵动作也消失了。

原计划在中信重工工作 3 天，但只工作了半天，泽尔玛就无奈地表示，12 米梳齿机这次发生的故障已经超过他的能力。

12 米梳齿机缺少原始技术数据，由于其控制系统是专业的二级制编程，据泽尔玛回忆说，唯一能做这件事的是一位 80 岁老人。

受公司委托，泽尔玛回到瑞士后，找到曾给 12 米梳齿机编程序的技术员和二进制编程器。但遗憾的是，这位现居美国的老技术员行动极为不便，根本无法到 12 米梳齿机现场工作，且没有任何技术意义上的弟子。

澳大利亚 CNC 公司技术人员来了，信心满满地表示："我们先将 PLC 暂时恢复，以便你们应急干活。但是后期的改造项目要交给我们公司来做。"

但一个星期过去了，CNC公司技术人员依旧一筹莫展。12米梳齿机像一头倔强的公牛一样横在那里。

最后，CNC公司提出对12米梳齿机彻底进行数控改造的一揽子计划。

只是，不说成本、代价有多大，关键是周期太长，靠不住，也等不起。

（二）士兵突击

围绕12米梳齿机的维修和恢复，国际专家和知名公司在努力和尝试，中信重工的电气工程师也在默默地工作着。除了配合外方的工作，更多地，他们也在总结和琢磨。

代表人之一，就是中信重工设备工具公司技术部主任任建生。

早在泽尔玛进现场前，任建生和电气工程师许渊就开始了12米梳齿机故障的原因排查。

排查原因的过程漫长而枯燥，但任建生却干出了激情和兴趣。他不分昼夜，干累了就躺在办公室休息。一会儿，突然一个想法产生，任建生就赶紧跑去现场实地印证。

泽尔玛带来的那块CPU板让12米梳齿机油泵动作也消失后，任建生第一个想到的就是：为啥不兼容？

为了查清原因，任建生将CPU板扫描后放在电脑上，然后瞪大眼睛一点点地仔细观察分析。

突然，他发现CPU板上有一个集成块不是原装的，是日本日立公司的。

"这是一块被修理过的CPU板，而且修理人对二进制程序不是非常了解，此板程序已经不是原始程序，除非我们将原始程序写入这块板子。"

迷宫的第一个出口被任建生找到了。

这意味着只要找到合适的CPU板，并写入12米梳齿机原始CPU数据，问题就将解决。

可合适的CPU板又在哪里呢？

（三）全球接力

"SAVE ME！"（救救我！）

最炎热的6月，利用自己半生不熟的英语，任建生在国际互联网上发出了写着这样标题的帖子，并在帖子内介绍了公司12米梳齿机面临的困境。

那一阵子，他白天忙着配合12米梳齿机的检查，晚上上网，眼睛熬得通红，只盼自己的帖子能够引起人们的关注。

执着和真诚感动了上帝。

一周后的一个早晨，任建生忽然发现有个瑞士人给他回帖了。

抱着笔记本到单位找人一翻译，对方的大意是：瑞士 BMD 公司能够提供相应的 PLC 控制系统 CPU 板备件。

任建生喜出望外，马上登录 BMD 公司网页，并经泽尔玛介绍，给瑞士 BMD 公司销售员汉森发了一封邮件。

通过瑞士人汉森的介绍，德国电气工程师海因茨进入任建生的视线。海因茨在电邮中表示，他可以为任建生提供 3 块 CPU 板和相关技术资料。

不过，事情似乎没有这么简单。

在向海因茨支付 50 欧元技术资料复制费后，海因茨却在电邮中说，他那儿 1803 型号的 CPU 板没有了。

"这可不行！"任建生已经把希望都寄托在了 1803 号 CPU 板上了，必须得到这块 CPU 板。

"亲爱的德国朋友，中信重工非常敬重您，您已经承诺过给我 3 块板子，怎能不守承诺呢？"任建生在邮件中不客气地质问海因茨。他知道，德国人非常重承诺。任建生其实在将海因茨的军。

就这样，感到自己在道德上无路可退的海因茨通过圈内朋友，一周后跑到了奥地利一家公司，在找到 1803 号 CPU 板且测试无问题后，寄给了任建生。

如获至宝的任建生在第一时间将 1803 号 CPU 板插入 12 米梳齿机 PLC 控制系统。

奇迹发生了，随着机床油泵的启动，控制屏幕上也有显示了。

不过，问题依旧没有解决。

（四）欢笑与泪水，那些令人动容的瞬间

时间已经是 7 月，刚刚燃起的星点希望之光又黯淡了，任建生的心"嗖"地沉了下去。

根据 1803 号 CPU 板插入 12 米梳齿机 PLC 控制系统的情况，任建生知道，靠重新编程输入 1803 号 CPU 板的可能性几乎为零。现在唯一的出路就是得到原板子的数据。

上网查资料，电邮咨询外国公司……中信重工澳大利亚公司、矿研院、国际业务部、设备工具公司，许多员工都加入这场近乎大海捞针的行动中。那段时间，由于与国外的时差关系，他们大多都在晚上工作到深夜。

任建生一次次通过发电邮给瑞士 BMD 公司的销售员汉森，"急需数据"的诚意感动了瑞士人。

几经周折，汉森帮中信重工联系到程序专家戴曼。

7月23日，戴曼给任建生回邮，询问12米梳齿机的编号及其他相关数据，以便据此判断1803号CPU板缺失的数据。

戴曼此举，让任建生重新燃起了希望。

等待戴曼回电邮也成了任建生平生最大的一场煎熬，那真是漫长的一天。

因为12米梳齿机年代久远，已经没法靠现代笔记本电脑输入程序。通过多方打听，任建生到中信重工西边的谷水市场淘到一部二进制程序输入器，开始着手研究二进制程序的输入。

7月23日夜，任建生几乎彻夜盯着电脑，几乎是两三分钟就将邮箱刷新一次，他等的是戴曼的再次回邮。他知道这将是中信重工最后的机会。

7月24日凌晨5点，任建生查看邮件时，发现戴曼回邮了！

起初他以为自己因焦虑看花了眼，直到妻子确认那是一串串洋文后，他才相信，一切是真的。

处在亢奋状态的任建生抱着电脑，一口气从家里赶到12米梳齿机现场，开始利用笨拙的二进制程序输入器输入数据。

但命运又和任建生开了一次玩笑。

就在他输入数据结束不到一分钟时间，那台二进制程序输入器就停止工作了。

任建生笑了，因为他一开始就多了个心眼，实施了数据备份。此时，戴曼提供的数据已经在12米梳齿机里。

启动，小心地启动。任建生的心怦怦地跳着，是激动，也是担心，更是热切的期待。

12米梳齿机油泵忽然启动了，机床开始有动作了！

只不过，控制面板上有一盏灯忽闪着报警，梳齿刀在运行中返程很慢，属于"回程爬行"状态。

"老任，这已经不错了，咱先报告公司，开始加工吧，工期要紧！"围上来的工人师傅们兴奋起来。

"不行，问题没有彻底解决，这样带病工作可能毁了机床。"由于劳累，已经坐在地上的任建生回答。

"经理，赶快帮我协调一部国际长途和一个好点的翻译！"任建生拨通了设备公司经理的电话。

绿色通道，特事特办，人和设备很快到位。

通过欧亚大陆最两端的直接连线，任建生和戴曼架起了一条12米梳齿机的生命通道。戴曼由此全面了解掌握了12米梳齿机的最新运行状态，随后很快调整了程序数据。

7月25日，再次调整程序后，12米梳齿机"回程爬行"状态消失。

为了进一步验证机床的"康复"，任建生盯在现场看着机床一点点慢慢转动，一眶热泪洒在了凝结着多少人心血和期盼的12米梳齿机上。

7月26日，停机达两个多月的瑞士马格12米梳齿机终于恢复了运转！

消息传来，中信重工主管生产的副总经理舒展开眉头说："赞比亚项目8月底交付有保障了！"

九、来自新华社的调查与启示

在经营环境动荡变化的今天，企业正处在淘汰别人或被别人淘汰的大变革时代。中信重工机械股份有限公司之所以在金融危机中"风景独好"，除了技术、装备、市场的高端战略定位外，另一个主要原因在于建成了独具特色的诚信文化体系，形成了克难攻坚的发展理念。

这是2008年12月24日新华社播发的新闻稿的开头，标题是《诚信文化凝聚克难攻坚的必胜信念》，副题为：中信重工逆势增长的调查与启示。

报道介绍了"人要如何做——岗位诚信考核优化管理""活该怎么干——合同诚信放大产业效益"后，重点聚焦"钱从哪里来——企业诚信资质赢取资金"：

岗位诚信管理体系的实施受到客户的普遍称颂，特别是国外客商认为中信重工公司讲诚信，纷纷与公司加大合作，订单不断上扬。公司产品的外观及实物质量显著提高，废品率、返修率、废品损失明显减少。近两年有4个产品获"中国名牌产品"称号。宝钢、鞍钢、GE、韩国浦项制铁等客户还为中信重工颁发奖章和感谢奖牌。

业界公认的诚信资质，使中信重工得到了另一项意想不到的实惠：资金。按照重工业界的行规，一单合同签订，客户需付厂家30%的预付款，产品生产过程中需付40%的进度款，交货时付足95%的款提货，另5%余款作为质量保证款。也就是说，订单越多，资金就越充裕，就能有实力进行技术改造和装备升级。

据中信重工总经理任沁新介绍，去年全年新增订单69亿元，今年

1至10月新增订单107.59亿元，受金融危机影响，其中有4.6亿元暂缓，11月新增订单4.95亿元。截至11月底，公司在手订单共203.64亿元，同比增长61.99%。仅按30%预付款计算，中信重工至少有60亿元可用资金，因此完全可以凭企业自身实力完成投资达30亿元的"新重机"工程。任沁新说："如果一味依赖国家投资，就有可能丧失最佳的投资时机，说不定在项目审批过程中就损失了大量订单。"

近期，国内一批煤炭、冶金、建材、有色、电力等行业的大客户，以及美国、德国、澳大利亚、巴西、日本、印度、印尼等国的企业总裁到中信重工考察，在看完正在紧锣密鼓兴建的"新重机"工程后，他们倍感振奋。

第四章

王者之器

　　在极端制造领域，装备制造业的发展趋势是：一方面向超微超精发展；另一方面向超大超重发展。以发电设备为例，火电机组将以 60 万千瓦和 100 万千瓦级的超临界、超超临界机组为主，需要 200 吨级真空精炼钢锭制造汽轮机主轴；核电将以百万千瓦级机组为主，其低压转子需要 600 吨级真空精炼钢锭；水电将以 70 万千瓦以上混流式机组和用于抽水蓄能的轴流式机组为主，三峡电站 70 万千瓦水轮机不锈钢转轮直径 9.8 米，重达 500 吨。石化领域需要 2000 吨级以上的特大型加氢反应器厚壁筒体。冶金领域 5.5 米中厚板轧机的支撑辊净重 230 吨，也需要 600 吨级钢锭，其机架作为整体铸件，净重 410 吨。造船领域组合式船用曲轴长度可达 18 米，重量达到 300 吨。重大技术装备的发展，还会催生规格更大、工艺更复杂、技术含量更高的大型铸锻件。

　　然而，时至 2006 年，作为重型装备的国家队，中信重工热加工核心装备仅有 30 吨电炉、50 吨电炉和 8400 吨水压机，生产能力为：一次钢水量 360 吨、最大铸钢件 190 吨、最大钢锭 75 吨，最大锻件 45 吨。

　　令中信重工揪心的是，8400 吨水压机的一根立柱第二次横向断裂，另一根立柱也出现了纵向裂纹。中信重工这台 20 世纪 70 年代投用的工业大锤日渐老化，断裂立柱靠焊补勉强维持运行。一旦再次断裂，将无力回天，中信重工大型铸锻件生产面临全面"崩盘"。

　　纷纷扬扬的雪花，从天穹深处落下来。这雪花好像落进了中信重工人的心里，泛起阵阵寒意。

　　时至 2006 年年底，中信重工决策者的脸色越来越凝重：中信重工该何去何从？

一、抉　择

要想不被别人超越，办法不止一个。经验告诉中信重工人，"干别人干不了的产品"是保持自身优势、引领未来市场的关键。

中信重工决策者有着更为现实的思考，他们的观点是："决定企业能做出多大的产品，不是看后期的加工能力有多大，而是看前期的铸锻能力有多大，如果没有配套铸锻件生产设备，后期的产品无法发展，产品也就'长不大'。"

从企业自身产品生产制造的需要出发，越来越清晰的声音是：新上马一台大型锻造压机。

就像蒸馒头要揉面一样，锻造压机应用于重大设备使用前的锻造过程。锻造不仅是金属成型的一种方法，同时也是提高金属机械性能的重要手段。

放眼国内外，任沁新给出更为重要的理由：这是中国重工业突破发展瓶颈的需要。

他解释说："中国是拥有全球最大锻造能力的国家，但不是锻造大国。虽然拥有众多的大型压机，但是锻造总量在全世界排不到前列。显然，中国也不是锻造强国，高端的锻件和最重的锻件不产自中国。""最关键的是，你想买的买不到。我们只有掌握了大型铸锻件和核心制造技术及工艺，才能站在全球经济一体化的大平台上参与国际竞争。"

在"要不要上"的问题达成共识后，中信重工决策层又面临着新的问题：上什么样的压机？是自己搞，还是国际合作？

当时比较一致的意见是继续上水压机。国内企业已上的全是水压机，有应用经验可以借鉴；而大型锻造油压机国内没有先例可循。究竟上什么样的压机，一时争论不休、莫衷一是。

任沁新带队赴欧洲考察。视野打开，结论不言自明：与国内相反，油压机早已是成熟的技术，发达国家近 20 年上的全是油压机。

经过不断的调查论证，中信重工最终选择了油压机。理由是：油压机运行成本低，下压力可调；油压机利用泵控技术，移动横梁每分钟下压次数可达 44 次，比传统设计节能 30%，工作效率是同规格普通水压机的 3 倍。

在自主研发或国际合作的选择上，中信重工毫不犹豫："中信重工是将压机作为工作母机用的，肯定要上世界最好的装备。"

于是，公司实施了 18500 吨油压机全球性的国际招标，包括德国威普克、西马克，韩国 HBE 公司在内，多家国际巨头参与了竞标。

技术谈判上，一家全球著名压机供应商因谈不出计算依据而败标，深知项目重大意义的项目负责人在众人面前潜然落泪。

经过缜密严谨的多方论证，中信重工最终选定了德国威普克设计的三梁两柱 18500 吨自由锻造油压机，同时配置德国 DDS 公司的 750 吨 / 米锻造操作机；而油压机和操作机采用联合设计、联合制造、联合品牌，设备本体则完全由中信重工自己制造。

德国威普克液压公司总裁专程来到洛阳，双方在联合制造世界最大、最先进的 18500 吨自由锻造油压机合同上正式签字。总裁将一顶象征着全球自由锻造王国的金色皇冠赠送给中信重工。

2010 年 8 月 12 日，时任全国政协副主席、科技部部长万钢视察了中信重工即将投产的世界最大、最先进的 18500 吨自由锻造油压机，当得知中信重工用的是世界上唯一以潘克公司命名的"潘克泵"时，他说："我鼓励你们搞好国际合作。自主创新是开放的。自主创新和国际合作没有矛盾。"

二、世界铸造史上的辉煌一页

2008 年 5 月 21 日，18500 吨油压机上横梁浇注进入倒计时。此次浇注，是油压机制造的开山之战，也是对刚刚竣工的"新重机"工程的首个工部——重型冶铸工部的检阅。

上横梁毛坯重 570 吨，需冶炼 10 炉 6 包重量达 829.5 吨的钢水进行合浇。其重量之巨，各炉钢水温差要求之微，工艺之复杂，合浇之困难，对庞大的系统设施、设备可靠性要求之严，对系统团队的协同配合要求之紧密，在世界铸造史上是绝无仅有的。

（一）箭在弦上

这一天，重型冶铸工部人头攒动，氛围紧张凝重。350 吨天车吊着空钢包进行实际预演，确保 3 台天车互不干涉，钢包互不影响。每台天车上都有电工、钳工值守，为设备保驾护航。

每个钢包都编了号，指定了安放位置，并有专人负责；各种设备、配套设施也一一检修完毕；上千吨的废钢、生铁、合金和辅料也已到位；公司"新重机"工程指挥部、能源公司、运输公司、建安公司等单位 800 多名参战员工严阵以待。

21日晚9时58分，重型冶铸工部80吨电弧炉开始送电，冶炼第一炉钢水。之后，50吨、30吨电弧炉，60吨、40吨LF精炼炉，150吨LFV、150吨LF/VOD精炼炉等主力设备按工艺顺序全部投入紧张的生产。

（二）突发险情

所有设备运转正常，一切工作顺利地进行着。冶炼好的第一包、第二包各180吨的钢水已吊运到位，进入了保温状态，第三包钢水正在精炼。

夜向深处滑去。

一切都在按计划推进。

22日凌晨4时左右，在现场指导攻关的铸锻厂常务副厂长张连振突然发现："不好，跑钢了！"

只见火红的钢水从第二个钢包底座流出，一下子映红了整个车间。钢水如一条火龙，在地上蠕动、蔓延。

面对突如其来的险情，大家一时间手足无措、无所适从，现场一片混乱。

钢水越流越多，填满了事故坑，淹没了轨道，车间内一片火海。

人员越发难以靠近，只听见呼喊声、机器轰鸣声，车间内一片嘈杂。

火龙已游至第一个钢包的底部，严重威胁着第一个钢包内的180吨钢水。高温炙烤着钢包底部的电机和机架。

形势万分危急，险情趋于恶化。如果第一个钢包也漏钢了怎么办？如果第一个钢包的电机和机架被烤坏了又该如何？这些问题大家不愿想，也不敢想。

（三）第一时间

接到跑钢事件的报告，任沁新在第一时间赶到事故现场。

"总经理来了！"

大家传递着同一声音，自觉地让出一条路。

现场慌乱的局面顿时安定了下来，焦灼的目光都集中在任沁新的身上。现场人员后来描述，在那种紧急状态下，公司当家人的及时到场和他的沉着冷静，大家有了主心骨，心里有底了。

任沁新了解情况、紧急会商后，一连串指令很快下达，跑钢抢险工作有序展开。

上千度高温的火龙在地上蔓延，堵截火龙是当务之急。铸锭工人冒着高温铺设沙垄，步步为营，层层设防。运送、铺设……一条龙作业。

工夫不大，已经在事故坑内筑起了一道长城，隔开了事故钢包的钢水，避免了事态进一步扩大。

火龙虽不再那么顽劣，但是对付那千度以上的高温仍是件棘手事。

消防车喷出的水一接触炽热的钢水，立即化为团团蒸汽，顷刻间就布满了整个工部，遮挡了人们的视线。就连久历沙场的消防员也没见过这样的阵势。

任沁新勉励员工：“面对困难，一定要有克服困难的信心。”

大家冒着火红的钢块散发的热浪铺设石棉板，隔开高温，保护第一个钢包免受热浪的炙烤。

在控制住现场形势后，紧接着要面对的难题就是清理泄漏的废钢了。

铺石棉板隔热，气割钢块，搬离现场，一切紧张有序……

（四）现场决断

下一步如何走？浇还是不浇？如何浇？当所有的抢险工作展开时，任沁新就开始盘算了。

在掌握了各方面情况并征求在场老专家的意见后，22 日上午 9 点 40 分，任沁新主持召开紧急现场会。

现场会上，不少人主张放弃，因为困难太大，难题太多。其一，第二个钢包漏了，其他钢包会不会漏？所有钢包的参数设计都相同，材料也相同，很难保证其他钢包不漏。其二，补回泄漏的 180 吨钢水需要冶炼时间。这段时间里，对另外已经冶炼好的钢水的保温提出了严苛的要求。之前合浇保温最长时间仅经历过 10 小时左右，我们能否保证更长的保温期？这些都是史无前例的难题，大家的心里都没底。

也有人主张干下去，继续浇，并提出了补救实施方案：将第一包的 180 吨钢水导入第三包和第四包，再用第一包补上 180 吨的钢水。方案有可行性，但也冒着极大的风险。钢包在使用后的自然状态下要 2～3 天才能再次使用，如果继续浇，就需要在短短数小时内处理好使用的钢包，能否确保万无一失，大家犹豫不决，下不了决心。

站在总经理的立场，任沁新思考得更多：如果放弃浇注，直接的经济损失最少在 600 万元，钢水、钢包、砂型、生产辅料等都将报废，炼好的 500 多吨钢水没有理想的去向，砂型超过 5 天也将报废，工人们 3 个多月的辛苦将付诸东流，难以挽回。尤其对 18500 吨油压机的制造是致命的打击，将打乱“新重机”工程的所有计划节点，况且未来浇注同样要冒很大的风险。

在听取技术人员的补救方案后，任沁新说：“希望大家不要背思想包袱，仔细论证策划方案，充分评估方案可行性，这个工程非干不可。华山只有一条路，我们要有信心，克服一切困难，确保浇注成功。"

他的话驱散了大家心中的疑虑，坚定了干下去的信心。

大家集思广益，对补救实施方案进行完善。钢水冶炼、浇注的每道工序过了一遍又一遍，对于可能出现的问题做了充分估计并提出了处理方法和应急预案。

（五）众志成城

一场补炼、浇注战役打响了。

要补炼泄漏的 180 吨钢水，冶炼工人们顶着巨大压力。他们不仅要照顾好 3 台炼钢炉，还担负着为炉子添加数吨合金、辅料的重任。

大家的工作服湿了又干，干了又湿，几位班长因连续大量体力消耗，出现明显的劳累虚脱现象。

公司职能部门的员工也投入战斗。他们为工人师傅们做后勤，送绿茶、矿泉水、面包、火腿肠，让工人随手就能拿到水，随手就能抓到吃的，保障了一线工人师傅的体力与精力。

在这场前所未有的大战役中，中信重工上下一心，凝成了一股强大的合力。

炼钢、出钢、过钢、合包、吊运……

补炉、加料、测成分、调控温度……

各项工作紧密衔接，像秒表一样有序地向前运转。

第二个钢包已无法使用，必须将第一个钢包的钢水转移后继续使用。铸锭工人们不顾高温，冲上去烧水口、卸滑板，以确保钢包的再次投用。

天车工在狭小的驾驶室里精神高度集中，顾不上高温炙烤，持续奋战，连续操作十几小时。

人心齐，泰山移。浇注的时刻终于到来了！

（六）改写历史

22 日 18 时 36 分，随着指挥长哨声鸣响，冶铸工部即刻红光四射，钢花奔流。10 分钟后，世界上一次组织钢水最多、浇注吨位最重的特大型铸钢件顺利浇注成功！

善打硬仗的中信重工人终于创造了中国铸造史的又一奇迹，也同时在世界铸造史上写下了辉煌的一页。

所有为此付出艰辛努力的工人激动地拥抱在一起。

硕大的车间红光普照，大家相互传递着胜利的讯息，尽情表达着激动和喜悦，整个现场一片沸腾。

中央电视台《新闻联播》以《我国建造世界最大的自由锻造油压机》为题，向世界播报——

> 这里浇注的是 18500 吨自由锻造油压机的核心部件上横梁部分，其毛坯总重达 570 吨，同时浇注钢水 829.5 吨，是迄今我国一次性组织钢水最多、浇注吨位最大的特大型铸钢件。
>
> 我国第一台 18500 吨自由锻造油压机上横梁在中信重工完成浇注，它的建成将标志着我国成为世界为数不多的能够锻造最大铸锻件国家之一。

三、波澜壮阔的动人图卷

从 2008 年 8 月基础梁进入机加工，到 2010 年 3 月上横梁精加工顺利完成，从 2008 年 6 月油压机基础开挖，到 2010 年 6 月上横梁安装到位，一段段精益求精的作业场景，一个个通宵达旦的不眠之夜，18500 吨油压机诞生的点点滴滴，绘制出一幅波澜壮阔的动人图卷。

（一）一场奋勇争先的接力赛

2008 年 9 月下旬，油压机基础梁粗加工结束；2008 年 12 月中旬，首件下横梁完成半精加工；2009 年 2 月中旬，上横梁进入机加工……

一道道工序紧密衔接，一个个大件接连完工。中信重工上下联动、协同作战，在 18500 吨油压机大件加工上展开了一场奋勇争先的接力赛。

为了确保 18500 吨油压机大件加工，重机厂、重装厂想尽种种举措，进行前期总体策划、重点难点策划和细节策划，做到操作工人心中有数，零件到后迅速投入加工。

每天，公司矿研院冶金所、工艺室和重机厂、重装厂的技术人员都会到现场展开技术服务。他们不但要详细审查图纸、工艺，落实必要的工装、刀具、检测量具等，还要提前向工人技术交底，解释工艺规程细节，及时发现问题，协调解决工艺技术问题。

2009 年 2 月 21 日至 24 日，运输公司连续 4 次倒运 250～349 吨油压机托架和下横梁。在倒运的过程中正赶上双休日和雨天，参与倒运人员冒雨作业，庞然大物不断在重装厂和冶铸工部之间往返，他们一干就是 3 天，往返一趟就到了深夜。

在重型装备厂数控车间，于玺仰望着矗立在车间西部的一台高大的机器自豪地说："它就是为 18500 吨油压机的诞生立下汗马功劳的镗铣床，而我就是它的主人。"

在机器的轰鸣声中，这位"首席员工""全国五一劳动奖章"获得者讲述着自己参与油压机组制造的经历。2006 年，于玺被分配到 6.5×18 米数控龙门镗铣床工作。为了充分发挥机床效率，他带领机组先后摸索出新型加工方法 20 余项，完成了三峡大坝启闭机等 20 多项高难度、超大型产品的加工。2007 年，当公司决定制造 18500 吨油压机时，他们勇敢地承担起 10 个关键部件中的两件加工任务。

"不论国内还是国际，都没有可借鉴的经验。"于玺说，比如，其中一个部件重近 1000 吨，先不说如何加工，就是它的重量也会让镗铣床变形报废。显然，已有的加工工艺无法完成任务，必须进行创新。18500 吨锻造油压机组项目，为每一位组员提供了一个实现梦想的平台。

为保证精加工质量，6.5×18 米龙门镗铣床精加工移动横梁时，于玺针对活件形位尺寸预编了 30 多套子程序，充分利用机床的性能，把精度牢牢控制在 0.01 毫米之内。

（二）"心脏"的搏动

2009 年 7 月 4 日，随着时任公司党委书记徐风岐一声令下，18500 吨油压机管道制作工程正式开工。

自动化公司、江都安装工程有限公司等单位通力合作，始终把质量放在第一位，利用半年时间就完成了重达 400 多吨、超过千米的液压管路安装工作。

为了油压机"心脏"早日跳动起来，自动化公司润滑厂装配钳工分成电、钳、管三个专业班组，精心打造精品，有效解决了电机工作中出现的震动，仅用半个多月，油压机 20 台液压泵便全部高质量组装完成，受到外商监理的肯定和赞赏。

管路冲洗是 18500 吨油压机试车前的必经阶段。18500 吨油压机管路冲洗共有 8 个回路，需油 150 吨，且每个回路冲洗时间不同，自动化公司、铸锻厂和施工方派专人实行 24 小时监控。2010 年 3 月 13 日，随着 5 台液压泵同时启动，18500 吨油压机管路冲洗正式开始并迅速完成。

（三）沙子和水泥凝固的壮美诗篇

万丈高楼平地起。打好基础是保证后续设备安装使用的首要条件。

埋件平整度达到正负 5 毫米，这不仅是工艺要求，也是建安公司每一名施工人员的工作标准。

建安公司特事特办，精心研究策划，周密组织安排。5 个多月时间，开挖土方 20000 立方米，混凝土浇筑量超过 6000 立方米，埋件安装量则创纪录地达到 200 多吨。

在油压机基础施工期间，按照特殊工种已过退休年龄的张忠耀依然挑起繁重的施工任务。他和攻关组一起制定施工措施，精心策划大体积混凝土浇筑以及预埋件安装、模板支撑等方案，每天工作都在 10 小时以上。项目副经理孟锐，每天早上 7 点 30 分前准时赶到现场，察看进度，布置工作，一直忙到晚上八九点，有时连中午都要盯着。施工员孙光涛为了保工期，妻子小产仅请假回家看望一下，便又返回岗位继续工作。

这样一支敬业的团队，铸就了 18500 吨油压机的坚固基础。

（四）0.5 毫米

2008 年 11 月 18 日，随着 250 吨天车吊起首件 116.4 吨的基础梁，并稳稳安放到"新重机"10 多米深的基坑，18500 吨油压机安装大幕宣告拉开。

所有参战的干部员工都表现出空前的工作激情，一个又一个纪录被他们打破，一个又一个奇迹在他们手中诞生。

为了油压机下横梁一次安装到位，油压机现场安装总指挥郑凤林仅准备工作一项就进行了两个月。正式安装那天，他带着十几个技工仅用两小时就结束了战斗。

2009 年 5 月 28 日，重达 680 吨的两个下横梁连接到位，与南北两个总重 400 吨的三角形托架圆满合龙，压机基础的精度保持在了 0.5 毫米范围内，最终形成了一个 24 米长、7.5 米高，宽度足以通过重型坦克的巨型钢铁基础。

0.5 毫米，也仅仅是一根头发丝直径，意味着这个 24 米长、7.5 米高、近 5 米宽的庞然大物，无论是垂直方向还是水平方向，都平直稳定得近乎完美。

在现场指导安装的德国人惊讶不已，没想到这么大的油压机基础 6 大件组装精度如此之高。

当初在确定油压机现场安装总指挥人选时，曾发生过激烈争议。"不让郑工领着干，我睡不着觉。"最后还是公司总经理的一句话让会议安静了下来。

已退休 8 年的老专家郑凤林临危受命。

在熟悉图纸的过程中，郑凤林发现了德国人设计上的一些漏洞。他举例说，灌水泥的目的是要基础牢固，那么，水泥灌进去必须得和底面接触，不接触，以后干活时压机就可能会倾翻。你要灌不好，这里头是空的，你得有灌浆口能把它灌进去。另外一个，灌进东西得把气排出来。其实这很简单，打一些孔就行了。因为我有现场实践经验，我给机床灌浆的过程当中要考虑怎么灌，把气体也得排出去。把传真传给德国方面，对方十分自责，说这个问题没有考虑。

在压机基础 6 大件之中，有 4 件 3.5 米 ×2.5 米的大型基础板需要预先埋入基坑底部。德国公司设计的平面度公差是 0.4 毫米。郑凤林根据以往机床安装经验，力主将加工精度提高 4 倍。

当机加工人员在加工基础板时，看到质量看板上精度控制在 0.1 毫米的要求后，不免有些抱怨：这么大型的压机，要这么高的精度干什么？但郑凤林没有一丝含糊，利用春节放假期间，专门让人用激光跟踪仪一块一块地检查了三四遍，直到确认 4 块基础板精度达到 0.08 毫米才放心。

在压机安装现场，质量看板根据安装进度，每周进行更新。

郑凤林利用质量看板，给每名安装人员讲解本周重点工作、关键零部件检查要求以及本周安装注意事项。这个万众瞩目的大工程，所有人员都不敢掉以轻心，每每都要在质量看板前审视很久，对所有控制要点做到胸有成竹之后再开始投入工作。

（五）严苛的挑战

酷暑时节，重型锻造工部厂房内温度高达 40 多度。在拉杆安装过程中，为了掌握第一手资料，郑凤林和团队骨干数十次钻到下横梁内腔中实地观察安装部位，凭着经验手摸下横梁对接孔位置，经常一身油、一身汗。最终安装团队苦战近 60 天，高质量完成了拉杆安装。

油压机 4 个返程油缸，内壁要求极为干净，不容许有丝毫铁屑、灰尘存在，否则会研磨油缸造成漏油。在没有合适清洁仪器的情况下，张普俭、刘胜海和刘晓鹏主动承担了清洁任务。由于油缸长 5.4 米、内径 540 毫米，仅容一人钻进退出，且由于油缸一头封闭，内部空气稀薄，人进去后只有一手拿手电筒照明，一手用煤油布、面团一点点擦拭。三人强忍着刺鼻的油味轮换着作业，费时近半个月，终于保质保量地将 4 个油缸清洁完毕。

2009 年 9 月 17 日，油压机安装团队着手对移动横梁进行表面防腐处理，可移动横梁外表面那层氧化皮异常坚固且厚薄不均匀，清理氧化皮成了硬骨头。油压机安装团队硬是连续奋战近两个月，在用坏二三十把风铲后将氧化皮清理完毕。最艰苦的时候，一天下来，大家脸上、身上沾满了灰尘和氧化皮碎屑，手直哆嗦，晚上回家吃饭时连碗都端不住。

（六）决战决胜

2010 年 3 月 11 日，重达 485 吨的移动横梁一次吊装到位。

5 月 27 日，重达 220 吨的首件主油缸稳稳地落在移动横梁上。

最后的上横梁安装，压力写在油压机安装团队每一个人的脸上。大家心里明白，18500 吨自由锻造油压机安装决战决胜的时候到了。

6 月 26 日晚 7 点，18500 吨油压机安装现场。郑凤林和他的团队上下五层组成立体式吊装防控体系，利用激光跟踪仪、水平尺、望远镜等随时跟踪、测量、观察。

经反复升降试验绳索，他们解决了溜车问题。通过调整天车抱闸，在距地面仅 500 毫米的位置进行了 22 度角的旋转等一系列动作后，550 吨天车强力拽着上横梁向预定位置移动。

大家反复用倒链微调角度、精确配键，最终长 11 米、高 4.5 米、重达 500 余吨的油压机上横梁，被 550 吨天车强劲吊起，精确地套在高 14.3 米的立柱上并迅速安装到位。世界最大、最先进的 18500 吨油压机主体安装顺利完成。

那一刻，郑凤林向后倒退了几步，一屁股坐在地上，眼睛直勾勾地盯着矗立在车间的"巨无霸"，一句话也说不出来。工友递上水杯，他一把接住，一口接一口往嘴里灌……

四、全球第一锤

这岂止是一台装备！

这是中信重工核心制造能力的象征！

这是大国重器的标志！

她——世界最大、最先进的 18500 吨自由锻造油压机，巍峨屹立在中信重工锻造工部。

锻造工部厂房，是中国规模和承载力最大的重型钢结构厂房，南北总长 228 米，东西宽 121 米，总建筑面积 2.8 万平方米，相当于 4 个足球场。主厂房共 4 跨，最大跨度 36 米，最大高度 33 米，相当于 12 层楼。

走近 18500 吨油压机，方能更好理解何为"世界第一"。

一是世界最大。该油压机地上高度 20 米，地下深度 7.5 米，可移动工作台达 5.4×13 米，最大镦粗力 18500 吨，整机重达 4000 多吨。

二是世界最先进。在总体结构上，首次采用最新的三梁、两柱、上传动、预应力框架式结构，并在关键的立柱上突破常规圆形四立柱设计，首次采用两个大矩形立柱，使主机的整体性、抗弯性、稳固性达到最佳。加上采用精确的导向和控制系统，完全可以保证两个工作砧子之间完美的同心度和平行度，实现精确锻造。

三是采用最新的泵控技术，整机工作效率和自动化程度达到世界最高。锻件正负误差不超过 2 毫米，快锻次数每分钟可达 44 次以上，锻造一个锻件可同时做 10 个动作，一人即可操作完成。

四是配置世界最先进的 750 吨/米锻造操作机，并联动形成一个高度自动化的重型、特大自由锻造装备平台。

2011 年 10 月 10 日，世界最大、最先进的 18500 吨自由锻造油压机迎来大考：锻造 438 吨特大型钢锭。

偌大的锻造工部内，蔚为壮观的钢铁巨人、数十米长的操作机、辐射着热浪的坯料看似笨重，但却蕴含着"高精尖"的技术和工艺，默默诉说着国之重器的威严。

上午 9 点 20 分，随着现场指挥人员一声令下，18500 吨油压机、750 吨/米操作机迅速联动，进入工作状态。

中央电视台新闻频道记者携河南电视台新闻转播车出现在锻造工部外。

央视新闻频道《新闻直播间》将关注的目光投向这里。

现场记者出镜："这里是世界最大的 18500 吨自由锻造油压机锻造现场……"

全国的电视观众面前，一支重达 438 吨的特大型钢锭在 550 吨锻造吊的强力夹持下，缓缓向 18500 吨油压机工作台移动。

18500 吨油压机仅用两分钟便完成钢锭的镦粗动作，并与操作机配合，像揉面一样轻松地反复对 438 吨钢锭锻造。

……

"它一下能锻 10 个面呢！"现场工人郭卫东接受记者采访时，脸上透着光彩。

郭卫东是中信重工重型铸锻厂锻压车间锻一组组长，这台"巨无霸"机器就是由他带领团队操作的。20 多年的锻工生涯让他成为改革开放以来中国锻造水平提升的亲历者。"可是再怎么想，也没敢想能使上世界上最好最大的油压机。"

2010 年 7 月 10 日这一天，郭卫东记得非常清楚——时任中共中央总书记、国家主席、中央军委主席胡锦涛莅临中信重工视察。在世界最大的 18500 吨自由锻造油压机安装现场，胡锦涛说："谢谢你们制造了 18500 吨油压机，为中国人争了光、争了气。"

一小时后，438 吨钢锭的压钳口、拔长工序顺利完成。顿时，观摩现场一片掌声，火红的钢锭把现场人们的脸烤得红彤彤的，大家纷纷与这台"争气机"合影留念。

此次锻造成功的 438 吨特大型钢锭，是中信重工为江阴兴澄特钢 4300 轧机提供的大型关键锻件。该锻件采用双真空冶炼，内部质量要求按国外著名冶金企业 DANIELI 标准执行。据了解，自 2011 年 3 月进入试生产以来，18500 吨自由锻造油压机圆满地完成了 100 吨到 300 吨级共 110 余支钢锭的锻造任务，顺利实现了对轴类、板类、饼类、圈类等多种产品的成型及尺寸控制，且锻造质量完全达到工艺要求，具备了生产大型尖端锻件的能力。

央视新闻频道《新闻直播间》从上午 10 点 37 分至下午 5 点 33 分，分 6 次对中信重工 18500 吨油压机锻造过程进行现场直播。

10 日晚，央视《新闻联播》在次头条位置，以《世界最大油压机锻造 438 吨特大钢锭》为题，播报了国之重器的惊艳亮相。

同天，时任全国政协副主席、中国工程院院长徐匡迪为公司成功锻造 438 吨特大钢锭发来贺信。

18500 吨自由锻造油压机的投产，显著提高了中信重工乃至中国大型自由锻件的生产能力和水平，相继生产了一大批具有重大影响力的关键锻件，包括中国一重第三代核岛设备 O 形密封环密封试验模拟体用锻件，盾构机球轴承环锻件，中铁建特大盘形环锻件，为国内重大工程建设提供了坚实的技术支撑。

同时，在践行"一带一路"倡议上，18500 吨自由锻造油压机打破了长期以来大型高端铸锻件生产制造被国外企业垄断的局面，生产制造了一批具有世界影响力的关键锻件，包括目前世界最大的压力容器用整锻管板；国内外规格最大、单重最大的加氢筒体；特大台阶类环圈锻件。出口土耳其的整体成形管模，开创了国内外最大管模整体锻造先河。

带领团队操作这台"巨无霸"机器的郭卫东，已成长为中信重工的大工匠。一块银色的牌匾让人们肃然起敬，牌匾上写着："郭卫东大工匠工作室。"

"这块牌子可不好拿。"他坦言，中信重工大工匠的选拔聘任条件极为苛刻，只有被评为公司首席员工 5 年以上，善于处理生产中的各种疑难杂症，是职工公认的本工种"技术大拿"，才有资格遴选大工匠。而被评为大工匠前，郭卫东的办公室外挂着"锻造首席员工工作站"。

近年，郭卫东和他的团队创新 18500 吨油压机锻造方法，将管模出成品火次由最初的 10 火次以上下降至 3 个火次，使生产效率和经济效益显著提高；承制客户 8 件加氢管板锻件时，提出改进成形方法将管板凹槽锻制出来，节约钢锭 206.4 吨，价值 108 万元。成功锻造航天运载火箭矩形轴类锻件，牵头申报的《一种各向同性矩形截面轴类锻件的锻造方法》获国家发明专利。

五、核心制造：一张在手的王牌

随着 18500 吨自由锻造油压机的面世，中信重工建厂以来投资规模最大的"新重机"工程胜利竣工。

2010 年 12 月 1 日，公司总经理任沁新、党委书记徐风岐、老专家代表李道同等共同为"新重机"工程竣工纪念石揭幕。随着大红幕布徐徐落下，"新重机"三个大字熠熠生辉。

此时是上午 9 点，阳光正年轻。

任沁新在讲话中指出，"新重机"工程这 5 个字对中信重工来说有着太多的含义：首先，这个工程是几代中信重工人的梦想，承载着我们的希望，预示着我们的前途；其次，"新重机"工程是建厂以来投资规模最大、历时最长、工程量最浩大的重大工程，我们创造了诸多世界第一、中国第一和行业第一。同时，"新重机"工程正式竣工投产，意味着我们投资 39 亿元构建的高端重型装备制造体系基本完成，意味着承载了几代中信重工人梦想的重大工程基本实现。

任沁新说，在"新重机"工程建设过程中，中信重工人用智慧和汗水创造了令人称奇的建设速度，并形成了弥足珍贵的"新重机"精神，这就是：敢为人先、引领高端的豪迈气概，不舍昼夜、分秒必争的创业激情，忍辱负重、众志成城的顽强意志，科学严谨、精益求精的卓越品质。

任沁新进一步指出，在今天庆祝"新重机"工程投产这个特殊时刻，我们不能有任何的骄傲、懈怠和满足，我们要保持清醒头脑，从以下三方面做好工作：一是进一步完善"新重机"工程；二是加大技术研发，全力推进"717"技术工程实施，大力开拓高端重型装备制造和大型铸锻件市场；三是要以"新重机"工程投产为契机，实现从投资型向效益型的转变，以内生增长、创新驱动引领公司"十二五"发展。

围绕 18500 吨自由锻造油压机组，中信重工构建了包括重型冶铸工部、重型锻造工部、重型热处理工部、重型机加工部、重型磨机工部、重铸铁业工部六大工部在内的高端重型装备制造工艺体系，并配备一系列"精、大、稀"制造设备。中信重工最大铸件生产能力从 190 吨增加到 600 吨，最大钢锭生产能力从 90 吨增加到 600 吨，最大锻件从 70 吨提高到 400 吨，具备核电、火电、水电等大型铸锻件的加工能力，具备批量生产直径 12 米到 14 米的世界最大磨机的能力。

这是一个体系，而不是单个产品、单个设备。这个体系包括硬件和软件。"新重机"工程是硬件工程，与之对应的软件工程即"717"工程，是工艺研发工程。通过专项创新研究、实验手段建设、先进软件开发，采用全程凝固模拟、验证铸造工艺等创新技术，中信重工攻克了一系列特大型高附加值铸钢件冶炼浇铸难题，使大型铸件的冶炼、铸造和热处理工艺不断完善，在大型铸锻件生产方面不断取得重大成果。除此之外，还有一个"521"工程，是体系建成之后的市场拓展和管理工程，其目的是充分发挥"新重机"工程的投资效能，通过技术开发和市场开拓形成新的经济增长点，通过强化工艺进步和管理进步，全过程全方位提高质量、降低能耗、降低成本、提高效益，把热加工系统建设成为真正的铸锻件商品基地和利润中心。

值得反思的是，"717"和"521"这两个软件工程未引起高度重视，推进不力，以至于热加工拥有世界一流的装备，又有主机拉动的优势，但技术进步较慢，市场开拓效果不佳，热加工连续多年出现亏损。欣慰的是，铸锻厂在新班子的带领下，围绕"主机关键件＋核心铸锻件，打造独立商品厂"的改革发展目标，推动深化改革，发力石化加氢等高附加值铸锻件领域，2018 年彻底甩掉了亏损的帽子，并成为全公司的改革落地先锋。

2015 年 9 月 5 日，任沁新在中信重工"十三五"规划务虚会上指出："作为一个重型装备制造企业，无论别人怎么说，无论形势如何变化，只要我们在这个行业内，没有这套制造体系我们就不能生存。之所以我们今天有这种地位，就是因为我们有这样的实力。如果我们没有以 18500 吨油压机为核心的新重机工程，我们今天会怎么样可想而知。"

《中国证券报》记者走进中信重工，感叹建于 20 世纪 50 年代的红砖厂房内竟有极为精细的制造：大工匠谭志强率领团队加工出口法国的驱动轴，轴长 15 米，翻转定位，误差不超过一根发丝的二分之一。

任沁新接受《中国证券报》记者采访说："身处这个行业，我们不会尝试丢掉这个主业，核心制造是一个在手的王牌。在一种技术和一种产品在市场上非常成熟的情况下，谁有核心制造谁才有话语权。这也是我们一个比较明显的特征。"

2017 年 7 月 6 日，时任中信集团副董事长、总经理王炯到中信重工调研时说："中信重工必须聚焦主业，必须聚焦核心制造的能力提升。当初做新重机工程的时候，我支持的原因就是能大大提升核心制造能力。"

具有核心技术和高端制造能力之后，中信重工将战略重心转向具有潜力和高端的产业。中信重工在日产 5000～12000 吨大型水泥装备方面，是国内少数具有成套提供水泥主机装备能力的企业，制造了国内最大的水泥磨机、辊压机、回转窑、立磨粉磨系统等。而在煤炭装备领域则可提供年产千万吨级及以上露天矿成套破碎设备、大型矿井提升设备、超深矿建井钻机、褐煤提质工艺及成套设备、年产 600 万吨级洁净煤设备等。在金属、非金属矿山领域，可提供年产千万吨级破碎设备、磨矿设备、超细碎高压辊磨装备、高效洗选设备等。

从全球价值链低端制造环节向"微笑曲线"两端高附加值的研发、设计、销售及售后服务环节延伸拓展或实现全产业链发展，让传统产业的核心得以在新技术背景下焕发出新的活力，提升产业竞争力，实现"凤凰涅槃"而改造升级或转化为现代产业，这无疑成为中信重工这个传统制造业企业迭代升级的路径选择。

第五章

苦涩的“橄榄”

国内一家铜矿要上马 4 台 Φ5.5×8.5 米球磨机的消息传到中信重工，中信重工立刻参与竞争。

仅仅依靠几年的积累去和有着近百年历史的国外对手竞争，谈何容易？

当时，国内不具备独立设计制造大型磨机的能力，必须进口。作为分包商，中信重工只能由国外公司提供设计图纸，承担筒体、端盖等零部件的制造，而电控、齿轮、轴承等核心技术部件则被排除在外。最令人难堪的是，在公司谈判人员力争大齿圈的制造时，外国专家却冷冷地甩了一句："大齿圈你们也会做？！"

公司谈判人员不服。但在没有过硬技术、装备的情况下，不服又能怎样？虽然中信重工制造量占整个磨机系统总重的近 70%，但价格却只占到 15%。

不久，中国公司在巴基斯坦投资开矿，需采购 3 台 Φ5.03×6.4 米球磨机，经考察，业主最终选择了中信重工。

但这是一次"有条件"的选择。

"业主对公司的技术实力并不信任。中信重工可以自主设计，但图纸须经业主聘请的外国咨询公司审批许可后才能生效。"参与谈判的公司技术人员又一次被深深地刺痛了。

现实"啪啪"地打脸，能不痛吗？！

那个时刻，没有人能够或者愿意倾听一个中国企业的述说与祈求，尽管这件事对企业很重要。但是，一只鸟儿对于天空的祈求，只是与鸟儿有关，与天空没有任何关系。

公司谈判人员找到公司领导。

领导无言。

领导只能无言，他内疚地看着自己的团队被时代的风雨吹打。

受传统计划经济体制的影响，中信重工和大多中国制造企业一样，处于"橄榄型"——企业中间生产能力过大而技术研发和营销服务过弱，在市场竞争中屡屡受挫。

在国家加快振兴装备制造业的背景下，重建价值链，走出一条具有自身特色的发展之路，是中信重工不能不面对的艰难抉择。

一、从生产型到研发型的转身

（一）一串独特的数字——"3241"

围绕江阴年产120万吨矿渣粉磨生产线总包工程的争夺，国内多家企业上演了一场"龙虎争斗"。

这是为了加强资源节约与综合利用，发展循环经济，江阴泰富兴澄资源循环环保有限公司利用兴澄特钢高炉产生的废渣，决定建设的一条年产120万吨的矿渣粉磨生产线。

2010年7月，业主公布了最终评标结果。

中信重工击败多家"过江龙"，成为这一总包工程最后的赢家。

中信重工将提供包括工艺系统设计在内的，从大型立磨选型计算开始，到设计开发、生产制造、现场安装直至系统调试达标达产的全套供货和服务。生产线主机设备立磨磨盘直径达5.7米，是当时世界上最大的矿渣立磨。

谈到此项目的顺利签约，参加项目谈判的矿研院负责人对公司构建的工程技术、产品技术、工艺技术三个紧密联系的研发中心十分感慨，他说："工程技术、产品技术、工艺技术，缺了哪一个，这个成套都拿不下来。"

中信重工的三个紧密联系的研发中心，改变了中国的设计院缺乏综合设计能力的状况。中国的设计院过去都是专业的设计院，建材领域有水泥设计院，煤炭领域有煤炭设计院，很少有综合的。设计院懂工艺，不懂产品，更不懂制造；工厂设计院懂产品，可以设计产品，但不懂工艺；再往下就是执行加工程序的工厂，通常情况下有技术科或技术处，连产品的设计能力都没有，只能是按照图纸制造出来。

为支撑三位一体的研发体系，中信重工建立了工业实验室平台、数字模拟实验平台、国际标准技术平台、信息化平台四个技术创新平台。

为使研发体系与国际接轨，始终站在技术前沿，中信重工在澳大利亚建立了矿山装备研发基地；独家买断世界三大选矿技术之一的 SMCC 全部知识产权，在澳成立了选矿工艺研发中心。

依此逐步形成了以"3241"为核心的技术创新体系。

读懂中信重工，要从这串独特的数字读起。

"3241"中的"3"，指的是三个紧密联系的研发中心；"2"指的是两个海外研发基地；"4"指的是四个技术创新支撑平台；"1"指的是引进和培养一支高素质的创新团队。

分属于不同层次的工程技术、产品技术和工艺技术，是公司技术创新体系的核心，三个层次各有侧重。工程技术研究侧重对工艺系统的研究，包括工艺流程、设备选型、土建施工、安装调试直至达标达产的全套工艺。产品技术研究则针对不同客户的不同需求，开发出符合用户要求的产品。制造工艺是将设计蓝图变成产品实物的重要过程。随着公司新产品、重大产品越来越多，制造工艺的研究必须同步跟上。

海外研发基地的建立是公司实施国际化战略的重要内容，也是促进和提高三个层次研发水平的重要手段。

四个支撑平台是围绕不同研究方向搭建的系列研究平台，是技术创新体系的基础。

高素质的创新团队是技术创新体系的源头活水。

"3241"技术创新体系的构建和完善，优化了产品的创新流程。从原始物料进厂，通过应用实验室进行物料分析，把有关数据传输到工程研发中心，先进行工艺流程设计，再进行产品选型，根据产品选型进行产品设计研发。在产品设计过程中，运用数字模拟计算来验证产品的可行性、可靠性和稳定性，在此基础上生成工艺数据库，再进行冶炼、铸造、锻造、热处理、铆焊和冷加工等一系列的工艺研发及产品制造、组装试车。产品交付后，通过售后服务体系，为客户提供安装调试指导，使工艺线及产品达标达产，并通过在线监控和远程诊断系统为客户提供运营服务，同时对产品运行中出现的问题及时反馈，使之对技术和产品再优化。

"3241"技术创新体系的构建和完善，提升了自主创新能力和水平。中信重工的技术中心成为国家首批认定的 40 家国家级企业技术中心之一，也是国内唯一的矿山装备综合性研究机构，2011 年在国家认定的 729 个企业技术中心综合评价中排名第三位。2005 年，中信重工技术研发投入占到销售收入的 6.8%，2010 年开始达 7% 以上；技术人员占职工全部人数从当初的十分之一，直线上升到如今的四分之一多；从 2007 年起，企业的新产品贡献率超过了 70%。

（二）"桥头堡"的功能

2010 年 8 月 24 日，中信重工洛阳总部迎来了来自澳大利亚公司的 3 名不同肤色的员工——Chris Sapountzis，Sudaya Patro，Jiefeng Liu。

9 天的行程主要安排在了矿研院。在翻译人员的陪同下，他们同工艺设计部门、质保部门及进出口等部门的相关人员进行了深入交流。

这 3 名外籍员工在熟悉总部磨机设计、工艺流程的同时，也为公司带来了世界磨机技术进步的前沿信息，对公司现有磨机产品在诸如筒体设计、速比等方面提出了很好的改进意见。

中信重工科研线继续向两极伸展。一方面，在国内建成了三位一体的研发中心；另一方面，为使公司的研发体系与国际接轨，始终站在技术前沿，在海外建立了自己的研发基地。其中，澳大利亚公司是中信重工的第一个海外矿山机械研发中心，在中信重工的国际化发展中发挥了重要作用。

2008 年 10 月，印度锌矿项目进入技术设计阶段。出人意料的是，项目一开始，公司的设计师们就遇到了一个不大不小的难题。由于印度当地没有水泥厂，打造地基所需的水泥都要从国外高价进口，而相比之下钢材价格要便宜得多，因此，印度的项目都需要采用钢架和钢板来打地基。

对习惯水泥地基项目的洛阳总部设计师们来说，钢结构地基是一件闻所未闻的新鲜事，像安装螺栓这样简单的事情都显得有些无从下手。就在大家一筹莫展的时候，基于之前的经验，澳大利亚研发团队通过视频传授秘籍，帮助总部的设计师们顺利破解了难题。

在产品交付后，澳大利亚研发团队还专门安排工程师观察产品现场运行情况并及时向总部反馈信息，使得后续设计制造的产品更为完美。

沙特 JABAL 项目和赞比亚 KCM 项目要求严格执行欧美标准，标准高、合同繁杂、交货期短。总部矿研院粉磨所和澳大利亚研发团队联合攻关，短短 1 个多月，前后经历了 20 余次国际视频会议、100 余封电子邮件、600 多页全英文合同、1000 多张设计图纸的多轮反复"交涉"后，终于在 2010 年 7 月 20 日这个时间节点，同时完成了两大项目共 7 台磨机的技术交底、图纸入库等高强度、高密度工作。总包方 SNC 聘请世界知名评估公司 WBM，就该项目的技术条款进行了近乎苛刻的专业评估，最终通过评估。

中信重工澳大利亚公司坐落在悉尼市 LIDCOME 区域内，公司周边有很多其他著名企业的办事处，其中有很多办事处都与机械制造相关，我公司产品的一些配套设备厂家也在其中，所以在项目产品报价和技术交流中很是方便。公司办公室风格与我们的矿研院较类似，目前有20多位员工，陆续还有新员工不断加入，他们都是来自世界各地著名企业的精英，其中有中国人、澳大利亚本地人、印度人、英国人等。

从2009年年初开始，中信重工总部已选派多批不同专业的人员到澳大利亚公司进行学习和培训。2010年7月20日，张嘉伦传回他的赴澳工作汇报。

张嘉伦的主要工作是和电气工程师Bernhard一起开发一个全新的系统——辊压机电控。他在汇报中说，在国内经他手调试过的设备比较复杂，辊压机大大小小也有10多台了，自认为还算颇有经验的他在与Bernhard多方交流后，却发现这里的控制理念、逻辑方式以及操作习惯很多都与国内大相径庭。于是本着学习的态度，他们开始了整个项目的一步步开发。他有信心在后面的时间里与Bernhard一起把辊压机的系统做好做完。

月初，得知我公司为SINO铁矿设计生产的第二组球磨机和自磨机已经运抵现场，马上要进行安装，我们一行三人立刻从悉尼出发，历经10个多小时的行程，终于到达位于西澳的SINO铁矿。远远望去，初具规模的矿山上已经安装到位的第一组磨机在高高的基础之上巍然屹立，其余五组磨机基础也宛如一组雕塑，在天空的映衬下显得尤为壮观。到达现场的第二天，在前一天完成了中空轴和滑履的清洁工作之后，开始了第二台球磨机的提升、安装工作。整个安装过程差不多用了整整一天的时间。能够目睹这样的安装场面并参与其中，我从心里感到庆幸。

从王焕2010年12月19日发回的赴澳工作汇报中，能想见他脸上洋溢着的喜气和诗意。

接下来，他汇报了自己的感受和收获——

一直以来，现场有三方负责磨机的安装，因此，每进行一个步骤都十分不容易。中信重工澳大利亚公司现场服务人员克服气候炎热等不利条件，奔波在现场，为保证磨机的安装质量而一次次地据理力争，他们所表现的认真、负责和原则性，给我留下了深刻的印象。尽管澳大利亚的同事大多都有从事矿山行业工作的背景，但毕竟不能对各个专业都有一个全面的了解。因此，他们在工作中也常常会遇到许多解决不了的问题。而我们来自各个不同专业的同事，每到这个时刻就会起到解惑答疑的作用。在交流的过程中，我们又常常会意外地了解到一些国外客户的要求和标准。

（三）"真正的技术"

月光明亮饱满地铺在大地上。

这个点了，中信重工矿山重型装备重点实验室还灯火通明。几位青年技术人员正在紧张地忙碌着，身旁的地面上，一堆堆矿石实验样品排成两行。

"每座矿山的矿石都有差别，我们这个实验室要做的，就是分析这些矿石的特性，并以此为依据，为每种矿石设计最优的采磨设备。"应用技术研究实验室主任袁亦扬告诉我。

在他们厚厚的《选型试验目录》上，广东大宝山 JK 选型试验、江铜集团银山矿业 JK 试验、山东招金矿业辊压试验、秘鲁铜矿辊压试验、华润水泥立磨功指数试验、江阴兴澄活性石灰选型试验、新疆天山建材集团石灰石煅烧试验等，一项项试验诠释着这个国家重点实验室的内涵与价值。

2010 年 8 月 12 日，时任全国政协副主席、科技部部长万钢莅临中信重工调研。万钢走进矿山重型装备重点实验室。任沁新介绍，这是矿山重型装备领域首个企业国家重点实验室，中信重工完全模拟了一个矿山的工艺流程，还有产品设计的工艺参数。

万钢表态："这些参数对于产品选型相当重要。"

走出实验车间，万钢来到光学、物理、化学分析室。任沁新一一介绍：在这里，我们能看到全世界各地的各种矿样，各种金属全有。你看，那个是美国的石油焦，这是黄金，这是沙特的磷矿石。

万钢拿起不同的矿样仔细端详。

任沁新："我们承担了国家实验室任务以后，正在建立咱们国家的矿源数据库。今后这些不同的矿样的物理化学指标就全都有了。以后就可以成为国家的一种战略资源了。"

万钢："这样的话，实际上和它的工艺相结合了。"

任沁新："是的，这也是一种工艺储备。将来作为国家战略资源数据库，也是非常有意义的。"

万钢："这就跟农业部搞种子一样啊，如果我们把矿山看成是有生命的东西的话。"

万钢继续感慨地说："重点实验室是很有意义的，不仅对企业本身有意义，对整个行业都有意义。这个是真正的资源，真正的技术。加强自主创新能力建设，就应该建设在这些东西上。"

（四）磁场的共振

2006年5月25日是沈丙振终生难忘的日子。那一天，任沁新和这位师从中国工程院院士柳百成的清华博士后签订了聘任合同。

多年过去了，回想起那一刻的情景，沈丙振依旧难以抑制自己的心情："第一次见到任总，我问他公司需要我做什么，任总亲切地反问：'你希望我能为你做什么？'那一天，我看着任总，心中不停地说，从清华到中信，我找到了事业的支点。"

这真切的反问传导出的尊重与信任，让沈丙振"立即打定主意留下来"。

就是这份尊重与信任，让沈丙振带着他的研发团队，在不到两年时间内，从无到有再到优，为企业建起一个CAE应用研究所，并成功地为100多种产品提供了校验分析和优化分析。

就是这份尊重与信任，让上千位年轻学子从全国各类名牌院校会聚到并无地缘优势的洛阳。

在中信重工有一幢20层双子座大厦，4部观光电梯可以俯瞰现代化厂区的全貌。大楼的4层到18层，近300个酒店式公寓里住着企业新招的大学生。

大楼的1层至3层，是为青年人生活和学习服务的配套设施，有可同时容纳250人就餐的大餐厅，有洗衣房、理发店、电子阅览室，有拥有10万册书籍的中信书屋，还有一个全系列的健身房。

北京科技大学研究生张春艳是首批入住者。"我在公寓里拍了很多照片发给家人和同学。"她自豪地告诉采访她的记者，自己还鼓励师弟师妹们加入进来，"我告诉他们，每一个人才都能在这里找到归属感。"

当别的一些国有大企业把文化宫、俱乐部出租、变卖、拆毁，职工文化活动阵地急剧萎缩的时候，中信重工却投资近1000万元盖起了总面积8000多平方米的俱乐部，命名为"企业文化活动中心"，并投资2700余万元建起了职工健身馆、洛阳市一流的健身中心、KTV活动中心。

走进外观新颖别致、镶嵌玻璃幕墙的25层高的科技大楼，会闻到一阵阵淡淡的咖啡香气。原来，技术人员的办公区域内，每层楼休息室里都摆放着咖啡机。咖啡机上标有"纯黑咖啡""1加2咖啡"等4个品种。工作人员介绍，咖啡机是在大楼落成时配备的，咖啡全部由中心免费提供。

早上到厂里，先去新建的洗衣房领了干净的蓝色工作服，踏着黄线白漆画出的安全通道，来到铁青色巨型钢板构件映衬下的乳白色更衣小屋，戴上红色的安全帽，就这样开始了一天的工作。中信重工铆焊厂重型车间铆工三班班长蔡贤明形象地描述他上班的"暖心事"："洗衣房、安全通道、更衣室、餐厅里的空调，这些都是公司工会牵头搞出来的。这两天最高气温超过了 35℃，下午工会又送来了冰糕。工休时想喝开水，有公司新装的电热水器，我们厂有 8 台呢。"

一个浓浓的家的感觉。

2013 年 4 月 16 日，10 名工程院院士和 3 名在各科学研究领域卓有建树的专家受聘中信重工，成立了院士专家顾问委员会。

以院士专家顾问委员会成立为标志，中信重工拥有了一支由业内各领域科学泰斗组成的高层次专家团队，其功能：一是在企业战略决策上发挥咨询作用；二是在各专业领域确立研发方向、目标和研发项目实施上发挥指导作用；三是在各院士专家研究领域科研成果转化应用和产业化上发挥催化作用。

以国家级企业技术中心、国家重点实验室和企业博士后工作站为依托，中信重工集聚了大批高层次技术研发人才。截至 2015 年，公司拥有 10 名工程院院士组成的院士顾问委员会和 15 名首席技术专家及 6 名大工匠，同时拥有国家"973"项目首席科学家、"863"计划主题专家和政府友谊奖获奖专家。

（五）一年 4 项"863"计划课题

听声音、看跳动、摸振动、测温度……齿轮箱厂装配车间几名人员正围着一个"小不点"忙碌着。

原来，这个长约 1 米、最大外径 570 毫米的"小不点"，就是由中信重工牵头的国家"863"计划盾构机项目子课题——国内首台国产盾构机减速器。公司科研人员和重庆大学的几名博士生、研究生正忙着做各种试验。为了尽早掌握试验数据，他们已经 1 个多月没出工厂了。

"甭看这东西个头小，劲可大着呢，最大功率达 150 千瓦，设计使用寿命长达 10000 小时。"科研人员自豪地说，"每台盾构机需要配置 6～8 台这样的减速器，市场前景十分广阔。"

"这种减速器的研制成功，不仅使公司掌握了盾构机减速器的关键技术，而且将有助于提升我国盾构机大功率减速器的自主设计能力，改变我国盾构机减速器长期依赖进口的局面，实现盾构机减速器的国产化。"项目负责人进一步介绍说。

像"863"计划这样的国家级科研课题，中信重工 2007 年一年就获准立项 4 个，其中包括大型提升机装备开发国家"863"计划和纯低温余热发电技术产业化项目。

一年 4 项"863"计划课题，折射出企业从生产型到研发型的转身。

二、从卖产品向卖服务的迭进

一个企业拥有全球稀缺的装备制造资源，拥有既超大超重又超微超精的"极端制造"能力，它还有什么不满足的呢？

任沁新笑笑："市场让你不敢自满，市场逼你不能停步。"

在任沁新看来，装备制造业赖以运行的技术和社会环境以及客户需求已经发生深刻变化，在整个工业流程完整项目中，用户关注点已不再是单个零部件，而是整体项目功能是否满足需求。"有核心制造能力不等于就稳操胜券。主机在一套产品中价格只占 10% 到 20%，你有啥值得骄傲的？"

研究者发现，发达国家的装备制造业从 20 世纪 90 年代起，就已经开始由生产型制造向服务型制造过渡；全球 500 强企业中，20% 的制造企业的服务性收入超过其总收入的一半。而在中国，装备制造企业的服务收入在销售收入中的比例还只有 5% 到 10%。

中信重工较早就认定，未来发展必须围绕核心制造，以核心制造为基础，走一条从单一生产制造向生产制造加服务的转型之路。

（一）从唯我独尊到唯客独尊

2004 年 2 月 20 日，中信重工新班子履新不到 10 天，广东塔牌水泥集团就送来了一份"大礼"——与中信重工签订了 2 亿元的水泥装备合同。

当时的中信重工尚处在困境和迷茫中，可谓百废待兴，充满变数。广东塔牌水泥集团董事会不少人对董事长钟烈华的这个决定感到不解，认为风险过大，应该缓行。

钟烈华力排众议："中信重工的事情你们不用担心，只要姜春波在就签！"

之所以能让钟烈华如此高看，皆源于一个普通的早上。

那天早上 7 点，塔牌集团副总彭申泉走过会议室的时候，惊讶地发现里面的沙发上居然酣睡着两个陌生人。

一询问才知道是中信重工昨天刚到的售后服务人员，他们一到塔牌梅州现场就开始工作，工作到凌晨一两点时已进不去招待所大门，便只好在这里凑合了半夜。

中信重工还有这样的服务人员？听到彭申泉副总的汇报后，塔牌董事长钟烈华不相信。

在钟烈华的印象中，脱胎于传统国有企业的中信重工一副天生唯我独尊的自负模样，产品一旦卖给你，就几乎再也不管其他，有的只是敷衍和拖延。

塔牌集团的业务员曾经找到中信重工某位主管领导说，你们再拖期交货，我们塔牌人的心会冷的。对方的回答是：那你可以先在我这里喝喝热茶嘛！

自 2000 年与中信重工签订了 4 台直径 3.8 米的水泥磨机后，钟烈华就一直很烦恼。那是怎样的设备呀，一旦旋转起来，站在磨机旁边的钟烈华就觉得自己的嘴唇都被震得发麻。

钟烈华请中南大学、华南理工大学的专家教授联合到现场"会诊"，但还是解决不了问题。

面对姜春波这样认真的工作态度，钟烈华诧异了。

"不这样，对不住你们塔牌，我们也没出路。"姜春波对此回答。

"你们觉得能够修好吗？"钟烈华问。

"我们将对大齿轮进行手工修形，请相信我们！"

"手工修形？你是钳工吗？"钟烈华又问。

"不是，我曾经是技术员，昨夜我们已经修了几个了，您可以看看！"

大模数齿轮上，有几个已被修得亮晶晶的，摸上去甚至没有一点粗糙感。

就这样，姜春波和他的同事每天工作 17 小时，一干就是 7 天。

靠着一双手，靠着把用户的事情当成自家事的理念，第 10 天的时候，塔牌集团的磨机又开始转动了。当电机飞速旋转的时候，现场的钟烈华感到一切都安静了下来。

当晚，塔牌用户就给中信重工发来传真：是你们的服务人员给了我们希望。塔牌集团将一如既往地支持国产化装备的研制和创新。

随后，塔牌集团在自己的水泥粉磨系统装上了中信重工刚刚研制成功的 1200×800 辊压机。

2010 年 8 月，中信重工与战略合作伙伴———江苏磊达股份有限公司一次签订了 3 条日产 5000 吨水泥生产线的两个纯低温余热发电项目合同。早些时候，江苏磊达已经将新上的 3 条日产 5000 吨水泥熟料生产线、4 台 RP120/80 辊压机水泥粉磨系统和 2 条年产 60 万吨矿渣微粉生产线所需设备全部交给了中信重工设计制造。

至此，江苏磊达成为国内选购中信重工技术和产品类型最多的客户。从大窑到立磨，从辊压机到余热发电工程，从备件、主机到成套，江苏磊达成为中信重工高附加值拳头产品的集中展示地。

一切得益于中信重工从"唯我独尊"到"唯客独尊"的转变。

早在 2004 年，公司就提出了"唯客独尊"的理念。在这一年职代会上，总经理痛心于中信重工市场上"拓一块丢一块"的顽疾，要求公司营销和服务人员确立大客户理念，一切以用户为中心。

在这样的大背景下，公司服务人员在当年 8 月前往江苏磊达解决问题——公司生产的日产 2500 吨大窑托轮表面掉了一块，因为前期处理不当，用户要跟公司打官司。

"掉块是我们的责任，我们完全可以修复！"中信重工服务人员一上来就不回避责任的态度，让磊达的人感到十分新鲜。

"新领导派的人理念就是不一样，掉块也有我们的使用责任嘛！"磊达的董事长听到相关汇报后，准备见一下这个自称可以"完全修复"的人。

从修复方案到修复效果，公司服务人员说得有理有据、井井有条。磊达人绷紧的弦开始松动，决定试着修修看。

结果更让磊达人没想到，公司服务人员昼夜奋战，不但修好了托轮，还将磊达的两条水泥生产线统统检查了一遍，并提出了建议和意见。

按照中信重工的方案调整后，磊达的两条看家生产线不但更加稳定，产量也上来了。为此，磊达董事长专门给中信重工总经理发函，希望容许公司服务人员在磊达多待一段时间。公司同意了，并要求服务人员将磊达的事情当作中信重工自己的事情来办。

在系统而全面地考察了磊达的所有生产布局后，公司服务人员建议磊达在生产线上增加辊压机以提高产量和效率，并详细阐述了自己的改造方案。

诚意取得了磊达高层的信任。磊达迅速做出了采购公司 7 台辊压机的决定。

公司服务人员并没有因此满足。面对钢厂堆积如山的矿渣，建议磊达使用中信重工刚刚设计开发出的原本用于钢铁行业的矿渣立磨，这样，磊达在生产过程中就可以减少很多流程，直接将立磨处理过的矿渣掺到水泥原料中去。

2007 年 9 月，经过艰苦努力，中国水泥行业诞生了属于自己的矿渣立磨——中信重工在磊达首台用于水泥行业的矿渣立磨调试成功。按最保守的计算，一台大型矿渣立磨一年为磊达增加的利润可达两三千万元。

（二）从单机到成套

虽然早在 3 年前便拥有了国内一流、作业面积达 12000 平方米的研发、生产基地，但进入 2010 年后，中信重工自动化公司的生产场地却再次显得紧张起来，以至于中信重工不得不为该公司的二次腾飞谋划新的工业园区。

5 年前，就在当时的自动化公司还仅仅能满足于为中国煤炭、冶金及建材等行业的设备生产电控柜的时候，任沁新就对该公司领导说：你们是身在宝山不知宝，你们要志存高远！

那时候，作为中信重工效益最好的单位之一，该公司的年产值却不足 1 亿元。

短短几年过去了，2009 年，中信重工自动化公司的年产值历史性地达到 3.5 亿元；2010 年，这个数字变成了 5 亿元。

隐藏在数字后面的不仅是简单的量变，更是从生产单一的电控设备向机电液成套产品发展的质变。

2008 年年底，经过不懈的努力和探索，中信重工自动化公司在成套发展之路上迈出了重要一步：与神华集团签订了 2 套 5 米和 1 套 5.5 米提升机机电成套合同。

在中信重工自动化公司经理刘大华眼里，该项目的意义不仅在于 1 亿多元的产值，更在于它让中信重工自动化公司找到了战略发展定位和发展方向。

2009 年 4 月，中信重工为徐州矿务局制造的规格为 2JKYB-3.5×1.7J 的液压防爆提升机，按照井下 1∶1 的实际尺寸一次装配试车成功。这台国内最大的液压防爆提升机的研发和制造，完全是由中信重工自动化公司承担的。

作为新中国第一台提升机的诞生地，长期以来中信重工提升机主机的市场占有率高达 90%，但在提升机成套系统上，技术和经济附加值最高的高端电控产品配套比率却不足 40%。这是全国唯一一家拥有提升机机电液成套优势企业的隐痛。

中信重工发挥自身传统优势，实施主机带动战略，进而将机电液一体化上升为公司的高端发展战略。为推动这一战略的实施，公司投资兴建了现代化的机电液一体化产品研发制造基地，并与西门子公司联建四大实验室。

依托国际合作，中信重工相继开发了矿井综合自动化系统、提升机大功率交–交变频系统、提升机中高压交–直–交变频系统、DCS 网络集控系统等一批国内领先的技术和产品。

高性能提升机智能闸控系统长期以来一直由 ABB 等国外提升机专业生产厂家垄断，每套售价高达千万元。

这一状况随着 2009 年中信重工新型恒减速电液制动控制装置和新型智能闸控系统的研发成功而发生了改观。在该产品完成开发的短短一年时间内，公司新型智能闸控系统市场订货已突破 20 台。而新型智能闸控系统的卓越性能和技术优势，也已在带动提升机成套订货方面发挥了重大作用。据不完全统计，公司三分之二以上的新型智能闸控系统都会带动提升机成套订货。

从主机到成套的自动化公司发展之路，仅仅是中信重工价值链延伸的一个缩影。依托技术、装备和品牌优势，中信重工业已形成以双压纯低温余热发电、活性石灰、大型矿渣立磨、大型水泥生产线为代表的一批具有核心竞争力的成套产品市场。

以全球性稀缺制造资源为依托，以技术创新体系为支撑，以高端制造为核心，主机带动、成套经营、工程总包已经成为中信重工发展的特色和目标。

（三）从提供产品到提供功能

"虽然不能做到这边火腿肠进去，那边出来牛羊；但中信重工可以做到：这边牛羊进去，那边火腿肠出来。"

2004年1月，在辽宁鞍山，为了说服用户，不苟言笑的设计师鲁俊讲了一个笑话。

这个笑话的技术含量在于，在活性石灰设备领域，中信重工刚刚完成了一次产品的更新和升级换代工作。

从新型结构的预热器、回转窑、冷却器到煅烧工艺、土木建筑、自动化控制、公辅设施，在活性石灰设备领域，中信重工首次实现了从设计、制造主机成套设备再到设计承揽全部工程的飞跃。

市场只相信业绩。

虽然中信重工是鞍钢的传统合作伙伴，早在20世纪80年代，中信重工就为鞍钢设计制造了我国第一套日产600吨大型活性石灰主机设备，但鞍钢人对中信重工的一揽子能力还是存在着疑问。

这一切让鞍钢新建的日产750吨活性石灰生产线的招投标充满了变数。

为了确保在三个竞争对手中胜出，招标期间，鲁俊没有忘记到鞍钢用户现场进行资料收集等工作。

竞争对手知道后说，看来中信重工准备不足。鲁俊却笑了，因为他知道自己的方案设计就是为鞍钢量身定做，提供全部功能。在最后的答辩中，鲁俊没有阐述中信重工装备的优势，而是对鞍钢生产线的特点有针对性地提出了功能改善建议，成了让业主惊讶的"鞍钢通"。最终，中信重工一举争得当时国内最大的日产750吨活性石灰总包工程。

在该工程中，中信重工采用了最新设计的独立分仓式预热器、两挡支撑回转窑、可分区通风的冷却器等主机设备，以及多通道气体燃烧器、长袋低压脉冲除尘器、变频调速式高温风机等一大批先进工艺设备，真正让鞍钢实现了这边矿石进去，那边就能拿到活性石灰。

2005年5月，中信重工承建的鞍钢第三条活性石灰生产线顺利建成投产，

第三条活性石灰生产线的整体性能与前两条相比产量提高 25%，机械设备重量减轻 7.2%，系统能耗降低 8.1%，实现了高产出、低消耗。

2010 年 6 月，从鞍钢传来喜讯：中信重工设计制造的日产 1000 吨活性石灰生产线安装完毕，进入点火烘窑调试。这是中信重工在近 30 年来为鞍钢提供的第四套活性石灰装备。

在经过了两次产能扩建，场地已变得十分狭小的情况下，中信重工人硬是将这条国内最大、具有完全自主知识产权的生产线建了起来，并在设计中应用了当今世界上最为先进的预热器、回转窑、冷却器等主机设备和自动化控制系统，以及国内最为先进的燃烧、除尘、通风装置。

（四）从制造增值到服务增值

2009 年年底的时候，一份公司办公用品报表引发了任沁新总经理的思索：公司有关部门采购的惠普打印机价格很便宜，平均也就几百元，但围绕打印机运行、墨盒等耗材，一年下来费用却是一笔不小的数字。就惠普而言，其一个正品墨盒的价格几乎就是半个打印机。

"你们搞用户服务系统的人从中能够看到什么？"任沁新问用户服务部主任姜春波。

其实，早在 2008 年，公司决策者就对中信重工的未来进行了更多的思考。在不同场合，他们经常对身边的中层干部们说的一句话是：我们总不能面多了和水，水多了再和面。

在公司决策者眼里，中信重工靠制造增值的传统路子迟早有走到头的那一天，不提前进行转型谋划，就是对历史不负责。

在当年的职代会报告中，公司提出：围绕核心制造，中信重工将建立和完善大客户服务、用户服务和备件服务三位一体的大服务体系，致力于与客户形成长期战略合作联盟，并为其提供深度服务和整体解决方案，实现服务增值。

"公司现在服务的客户超过 500 家，这些年发出去的主机、成套产品更是天文数字。除了备品备件，仅仅设备升级改造一项就可以形成产业，更不消说中信重工通过建立供应链，整合各类供应商形成价值空间。服务增值前景广阔！"很快，公司用户服务部的市场调研就给出了这样的结论。

2010 年 8 月 25 日是一个普通的工作日。中信重工自动化远程网络实验室的郑永桃工程师像往常一样坐在工位上。在他前面的显示屏上，是远在千里之外的安徽界沟煤矿主井监控系统的模拟。

有了这个系统，通过轻点鼠标，安徽界沟煤矿主副井提升机系统的几乎所有瞬间动态都在郑永桃的掌控中。

上午9点零5分，系统监控模拟图上忽然出现亮点。

郑永桃定睛一看，原来是电机部分示警。根据经验，他立刻判断出这是电机温度过高所致，需要降温。

一分钟后，安徽界沟方面接到郑永桃的电话，马上进行了处理。事后，对方说，真是太感谢中信重工了，再晚一点不但要烧掉元件，还可能造成提升系统停车……

除了产品制造完成后到用户现场安装调试，更多的时候，郑永桃和他的同事们干的都是这种足不出户却能及时发现问题、解决问题的工作。通过中信重工构建的提升机远程监控与故障诊断系统，"郑永桃们"给客户带来的是贴心、即时、全天候的服务。就连安徽一用户提升机操作者为了赶工时造成提升机出现超速的状况，郑永桃也及时发现并给予了纠正。

用户开玩笑说，纳入中信重工客户服务体系，看来我们的查岗工作都可以取消了。

事实也正是如此。

山西大同焦家寨煤矿是中信重工在提升机领域的传统客户。由于地处偏远山区，维修不便，设备安全对他们来说至关重要。因为这个原因，焦家寨人只要逮着中信重工的现场服务人员就不会轻易放过，总是要服务人员检查这个、维修那个，提出的要求有时难免过于烦琐。时间一久，焦家寨几乎成了中信重工用户服务人员的头疼之地。

2010年8月，通过远程监控系统，郑永桃发现焦家寨煤矿副井提升机控制电流发生显著波动，情况非常危急。同时亦发现问题的用户不愿耽搁，希望立即停机彻底检修，并通过电话呼叫：你们赶快派人来吧！

郑永桃镇定地回答："给我3分钟时间。"随后他迅速检测出是提升系统脉冲盒造成的波动，只需要简单处理。

解决问题后，用户感叹："中信重工的技术真神了，倘若贸然停机，造成的损失可就大了。就凭这个，今后我们要定中信重工的产品和服务了。"

三、"天平"的形成

英国首相卡梅伦访问美国时，曾送给美国总统奥巴马一张乒乓球桌。

这张乒乓球桌由英国的老牌体育公司设计，定制的球拍上还印有两国国旗。英国首相府发表声明称，这张乒乓球桌是"真正的英国产品"，作为2012年伦敦奥运会举办之前的馈赠礼物最为恰当。卡梅伦也表示，赠送乒乓球桌是为令奥巴马回想起访英时曾和英国学生一起打球的经历。

这张号称"真正的英国产品"的乒乓球桌的设计和品牌都是英国的，但其体育零售商确认，乒乓球桌其实是在中国工厂制造的。

中信重工是由一个以加工制造为主的工厂制企业转变而来的，原体系呈现两头小、中间大的"橄榄型"特征，具有较完整的制造体系。在世界经济一体化和制造业全球化大生产的背景下，跨国公司通过"哑铃型"模式将制造环节转移到发展中国家，需要"橄榄型"企业与其对接。这给包括中信重工在内的中国制造企业带来了参与国际分工、全球制造的机遇。

事实证明，在产业转移初期，中信重工利用自己的制造能力得到发展，获得一定的市场利润和生存空间。但是，企业由于技术创新能力弱、水平低、创新面窄，并且营销薄弱、服务滞后，在市场环境中完全处于被动地位。中信重工与国内一家铜矿合作制造一台大型球磨机的尴尬经历，使中信重工彻底醒悟：那种仅仅具有一般制造能力而无研发创新能力和服务能力的企业，只能算是"制造工厂"或"生产车间"，命运永远掌握在别人手中。

但单纯地模仿跨国公司，将制造环节甩掉，建立"哑铃型"模式并不适合中信重工。原因包括：一是企业并没有建立足够强大的、能够和跨国公司比肩的技术优势、服务资源，特别是国际化运作经验和能力；二是从全球产业转移来看，随着跨国公司聚焦于核心业务，制造资源必将变得日益稀缺，高端制造资源尤其如此；三是制造业环节吸纳大量劳动力，装备制造业承担着国家战略产业的重任，创造更多的就业机会责无旁贷。

1992年，我国台湾企业家施振荣提出了"微笑曲线"理论。微笑曲线认为，曲线左右两侧附加价值高，利润空间大；而处在曲线中间弧底位置的加工、组装、制造等，技术含量不高，附加价值低，利润微薄。产业界对"微笑曲线"奉为经典并因此陷入迷惘。在这一思想指导下，中国制造业转型升级的方向必然向所谓的价值链高端延伸。事实上，制造业并没有那么悲观，理论和实践上都存在与微笑曲线相反的现象。日本《2004年度制造业白皮书》通过对近400家制造业企业的调查也验证了，认同"制造＆组装"利润率最高的企业非常多。

装备制造业产品向超大超微等"极端化"发展的趋势，提高了行业门槛，使需求向中信重工等大型企业集中，为制造环节成为核心竞争优势提供了条件。中国正在逐步成为制造强国，提高制造环节的价值创造能力，寻求独特的、差异化的制造资源与方式应成为制造企业的方向。如果没有看到这种现状和前景，一味地追求"哑铃型"模式，片面强调研发和服务，忽视制造环节，那么不仅企业有限的生产能力不会得到应有的利用和发展，还会极大地削弱制造环节已经确立的竞争优势。在这个由变革所定义的时代里，没有永远的优势，也没有永远的劣势，只有永远的变化。适应市场变化的不断变革和创新，才是企业基业长青的关键。

中信重工独特之处在于不是简单地保留制造环节，而是将制造环节升级，先后投资39亿元，实施了以世界最大的18500吨自由锻造油压机为核心的"新重机"工程，确立了自身在全球市场上的高端制造地位。同时，针对原体系上呈现中间大、两头小的特征，尤其是技术创新能力弱、水平低、创新面窄的实际，打破传统模式，在强化产品设计研发的基础上构建工程技术、产品技术、工艺技术三位一体的研发中心，打造高素质的创新团队，走出了一条快速有效的创新之路，并以技术为先导，以核心制造为依托，加快向服务型制造延伸。这样，一种新的价值链出现了。它既区别于传统的"橄榄型"，也有别于"哑铃型"，更像一架"天平"，技术、服务和制造同居一个价值链体系，以核心制造为支撑，实现技术和服务的增值。

根据波特竞争战略的观点，企业竞争优势既来自构成价值链的单项活动本身，又来自各项活动之间的相互联系、相互作用。在技术研发、服务和核心制造这一价值链体系中，技术研发是核心驱动力。技术创新贯穿于价值链的各个环节，支撑核心制造，创造、引领市场需求，关系整架天平的平衡与稳定，是"天平型"模式得以实现的核心力量；依托于核心制造，技术长足发展创造引领需求，需求增长形成外在推力，对技术提出发展要求，促进研发，服务、技术互为权重，互相适应和平衡。核心制造是肩扛两头、力撑千钧的支点，掌控整个体系的平衡和倾向，同时也以核心制造资源与能力的稀缺性使制造企业价值得以提升。

"天平型"模式的实质是对已有的、传统型的装备制造企业价值链进行重构，在取得单个价值链活动竞争优势的同时，更重要的是建立价值链活动之间强有力的相互联系，在系统性和集成性要求很高的装备制造领域产生合力。像中信重工这样既掌握核心技术又有核心制造优势的企业，能够掌控生产工期和完善的质量控制体系，则拥有了不可替代的竞争优势。以大型矿山成套技术装备为例，目前中信重工拥有20多种破、磨、选工艺型谱全系列，包括工艺试验、工艺选型、工程设计、产品设计、主机制造、成套供货、工程总包等全球化服务，几乎是全球唯一能够做到的企业。与国外竞争对手比，中信重工具有核心制造、质量控制和服务所带来的综合优势。对客户来说，交货期和实物质量非常重要，早投产则早实现收入。中国黄金乌山二期项目，中信重工比美国某知名公司工期短了 10 个月，中国黄金集团特奖励中信重工1000 万元。

成功的价值链模式不一定就是最先进的，但它一定是最适合的。对于那些相对走高端并有较好条件的企业，微笑曲线无疑是一种好的发展模式。这就造就了企业的不同发展形态，有的属于"哑铃型"，做微笑曲线的两端——研发和品牌、服务；有的属于"橄榄型"，专注于制造。中信重工则选择和创造了一个既适合自身特点，又适应市场的"天平型"模式。

中信重工"天平型"模式是国内企业在价值链重构上的一次创新，已成为适应宏观环境与当前竞争环境，确立自身优势的有效发展模式。但要在多个价值链环节都确立强的竞争优势，即使是对跨国公司而言也具有很高的难度。不论是在传统优势的制造环节还是在研发和服务环节，抑或是同时在研发、制造、服务等更广泛的价值系统，建立稳固的、内在的和可持续竞争优势才是价值链构建成功的标志。

第六章

云层之上，世界很小

　　飞机轰隆隆地向前奔跑，霎时腾空而起。地面的村庄、山川、河流一点点变小，渐渐地模糊起来……

　　窗外霞光万道，残阳如血。

　　飞机下面，滚动的云团翻腾着，争先恐后地涌着，热闹地追逐着……

　　忽然，一座山峰"劈开"云海，如一把穿天银剑耸立在云雾之中。

　　任沁新禁不住感叹："云层之上，世界很小！"

　　任沁新常常以自己在航班上的感悟启示大家："翱翔蓝天，云层之下群山林立，企业很容易被低水平的恶性竞争所淹没，而一旦穿越云层之上，视野里就只有少数的几座山峰了。你只要紧盯这几座山峰，就会永远位居全球市场竞争的第一方阵。"

　　"要赢取和保持云层之上的优势，就必须不断地进取和创新！"

　　这就是后来被媒体广泛宣传的中信重工的"云层理论"。

　　正是靠着不断的进取和创新，中信重工才领略到"云层之上"的旖旎风景。

一、带着自信启程

　　山东茌平信发华宇铝业公司 4 台过滤机公开招标。

　　中信重工矿研院洗选所所长高良玉得知消息，连夜做出标书赶往山东，最后一家投标。结果是，山东某厂中标，且当即签订了合同。

高良玉不言放弃，他给评委打电话，介绍企业，介绍他们开发的过滤机，并诚恳邀请信发铝业领导到中信重工看看。

信发铝业领导被中信重工的执着所感动，主管设备的老总不久后如约访问公司。

企业雄厚的实力、蓬勃的生机、浓郁的诚信氛围，特别是在过滤机市场的显著业绩给信发客人留下深刻印象。

信发铝业与山东某厂解除了已签订的合同，转而与中信重工一次签订了4台全新的 GLL-120B 大型高效盘式过滤机。

中信重工以最快的速度交付客户。

然而意想不到的是，过滤机交付后，一开就停车。

提起这件事，项目负责人高良玉悲喜交集。下面是高良玉接受我采访时的问答实录——

问：听说当时我们的4台过滤机交付后，一开就停车，生产线处于瘫痪状态。

高良玉答：是。当时我们所许多人都去了现场。往平信发主张订我们设备的几位领导抬不起头，老总急得三天三夜睡不着觉。

问：是我们的问题吗？

高良玉：信发铝业上下都这么认为。他们从外地请来专家会诊，都认为是我们设备有问题，强烈要求退货、索赔。但我坚信我们的设备没问题。

我整整观察了一星期，现场碱气大，把我的皮鞋烧个大洞，脚趾都烧烂了。老婆给我打电话，我嗓子哑得说不出话。老婆哭着喊：咱不干了！

咱不干了？咱不干谁干！

我要证明自己，证明我们的设备，证明中信重工。

在专家分析会上，我孤军奋战，声明三点：1.我们的设备本身没问题。

当初不主张订我们设备的信发铝业领导发问："有问题咋办？"

我毫不犹豫地回答："有问题我就从这栋楼上跳下去！"

可以想见高良玉当时背负的巨大压力。"有问题我就从这栋楼上跳下去！"言语间透出对自己、对中信重工品牌的自信。

自信的高良玉，有他自信的血性因子。

他从小就对机械、科技痴迷。大学毕业进入公司，高良玉开始钻研环保设备。他想，猪经常在泥土粉尘中拱，肺部为什么就没有堵塞，其中必定有什么特殊结构。他借了2000元钱，买了一台冰箱，买了两个猪头。他将猪头冷冻起来，慢慢研究。

经解剖研究，他发现，猪鼻孔为螺旋结构，气体通道表面有一层湿润的黏膜组织。当粉尘通过气孔时，粉尘被黏液粘住，气体紊流状态变为层流状态，以此实现肺部清洁、畅通。他根据猪鼻组织结构开发的湿式脱硫除尘器，除尘率达到99%以上。此设备喜获国家专利。

高良玉说，他大学时代学过创造学，掌握了创造的基本方法，对仿生学的运用也深有研究。不同的结构、不同的材料、不同的功能，采用组合法、集成法等方法，可以创造出变化多端的产品。前提是，对不同的领域、不同的学科知识能够融会贯通。

高良玉继续他的讲述：当时会场鸦雀无声。我接着指出，2.我们的设备产能大、效率高，问题出在与我们设备配套的系统不匹配。3.我已找到解决办法。

信发铝业领导问：什么办法？

我说：一个字，改！改你们的进料、出料管道。

与我们设备匹配的进料、出料管道由细改粗。

为了便于启动，我们在过滤机上增加了启动区。这个启动区现已申请了国家发明专利。

讲到这里，兴奋和激动如同决了堤的洪水，哗哗啦啦地从高良玉的心里倾泻了出来："问题迎刃而解，迎刃而解！"

当时现场有几十人，高良玉手一挥："开车供料！"

阀门一开，中信重工的过滤机立马启动，整个系统浑然天成，紧张有序运转，比预想的还要好。

信发铝业分管设备的赵总激动地跳起来，紧紧地抱住了高良玉。

东方歌舞团晚上在聊城演出，信发铝业专门给高良玉安排了最前排正中间位置。

从那之后，信发铝业所需过滤机、磨机全部用的是中信重工品牌。

受其感染，中信重工品牌在齐鲁大地广泛传播，魏桥铝业公司曾一次性签订中信重工过滤机16台。

广西平果铝业公司过滤机改造现场。轰轰的机鸣声打破了夜的沉寂，车间里灯火明亮。高良玉带着他的两个徒弟——王斌和申飞，正爬上爬下地测量过滤机设备中各个部件的尺寸。

平果铝用的是法国高德富林的过滤机，含水率较高，严重影响了氧化铝的产能。

高良玉锲而不舍，争取到属于中信重工，也属于他自己的一次难得的机会。

四周弥漫的碱蒸汽肆虐地侵袭着他们的鼻孔和眼睛。豆大的汗珠不停地从他们的额头上冒出，和着碱液滑落到眼睛里。蒸汽中的氢氧化铝是一种强碱，腐蚀性很厉害。

飘飞的碱蒸汽，脚下流动的碱液，腐蚀了他们的衣服，腐蚀了他们的皮肤，但腐蚀不了他们的意志和信念。

高良玉埋头工作，偶尔也用袖子在额头上一抹，擦掉了汗水和疲惫，但留下一道道油渍、泥星。

在生产现场，不少人认为，法国高德富林过滤机是世界名牌产品，国内的技术不可能比他们更先进。高良玉来这里改造，难以成功，纯粹是耽误时间，影响生产。

高良玉胸中憋着一口气："一切，只有成果才能证明！"

夜里 12 点半，两个小伙子的节奏明显慢了很多。上下眼皮不知不觉粘到一起，双腿也开始打战。

由于连续两个昼夜不停地工作，两个小伙子明显体力不支，一坐下就能睡着，有时候站着也打盹。

高良玉心疼他们："困了你们就睡吧。"拍拍他俩的肩膀，自己便又开始忙碌了。

在过滤机的世界里遨游，高良玉乐此不疲。

在平果铝改造的一个多月，高良玉每天都在过滤机旁和工人们一起吃住。一天早上，高良玉起来洗脸，发现脸上不知何时掉了一层皮。他看着镜子中的自己，苦笑了一下，随即又投入工作。

王斌后来也回忆，那段日子里，自己的皮鞋由棕色变成淡黄，轻轻一擦全掉块。

目睹了高良玉满身泥土，没日没夜、不知疲倦地穿梭在过滤机之间……平果铝人的眼睛湿润了。

改造如期完成。一运行，轰动平果铝：经高良玉改造的过滤机不仅把含水率降低了 4 个百分点，还大大地提高了产能。

高良玉走出车间，望着飞过的鸟儿，蓝天和白云之间拥有着深邃的未知。只有展开翅膀，才能看到更高更远的地方。耳边，传来风声，似乎一架飞机从云海之上划过……

高良玉满怀信心、满腔热情，继续着他的"创新之旅"，不久便开发出了第四代盘式过滤机。

高良玉说："我们的过滤机别人想模仿也模仿不成，因为我们不停地创新，今天这样，明天又是一个新天地，每一台都是新的。"

香江万基铝业公司同时引进了法国 3 台 135 平方米过滤机。这台应用于该公司的 180 平方米的盘式过滤机，在设计上更完善、更先进。

一种豪迈、勇毅、征服的快感风起云涌于高良玉胸间，他对我说："我们的设备完全有能力超过国外水平。我们决心在 3 至 5 年内，将国外过滤机产品挤出中国市场！"

二、冲向"云层"

"洛矿还在干冶金设备？"

"我们一直在做，我们的装备、技术水平有了很大提高，你可以看看我们公司的变化。"说着，王新昌打开随身携带的笔记本电脑。

"对不起，我没时间。"设备科长连连摆手，阻止了王新昌。

时值 2004 年年底，无论是装备还是技术研发，中信重工的巨大变化已经开始发生。对于安徽这个项目，刚刚出任销售总公司副总经理、冶金部部长的王新昌充满了信心，没想到却被当头一盆冷水浇了下来。

王新昌脑袋顿时大了。新官上任第一次见客户，没想到碰得鼻青脸肿，唉，真碰个鼻青脸肿倒好受些，心里的憋屈真不是个滋味啊！想表达的话，一时哽塞在喉间。

他心里也清楚，过去公司生产的冶金设备只是诸如棒线材轧机之类的小设备，并且还是配套件。如公司曾为安徽这家公司生产过一台棒材飞剪，只是一条生产线中的一个小设备。这家公司的一位领导曾不客气地对王新昌说："你们干的，也能叫作业绩？"

没过多久，一钢铁集团旗下的子公司 1450 冷轧机招标。中信重工志在必得，派出了主管营销的副总挂帅洽谈项目，报出了比竞争对手低得多的价格。但招标方一句话就把他们打发了："你们的业绩呢？"

长时间在低端市场混战，哪有什么拿得出手的业绩。

公司决策层意识到，制造业的中低端化一直是影响企业的重要因素。中信重工所处的重机行业是完全竞争性和开放性的行业，对中信重工来说，冲出竞争惨烈的"红海"，由产业链的中低端向高端迈进，打造具有国际影响力的高端品牌是必须面对的战略突破。

经过深入思考和研究，公司提出创建"国内领先、国际知名的现代化企业"的战略愿景，将企业发展定位于"高端技术、高端产品、高端客户、高端市场"，即以高端技术支撑高端产品，以高端产品赢取高端客户，以高端客户占领高端市场。

属于中信重工的掌声没有缺席。

2005 年 4 月，中信重工获得为韩国浦项（张家港）设备工程服务公司制造 1600 炉卷轧机国内分交设备的合同，由此实现了公司在板材设备市场的突破。2006 年，该项目举行投产仪式，韩国浦项专门为中信重工颁发了银质奖牌，以此感谢中信重工为其提供了优质的轧制设备，为整个项目的顺利投产做出了重大贡献。

尽管为韩国浦项生产的这套分交设备仍然属于配套件，尽管这套设备生产得很辛苦，但在这一过程中积累的技术、加工经验，为中信重工进军冶金高端市场打下了坚实基础。

依托技改奠定的装备实力，中信重工在冶金市场逐步迈向高端，接连取得突破，先后与武钢签订当时世界最大的年产 500 万吨氧化球团窑工程核心装备，与江苏诚德钢管股份签订 720 往复轧机组，与西重所签订两套 1100 毫米六辊可逆冷轧机组、1 套 1100 毫米四辊平整机组，与山东富伦钢铁公司和河北邢台德龙钢铁公司分别签订了 1 台 150 吨大型立式炼钢转炉、两台 80 吨立式炼钢转炉合同……

不到两年时间，中信重工发生的天翻地覆的变化以及在冶金领域取得的业绩，引起了安徽那家公司高层的关注。2006 年，公司高层在参观、访问中信重工后，当即决定将国内最大的 2250 毫米平整机组交给中信重工制造。

中信重工逐渐摆脱了行业内司空见惯的低端混战，在高端领域打开了另一番天地。

用于宝钢集团的两台国产最大规格 250 吨转炉合同的签约，使中信重工跃上了中国炼钢转炉市场的最高端。江苏诚德钢管世界最大的 JGL-920 管材矫直机，国内最大的 Φ720 毫米穿孔机和 4300 毫米宽厚板轧机，全球最大的宝钢年产 500 万吨球团工程生产线六大核心装备的成功制造，标志着中信重工轧制产品进入高端领域。

在中信重工一号会议室，一张神舟六号飞船起飞的大照片引人注目，其下方就是国家载人航天工程办公室的嘉奖消息。神舟六号载人航天飞船逃逸舱发动机壳体锻件就是中信重工打造的。他们研制的航天锻件荣获我国"神舟载人航天飞船优质部件"称号。

从神七、神八直至神十三系列飞船，超硬钢锻件均由中信重工研制生产。国内目前能生产这种航天锻件的，重点依赖中信重工一家。

在国人心中，"正负电子对撞机"早已是一个"符号"——与原子弹、氢弹爆炸成功，人造卫星上天一道，成为我国高科技领域内的代表作。

安装在正负电子对撞机第一对撞点的北京谱仪主机械系统，是个重达 650

吨的庞然大物。作为北京正负电子对撞机的大型探测器，它是我国高能物理领域的重大基础装备，主体机械结构大部分零部件的加工精度远远高出一般重型设备的精度要求。为了研制和加工它，中科院高能物理研究所找到了国内重机行业几家有实力的企业。但是当得知产品加工精度最终要由激光检测时，几大重机厂都望而却步了。

加工难度有多大？项目组成员王智敏说，这个大型非标产品长11米、高9米、宽6米，总重650吨，外形如一个六方体的筒子。产品分成6块，每块由多层厚达30毫米的钢板构成，钢板之间有空隙，非常像千层饼。加工"千层饼"要保证平面度。公司的"全国五一劳动奖章"获得者闫光明等能工巧匠，硬是在镗铣床和大型立车上啃下了这块硬骨头。

加工精度有多高？王智敏用了一个词——严丝合缝。巨大的6块钢板构件要组合成一个真空腔体。中信重工人在每一个细节上都精益求精，最后将公差控制在了0.05毫米之内，比一张A4纸还薄。

由中科院院士组成的鉴定委员会认为：中信重工研制的第三代北京谱仪机械主体结构属国内首创，整机性能和主要技术指标达到当代国际同类设备先进水平。

在中科院高能物理研究所坐落着一片"网球拍"形状的建筑群，北京正负电子对撞机就藏身其中。"球拍把"是约200米长的直线加速器，"球拍面"是周长240米的存储环。在地下6米深的隧道中，接近光速运行的正负电子在这里以每秒上亿次的速度进行对撞，不断探索着物质构成的奥秘。

2017年1月9日，中共中央、国务院在北京隆重举行国家科学技术奖励大会。中信重工参与完成的正负电子对撞机重大改造工程项目获得国家科技进步一等奖。

2017年4月26日，大连的天气一扫前日的雷雨交加，变得阳光明媚，中国首艘国产航母在拖曳牵引下缓缓移出船坞，停靠码头。

中国首艘国产航母下水，中信重工拉起"生命线"——媒体的报道，使中信重工瞬间成为朋友圈的热词。

使用中信重工重要配套件的航母舰载机的起降和回收系统，是保障舰载机安全着陆和起飞的重要系统，是舰载机名副其实的生命线。该系统涉及机械、电气、液压等诸多高新技术，是硕大而庞杂的大工程。

仅仅10天后，5月5日14：01，我国首架国产大飞机C919在上海浦东国际机场直冲云霄，圆满完成首飞任务。

在大飞机这一国家项目上，中信重工参与的世界最先进的铝合金厚板生产线设备研制，让国产大飞机穿上了世界上最好的铝合金外衣。

从 2007 年开始，在国家国防科工局的支持下，中信重工就联合西南铝、中国重型院等共同开发万吨级拉伸机。中信重工技术、生产、工艺等部门协同作战，产学研结合，针对设备零部件吨位重、体积大、形状复杂、加工难度大、技术要求高等特点，积极开展工艺技术创新攻关，顺利完成了该设备的研制与工艺开发。

万吨级拉伸机的成功研制，使国内首条为国产大飞机项目配套的铝合金厚板生产线在西南铝业建成投产，实现了我国对大飞机项目铝合金材料的自主保障。

据悉，该设备自投产运行以来，已为国家航空航天事业提供了大量铝合金厚板，成为我国大飞机项目、载人航天和探月工程、重点国防项目建设配套设备。

景洪水电站坝址，距云南省西双版纳傣族自治州景洪市约 5 公里，距中缅边境仅 70 公里，是澜沧江中下游河段两库八级中的第六级水电站。

这个水电站总装机容量 1750 兆瓦，坝高 108 米，坝顶长 705 米。澜沧江上的轮船如何顺利翻过景洪大坝，实现通航，是一道难题。

2008 年 7 月，中信重工一举中标景洪水电站水力式升船机项目。作为项目的总承包方，中信重工为其研发制造了包括主提升部分大型卷筒、同步轴等在内的合同金额近 3 亿元的成套设备。

2016 年 12 月 18 日上午 8 时 30 分，一艘长 20.1 米、宽 4.1 米，满载排水量 24.8 吨的客运船舶鸣响汽笛，沿景洪水电站下游引航道缓缓驶入一个硕大的升船机承船厢，随即承船厢下游闸门关闭。接着，承船厢上升，直到厢内水位与上游水库水位齐平。这时，承船厢上游闸门打开，船舶解缆驶出承船厢，进入上游航道。

整个过程用时仅 17 分钟，客船如同坐电梯般被提升了 60 多米。这魔术般的操作，引发在场所有工作人员的一阵阵欢呼。

云南媒体报道——

> 景洪水电站使用中国原创并具有完全自主知识产权的世界首台水力式升船机，实现了澜沧江航道船只首次过坝，标志着这条中断了 12 年，穿越中、老、缅、泰四国，全长 350 公里的澜沧江—湄公河航道恢复了全程通航。
>
> 世界首台水力式升船机背后，是中国制造的实力体现，它不仅实现了世界高坝通航领域的一次重大技术创新和跨越，还展示了在山区型河流通航方面广阔的应用前景。

三、蚂蚁啃苹果

（一）做"第一个吃螃蟹的人"

传统制造水泥的流程是这样的——

将石灰石、黏土、铁矿粉等主要原料混合起来放入回转窑中，随着窑内温度逐步上升至 1000 多摄氏度，生料经过干燥、分解、烧结等主要程序，充分分解并发生化学反应形成熟料，经过冷却出窑后，再加入延缓硬化速率的石膏，再经粉磨就做成了可以分包出厂的水泥。

值得注意的是，由于制作工艺和技术的限制，在此流程中会产生大量低温低压的气体即余热，无法充分利用，往往被作为废气排放了。

"热量是什么？是能源！"

中信重工敏锐地窥见了其中的商机：如果能有一种设备把这块资源利用起来，水泥生产商们没有理由不感兴趣。

有人说，创业的人，就需要一点疯狂的想象力跟"下意识决定力"。

当乒乓球向你右侧飞来时，你经过周到的思考了吗？

"砰"，你挥拍击出——这一刹那，你脑海中真考虑过用扣杀的、削球的、提拉的，还是把球给高高吊起来？力度多少？方向朝哪儿？

假如真的这么想，估计全场下来也接不住多少个球。

你若采访王楠、张怡宁，她们估计也说球飞过来时基本不必思考，直接挥拍就是了。这种"不思考"，就是经过千百次锤炼后的"下意识决定力"。

人人都有自己熟悉的范畴，也都具备相应的"下意识决定力"。一个好厨师，放盐时尽管不会用天平称一下，但味道每每恰到好处，也是因为"下意识决定力"。

"没有风险的决策并不是好的决策"——在中信重工，这句话前面加了定语，那就是"要力求风险最小""要建立在科学的基础上"。

开发纯低温余热发电，中信重工的眼光无疑是超前的。

公司总经理亲自担任研发第一责任人，并决定走自主研发之路，打破仿制，创立中信重工自主的余热发电品牌。

彭岩挂帅的研发团队，通过现场调研、理论分析、数值计算、实验研究等，最终发明了水泥窑纯低温双压余热发电技术，并率先推出了具有自主知识产权的全国产化的纯低温余热发电机组。

（二）意外的冷遇

2004年10月25日，一场秋雨洗出了碧蓝的晴空，天地陡然亮丽了起来。

中信重工，水泥行业高层和企业巨头云集，余热发电技术领域专家与精英荟萃。全国大型干法水泥纯低温余热发电技术政策研讨会在此举行。

此次大会是中国工业界对纯低温余热发电技术政策的一次交流合作。其中一个重要内容，就是推广应用中信重工新研发的双压纯低温余热发电技术。

行业高层领导和权威专家考察了中信重工后颇为欣喜：这项纯低温余热发电成套技术提供了一个新的发展思路，适应水泥行业发展的需求，符合国家产业政策和发展趋势，具有广阔的发展空间。

会议结束后，中信重工很快与辽源金刚水泥集团等4家水泥企业签订了纯低温余热发电项目合作意向书，公司大型干法水泥纯低温余热发电产业呈现良好开局。

但开场锣鼓敲响后就冷场了，有合作意向的水泥企业都在等待观望。

秋风吹动满地飘落的黄叶，卷起一阵阵尘土，给大地蒙上了一层苍凉的色调。彭岩怀着一种比秋色更为苍凉的心情从辽源返回。

辽源金刚水泥集团表现出较大的热情，但一时之间也难以做出决断啊。说穿了，还是对新生事物心存顾虑：新技术是否成熟稳定？安全性能和实际效果怎么样？新的发电设备附加上去之后，会不会对原来水泥生产系统产生不良影响？

任沁新点了一支烟，深深地吸了一口放进烟缸，然后从椅子上站起来，带着一个大胆的提议直奔会议室。

公司办公会紧急召开。

会议讨论并表决了他的提议，最后形成决定：打破业界惯例，垫资为客户研发、制造纯低温余热发电机组，由此可能造成的损失全部由中信重工承担。

要知道，这可是好几千万元一套的设备啊！

所有的伟大，源于一个勇敢的开始。

这样做的效果立竿见影，一下子打消了客户的顾虑。

吉林辽源金刚集团当即和中信重工签约。为国内首条日产5000吨水泥熟料生产线配套的，双压纯低温余热发电工程的施工和设备制造就此全面展开。

（三）辽源破冰

2006年9月25日，国内首套双压技术纯低温余热发电项目在辽源金刚水泥集团紧张调试。

再过两天，国家发改委将要在这里召开项目现场介绍会。而此时，设备能否正常运转、发电量能否达标、并网能否确定等，还像乌云一样压在项目组的心头。

中信重工总经理任沁新连夜赶到了吉林辽源工地现场。

这一刻任沁新看上去很平和，他的目光依然柔和，他的呼吸依然平静，但从他的目光和呼吸中，彭岩和项目组成员感受到一股不同寻常的信心和力量。

深夜，他在调试现场主持召开了技术分析会。

一连两晚，辽源调试现场彻夜未眠。

东北大地秋意渐浓，经历了春天的播种和夏天的耕耘，收获的季节到了。

9月27日一早，项目现场介绍会如期举行。来自国家发改委，吉林省、市政府官员和30多个国内知名企业的代表应邀出席。

中信重工自主研发并承建的国内首套双压技术纯低温余热发电项目成功实现并网投产！

当总控室上方的电子显示屏熠熠闪光的数字稳定地在7700千瓦时的数值上下翻动时，所有的人都站起来长时间鼓掌。业主方董事长张传军当众向任沁新鞠躬致谢。

也许因为经历了太多的跌宕起伏，任沁新和项目团队成员无法抑制内心的激动心情，早已泪光闪烁。

国家发改委网站10月30日刊发报道评论：

> 辽源金刚水泥集团纯低温余热发电生产线，是国内水泥行业第一条双压技术纯低温余热发电站的首次成功应用，标志着我国纯低温余热发电技术水平进入国际先进行列。

（四）"绿色通道"

2006年11月2日，河南省政府在郑州召开专题会议，以推广应用中信重工水泥生产线纯低温余热发电技术为载体，率先在全省水泥行业实施节能改造，发展循环经济。

出席会议的河南省副省长在会上要求，全省水泥工业在今后兴建的新型干法水泥熟料生产线上，必须同步配套纯低温余热发电装置，并将其作为项目核准的必要条件。

中信重工和河南省建设投资公司在7条日产5000吨水泥生产线配套纯低温余热发电工程总包协议上签字。

（五）央视推动助力

曾经有人担心，节能降耗的压力将影响到机械、水泥等工业的快速发展。情况究竟如何？

2007年1月5日，中央电视台记者来到纯低温余热发电技术和装备的诞生地中信重工。

记者一到公司就要采访余热发电技术负责人彭岩。我当时在党委宣传部，联系到彭岩，可他正在北上吉林的途中。

记者接过电话，彭岩急急的声音传来。他是应客户的一再要求，去落实一条新的余热发电的工期。客户说，他返回洛阳时，可以先把1000万元的调试费带走。按照合同签订的工期，第二条水泥生产线余热发电调试完，才应该付他1000万元，现在他还没有开始调试呢。因为第一条效益比较好，客户为了催他来调试二线，现在主动把那1000万元提前给他。

纯低温余热发电节能装备何以让彭岩他们忙得不可开交，又让水泥企业如此积极呢？

这套装备2016年9月在吉林省辽源金刚水泥厂一次试车成功，运行3个月来，利用水泥生产过程中排放的废气，已经累计发电1300万千瓦时，创造利润700万元。

近两年，国家持续宏观调控，节能降耗成了高耗能行业必须完成的课题，也给彭岩他们研发的双压余热回收技术提供了广阔市场前景。根据目前的市场预测，水泥厂的活公司5年内干不完，每年可以拉动10亿元的经济规模。

听了彭岩的介绍，央视记者兴奋不已。看来，正是节能降耗推动了机械、水泥等产业增长方式的变化！

央视记者当天便直飞吉林，在国内首个纯低温余热发电技术装备应用现场，采访了彭岩和水泥厂的于总。

节能降耗：一项技术带旺两家企业！

这是2007年1月8日晚，中央电视台《新闻联播》在播出时政要闻后播出的中信重工通过纯低温余热发电技术和装备，推动自身和中国水泥行业实现科学发展的重磅新闻，用时3分40秒。

该新闻刚播完，《洛阳日报》总编辑的电话就响了，他拿起电话，是市委书记！"看了吗？节能降耗：一项技术带旺两家企业！"书记指示，《洛阳日报》调版转发，明天一早见报！

中信集团当夜要求中信重工提供相关新闻的光盘。

河南省各主要新闻媒体也向公司提出了进一步采访的要求。

客户的咨询电话、订货电话更是接踵而至。

(六)忽如一夜春风来

冬日里的阳光接受着生命的朝拜,从人们熟悉的地方铺洒而来。

站在"风口"的中信重工纯低温余热发电,几乎在一夜之间爆款了。

2007年1月16日,中信重工与江苏磊达股份有限公司纯低温余热发电项目合同签订。

与此同时,为驻马店豫龙同力水泥日产5000吨新型干法水泥生产线配套的国内首个9000千瓦双压纯低温余热发电项目隆重开工。总包的鹤壁豫鹤同力水泥纯低温余热发电工程工地擂响奠基的锣鼓。

1月29日,中信重工总包的广东塔牌水泥集团首个纯低温余热发电项目成功投产。第二个纯低温余热发电项目和位于福建岩前的第三个纯低温余热发电项目加紧施工。

辽源金刚与公司在吉林白山的第三个纯低温余热发电工程全面开工。同时承诺将在新上马的另外4条日产5000吨水泥生产线上和中信重工进行包括配套纯低温余热发电工程在内的一揽子合作。

4月上旬,公司与辽宁本溪客户在又一条日产5000吨水泥生产线配套的纯低温余热发电项目上签订合同。

截至4月12日,中信重工已经和国内水泥行业20多家客户签订了37条水泥生产线的纯低温余热发电工程总包合同或合作协议。

从山东到内蒙,从江苏到浙江,更多的纯低温余热发电项目已经形成了梯次,许多客户更是提前把预付款汇到中信重工。

(七)水泥生产的标准配置

纯低温余热发电技术的推广应用捷报频传。

2007年8月27日,公司总包的驻马店豫龙同力水泥公司国内首个9000千瓦双压纯低温余热发电项目并网发电,发电量达到10000度。

双压纯低温余热的利用满足了水泥公司三分之一的用电量,年效益超2000万元,同时有效减少了二氧化碳及二氧化硫等废气的排放量。

一批纯低温余热发电工程陆续投产,更多的项目合同签订。

同时,中信重工新型纯低温余热发电双压技术取得国家发明专利,列入国家"863"计划。截至2010年9月,研发成果已申请国家发明专利11项,实用新型专利2项,并成为国内水泥余热发电领域唯一获得授权的发明专利和国家标准。

公司纯低温余热发电项目迅速融进生产水泥的标准配置中。余热发电随窑走，公司每卖出一条水泥生产线，必有为之配套的纯低温余热发电。截至2010年12月，中信重工已签订了137个双压纯低温余热发电项目合同，其中51个项目已成功并网发电。

行业权威专家考察了中信重工后说："它的纯低温余热发电成套技术提供了一个新的发展思路，硬生生在水泥装备领域开辟出一块新的市场。"

中信重工身姿矫健，一路奔跑着穿过光阴。

如今，公司双压纯低温余热发电技术开疆拓土，已从水泥行业拓展应用到干熄焦、炉冷烧结矿等新领域，累计实现销售收入80多亿元，新增利税10多亿元。

在彭岩的带领之下，余热发电团队节节取胜，一大批怀揣着热血和情怀的年轻员工在这个过程中燃烧自己，也获得了巨大的成长。

复盘双压纯低温余热发电技术研发，任沁新在他的《CEO手记》中这样感言："很多企业的研发停留在模仿、拷贝上，没有自己的核心技术，如爬在苹果上的蚂蚁，始终只在表面，没有把苹果皮咬破。而真正的研发就要下真功夫，啃破苹果皮，尝到真正的滋味。把苹果皮咬破，尝到了甜头，才有不断创新的冲动，越干越有劲儿。"

四、喝茶探市场

2007年，中信重工将公司技术发展战略确定为技术先导战略，突出强调要首先在技术上从被动适应市场转变为主动引导市场发展。

什么是技术先导？

技术人员已习惯坐在办公室里苦思冥想，技术思路受到限制，设计出来的新产品市场适应力不强，更谈不上创造市场、引领市场的"技术先导了"。

办法很简单：喝茶探市场。

于是就有了这样一幕场景：技术人员和对口的营销人员每月必须坐在一起喝茶。

刚开始，双方都把它当成任务。但几杯茶下肚，技术人员便尝到茶中的"甜头"。因为从与营销人员的闲谈中，他们准确地理解了用户的诉求，有些人还从中找到了创新的灵感。

2008年10月4日,十一长假还没有结束,中信重工2008年四季度暨2009年营销策划会议在洛阳雅香金陵大饭店召开。矿研院、技术部的技术人员参与其间,公司总经理亲自主持了技术人员与销售总公司各产业部的对话。

没有觥筹交错,只有茶水数杯。中信重工矿研院破碎所所长郝兵和黄瑜伟谈得尤为投机。

黄瑜伟,中信重工销售总公司副总经理,主要负责与中国第一大煤炭企业神华集团及其下属子公司的合作。"神华集团发展很快,但其内蒙古地区大量的褐煤资源却无法得到有效开采利用。"黄瑜伟熟知神华集团的"心结"。

在1995年年底中国已探明的1300多亿吨褐煤保有储量中,以内蒙古东北部地区最多,约占全国褐煤保有量的四分之三。褐煤水分含量高达20%~40%,热值低,长距离运输经济性差,难以长期储存。

郝兵听完介绍后兴奋不已,因为他从中看到了褐煤提质技术的广阔市场前景。

"褐煤提质是项新技术,与黄瑜伟的沟通给了我信心。仅神华集团这一块的市场就这么大,作为一名技术人员,不干才是傻子!"

于是,一场由中信重工、中国矿业大学和神华集团共同实施的褐煤提质技术攻坚战轰轰烈烈地开始了。

2008年12月2日,神华国贸董事长邵俊杰见证了中信重工褐煤提质辊压成型技术成果后,即日就签订了4台供货合同,并确定了年产2000万吨级褐煤开发项目产业化时间表。

该设备甫一上市,就在国内外市场引起强烈反响,用户纷纷打来电话询问供货事宜。

2009年11月12日,时任中共中央政治局常委李长春视察中信重工,在矿研院破碎所观看了国内首台褐煤提质设备三维设计演示,详细询问了工艺过程、技术性能。听完任沁新关于褐煤提质技术及装备的汇报后,李长春高兴地说:"中信重工通过此项技术等于为国家创造了一个焦炭的来源,可喜可贺!"

事情接下来的发展大大超出了公司领导的预料:请与被请的关系反转过来,喝茶周期也变得更加频繁。有人笑称技术人员"黏着市场不放",一听说哪里有技术问题需要人手,就会争先恐后地抢着去,越是去一线的苦活、累活越是抢手。因为他们知道,只有更多地接近市场,才能提高对市场需求的敏感度,从而设计出越来越多引领市场发展的新产品。

伴随着由喝茶引发的"姻缘"在中信重工开花结果,以技术引领市场为核心理念的技术先导战略也渐入人心。

中信重工技术先导战略是从技术领先战略演变而来的。"技术领先"概念比较模糊，对企业内和市场的导向上没有真正诠释技术的内涵——领先总是相对的，而在同行也在发展、市场竞争越来越激烈的情况下，难以从硬件产品这个关键问题上真正实现效果显著的差异化竞争。技术的价值内涵是要最终给企业带来经济效益和有形与无形的资产。这就要求像中信重工这样的、拥有大型先进重型装备的龙头企业，不但要占有市场，还要学会逐步放弃低端市场，并且靠新技术创造市场、引领市场的发展。

高深的技术先导战略不再高深，逐渐成为每一位中信重工技术人员共有的意识和主动行为，并形成一个又一个的效益增长点。

钢厂在炼钢过程中会产生大量的废钢渣，这些有一定含铁量的废钢渣大多被当作垃圾处理，每吨只能卖十几元。

中信重工开发研制的矿渣立磨改变了这一切。它将废矿渣磨成具有良好化学活性的细粉，添加到水泥中，可以得到强度更高的"矿渣水泥"。

2007 年 9 月，中信重工研制的国内首台大型矿渣立磨设备在江苏磊达股份有限公司投入生产。高高耸立的大型矿渣立磨，融破碎、粉磨、烘干、选粉和物料气体输送为一体，先进的控制系统对设备运行工艺参数实时监控，配以触摸屏显示与操作，源源不断地将从钢铁企业收购来的废矿渣磨成细粉。矿渣粉掺入水泥的比例是 30%，矿渣的利用，可使全国每年节约大量的水泥用石料资源。每出售一吨矿渣硅酸盐水泥可增加利润 21 元，一吨矿渣粉可产生的利润约 50 元。一台大型矿渣立磨一年为水泥厂增加的利润可达两三千万元。不过，最高兴的还是钢厂，过去难以清理的废钢渣一举变废为宝，每吨价格飙升至上百元。

中信重工这篇围绕节能环保的文章"未完待续"。

环保部的数据表明，随着城市化的快速发展，全国三分之二的城市垃圾围城，四分之一的城市已经没有地方处理日渐增多的城市垃圾，城市生活垃圾处理已经成为制约城市发展的一大瓶颈。2009 年，我国的城市生活垃圾产生总量达到 1.66 亿吨，并且正在以年均 8% 的速度递增。常用的垃圾填埋、堆肥或焚烧三种主要处理方式都存在大气、土壤和地下水等污染的可能。

中信重工开发了二次燃料技术，把城市垃圾通过水泥窑进行消纳加工处理，为中国城市垃圾的处理开辟出一条新路。

2012 年 4 月 27 日，中信重工首条利用水泥窑消纳城市垃圾示范项目投产。

我在洛阳黄河同力水泥有限责任公司生产现场看到，一车车生活垃圾被倒入全封闭的处理间，随即被巨大的"抓手"投入破碎机，破碎后的垃圾又被送入垃圾焚烧炉，经由高温处理后生成的灰渣固化物进入水泥生产系统，最终变身为水泥熟料。

忙碌在现场的技术人员告诉我，这项技术的推广应用还面临诸多挑战，未来他们还有很长的路要走。

春已至，花已开，期待春日的暖阳。

2011 年 10 月 11 日，一夜细雨使中信重工显得格外清爽。焦裕禄大道上，上早班的员工精神抖擞地说着笑着，路两边的花草树木似也感受到某种喜悦，和着中信员工的脚步摇曳着。

"喜悦可以说是不断的。"刚梅林说。今天，他们的高效节能纯静压水泥磨机已批量进入国际市场，成功签订伊拉克 MASSIRAQ 公司 3 台目前世界最大直径 4.6×14.5 米纯静压滑履磨机合同。

刚梅林是这一项目的负责人。作为中信重工研究院的粉磨专业首席设计师，他获得国家发明专利 4 项、实用新型专利 5 项。不过，他并没把这些成绩放在心上，他把心思全用在了设计上。"在公司营销人员的引荐下，我和用户混熟了，一直在用户现场，知道他们想要什么，知道各家产品的缺陷。尤为关键的是，我知道用户现在在想什么，将来需要什么，怎么才能帮他们提高效率，使效益最大化。"

谈着谈着，他在纸上画起他的设计思路来，耐心细致地连画带计算，直到我懂了并确信他的设计的合理性与经济性后，他才长出一口气，面露欣慰。

刚梅林大胆地把纯静压技术用于滑履磨机并一举成功，颠覆了国内外建材磨机动、静压轴承最适于建材磨机筒体支撑的观念，使我国建材磨机产业由依赖和模仿国外技术迈向了自主创新开发的阶段。

创新的力量产生了！用户不需因温度高而停机，磨机可以连续不停地生产。一台直径 4.2×13 米的滑履磨机采用纯静压轴承后，每天可节约 500 余吨冷却水，每年可节约用电约 350 万千瓦时，节约轴瓦费用约 10 万元，节省停工时间约 360 工时。

五、掌握话语权

（一）项目卡在标准上

2010 年 2 月 8 日，春节马上就要到了，一年的辛苦忙碌让人们对即将到来的欢聚充满了期待与兴奋。

就在这时候，质保部主任赵安生却带着探伤科科长杜建彤急急忙忙地赶赴秦皇岛了。

原来，一个没有既定标准的检测把公司质保部给难住了。整个项目也就此卡壳。

事情是这样的：由于长期的良好合作，在 3.5 米炉卷轧机之后，达涅利公司又将 1 台 4.3 米宽厚板轧机交给中信重工制造。项目开始时还算顺利，但公司自制的铜压下螺母却遇到了难题。在订货合同中，达涅利要求对该螺母进行超声波探伤。

问题来了。在国内，根本就没有铸铜相关的超声波探测国家标准，而达涅利公司也提供不出有理有据的探伤标准。没有标准怎么检测？

经过反复协商探讨，达涅利公司始终不肯让步。

这时，有人提议可以用直线加速器进行铸铜件的探伤。

经过多方查询，公司质保部终于获悉位于秦皇岛的哈电重型装备厂有一台直线加速器设备，西安某个研究院也有一台。

获得消息的当天，他们就立即出发了。

一路颠簸，换来的却是令人沮丧的答复。哈电重型装备厂说可以测，但每个铜压下螺母的探伤费用最少要 10 万元。

接着，他们又辗转到西安，得到的是同样的答复。

"1 个 10 万元，4 个就是 40 万元哪！"赵安生心中生疼，"这代价也太大了吧！"

有人提议，达涅利曾经为 3.5 米炉卷轧机外购了一个铜压下螺母，我们能不能对它进行检测，制定出一个检验标准呢？

经过与达涅利监理人员的多次沟通，最终获得了他们的同意。

公司质检人员迅速出动，对进口铜压下螺母进行了全面检测，收集整理出了详细的数据资料。据此，他们制定出了 4.3 米宽厚板轧机铜压下螺母的检测标准，并获得了达涅利的认可。

在停产了近两个月后，达涅利 4.3 米宽厚板轧机项目终于得以顺利进行。

（二）制定企业自己的标准

2010 年，中信重工设计制造的世界最大磨机在澳大利亚 SINO 铁矿项目现场开始安装了。中信重工人始终紧绷着的弦一下子轻松了许多。但很快，一个来自现场的情况震惊了所有人。发往现场的 300 多个螺母和螺栓，无论怎么尝试，就是无法把合。

公司质检人员的第一反应：这是不可能的！他们很纳闷："零号项目"

磨机的主机和所有配件生产都是经过提前策划的，而且生产组织过程中的每一道程序也都是按照相关标准严格执行的，怎么会出错呢？

但现实摆在那里，螺母与螺栓就是把合不上。

他们的第二个反应：是不是发错了？

事实也并非如此。

公司马上派出技术人员赶赴安装现场进行检测确认，问题很快就找到了。螺母和螺栓都是按标准制造的，但问题是它们选用的标准却不是同一个。

因为螺母是公司自己加工的，而螺栓则是从国外进口直接发往澳大利亚现场的。

没有办法，公司重新采购了一批丝锥，并派出五六个人在现场攻丝近一个月。

此事让人十分心痛。痛定思痛之余，公司认识到，在设计、生产、质量检测以及协配件采购等方面，全面制定和实施企业自己的标准已迫在眉睫。

在中信重工召开的第六次群策群力大会上，公司领导明确指出：中信重工已完全具备条件在澳洲、欧美等国际公司标准基础上固化并明确执行公司标准，获得话语权。

随后，中信重工《技术标准体系规划方案》迅速出台：制订标准实施规划，完善健全产品标准体系，建立有中信重工特色、能够满足国内外客户要求的技术、质量标准体系。

涉及中信重工所有产品的标准制定工作拉开帷幕。

（三）淡水河谷的让步

由于在大型矿用磨机方面的良好合作，淡水河谷公司把 PXZ-1500II 大型液压旋回破碎机交给了中信重工设计制造。

巴西淡水河谷公司成立于 1942 年 6 月 1 日，是美洲大陆最大的采矿业公司，也是世界第一大铁矿石生产和出口商，被誉为巴西"皇冠上的宝石"和"亚马孙地区的引擎"。

在合同签订初期，中信重工坚持在设计、生产及检验检测中采用自己的标准。

淡水河谷的技术专家当场提出了疑问："你们自己的标准？没有问题吗？"

有备而来的中信重工人相视一笑，眼神里满是自信：一定行！

原来，在合同签订之前，公司矿研院破碎所已经全面启动了 PXZ-1500II 大型液压旋回破碎机相关标准的制定工作。

一个涵盖了旋回破碎机的主要零部件，从制造、加工、检测、装配到涂装、包装、运输等整个产出过程 32 项专项规范的 PXZ-1500II 大型液压旋回破碎机标准，让淡水河谷的技术专家折服了。

由于公司标准并不低于国际大公司的同类标准，淡水河谷让步了，并做出决定：在 PXZ-1500II 大型液压旋回破碎机的设计制造中采用中信重工标准。

在中信重工品牌的感召之下，"标准垄断"格局被打破。这是一个品牌甚至中国制造崛起的体现。

（四）参与制定国家标准

2010 年 6 月 28 日上午，中信重工专家云集、高朋满座，全国矿机标准委员会电气设备分技术委员会、液压传动与控制设备分技术委员会在中信重工成立。全国 15 个地区的 42 名专家出席了成立揭牌大会。

中信重工自动化公司成为秘书处承担单位。为会议忙前忙后的自动化公司经理刘大华累并快乐着。

"企业参与制定标准，一方面是企业自身发展的战略需要，另一方面也是为了满足客户的更高要求。公司自觉追求从企业标准到行业标准及国家标准的过渡，也正是企业以行业发展为己任的担当。"

不经意的言语中，透露出难以掩饰的骄傲和自豪。

至此，公司拥有了三个全国标委会、一个工作组。公司积极参与国家标准制定的工作取得重大突破。

随后，一座名为"国家级矿山提升设备安全准入分析验证实验中心"的实验室花落中信重工。

通过近 60 年矿山机械研制的积淀，中信重工有实力成为行业规则制定者，且在实践中也已参与制定了多项国家行业标准，国家将这座"准入验证"实验室设立在中信重工，是对中信重工自主创新的充分肯定。实验室已于 2018 年建成投用。中信重工和国家相关部门一起对矿山提升设备的生产给予"准入资格"。所有矿山提升设备生产企业的产品，须经过该实验中心的安全准入分析验证方可取得国家安标中心发放的安标证。

（五）牛气的"彭专家"

"彭专家"是人们对纯低温余热发电技术负责人彭岩的尊称。

彭岩说，有人说我牛，实际上我牛是因为我有话语权，而话语权正是我们的余热发电技术和标准赋予我的。

由于参与起草国家标准《水泥厂余热发电设计规范》和行业标准《水泥窑余热发电回收利用设备标准》《钢铁行业烧结机余热发电回收利用设备标

准》，彭岩和他的余热发电团队更忙了。

让他欣慰的是，《水泥厂余热发电设计规范》作为国家标准，在 2010 年 10 月 1 日开始在全国贯彻实施了。不过还是不能轻松，他还承担着另外两个行业标准制定工作小组的副组长。

知道的人都说彭专家很牛。

名气大！公司销售部门的一位副总打趣他说："你说你一个不搞建材的人，在建材圈子里的名气怎么比我们还大？"

"吃"名片！办公室里的人也有怨言，说彭岩就像是在"吃"名片，印名片根本就跟不上他派发的速度，这两年已经"吃掉"了 2000 多张名片了。

彭岩也很"委屈"。只要是跟余热发电有关的会议，无论政府的还是行业的，是个会都要发邀请函叫上他。你回得晚了，人家就会一个电话接一个电话地催；你不去，人家还说你是摆架子，不捧场。

"余热发电圈子里的会议缺不了中信重工，否则他们就会认为这个会议的分量不够。"彭岩说。

而只要到了会场，白天在台上讲话是焦点，讲完了被大家追着问东问西是焦点，甚至晚上回到居住的房间也会被人围着问问题。

如今，在圈子里还流传着他的一个故事：开会签合同。

一次参加水泥行业举办的研讨会，彭岩照例应邀举行了关于余热发电的专题讲座。

听着彭岩绘声绘色、有理有据的讲解，台下坐着的一位重庆水泥界的老板坐不住了。他看准了余热发电项目，准备上一条生产线，在当地政府的牵线搭桥下，已经和本地的一家公司签订了设计合同。听了彭岩对中信重工双压纯低温余热发电技术的介绍，他又敏感地意识到，他们可能需要重新选择。

一散会，他就黏上彭岩追着问："你们的双压技术真的有那么好的效果吗？""你们建成了多少条？效果如何……"

彭岩耐心地解释说明。一席深谈之后，这位老板当场决定取消之前的合同，把余热发电项目交给中信重工来做。

"要知道，我们这位勇敢的重庆老板当时得顶着多大的压力，不仅是违约罚款，还要得罪当地政府。"彭岩说，"但他还是坚持这样做了，因为他对中信重工的充分信任，对我们双压纯低温余热发电技术的充分信任。"

这可让公司销售部门的人眼馋坏了。别人都是跑断腿、磨破脚、费尽周折地签合同，他倒好，开着会、发着言就轻轻松松地把客户的合同签了。

后来，中信重工将这个余热发电项目建成了西南地区的示范工程、形象工程。

2010 年 9 月，彭岩和他的余热发电团队又"牛"了一把。他们接到一个国家课题任务，攻关"250℃以下低温有机工质余热发电"技术。

2016 年 11 月 17 日，由彭岩领衔的国家重点研发项目——煤炭清洁高效利用和新型节能技术在中信重工启动。钢铁研究总院殷瑞钰院士、西安交通大学何雅玲院士、东北大学蔡九菊教授等行业知名专家组成项目咨询专家组，指导帮助项目组开展工作。参与项目的 80 余名技术骨干将在院士专家的指导下，带动 4400 多人协同创新，研究形成烧结行业节能减排的整体解决方案，建功国家循环经济、绿色经济。

（六）国际范儿

这个清晨，中信重工人醒得特别早。

春天的微风轻柔地拂过工厂的每个角落。道路两旁及花园错落有致的花与树在春风的吹拂及暖阳的照耀下，争相抽芽冒绿，它们正以蓬勃的姿态宣示着春天的到来。

这天上午，中信重工为瑞典 LKAB 公司研制的半移动式破碎站成功进行工厂试车。

这台印着 CITIC 标志，总重 2000 吨，每小时能处理 3000 吨铁矿石的破碎站，完全按照欧洲标准设计和制造，是目前世界上最先进的半移动式破碎产品。

一块冰在撒哈拉沙漠被太阳融化得只剩下小小一块，冰感叹道："沙漠是冰的地狱，北极才是冰的天堂。"

冰的天堂——位于北极圈以北 145 公里的瑞典基律纳市，以盛产高品位铁矿石著称，全年最低气温在 -35℃以下。因为极寒天气对大型矿用装备的机械、电控、液压等部件的工况影响非常大，此前还没有一家中国企业的矿用装备能进入 LKAB 公司的视野。统治着基律纳地区矿业装备市场的，几乎全是丹麦史密斯、美国美卓、芬兰奥托昆普以及瑞典山特维克等世界 500 强企业的产品。

中信重工试车现场发布的验收报告显示，LKAB 旗下的这首台"MADE IN CITIC"各项性能稳定，技术指标满足设计要求，完全能够适应北极圈极寒的气候条件。

基于"MADE IN CITIC"在首次合作中的出色表现，试车仪式刚结束，LKAB 公司业务开发及技术高级副总裁佩·埃里克和首席采购官托格就表达了希望中信重工能再提供一台同规格破碎站的意愿，并随即与中信重工高层举行了合同签约仪式。

也就在这一天——2014 年 3 月 27 日，中信重工对外宣布，公司 11 种主导产品全部通过国际标准认证。这标志着中信重工在全产品领域实施国际标准和国际规范，能够完全按照"国际范儿"为客户提供工艺、技术和产品服务。

"中国制造"要想走出去，必须先过国际标准这道坎儿。据统计，从2008 年至 2014 年，中信重工用于开发符合国际标准的产品的研发投入，从 1.3 亿元增加到 9 亿元。随着国际化进程的推进，中信重工的 11 种主导产品取得了通过国际标准认证的生产许可证书，涵盖设计、制造、检验、包装、运输、服务全过程。同时加快制定实施高于国际标准的自主标准。公司目前拥有实验、工艺、制造、产品、材料、控制六大核心技术和 36 项高端矿山重型装备核心技术，以及 12 类达到国际先进水平的核心产品。

拿到了国际标准这一闯世界的通行证，中信重工海外业务拓展喜讯不断……

六、企业的生命在于创新

经过夏雨的洗礼，中信重工草绿花红，树木葱郁，蓝白相间的现代化厂房和庄重大气的红砖老厂房相互映衬，格外清新。

厂区焦裕禄大道旁，"贯彻落实科学发展观，实现国内领先国际知名战略目标；加快转变发展方式，打造世界重型装备研发制造基地"的宣言，彰显了中信重工矢志发展的信念和决心。

2010 年 7 月 10 日上午，时任中共中央总书记、国家主席、中央军委主席胡锦涛就国有企业加快转变发展方式、争创竞争优势来到中信重工考察调研。

中信重工是胡锦涛在洛阳考察的第一站。

7 月 12 日，新华社播发通稿，图文并茂宣传报道胡锦涛总书记视察中信重工。

视察中信重工的画面上，夜以继日奋战在油压机安装现场的工人师傅见到平时在电视里才能见到的总书记，掩饰不住期待和幸福的神情。胡锦涛健步向前，微笑着与迎上前来的员工亲切握手。员工身后，世界最大、最先进，也是唯一的 18500 吨自由锻造油压机高高矗立，蔚为壮观。

新华社通稿中称：

在中信重工机械股份有限公司，胡锦涛详细了解这家企业近年来加快从生产型向研发型转变、成为国内最大矿山机械制造商的历程，称赞这是转变经济发展方式在企业的成功实践。总书记说，企业的生命在于创新。希望你们再接再厉，不断增强自主创新能力，全面提升企业竞争力，在世界装备制造领域占有一席之地。

同日，人民网、新华网、《科技日报》《工人日报》《中国青年报》《河南日报》《洛阳日报》《大河报》等媒体，在一版显著位置刊发总书记视察中信重工的新闻。《河南日报》《洛阳日报》的图片占了一版上半个版的位置。

时任中信重工总经理任沁新亲历了胡锦涛总书记视察中信重工的全过程，陪同、汇报并亲耳聆听了总书记的重要讲话。在7月15日公司召开的学习落实胡锦涛总书记视察重要讲话精神大会上，任沁新从七方面向与会的中层以上干部解读了总书记视察中信重工的讲话精神——

一、总书记对公司近几年的快速发展给予了高度评价。总书记说："你们这几年的变化说明，企业的生命在于创新。中信重工由生产型企业转变为研发型企业，是转变经济发展方式在企业的成功实践。"总书记这个评价充分肯定了公司这几年在转变发展方式和科技创新方面取得的成就。这次总书记视察的主要目的就是调研经济发展方式的转变。因此，这句评价对中信重工来说价值非凡。

二、总书记对公司这几年发展经验进行了精辟总结。"企业的生命在于创新，你们的实践说明了这一点，这就是科学发展。"这是在视察即将结束时总书记对公司这几年发展历程进行的深度提炼，充分说明总书记高度肯定了公司这几年的发展，并且上升到科学发展观的高度，这是对我们这几年发展经验最高度的概括。

三、总书记再三强调"企业的生命在于创新"。这是总书记讲话的精髓。总书记一共三次讲到"企业的生命在于创新"。在具体谈创新时讲："企业的生命在于创新，一个企业从生产型转变为研发型，一靠创新意识，二靠激励机制。两者结合，通过自主创新意识来提高企业的竞争力，通过竞争来激活我们的机制，这样的话，企业就常青永驻。今后，我们要将"企业的生命在于创新"这句话融入到公司的核心理念之中，作为一切工作的指导思想。总书记的这句话既是对我们前期工作的肯定，又是对我们经验的总结，也是对我们的期盼。创新是企业的生命力，靠创新驱动永远是我们企业发展理念的精髓。

四、总书记特别强调市场的作用。总书记说："你们原来是矿山机械类企业，在新的技术条件下，适应各种变化，在原来那些产品的基础上，通过加大技术创新，提高了产品档次，提升了市场竞争力。一方面，企业的生命在于创新，通过企业的自主创新来提高竞争力，更好地适应市场、占领市场；另一方面，要通过市场的需求来激发企业的创新活力。"总书记的指示是对公司技术先导战略理念的肯定。在这里，总书记特别强调了市场的作用。他说"没有需求就发展不起来"。现在全国都在讲经济转型。经济转型的指导思想是："创新驱动，内生增长"。就是靠激发内部市场的活力，增加市场需求来刺激经济内生增长。

五、总书记对公司未来发展提出要求和殷切期望。总书记说："要坚持两手抓：一手抓好深化改革，激活机制；一手抓好自主创新，提高竞争力。"这是总书记对我们企业今后如何更好、更快发展提出的具体要求和殷切期望。

六、总书记对18500吨油压机和建设者予以高度评价。总书记说："谢谢你们制造了18500吨油压机，为中国人争了光，争了气，谢谢大家！"公司的18500吨油压机是克服了种种困难、突破了重重障碍才得以建设的。总书记的话对公司和所有建设者来说是莫大的荣耀。尤其是总书记与建设者们在油压机前留下了弥足珍贵的合影，其意义重大，影响深远。

七、总书记为公司设定了发展目标。总书记在视察结束的时候，对我们进一步提出了殷切期望："希望你们再接再厉，不断增强自主创新能力，全面提升企业竞争力，在世界装备制造领域占有一席之地。"这不仅仅是殷切的期望，更是为我们未来发展设定了一个更高的目标，那就是成长为世界级的重型装备制造企业。

总书记的视察，是中信重工的荣耀，体现了党中央对重型装备制造业的重视和期望。总书记的殷殷深情，谆谆教导，为中信重工送来扬帆的东风。全体干部员工要牢记总书记的嘱托，立足岗位，多做贡献，在新的起点上推进高质量发展，打造世界级重型装备制造企业。

第七章

"黑天鹅"袭来

2007年8月，美国抵押贷款对冲基金的提款要求受到银行的拒绝，以此星星之火点燃了信贷危机，雷曼兄弟投资银行在一年之后倒闭，全球范围的经济大萧条就此揭开序幕。此次金融危机超出经济领域，引发了全球政治格局的动荡和变革，堪称21世纪的标志性事件。

27万亿美元——金融海啸席卷全球财富。受其影响，全球房市泡沫破裂：2008年美国房价比2007年最高时下降了20.6%，英国下降了10.3%，其他国家房价也纷纷下跌；全球股市集体跳水：日本和美国股市跌幅达35%至45%，市值总额也急剧萎缩。如果将欧洲、新兴市场和金融机构的损失也计算在内，2008年全球金融资产损失高达27万亿美元。

7000亿美元——史上最昂贵的下跪。2008年10月3日，美国国会众议院以263票赞成、171票反对的表决结果，通过了全球瞩目的7000亿美元救市方案。此前，由于美国国会内部分歧严重，该救市计划面临搁浅危险。救市计划的倡导者、美国财长保尔森为尽快让救市计划获得通过，当众在众议院女议长佩洛西面前单膝下跪，希望她支持该计划。此举立即被标定为"史上最昂贵的下跪"。

112美元——国际油价高空跳水。2008年，国际原油期货价格上演了过山车般剧烈动荡。到7月11日，国际油价达到顶点：每桶147.27美元。专家学者关于"世界已经进入高油价时代"的话音未落，国际石油价格在下半年却开始跳水。12月下旬竟一度跌破每桶35美元，半年间跌落112美元。

37国和22国——全球陷入粮食危机恐慌。2008年3月27日，作为全球大米价格基准的泰国大米报价，从每吨580美元涨到每吨760美元，涨幅超过30%，达到20年来的最高点。埃及发生了抢面包死人的事件，秘鲁人也要改吃"土豆、面包"来熬过这场危机。

来势汹汹的金融海啸给新生的中信重工怎样的冲击？其间企业又经历了怎样的风雨洗礼？

一、危机中的战略应对

在时任中国工程院院长、中国工业经济联合会会长徐匡迪主持召开的应对经济下滑部分重点企业促发展保增长座谈会上，中信重工总经理任沁新被安排第一个发言——

金融危机对我们造成的影响，我觉得还是用二分法来分析判断。对我们企业来讲，第一，受经济危机的影响，总需求下降，包括国内和国外，但是局部地区需求仍然保持增长；国内行业的总需求不足，但是部分行业形成了新对比；装备制造业总体供大于求，这个矛盾显现，但是高端产品在全球仍然是短缺资源。

第二，总体不旺，但是投资机会恰逢其时，尤其是对我们几十年历史的老企业来讲，这时候如果找好定位，是最好的投资。我们初步测算了一下，和2008上半年的投资成本相比，现在投资应该节约大致在三分之一。

第三，新增难度增大。我们感受到国际金融危机的影响继续加深。从国外市场来看，去年我们国外市场占到50%左右，从今年的情况来看，国外的市场总量还是受影响，同时在手订单也有风险，现在撤单的还没有，但是暂停的已经连续出现了两个。

在这种大势下，怎么样来应对？我们采取了几方面的措施，也是非常有效果的。

第一就是以技术创新引领市场，形成新的市场订货热点。2004年以后我们重建技术队伍，加快研发新产品，建立了有效的创新机制，形成了一个立体的、相互联系的研发机构，逐渐走上了大型化、集成化、成套化，这为我们带来了新的很大的机遇。咱们国家现在日产5000吨以上的新型水泥，包括世界最大的日产12000吨的，都是我们做的，这个东西是别人不能替代的。

徐匡迪：是不是带预热发电的？

任沁新：在2006年以前水泥都是不带预热发电的，2006年我们推出了

第一条，引导市场的需求，由此不断形成一个新的订货热点。我在人大会上提出建议，就是用水泥窑来焚烧城市垃圾。我们国家的城市垃圾现在没有出路，一个是填埋法，一个是垃圾发电，都带来了很大的一些后续问题。现在用水泥窑来消化，把余热等能利用的二次能源利用上，然后把固体燃烧后的城市垃圾直接用作水泥的原料，这样就又创造了一个新的机会。经济危机产生以后，我们新产品贡献率已经达到 80% 以上。中信重工现在所有的成就也是建立在创新基础之上的。我们现在所有的产品都是引领中国产业的发展。

徐匡迪：市场不相信眼泪。我看过一个电影，叫《莫斯科不相信眼泪》，就是一个年轻人到莫斯科去求职，很困难。政府要同情这些人，社会需要有爱心，但市场是没有爱心的，市场是靠竞争的，市场只认识你的产品的性价比。要解决性价比，核心是不断地创新。用你的产品来引导市场，让自己成为市场的主体。

任沁新：第二就是以高端定位的系统技改投资，形成不可替代的竞争优势。了解中信重工的过去知道，洛矿的配置与重型装备企业相差甚远，我们最大的起重能力才 150 吨，最大的铸件也就是干到 70 吨左右，最大的钢锭没有过 75 吨的。再加上多年没有进行技术改造，企业设备严重老化，竞争力衰退。从 2004 年以后我们做了重新布局，在原有的基础上通过一个高端定位的系统投资，避免了低水平的重复建设和中低端产品的竞争，进入到一个新的领域。

徐匡迪：高端的特大型铸锻件设备的技术改造花了多少钱？

任沁新：2004 年到 2008 年我们一共投了 39 亿元。

徐匡迪：你自有资金是多少？贷款是多少？

任沁新：目前为止，我们完全是靠自有资金，没有增加一分钱的银行贷款。我们是靠滚动发展来实现的。

任沁新继续发言——

第三就是以"四高战略"为导向进行产品结构调整，培植新的经济增长点。我们提出的"四高"也是针对我们行业的情况，就是以高端的技术支撑高端的产品，以高端的产品来服务高端的客户，以高端的客户来占领高端市场。这四个高端一直是我们产品调整的导向。现在我们服务的几大领域，我们的服务对象几乎都是各领域国内外前十家龙头企业。我们在大型选矿设备上已经进入全世界的前三家，而且从综合优势上看，我们已经超过欧美的企业。这样的话，现在我们所在的领域里已经形成一个不可替代的竞争优势，这也是我们应对危机最有利的方面。

第四就是以稳健的经营策略构筑风险控制防火墙。

最后我想提一点建议：在振兴装备制造业的同时，一定要防止新一轮的低水平的重复建设。如果要保增长、保企业、保民生，重复建设付出的代价会非常大。

二、一场大讨论点燃"寒冬"激情

"此建议很好，此项技术是公司大型磨机的核心技术，必须引起高度重视。"

拿着任沁新总经理的批示，矿研院粉磨所工程师刚梅林激动不已。这天是2008年12月11日。

"真没想到，没想到公司领导会为我这一条建议做出专门批示。"刚梅林说。

"三看"解放思想大讨论活动开展后，刚梅林感到"看"不是目的，发现问题、解决问题，让工作上水平、上台阶进而形成突破才是根本。

从工作实际出发，刚梅林积极寻找新的突破点，通过发明纯静压滑履技术，成功破解了困扰公司窑磨类产品的高能耗难题。

为点燃万名员工共克时艰的激情，有效应对全球金融危机，切实把自己的事情做好，努力实现平稳"过冬"、稳定增长、持续发展"三大目标"，中信重工在2008年四季度掀起了一场"三看"解放思想大讨论。

"三看"是：看过去，总结经验，珍惜成果；看现在，积极应对，迎接挑战；看未来，坚定信心，持续发展。

任沁新说，一个传统计划经济体制下诞生的老国有企业，走过了50多年的历程，特别是在新班子的带领下走到今天实属不易。1996年后的8年企业困境已经给我们上了沉重的一课，历史的教训刻骨铭心。面对经济非常时期，我们必须正确把握新形势、新任务，科学谋划中信重工全局和长远发展。公司上下通过大讨论，进一步做好本职工作，把这场百年一遇的世界金融危机变成公司调整结构、实施转型、积蓄能量的契机。

数九寒冬日，鼓角催征人。

这是一个普通的工作日。

中午，中信重工重型机器厂大型车间里，几十台大小机床轰鸣。"全国五一劳动奖章"获得者、6.3米立车的闫光明师傅焦急地呼喊天车，准备起吊机床上装卡着的中冶北方 5 米磨机端盖。

"不能停下，再加一道精车。"闫师傅一边招呼徒弟，一边详细地审视着图纸。

这是闫师傅近两个月来加工的第 17 个国内重点产品。10 月和 11 月，他的个人工时连续突破 1100 小时，达到 1218 小时。

"前些天刚拿了可观的超额奖。"闫光明师傅说，在这里感觉不到"冬天"。

中信重工与广东塔牌集团价值逾 1.6 亿元的水泥装备合同、与神华集团宁夏煤业公司价值 1 个多亿元的项目合同签约；

国家科技支撑计划——"千米深井大型凿井提升机关键技术研究"项目研发圆满告竣；

完全拥有自主知识产权的 13 米直径大型动力头竖井钻机、LGMS4624 矿渣立磨、Φ8×2.8 米自磨机三项产品通过国家主管部门鉴定，主要技术指标国际领先；

……

一个个喜讯，像报春的枝头喜鹊，为凛冽的寒冬带来了一抹春色。

截至 2008 年 11 月 30 日，中信重工实现营业收入 72.92 亿元，同比增长 30.66%；完成经营利润 4.82 亿元，刷新历史纪录。

"百年一遇的金融危机向企业负责人提出了更高的要求，不能用常规思维考虑问题，而是要清醒把握市场变化并认真谋划发展之策。"2008 年 11 月 21 日，时任国务院总理温家宝在视察浙江一家企业时这样强调。

温家宝指出，我们要"想三天"：昨天、今天和明天。回顾昨天，要看到改革开放三十年取得的成绩以增强信心，总结经验为今后借鉴；抓住今天，就是要勇敢面对当前的困难，千方百计去克服；面向明天，就是不仅要度过眼前的危机，还要谋划企业未来的发展。

中信重工的"三看"与总理的"三天"，异曲同工。

三、遭遇"黑天鹅"

凛冽的寒风呼呼地吹着口哨，狞笑着在空中肆虐。

严寒下的中信重工冒着腾腾热气，以"三看"解放思想大讨论为契机，"积极应对金融危机，确保实现全年经营目标"的攻坚战如火如荼。

此时——2008 年 11 月 24 日，一篇题为《中信重工频遭毁约，矿山机械巨无霸搁浅》的负面报道赫然出现在南方某周报上。文中大肆渲染中信重工遭遇退货——"几乎天天都有撤合同的",并歪曲事实,误导公众:中信重工上市计划或将搁浅。

该报道犹如平地一声惊雷,轰然炸破了这里的宁静与祥和。

在重机行业和社会上声名鹊起的中信重工出现这种事情,自然成为热点新闻。经网络扩散后,一时之间社会舆论为之哗然。

国内外客户的电话来了。他们担心,中信重工能否将他们的订单继续下去?他们心存疑问,以后是否还能和中信重工继续合作?

银行的电话来了。他们疑虑,中信重工的资金信用有没有问题?

重机行业的同行们电话来了。他们关心,情况是不是这样?中信重工怎么了?

地方政府领导的电话来了。他们探究,金融危机对中信重工的影响究竟有多大?中信重工这张名片还能不能继续打下去?

已和中信重工签约的大学生、研究生犹豫了。还要不要到中信重工去工作?一些被看好的大学生放弃了被企业录用的机会。

员工家属、离退休职工忧虑了。中信重工会不会回到10年前发不出工资的局面?要是那样,家庭生活怎么办?日子怎么过?

四、新华社调研小分队走进中信重工

中信重工在经济危机面前,依靠技术创新等利器,万众一心化危为机,订单不减反增,发展势头良好,某周报为什么要刊发这篇文章中伤中信重工?

原来,11月17日,某周报的一名见习记者在无记者证、无当地新闻宣传部门证明、无身份证明的情况下,要求到中信重工参观采访。中信重工按照规定婉言拒绝了。

但这名见习记者并没有停止自己的活动,在其没有进入现场、没有进行实地采访的情况下,仅凭道听途说、东拼西凑,杜撰了没有事实根据、违背记者职业道德和新闻真实性原则的失实性报道。

在公司遭遇不实报道、企业形象严重受损的关头,中信重工第一时间出击,千方百计化解危机。

公司迅速向某周报和其主管报业集团发函,要求其对失实报道造成的后果负责,立即做出更正声明,立即联系网站将失实报道内容及搜索网站上的标题彻底删除,并对责任人做出严肃处理。

同时通过各种渠道进行危机公关,助推舆情危机的化解。

然而,某周报态度暧昧,总在"研究、请示"。

就在这时,新华社中部六省经济形势调研小分队正好来到河南,省里把中信重工作为有效应对经济危机的典型推荐给了他们。

调研小分队一行7名记者走进中信重工。

记者们深入公司技术中心、重装厂、"新重机"工程重型锻造工部、重型机加工部实地采访调研,并与不同岗位的员工进行了座谈。公司紧张有序的生产、技改形势和在重大节能减排领域的技术创新成果让新华社记者备受鼓舞,全体员工与企业共同应对当前严峻经济形势的坚定信心和良好的精神状态给他们留下了深刻印象。

很少接受媒体采访的公司总经理任沁新破例接受新华社记者的采访。新华社记者就当前形势下中信重工呈现出的良好发展态势、应对当前经济危机的信心和措施、诚信体系建设等进行了深入访谈。

记者们一致表示,中信重工是我们一路走来看到的最大亮点,是当前形势下我们看到的最好的企业。

记者根据采访的切身感受撰写两篇内参稿,以新华社内参的形式送中央领导参阅,并于12月9日在新华网发表了4名新华社记者采写的通稿《全球罕见的"春风暖意"从哪里来——金融危机下中信重工样本调查》,旋即被各大网站转载。

《样本调查》这样开头——

最近3个月连续新开工4个项目,投资额20亿元,基建工地如火如荼;前11个月新增订单金额112.54亿元,是去年全年的近两倍,生产车间昼夜忙碌;国内外知名大企业负责人接踵而至,频签战略合作协议,一些海外投资者感到这里有"全球罕见的春风暖意"。这是新华社经济形势调研小分队记者近日在河南洛阳中信重工机械股份有限公司耳闻目睹的场景。

从濒临破产到重新成为中国重型装备制造业的龙头,中信重工仅仅用了4年时间,业界称为"中信重工现象"。更让人振奋的是,凭借其不可替代的行业地位,中信重工将当前全球金融危机视作发展壮大的战略性机遇,在努力成为世界级重型装备制造基地。

五、中央领导批示：深入挖掘"中信重工现象"

2008 年 12 月 8 日，行业主流媒体深入中信重工调研后专门刊发了题为《警惕个别媒体抹黑骨干重点企业酿成大患》的内参。

内参稿指出，当前，一方面，很多跨国公司对中国保增长、促内需的 4 万亿元"蛋糕"虎视眈眈；另一方面，国际舆论出于种种目的纷纷开始唱衰中国经济。在这样的背景下，国内一些媒体擅自刊登、传播危言耸听的不实传言，随便发表凭空杜撰、无中生有的失实报道——矛头所向，直指国内工业领域的排头兵企业，后果之恶劣是十分明显的。目前国际国内市场竞争空前激烈，国内的企业正千方百计把挑战变成机遇，他们迫切需要一个良好的舆论氛围和公共关系。

时任中国工业经济联合会会长、全国政协原副主席徐匡迪看到内参稿，亲自过问并批示："按照中央经济工作会议精神，理应以鼓舞信心为主，更何况无中生有的抹黑。"

12 月 11 日，时任中共中央政治局委员、中宣部部长刘云山做出批示："有关经济宣传一定要全面准确体现中央经济工作会议精神。对一些媒体随意猜测抹黑我骨干企业的问题要通知其主管部门处理。中央媒体要正面报道中信重工的情况。"

一则无中生有的负面报道引起如此关注和重视，是中信重工始料未及的。

紧接着的事情更出乎中信重工的意料。

新华社中部六省经济形势调研小分队记者根据采访的切身感受撰写的两篇反映中信重工发展的内参稿，呈送中央领导的案头。

在新华社内参上，时任中共中央政治局常委李长春做出重要批示，要求中宣部深入挖掘"中信重工现象"，重点报道中信重工企业发展经验。

12 月 9 日，中宣部新闻局根据中央领导批示精神和部领导意见，向《人民日报》、新华社、《光明日报》、《经济日报》、中央电台、中央电视台、《科技日报》、《工人日报》等中央八大媒体发出通知，要求：12 月 23 日、24 日，请新华社连续播发两篇通稿，深入报道中信重工立足自主创新，开拓两个市场，恪守诚信文化的企业发展经验，各报次日刊发新华社通稿或自采稿件，中央电台、中央电视台《新闻联播》节目播出相关报道。

2008 年 12 月 12 日，经中宣部统一安排，八家中央主流媒体的 11 名记者云集中信重工现场采访。

置身重大装备制造前沿，记者们看到的是一派热火朝天的景象。尽管经济严冬中寒风阵阵，但寒风吹不走订单，中信重工的订单已经排到了2010年，现有生产能力根本满足不了客户的需求。全球性经济衰退对他们来讲只是"打了个喷嚏"，160多亿元订单中只出现4亿多元的"暂缓"执行，而在12月生效的新订单就有10亿多元。

"中信重工现象"吸引记者们一探究竟。

12月23日、24日，中信重工在中央八大媒体纷纷出镜。《人民日报》以《"高处"可避寒》《"低"处莫等闲》报道全球金融危机下的中信重工现象。新华社连续刊发《探寻金融危机下"逆势增长"的秘诀》《诚信文化凝聚克难攻坚的必胜信念》两篇文章，探寻"严冬"下春风暖意背后的故事。中央电视台以《自主创新求发展》和《加大技改力度提升生产能力》为题报道中信重工高端技改和技术研发……中央八大主流媒体先后刊登近30篇关于中信重工的报道，从技改、自主创新、市场开拓、企业文化等不同角度强势宣传中信重工。

六、回归的"春风暖意"

某周报刊发不实报道、诋毁中信重工的事件，经有关领导的直接批示和相关部门的有效推动，以及中信重工的执着努力，很快得到妥善解决。

2008年12月15日，该周报的主管报业集团召开全集团编委扩大会议，通报处理结果。19日，该报致函中信重工，就此事件做出了正式的情况说明和处理决定，对给中信重工造成的恶劣影响表示诚挚道歉。

报社撤除了该报道的网络版，同时派专人通知合作网站撤稿，协商与百度等搜索网站撤销标题链接。12月22日，该报刊登更正声明。同时给予撰写该篇报道的见习记者严重警告、停职3个月处分；给予该文责任编辑警告、停职1个月处分；给予责任分管编委严重警告处分，令其在报社采编大会上做出深刻检查。

中央八大主流媒体的集中正面宣传，众多主流网站的聚焦，一时形成舆论强势，由不实报道引发的公司舆情危机得以化解，企业形象得到重塑。国内外大客户纷纷来公司参观访问，洽谈合作事宜，15家金融机构为公司报批综合授信突破百亿元，公司月均新增订单10亿元。

你听，那昼夜不停的机器轰鸣；你看，那意气风发的张张笑脸：春天已经回归！

不知不觉间，厂区的玉兰花竞相开放，或洁白，或粉红，或淡黄……一树树花朵风姿绰约，暗香浮动，在阳光下闪烁着柔和的光芒。

面对快速回归的春风暖意，中信重工的决策者们再次拉响了"冬天"的警报，催促员工对外界环境变化保持清醒的头脑，扎实做好长期应对经济寒冬的准备。

由《环球企业家》杂志和一汽－大众奥迪联合主办的"环球企业家·奥迪2010年度经济进取人物"评选颁奖典礼在北京举行。在圆桌论坛上，谈起企业对外部环境的应对，任沁新说：

> 20世纪90年代东南亚的金融危机、中国的经济转型，后来又经历了美国的次贷危机引起的全球经济危机，紧接着又来了欧洲的主权债务危机，又经历了日本的大地震引起的大海啸和核危机，现在中东地区又出现了一些问题。作为一个国际化的企业，这些变化无时无刻不对企业产生重大的影响。我们这代人、这代企业家在这么短的时间经历这么多是非常幸运的，同时这代企业家也是非常艰难。世界太精彩了，变化也太多了。我们无力去改变这种环境，我们唯一能做的就是进取、创新、应对。如果我们不保持这种状态，以我们的勇气和智慧来适应这个世界，那么这个企业可能一夜之间就完了。我的职业生涯一直在这个企业，一直在执着地保持这种永无止境的进取状态，与其说是一种主动精神，其实还不如说这是因为我们外部环境给我们带来的，我们只能这么做。因为你真的不知道前边的结果是什么。我们一切都是靠一种激情、一种精神、一种状态在支撑着我们往前走。我们承担着社会责任，背后还有万名员工。因此，进取、创新对一个企业来讲是没有选择的。但里面包含很多内涵，你要有这种精神和智慧，还要有一种勇气，最后才能达到你预期的目的。但这个目的是阶段性的，你今天成功了，不代表着你未来成功。世界变化太快，我们处在瞬息万变的市场环境之中。

七、繁花盛开的季节

企业如何应对国际金融危机并保持增长？第二批深入学习实践科学发展

观活动开局如何？2009 年 3 月 31 日，时任中共中央政治局常委、中央书记处书记、国家副主席习近平莅临中信重工视察。

中信重工是习近平此次视察河南的第一站。在公司 1 个半小时的时间里，习近平先后视察了公司技术中心、重装厂和"新重机"工程重型锻造工部及矿山厂装配现场，瞻仰了焦裕禄铜像，参观了焦裕禄事迹展室。习近平同干部员工亲切交谈、合影留念，并看望、访问了当年与习仲勋同志一起工作过的部分离退休老同志。

"那是中信重工最值得骄傲、最受鼓舞的一天。"

中信重工的员工现在回忆起见到习近平同志的情景，仍沉浸在激动和喜悦之中。

"金融危机对你们有影响吗？"

时任中信重工董事长任沁新回忆说，习主席微笑着走过来，同他握手后，关心地询问道。

他介绍说，虽然有影响，但我们走的是以高端技术生产高端产品、服务高端客户、占领高端市场的路子，国内外订单一直在增长。截至目前，公司已有订单超过 150 亿元。

当时在场的河南省委书记徐光春补充说，在国内重型装备制造企业中，中信重工已经做到"人无我有"了，掌握了核心制造能力，所以市场竞争优势明显。

"队伍稳定吧？"习近平问。

任沁新回答："非常稳定。我们这里用人需求很旺盛，没有下岗的，没有裁员的，没有欠薪的，每年工资的增长都在两位数以上。"

听到这里，习近平微笑着连连点头。

来到世界最先进的 6.5×18 米数控龙门移动镗铣床前，看到公司首席员工于玺的标示牌，习近平上前同于玺握手交谈，称赞这些工人是企业的宝贵财富，勉励大家立足岗位做更大贡献。

任沁新告诉习近平：这些工人在我们企业工作是一种荣誉，一台设备五六千万，像操纵一架直升机一样。习近平说：咱们工人阶级的先进性地位，就要从他们身上体现。你看你们这样一支队伍，包括你在内，都是老洛矿的这样一种精神培养起来的。

在矿山厂装配现场，习近平与工人们一一亲切握手，对大家说：在中信重工，我看到了工人阶级作为一个先进阶级，作为主力军、生力军所体现的地位和作用。

习近平瞻仰了位于公司焦裕禄大道的焦裕禄铜像，参观了焦裕禄事迹展室，听取了焦裕禄同志在洛矿长达 9 年的工作生活情况汇报，语重心长地说："一个人的精神不是一朝一夕形成的，焦裕禄在洛矿工作的 9 年，是焦裕禄精神形成的重要时期。我们这一代人都是在焦裕禄精神的影响下成长起来的。"

"来到以后感到很亲切，看了以后我感觉很振奋、很触动，这里代表了国家和世界先进制造业的水平，希望你们继续努力。"

习近平离开中信重工时对在场领导说的话，仍在中信重工人耳边久久回响。

第八章

山顶上的变革

　　因为朋友的推荐，我看了电影《一呼一吸》。

　　影片的开头，是极美的视觉体验。

　　在一个室外的球场，女主戴安娜如同英国典雅的贵族小姐；男主罗宾在打高尔夫球的时候，对戴安娜一见倾心。

　　世界好安静，仿佛只剩下他和她了。

　　情感牵引两颗心，朝着预定的方向走去。

　　然后戴安娜怀孕了。

　　可是罗宾渐渐地身体不舒服，各个细节显露出来。

　　在转呼啦圈的时候突然晕倒，在很平常的时候突然大汗淋漓。

　　直到后来，罗宾被推进急诊手术室，才知道他得了一种病，叫作小儿麻痹症。

　　并且这一次患病，病毒不仅侵入神经中枢，而且对他的咽喉造成了伤害，无法呼吸，只能借用呼吸机来辅助生存。

　　妻子戴安娜把他带回家，儿子乔纳森追着小狗玩耍，不小心把呼吸机的电源插头撞掉了，罗宾差点窒息而死，憋得晕过去了。

　　他们的朋友——牛津大学的特迪教授，设计了一把可以携带呼吸机的轮椅。

　　于是，他终于不用每天无聊地躺在床上听外面世界的声音。

　　他和家人跨越大陆，去西班牙，去其他国家，去看没看过的风景，去经历最真实的生活。

　　但生命终究有尽头，何况这是一个靠呼吸机延续生命的病人。他在活了20年之后，身体越来越虚弱，一次出现了意外，血流不止，戴安娜喊来已经成年的儿子帮忙，才解决了突发的流血问题。

医生说：是肺部发炎了，因为常年用呼吸机，身体脆弱，只要稍有擦碰就会流血，而且会越来越严重，甚至很有可能会溺死在自己的血泊中。

在罗宾再一次出血后，戴安娜帮他换好了呼吸的管子，替他擦掉身上的鲜血，换掉沾满血的衣服，罗宾说了一句：你该放手了。

当那个一直跳动的呼吸机一停时，这个改变了世界小儿麻痹症患者的男人告别了世界。

由此我想到了我们的企业。

政府要改善企业的经营环境，但企业的生存发展不能靠呼吸机，必须靠自己的生命力。一个不和市场接轨的企业，一个自身不努力的企业，扶持政策是没有用的，出口退税给你加两个百分点，社会劳动保险让你半年免交，这些都是止痛药，不能解决企业本身的问题。

我国的国有企业改革走的是一条在坚持公有制为主体的前提下，国有企业与市场经济相融合的道路，改革的目的不是要削弱国有企业，不是要取消国有企业，更不是搞全盘私有化，而是通过改革，实现市场经济条件下国有企业的自我完善和自我发展。

能否推进竞争性领域的中信重工真正成为市场主体，没有现成的道路可走。中信重工顺应时代大势，从企业实际出发不断进行探索。

一、破冰之旅

中信重工的前身洛阳矿山机器厂，计划经济时期一直是国家部属企业。20 世纪 80 年代改革开放初期，机械工业部成为最早对集中管理的体制进行改革的部委，部属 62 家企业于 1985 年 5 月全部下放地方。那时，企业作为独立的市场主体地位并不是很清晰，生产资料配置、订单任务下达、产品价格体系等都还是"双轨制"。企业下放地方后，洛矿成为省管企业，但仍没有脱离政府体系，最大的改变是国家资产转换成投资，流动资金变为"拨改贷"，国家指令计划订单和统配生产资料大幅度缩减，盈亏由国家兜底变成自负盈亏。

此时的国有企业都在思谋生存之策，寻求尽快融入市场的路径。在市场竞争规则不完善、竞争环境不健全的情况下，洛矿和所有国企一样，不仅在计划经济到市场经济转型中遇到重重困难，在进入国际市场竞争中更是遇到了体制性障碍：一是工厂体制不具有国际竞争的法人地位；二是资产实力不足，无法承担合同要约的风险。1991 年，洛矿与印尼谈过一个价值 2.16 亿美元的合同和菲律宾年产 15 万吨轧钢厂项目，但因洛矿资产只有 9 亿元人民币，根本不足以承担项目履约担保责任。市场倒逼洛矿必须寻求出路，从依赖政府转变为依托有实力的大型企业集团。历经周折，洛矿于 1993 年年底经过财政部审批并入中信集团，更名为中信重型机械公司，后改制成为中信重工机械股份有限公司。

这是一个跨行业、跨地区、跨主管部门的资本流动，也是一次破冰之旅。经过阵痛之后，洛矿真正领会了市场化改革的深意。

2009 年 11 月 12 日，时任中共中央政治局常委李长春视察中信重工，看到中信重工的变化高兴地说："洛矿进入中信这条路子走对了。当年，处于非常困难的状态，就像遇到灾荒了，父母养不起儿子了，没办法，把他送给富裕人家，送给了中信。16 年过去了，一看，送这个人家还是不错的，你们也壮大起来了。国有企业兼并、重组、联合，这是一条正确的路子，孤立地去奋战、去改革发展，往往是比较难的。进入中信集团，进入中央支持的大型国企，这样就大大增加了实力，同时借助于这个大平台到国际舞台上去了，有了更大的施展机会。所以这条路子看来是走对了。"

1979 年是中信集团的成立元年。在中国经济改革启动之后，中国大局已变、大门已开，计划体制之外的市场力量被寄予突破传统堡垒的厚望。"中国国际信托投资公司"在邓小平和荣毅仁的构思中建设成立，它犹如耀眼的星辰，在暗蓝深邃的天空中璀璨夺目。

中信 40 多年的历史是一个传奇。一家不能走长安街，只允许走煤渣胡同的国企，却总是扮演着首吃螃蟹和抢跑者的角色。1982 年，中信在日本发行债券，成为第一家在海外发行债券的中国企业；1993 年，又成为第一家在美国发行扬基债券的中国公司。中信也是中国内地首家发展商业地产业务的企业。被大家亲切称为"巧克力大厦"的国际大厦就是由中信在 1985 年投资建设的，是北京首个现代化办公大楼。另外，中信也是首家完成境外直接投资的中国企业。1986 年，中信收购了澳大利亚的波特兰铝厂 10% 的股权，开启了与美国铝业的长期合作。中信在"引进来"和"走出去"的对外开放战略中一直扮演着先锋的角色，成为国内外企业在中国首选的合作伙伴。1987 年，中信入股由太古集团控股的香港国泰航空，并在之后的多年里与太古在香港共同开发了多个物业项目。2017 年，与麦当劳和凯雷合作，收购并共同发展麦当劳在内地和港澳的业务，加速了新店网络的扩张及业务运营的升级。凭借严谨的投资、全球化的视野和合作共赢的理念，中信从一家注册资本为 2 亿元人民币的公司，发展成为总资产 7.5 万亿元人民币的大型综合性跨国企业集团。

2014 年 8 月，中信集团将中信股份 100% 股权注入香港上市公司中信泰富，实现了境外整体上市。中信集团业务涉及金融、资源能源、制造、工程承包、房地产和其他领域。2021 年，中信集团连续第 13 年上榜《财富》世界 500 强，位居第 115 位。

与很多国有企业不同的是，中信虽然是一家国有企业，却并非国有垄断企业，也不是行政单位所属的国有企业，它从成立之初就引入了市场机制。同时，中信集团又是一个混业经营的企业集团，并不专注于哪个领域。因此，对于集团下的企业，更多的是创造条件让其自发地成长，给予子公司很大的自主权和发展空间。关于子公司的发展，时任中信集团董事长王军强调，子公司的发展不是集团公司认可不认可，而是市场、客户认可不认可。市场、客户认可了，就有生存能力；市场、客户不认可，企业就没有前途。因此，各子公司应主要依靠自身的努力谋求发展。

洛矿进入中信集团，虽然是基于政府推动的市场化资产配置举措，但那时候，整个市场环境还不是充分竞争的市场环境，变身后的中信重工受外部环境的影响，加上对市场化转型的不适应，陷入资不抵债、濒临破产的境地，被国家经贸委确定为重点脱困企业。

中信重工在 20 世纪 90 年代末开始了艰难的三年脱困计划：首先打破僵化的用工制度，推行定编定员、下岗分流、减员增效，缓解了沉重的冗员压力；二是破除"终身制""铁饭碗"，打破"大锅饭"，实行全员聘用制，建立职工能进能出、干部能上能下、工资能升能降的人事管理和薪酬激励制度；三是在国家政策支持下实施债转股，减轻债务负担，改善资产结构，推进投资主体多元化，把经营机制转换到市场经济的规则上来。

2004 年 2 月，中信重工新领导班子上任。摆在新领导班子面前的不仅是要摆脱当前的困难局面，更重要的是在加入了 WTO 以后，要在全球装备制造业的竞争中给自己一个什么样的定位，确定什么样的企业发展战略。中信重工最终确定了"把中信重工打造成主业突出、主体精干、经营规模和效益领先、富有活力和创造力的现代化企业"的目标。这个战略性目标，决定了中信重工以后的发展方向和轨迹。

为抓住改革和加入 WTO 后对外开放力度加大、经济高速增长的机遇，中信重工按照"高效、精干、活力"的目标深化市场化改革，建立高效的企业运作体系；剥离社会职能，实行企社分离；深化分配体制改革，激发内在活力，一步一个脚印地朝着一个国际化的富有活力和创造力的现代化企业迈进。

二、启动"黄河项目"

很多同志至今还记得"四分钱奖金风波"。1979 年，深圳蛇口工业区一家码头施工企业规定，每个工人完成当天定额后，每超额一车可得四分钱奖励。

四分钱激发了人们的干劲，让每人每天的装车量翻了近两番。不过却引起了一场巨大的争议，不久便被上级部门以"不许滥发奖金"勒令停止了。后来，事情惊动了中共中央总书记，定额超产奖才得以恢复。

"四分钱奖金风波"只是改革开放初期国有企业处境的一个缩影。

政企不分、政资不分、多头管理、出资人不到位、责任不落实，这曾经是长期困扰国有企业发展的体制性难题。包袱沉重、步履蹒跚、机制不活、效率低下，这曾经是许多国有企业的形象。

国企改革自启动以来引发过阵痛，也面临过路径上的争议，正是在这种艰难曲折、蹒跚前行的脚步中，国企改革从以往的放权让利、政策调整进入到转换机制、制度创新的阶段，老国企在改革中逐步脱胎换骨，焕发出新的生机活力。

历经计划经济到市场经济转型的痛苦磨砺，中信重工走上快速发展之路。中信集团于 2007 年下半年正式启动改制上市项目，代号"黄河项目"。

启动"黄河项目"，不仅是中信集团对中信重工发展的期许和厚望，更是推进中信重工改革改制，加快构建现代企业制度的根本要求。

项目组追星赶月，力求新意，确定了经营性业务及资产整体纳入上市范围的原则，选择了"新设股份公司"的思路。事实证明，分立式新设股份公司方式避免了原有平台历史沿革的潜在风险，在最大限度上实现了拟上市的平台在股权关系、资产边界方面清晰规范，为后续公司顺利通过证监会审核奠定了基础。

按照"主业与辅业分离、社会职能与企业职能分离、经营性资产与非经营性资产相分离"的原则，由存续企业承继原公司包括中小学、医院、幼儿园、技校等在内的非经营性资产。在人员安置方面，根据"人员随业务走"的原则，所有纳入股份公司业务范围的员工都将进入股份公司。

在改制中，通过反复沟通，最终获得了洛阳市政府针对改制过程中土地出让金返还、房产办证、担保协调、社会职能剥离等多项支持政策。公司改制方案涉及报批事项复杂且批复层级高，不仅需要集团审批同意，还需要获得财政部批复。在集团公司的协调指挥下，经过努力，公司终于在两个月内完成了财政部对公司股份制改制经济行为、评估报告及股权设置方案的批复工作，确保了股份公司设立进度。

在历经 6 个半月的过程中，公司妥善处理了人员安置、股份回购、土地处置、诉讼担保、小改制等多项难题，实现了改制预期目标。

公司建立了包括股东会、董事会、监事会、经理层等法人治理结构，健全了产权清晰、权责明确、管理科学的现代企业制度。2008 年 1 月，由中信集团、中信投资、中信汽车以及洛阳经投共同发起创立中信重工机械股份有限公司。

2008 年 2 月 28 日，中信重工机械股份有限公司隆重揭牌。时任中信集团副总经理兼中信重工董事长王炯在致辞中指出："中信重工机械股份有限公司的成立，标志着公司跨上了新的发展平台，从一个传统国有企业正式进入上市公司预备队。同时对公司整体发展和战略目标的实现提出了新的要求。"

三、A 股登陆战

这个春天似乎在此时已经散发出特别的暖意，但最美好的时刻总是宿命一般隐藏着挑战。

在中信重工发行上市申报审核环节，从 2008 年公司提交申请三年豁免事项到 2010 年下半年重启上市筹备工作，再到 2012 年公司 IPO 申请进入预披露程序，中信重工苦苦奋斗了 5 年，连破六道关口。

第一关：能不能上？

正当中信重工进入上市辅导期，启动 IPO 计划之际，金融危机席卷而来。

面对经济寒流，中信重工以创新培育新优势，以变革寻求新突破，在不断扩展企业规模和提升技术实力的过程中逐步向资本市场推进。2009—2011 年，公司营业收入年复合增长率达 13.41%，净利润年复合增长率达 47.12%，良好的基本面为公司股票发行上市创造了条件。

第二关：能不能放？

就在中信重工设立即将期满三年，公司拟启动首次公开发行股票并上市工作时，中信集团启动了整体上市工作，公司的上市与集团的上市"撞车"了。

经公司和省市积极争取，最终促成了集团对中信重工先行上市的支持。

2011 年元月 6 日，时任中信集团董事长常振明前往财政部表态，把中信重工上市放在第一位，中信集团改制上市延迟，给中信重工开辟了上市之路。

第三关：能不能批？

由于隶属央企，中信重工发行上市方案、股本转增方案、国有股转持方案等都需要财政部审批。

时任公司副总经理梁慧内外协调，多次请求集团领导前往财政部沟通审批工作，最后求得集团职能部门都不好意思再迈进财政部的大门。于是梁慧说："你们不好意思去，把我给带去！"梁慧迈进财政部大门后，已升任中信重工董事长、党委书记的任沁新给她下了死任务："不拿到批文不要回来！"最后，梁慧凭着执着的毅力与坚持，经过上下多方面的协调，最终在 2011 年 3 月初拿到了上市的所有财政批文。

公司上市进程加速，节点依次落地：

3 月 10 日，向河南省证监局提交了申请辅导验收的申请报告；

3 月 21 日，通过河南省证监局上市辅导验收审核；

3 月 24 日，向中国证监会报送了发行上市全套申请文件，4 月 7 日收到申请受理通知书。

第四关：能不能过？

2011 年 12 月 18 日，接证监会通知，公司发行上市审核即将进入预披露程序并安排上发审会。公司连夜制作预披露和上会材料，共计 60 余册，9 大箱子，于 20 日报送证监会，并立刻开始了上会前的封闭培训工作。

但是在一切都看似顺理成章时，过会却再度遭遇波折。

基于流动性改善的"兔头"行情，2011 年的股市一度点燃希望，但在 4 月初冲高至 3067 点之后，股指便几乎头也不回地下行。毕竟在持续近两年的加息及提准之后，货币紧缩带来的累计效应也在持续释放，并直接造成沪综指 2800 点、2600 点、2400 点、2300 点及 2200 点关口的相继失守。而在大半年的漫漫"熊"途中，几乎未出现像样的反弹行情，最后两个月断崖式的下跌更是"杀得"多方片甲不留。

纷纷扬扬的雪花不依不饶地在风中翻卷着，把严寒和寂静重重地覆盖在大地之野。

由于宏观经济预测数据不乐观以及 A 股市场单边下行等复杂情况，经过否决同意、再否决再同意、又一次否决同意这样反反复复三次变动后，最终过会却被取消了。为了宽慰大家，董事长开了这样一个玩笑："这是老天眷顾我们，2011 年是兔年，如果我们最后一家过户，咱们就变成兔尾了。明年是龙年，我们要在明年上市的话就是龙首，要宁做龙首，不做兔尾！"

这次的取消，意味着所有的上市相关材料需要重新准备、重新补报。最后，公司于 2012 年 2 月补报成功后，向证监会递交完材料，终于确定于 3 月 30 日过会。

过会程序是由两位发言人及保荐人组成的 4 人团队共同面对 7 位专家的评审过堂。中信重工团队成员通过周密的筹划、沉着冷静的应对、声情并茂的发言，最后 7 位评审专家一致通过，当场宣布："中信重工，无条件过会！"

第五关：能不能发？

公司过会以后需等待证监会的上市批文。只有证监会批准发行，允许入场，A 股主板才能正式发行。

证监会于 5 月 30 日下午 5 点通知公司去取上市批文。董事长说："一朝经过上市路，从此没有喜和悲！"果不其然，晚上 8 点钟左右，证监会紧急通知，上市批文先暂停。

在资本市场持续低迷的情况下，证监会停止了所有 A 股主板的上市，在 7 月 6 日中信重工上市的前七周，A 股主板上没有一个新股上市发行。

从来好事多磨难，经过多次沟通协调，中信重工终于在 6 月中旬得到发行批文，得以正式启动发行，并于同日在上海证券交易所网站披露了招股意向书。

第六关：能否成功开盘交易？

正式路演前，公司管理团队 5 天 4 个城市，从早上 8 点钟开始，下午 5 点半赶往另一个城市，20 家投资机构，每天去 4 家。到公司正式路演时，3 天 3 个城市，逐个地点地去会谈。其中是 10 场一对一，3 场一对多，一场又一场地介绍公司的情况，了解投资人的投资意向，前后共接洽了 130 多家投资机构。

按规定，中信重工这种大型企业必须有 50 家以上有资格的投资机构报价才能发行。可截至报价会前夕，有报价意向的机构仅 13 家。差距之大，意味着几年的努力可能付诸东流。

然而，报价会后拿到的资料显示，在百余家进行认购的基金公司中，有资格的投资机构达到 78 家！

时间终于走到了 2012 年 7 月 6 日。

阳光洒在江面上，微风拂来，水波就势将上海外滩万国建筑群的倒影和日光糅在了一起，金色灿烂。

江对面海关大钟雄壮的报时声和《东方红》的乐曲声如常响起，时针指向：2012 年 7 月 6 日上午 9 点。

随着上班的人潮从四面会聚过来，上海陆家嘴金融城在急快的脚步声中活跃起来。

上海证券交易所 3000 多平方米的交易大厅内弥漫着一种肃然的气氛，嘉宾们脸上充满着期待的神情。

沉寂数月的 A 股主板市场，迎来了新的挂牌者——中信重工。

9 时 26 分，时任中信集团执行董事、副总经理王炯，和时任河南省委常委、洛阳市委书记毛万春举起鼓槌，"咣"的一声，共同敲响中信重工上市铜锣。

9 时 30 分，中信重工 A 股成功开盘，募集资金 31.99 亿元，创下了 2012 年中国 A 股主板市场过会并按新股发行规则发行的最大 IPO、河南省 A 股主板首发上市最大 IPO、洛阳市 A 股主板首发的第一只股票等四个第一。

在热烈的掌声中，中信重工董事长、党委书记任沁新走上发言席。今天的他看上去很平静，脸上挂着淡淡的微笑，但是他的内心早已风起云涌、感慨万千。

"今天是中信重工一个值得铭记的日子。"他在致辞中说，经过 50 多年的建设与发展，特别是经历 2004 年以来的从脱困到转型再到快速发展的风雨历程，中信重工成长为面向煤炭、矿山、建材、冶金、有色、电力以及节能环保等领域的研发服务型重型装备制造企业，在经济全球化的进程中逐步发展成为具有核心竞争力的国际化公司。此次登陆资本市场，为企业的发展注入了新的生机和活力。

在 2012 年 7 月 8 日中信重工干部大会上，任沁新动情地回顾了这段难忘的经历，他说：

> 对竞争愈加激烈的制造业而言，上市意味着有更多的机会向更广阔的领域发展，尤其是像中信重工这样的重型装备制造企业，投资门槛较高，仅仅靠自我积累是不够的，必须借助资本市场谋求持续健康发展。
>
> 结果看似简单，但登陆 A 股市场的艰辛和曲折，不经此事是无法想象的。

任沁新最后总结道："作为一个企业家，如果不经过上市的经历，是一个残缺的企业家；一个企业，如果不经过改制上市的历程，不是一个完善的企业。一个想做大、想快速发展的企业，大都是要经过上市历程的。"

四、经营机制的深度转换

在强烈的情绪起伏中完成上市历程的中信重工，此时已经蜕变成一家公众公司。在洛阳市改制上市工作会议上，时任中信重工副总经理、董事会秘书梁慧介绍了中信重工成功上市的主要做法和体会——

一、转型发展，夯实业绩是基础。公司曾经有过辉煌的历史，曾经走在国家体制改革的前沿，也曾经历过由计划经济向市场经济转型的痛苦磨砺。2004年以来，公司秉承"卧薪尝胆、励精图治、艰苦奋斗、开拓创新，强力打造新重工"的二次创业精神，努力探索国有企业的转型发展之路。良好的基本面成为公司股票成功发行上市的基础。

二、诚信经营，规范运作是关键。基于此，公司在向市、省、财政部、发改委、证监会等各级监管部门申报材料，以及接受有关部门的业务核查时，均没有出现违规操作和阻碍上市瑕疵的情形，这也为公司各项申报材料顺利通过审核，缩短申报时间，抓住有利时机，顺利实现发行上市创造了至为关键的条件。

三、高层重视，强力推动是核心。企业改制上市是一项浩大的系统工程，会遇到方方面面意想不到的困难，同时也会承担一定的成本。董事长全程参与，在一些关键环节顺利推动了项目的进展。公司干部和员工树立"咬定青山不放松"的坚定信念，一切围绕上市目标，强化思想统一与贯彻执行，全力配合公司上市各项工作。

四、寻求支持，通力合作是保障。一是要主动寻求政府的支持和帮助。二是要选择合适的中介机构。三是要建立高效有序的工作机制。

……

8年卧薪尝胆、励精图治，5年改革改制、上市攻坚。回顾公司上市之路，虽布满荆棘坎坷，但最终收获了成功与喜悦。

上市后不久，中信重工即入选上证180指数，成为有影响力的A股上市公司。与此同时，公司于2012年10月又启动了再融资工作，12月14日，总规模为28亿元的公司债券发行申请通过证监会发审会审核。

在宏观经济增长悲观、资本市场低迷的不利环境下，通过IPO和发行公司债券，公司当年获得证监会批复达 60 亿元的融资，为"十二五"的发展奠定了坚实基础。

在行业竞争白热化，国内企业哀鸿遍地，亏损企业增多的 2012 年，中信重工实现了逆势增长，全年实现营业收入 160.63 亿元，同比增长 3.10%；实现利润总额 10.25 亿元，同比增长 6.33%；实现净利润 8.71 亿元，同比增长 5.18%。营业收入、利润总额、净利润均创历史最好水平，在全行业遥遥领先。

中信重工的上市经历，不仅是国有企业由计划经济体制向社会主义市场经济体制的艰难转型，更是一个传统制造业企业成为市场竞争主体的探索与实践。这个被中信重工人称为"山顶上的变革"，并不是因生存问题而被逼无奈，而是谋求企业持续发展的主动选择，是站在山顶上对趋势的洞察，对战略的谋划；不仅是搭建了资本性融资渠道，更是促进了企业经营机制的深度转换，建立了企业长期发展的制度保证。

在决策机制上，中信重工实现党组织政治核心作用和企业法人治理结构的有机结合，在重大事项的决策上坚持四种决策方式并行：一是根据《中国共产党章程》和公司党委的有关规定，坚持党委常委会议决策制度；二是按照现代公司治理的章程规定行使决策程序；三是按集团报批制度执行；四是对涉及职工切身利益的重大事项，坚持职工代表大会民主决策制度。

在运行机制上，进一步完善股东会、董事会、监事会、经理层的运作，形成各负其责、协调运转、有效制衡的公司法人治理结构。建立和完善了以风险管理为核心，以内部环境、风险评估、控制活动、信息与沟通及内部监督为主要内容的内部控制体系。

在用人机制上，不断建立健全科学的选人用人、考核评价和监督约束机制，同时依托上市公司平台以及公司所处的充分竞争行业，加大市场化选聘力度，推动了经营管理层的市场化、职业化、专业化进程。

在激励机制上，公司把国有企业的传统优势、外资企业的创新活力、民营企业的激励机制融合成独特的优势，多维度构建现代企业激励机制，逐步形成"职责明确、责权对等、权利清晰、奖罚分明"的绩效考核评价体系，激发了发展的内生动力。

五、"两会"上的改革建议

中南海红墙外，皎皎玉兰开了。

2014 年中国两会，在融融春日里如约而至。

"当前改革已进入攻坚期和深水区，必须紧紧依靠人民群众，以壮士断腕的决心、背水一战的气概，冲破思想观念的束缚，突破利益固化的藩篱，以经济体制改革为牵引，全面深化各领域改革。"

现场聆听了政府工作报告关于深化改革的部署，全国人大代表、中信重工董事长任沁新心情振奋。

开幕式结束，回到代表团驻地，任沁新接受了中国网记者的采访。

记者：任代表，您好，首先还是想请您以中信重工为例，谈一谈当前国企改革应该如何突破？

任沁新：国企改革应该说是一个热词，大家都在谈国企改革。首先，我想我们要搞清楚什么叫改革，改革是指体制和机制方面的改革，这才叫改革。实事求是地讲，国企确实存在体制僵化和机制不活的问题。那么，改革的目的是什么？改革的目的是激发活力，尤其是十八大以来提出的市场是资源配置的根本决定作用，在这种情况下，国企在国民经济中承担着重大任务，同时，改革的任务也很重。我认为当前主要还是围绕体制机制的改革，激发企业的活力。体制和机制的改革包含很多内容，比如，决策机制、用人机制、薪酬机制、发展机制、退出机制、创新机制，这些都需要和市场接轨。只有这样，才能使国企在市场竞争的环境中去适应、发展、壮大。

从中信重工的经历来看，我们和所有的老国企一样，经历了几个阶段。最初时的计划经济。当时资料由国家供应，产品由国家分配，资金由国家划拨，利润向国家上缴，那时完全是计划经济。第二阶段是计划经济和市场经济并轨。企业经历了一个双轨制的过程，其实这是企业经历得很痛苦的一个阶段。因为刚刚走向市场，一下子扔进海里学游泳。第三个阶段是完全市场化。现在中信重工本身是一个上市公司，从事的是纯竞争性的行业，我们不仅和国内的同行业是竞争对手，而且随着中国经济的发展，我们现在已逐渐变成了一个国际化的企业，现在面临的竞争对手不仅有中国的企业，而且有国际的企业，而且是国际知名企业。这几年，成套的大型高端装备的出口连续占到我们订单总量的40%到50%，基本上要过半了。在这种情况下，面对的是国际第一梯队的竞争对手，必须以市场化的原则来做。只有按照市场的规则和规律去运作，才有可能在一个平台上和国外的公司竞技，才有可能胜出。最根本地来讲，还是要激活企业的机制。

接受中国网采访的当晚，任沁新意犹未尽，打开笔记本电脑，放眼整个国有企业，就机制不活的问题列举了如下主要表现——

在决策机制上，国有企业的现行决策体系很难按市场机制运作。从制度设计上，决策层级多，相互制衡，手续复杂，效率低下，往往最终决策的人远离市场；从实践效果上，由于缺乏有效约束，集体决策变成了集体不负责任，重程序，轻效果；重权限，轻责任。一些企业为争取国家资金上项目，造成大量重复建设。项目是国家批的，配套资金是银行贷的，即使投资决策失误，也追究不到任何人的责任。

在用人机制上，同样缺少市场机制，行政色彩仍然比较浓厚。真正市场化的人才在体制内待不住，而体制内的人又很难流动，这就造成了薪酬上的两种倾向：一是新的大锅饭和平均主义；二是人才使用中与市场化的人才价格脱节。

在创新机制上，虽然我们强调了企业是创新的主体，但实际操作中企业创新主要是应用创新。这就要求首先要有创新能力，其次要有长期投资的计划。现实情况是绝大多数企业创新动力不足，创新能力薄弱，创新水平不高，难以支撑企业的转型升级。在宏观层面，缺乏超前性、革命性、原创性重大科技攻关和重大科学发现，难以引领国家产业结构调整。

在运行机制上，由于国有企业直接受控于政府，因此，为完成地方GDP指标而盲目生产，最终造成大量应收账款或资金占用，甚至造成资金链断裂或严重亏损。

在激励机制上，国有企业目前的分配形式主要还是按劳分配，很难做到按贡献、按知识、按要素进行分配，虽然制度上也在寻求突破，但由于种种原因而效果不佳。比如，国有控股的上市公司实行的股权和期权激励，由于中国股市价格与企业价值背离较大，即使实行了股权或期权激励，也很难在行权期内行权；国有企业员工持股制度难落地，因此，员工很难与企业形成长期利益共同体。

在淘汰机制上，市场化的机制还远未形成，国有企业缺乏有效退出机制。有些事实上已被市场淘汰了，产品缺乏竞争力，发展没有方向，技术没有储备，资金难以为继，严重亏损，资不抵债。但这类企业由于种种原因，该破的不能破，该关的不敢关，年年亏损，成为国家和地方政府的沉重负担，使结构调整成为一句空话，也使市场规则流于形式。

在发展机制上，企业发展缺乏机制引导，内生动力不足。目前国有企业采用的是绩效考核制，这种考核评价体系总体上讲不尽科学，重规模轻效益，重当前轻长远，重投资轻回报，重资产轻质量，使得企业大而不强、大而不优、大而不实，具体表现在创效能力弱，抗风险能力弱，可持续发展能力弱，抵御市场冲击能力弱，市场一有风吹草动就扛不住，扛不住就向国家要政策，政策扶持了一年又一年，企业领导换了一茬又一茬，企业状况却仍未见好转。

结合在开幕式上聆听的总理政府工作报告，任沁新就国企经营机制转换提出建议——

第一，加快政府职能转换，完善国有资产管理模式，逐步实行从"管人、管事、管资产"向"管资本"转换。国家将国有产权委托授权给国有资本投资机构，由其运作国有资本，与投资的企业建立股权投资关系，企业按市场化运作，从而实现国企回归企业本质。

第二，建立市场化用人机制，推行职业经理人制度，形成符合公司治理结构要求、有利于企业长期发展的人力资源优化配置体系。

第三，国家要加大在重大科学发现、重大科学研究方面的投入力度，更重要的是完善科技重大专项实施机制，提高科研专项资金的使用效率和效果，以此提升国家的创新水平，引领经济结构调整和转型升级。

第四，构建多层次、全方位的激励机制，推行国有控股上市公司员工持股和管理层持股，充分调动经营者和员工的积极性。国家应尽快出台为企业减负的方案，为实现员工收入倍增计划创造条件。加快社会养老保障体系的并轨进程。

第五，完善企业市场退出机制，促使破产企业依法、有序退出。国有资本逐步退出竞争性领域，打破多重国有资产的产权格局，有利于生产要素的自由流动。同时要坚决制止重复投资产生新的产能过剩，对国家重点扶持的项目实行公开招标，引入竞争机制。

第六，从制度上解决知识参与分配、知识资本化问题，允许在人才引进方面有制度突破，率先实行高技术、高技能、国际化人才延迟退休政策。

第七，建立以价值考核体系为核心的绩效评价体系，建立相应的企业价值、经营业绩、中长期发展评价指标体系和考评办法，实行价值导向，实施分类管理，提高国家对资本的运营能力，促进企业持续健康发展。

这份连夜撰写的《从市场和制度入手深化国企改革》的建议，提交第十二届全国人民代表大会二次会议，并被中央媒体广泛报道。

第九章

走向"深海"

伴随着国际化的步履，中信重工第一个海外子公司在澳大利亚悉尼揭牌成立。

新成立的澳大利亚公司不仅承担着中信重工在澳的所有业务，还将担负向海外其他市场拓展的重任。

意想不到的是，中信重工人举杯相庆之际，一场突如其来的暴风雨沉重地覆盖下来——刚刚成立的中信重工澳大利亚公司，被美国一家国际知名公司告上了澳洲联邦法庭！

中信重工第一个海外机构是否能够在海外站住脚？

中信重工第一个海外大订单——澳大利亚 SINO 铁矿项目能否顺利执行？

中信重工的国际化道路能否走下去？

在那一瞬间，任沁新和班子成员感觉雨水泼在脸上，喘不出气来。

在这个风云变幻的时代，有一个流行缩写词能够刻画企业家们面临的机遇与挑战——VUCA。四个字母分别代表动荡性（Volatility）、不确定性（Uncertainty)、复杂性（Complexity) 和模糊性（Ambiguity)。

而一切的可能性，都包含于这些机遇与挑战之中。

一、洞开的国门

1978 年 5 月，谷牧副总理率领代表团赴西欧考察，这是 1949 年之后中国向西方国家派出的第一个由国家领导人担任团长的政府经济代表团。

1978 年 10 月 26 日，乘坐新干线由东京前往京都访问的邓小平被日本记者问及乘车感受。一向快人快语的邓小平脱口而出："就是一个字，快！感觉推着我们向前跑。"

1978 年 12 月 22 日，中共十一届三中全会闭幕，采用世界先进技术和先进设备作为一项长期政策被写进会议公报："现在，我们实现了安定团结的政治局面……在自力更生的基础上积极发展同世界各国平等互利的经济合作，努力采用世界先进技术和先进设备。"

十一届三中全会闭幕后的第二天，作为中华人民共和国成立后从国外引进的最大的工业项目——宝钢举行了开工典礼。

中国企业国际化经营是 1979 年以后逐渐兴起的。前身可追溯到新中国成立以后进行的对外经济技术援助，以及对外工程承包和劳务输出。但这些行为是在特定历史条件下进行的，带有浓重的政治和外交意义。改革开放以后，中国经济进入了一个全新的发展时期，人们在市场导向的经济活动中越来越深刻地认识到开拓国内外两个市场和利用国内外两种资源的重要性。但当时对外开放是以"引进来"为主线，中国企业的国际化经营行为基本上以发展出口贸易和引进国外的先进技术、资金、人才和管理经验为主。因此，我国企业广义上的跨国经营活动是从商品的进出口贸易开始的。到了 20 世纪 90 年代，我国对外开放进一步深化，我国企业积极探索海外投资和境外加工贸易等多种国际化经营行为，海外投资数量和地域范围迅速扩大，以海尔、联想、长虹、春兰以及中国的大型国有企业为代表的国内企业开始在国际市场上崭露头角。

走出去战略是 2000 年 3 月全国人大九届三次会议正式提出的。会议强调指出："随着我国经济的不断发展，我们要积极参与国际经济竞争，并努力掌握主动权；必须不失时机地实施走出去战略，把引进来和走出去紧密结合起来，更好地利用国内外两种资源、两个市场。"

2001 年年底，中国加入世贸组织，使中国进一步向国际市场开放。中国政府出台了一系列政策法规，鼓励、规划中国企业的海外投资活动。同年，走出去战略作为重要建议被写入《中共中央关于制定国民经济和社会发展第十个五年计划的建议》（以下简称《建议》）和《"十五"计划纲要》。《建议》首次明确提出走出去战略，并将其同西部大开发战略、城镇化战略、人才战略一起作为国家四大新战略。

随着走出去战略的实施，越来越多的中国企业走出国门，到国际市场的"深海"迎风搏浪，谋求并打造企业持续发展、永续经营的血统和基因。

中信重工就是这样一家中国企业。

二、在与国际巨头共舞中成长

2006 年，德国，科隆机场旁希尔顿酒店的一间会议室。

任沁新询问："能否到您的工厂参观一下？"

神情严肃的法国女老板，眉心拧动了一下，表情委婉但却坚决地拒绝了这个请求。

局面一时陷入尴尬。

任沁新淡淡一笑："相信我们会有合作机会的。中信重工的大门永远为贵公司敞开。"

中信重工在尴尬之余奋起直追。

通过和丹麦史密斯、德国伯力鸠斯、美国福勒和美卓等国际知名公司深度合作，在技术领域消化、吸收、提高的同时，公司在贸易方式、合作规范、制造技术标准、产品质量过程控制、售后服务意识等软件上也获得了提升，并迅速与国际接轨。

公司积极适应丹麦史密斯等国际经销商的全球采购模式，完成了从提供部件到做批量、做技术乃至联合开发的迈进。

走进中信重工生产厂区，随处可见的标志均采用中英两种文字；车间里的大个儿设备多数是进口的，上面写着外文；装配线上的产品有一半是为国外公司生产的，生产流程也都用英文标明；在厂区道路上还会不时碰到三三两两边走边叽里咕噜交谈的外国友人。

中信重工大门西边有一幢 4 层小楼，人称专家办公楼。上到 2 楼和 3 楼，房间号对应的全是用英文书写的国外公司的名字：史密斯、洪堡、美卓、奥托昆普、福斯特-惠勒、贝特曼。这些世界顶级的工业企业在中信重工都有合作项目，并派出了产品制造监理人员在此工作。

国际六巨头同时派员进驻一家企业，并且在同一地点办公，是中信重工国际化的缩影。

这些"洋监理"用欧美质量标准严格要求工人作业，也缩短了中信重工与国际大企业在理念和质量上的差距，加快了中信重工迈向国际一流企业的进程。

出于好奇，在 2009 年金融危机之际，笔者曾敲开史密斯公司办公室的门。皮赫勒先生通过翻译和笔者聊了起来。这位美国人说，史密斯公司自 1988 年开始与中信重工打交道，20 多年中，双方业务量越来越大。史密斯派驻中信重工的监理人员已经多达 35 名。他说，中信重工是一家开放的公司，拥有大量先进设备，制造能力很强。

时间过去了仅仅 3 年，还是那位法国女老板，委派自己的 CEO 不远万里飞抵洛阳，寻求与中信重工"全方位合作"。

在中信重工接待厅，任沁新微笑着向远道而来的客人伸出了手……

曾经是跟随者的中信重工开始向合作者证明，它已经有实力在更高层面上参与国际经济技术合作与竞争。

世界最大的矿业公司必和必拓首次在中国设立采购中心，直接把采购的第一单设备合同交给了中信重工。

中信重工自主研发、完全拥有自主知识产权、按照欧美标准设计制造的洗矿机试车当天，必和必拓中国区总裁兴奋地说："这不仅是中信重工首次直接向西方国家出口自主品牌，也是必和必拓首次向非欧美国家直接采购设备，对双方都是一个里程碑。"

2010 年 6 月 1 日，是一个具有特殊意义的日子。

这一天，任沁新应邀出席上海世博会巴西国家馆"淡水河谷日"活动，并代表中信重工与世界第一大铁矿石生产和出口商——巴西淡水河谷公司签署了长期合作协议。

淡水河谷从此进入中信重工 VIP 俱乐部。

至 2010 年 12 月，中信重工已有超过 60 个像淡水河谷这样结成战略合作伙伴的大客户，企业的在手订单和未来市场需求的 80% 都来自 VIP 俱乐部成员——国内外矿业巨头和知名大型企业集团。

正像在巴西国家馆签约仪式上双方表述的那样，长期合作协议的签订既是近几年来双方合作成果的进一步深化，同时也是一种战略选择——

"淡水河谷致力于通过与一个有着 50 多年专业经验的大型矿山机械制造企业的合作，打造全球最大的矿业公司。"

"中信重工将通过与淡水河谷这样的国际知名公司的合作，努力成长为全球矿业大型化、高效化、低碳化的倡导者和引领者。"

三、对簿澳洲联邦法庭

2008 年春，中信重工在暖风的轻抚下走来。经过一个冬季的积蓄，此刻大地呈现一派勃勃生机。

在完成"三年打造新重工"的任务后，如何选择又好又快的发展道路，以取胜于更加激烈的国际市场竞争和实现基业长青，中信重工面临着新的重大抉择。

"重机行业是完全竞争性和开放性的行业。我们必须脚踏两只船，一只踩在中国的市场上，另一只跨越大洋驰骋世界市场，在更大范围、更广领域和更高层次上参与国际竞争与合作，赢得市场竞争的主动权。"

公司多媒体会议室硕大的投影墙上，"国际化战略"五个大字几乎撑满整个背景。任沁新和班子成员认真分析和研究了国内外经济形势和企业发展状况及其面临的机遇和挑战，对公司的"下一步"做出部署。

作为中信重工进军国际市场的"桥头堡"，中信重工澳大利亚公司同时宣告成立。

时任中信集团副总经理兼中信重工董事长王炯在中信重工澳大利亚公司揭牌仪式致辞中指出："中信重工紧抓中国政府振兴重型装备制造业的有利时机，以前瞻性的发展眼光抢抓市场机遇，利用全球经济发展的商机积极实施国际化战略。中信重工澳大利亚公司的成立，不仅为中信重工在积极开拓国外市场、赢得市场竞争主动权、规避市场风险、提高国际竞争力等方面奠定坚实的基础，同时也将为实现中澳经济的共同繁荣打造出广阔的平台。"

澳洲是一个美丽富饶的地方，尤其以蕴藏丰富的矿产资源而著称于世。不仅如此，这里还孕育了全球最前沿的采矿、选矿技术和专家团队。

澳大利亚公司是中信重工第一个海外子公司，设立后的首要任务是为中信重工在澳大利亚的 SINO 铁矿项目服务。

2007 年 8 月 5 日，中信重工战胜多家国际著名的磨机供应商，成功签下澳大利亚 SINO 铁矿项目。

为了更好地开展工作，中信重工在澳大利亚当地雇用了一批有丰富经验的员工，其中有 3 名员工此前曾为美国某知名公司员工。他们被中信重工雇用前均已从该公司辞职，中信重工雇用他们的时候，他们同该公司之间已不存在任何关系，但他们承认由于疏忽，在离职时并未完全删除掉与该公司有关的资料。

美国这家公司是全球领先的工程技术公司，其业务遍布 50 多个国家，并在全球 100 多个国家拥有客户，为建筑、能源、矿岩加工、制浆造纸行业提供设备和全面的解决方案，其矿用磨机和其他磨机技术水平在国际上处于领先地位。中信重工从 20 世纪 90 年代就作为其磨机部件制造商为其供应磨机部件。

中信重工澳大利亚公司刚刚成立，美国这家公司就向澳洲联邦法庭申请搜查令，以侵犯其知识产权为由起诉澳大利亚公司 3 名员工（Rajiv、

Macheal、Steven）以及 Steven 的个人公司，并向法庭提出将中信重工澳大利亚公司列为第五被告。

该公司起诉中信重工澳大利亚公司的主要原因是对中信重工进行报复。在澳大利亚 SINO 铁矿项目竞标中，中信重工击败包括该公司在内的多家国际著名磨机供应商成功胜出。而在此之前，该公司一直认为其在全球大磨机市场上拥有霸主地位，该项目非其莫属，对中信重工中标 SINO 项目表现出极端不满。所以，他们采取了在澳大利亚对中信重工提起诉讼的报复行为，并在该案审理期间，向中信重工国内外客户大肆宣扬中信重工侵犯了其知识产权。

风雨如晦，中信重工的国际化大业有被扼杀在摇篮的危险。

一个人的一生，乃至一个企业的成长，绝大多数都是在与命运抗争。

命运反过来读，就是运命。

谁也不知道生活甚至灾难会把你丢在什么地方，或是山谷或是绝壁或是雪地或是沼泽。我们能够做到的或者我们必须做到的就是，无论是背是扛或拉或推，我们必须向前走，走不过去的地方就爬过去，蹚不过去的地方就游过去。千难与万险只是一种经历，一种考验，无论使出什么样的力气，做出多大的牺牲，我们也要一定把命运送出去，送到一个阳光明媚的地方。

箭已上弦，中信重工直面挑战。

独立电脑专家在澳大利亚公司以及 3 名被告的家中进行了搜查，扣押了多份文件。美国这家公司于 2008 年 4 月向法庭提交了针对澳大利亚公司及 3 名员工的索赔声明，但因缺乏证据而显得苍白无力。中信重工对此进行了有力的抗辩。

按照澳洲法律规定，如果诉讼一方向对方提出和解提议，而对方轻率地拒绝了此提议，并且在最终的审判中也没有得到应得赔偿的话，提出和解提议的一方有权通过法庭要求对方支付己方自提出和解提议之后所发生的所有法律费用。

我们所处的时代是一个竞争的时代，无论什么人、无论什么事情都无法避免竞争这个现象的存在。

我们所处的时代又是一个合作的时代，无论什么人、无论什么事情也都无法避免合作这个现象的存在。

经过了数次开庭与文件披露，双方就该案均已投入大量的人力和财力。考虑自身的国际化进程和与美国这家公司之间的竞争合作关系，加上证据显示澳大利亚公司的 3 名员工确实复制和保存过该公司的有关资料，中信重工接受了所聘请的澳大利亚律师的建议，在不承认侵权的前提下，于 2008 年 12 月 10 日向该公司提出了和解建议。但和解建议被该公司拒绝。

中信重工一边应对来自国际竞争对手的屡屡发难，一边加速澳大利亚SINO 铁矿项目首台 Φ7.9×13.6 米溢流型球磨机的生产制造。

2009 年 7 月 1 日，中信重工自主研发、完全具有自主知识产权的世界最大、最先进的 Φ7.9×13.6 米溢流型球磨机举办了盛大的试车及工厂交付典礼。随着阵阵赞叹，Φ7.9×13.6 米的"巨无霸"开始缓缓滚动。在业主、总包方代表和装备研发制造方的认定下，这一硕大无朋的球磨机，以其出色的整机机能、先进的体系配置，被宣布一次通过试车验收。

对国际竞争对手而言，他们最不愿意看到的一幕成为现实。

站起来的中信重工赢得了世界一片喝彩。

这家国际竞争对手其实也不愿意与站起来的中信重工为敌。

双方高层相约来到了第三国——加拿大温哥华。

温哥华位于加拿大西部，坐落于落基山脉脚下，濒临太平洋，拥有优良的天然海港，是通往亚洲和澳洲的最佳门户。这里山明水秀，林木茂盛，花开遍野。

双方高层坐在了一起。一个蓝色的世界——无垠大海尽收眼底。

但遗憾的是，双方高层在温哥华的见面仍不欢而散。

> 风慢慢冷了
> 鸟儿飞了
> 浪漫的云朵开始做梦了
> 寂静的海浪
> 树叶跌荡
> ……

一段略带感伤的电影插曲在任沁新耳边徘徊。

别了，温哥华！

按照澳洲法律规定，澳大利亚法庭有权根据案件审理情况在做出判决之前为双方指定一名调解员，由该调解员在双方之间进行最后一次法庭调解。2010 年 3 月 28 日，在法庭指定的调解员的调解下，双方均向法院递交了调解书。由于双方所递交调解意见悬殊，因此这次调解仍没有成功。

2010 年 4 月 14 日，澳大利亚联邦法庭。双方面对面相视而坐，等待着法庭的最终宣判。

就在案件宣判前最后一分钟，美国这家公司突然举手示意，无条件接受了中信重工提出的和解建议！

一时间，是激动抑或是感慨，任沁新几乎要流下眼泪——旁人也许很难体会这两年中他所经受的风雨和艰辛。

持续了两年多的官司，双方最终达成和解，案件得以顺利解决。

一个传统的老国企，在时代机遇和挑战的双重动力下，就这样艰难而执着地开始了国际化之旅。

中信重工 2013 年第一次国际营销工作会议，1 月 17 日下午在公司总部结束。

会议期间，一群操着英语、西班牙语的老外分外惹眼——中信重工澳大利亚公司、西班牙公司、巴西公司以及智利、北美、印度三大区域的 8 名海外机构负责人，分别向公司总部进行了年终述职。

国际市场风云变幻，但中信重工国际化进程扎实推进，亮点频现。借助现场的同声翻译，人们从洋经理的话语中能感受到阵阵春意。

中信重工将国际市场定位于欧美、澳洲、南美、南非、俄罗斯、印度等高端市场和新兴市场，构建起包括国际化营销服务体系、国际化技术研发平台、海外制造基地、海外备件服务基地在内的国际化业务体系，以及与之相适应的海外机构管控体系和国际标准体系。

中信重工独家买断澳大利亚 SMCC100% 知识产权，获得了全球矿石磨矿数据库，成为全球最先进选矿工艺技术的拥有者，将产业链条延伸至工艺系统优化选择、工艺设备选型、系统提产优化等。

中信重工从单机产品走出去开始，不断拓展服务领域，实现从产品输出向"产品输出 + 服务技术 + 管理"升级，为客户提供除产品之外的技术、咨询、安装、备件以及后期调试、维护、管理、优化达产等综合性服务。

中信重工的国际化已多点开花。海外业务量占比已达到 40% 至 50%，接近整体业务的半壁江山；出口产品已从过去只能执行中国标准变为可以执行国外标准，并大力倡导海外公司使用中国标准；服务领域从过去的东南亚、非洲逐步扩展至欧洲、北美等成熟市场；服务的客户越来越高端，一些知名矿山企业过去都是用欧美产品，现在全部用中信重工产品。

依托技术、装备和品牌优势，中信重工成套产业正走向国际市场，具备国际领先的水泥、活性石灰、余热发电、矿山、冶金等成套工程设计、主机设计和装备制造实力，而且具有丰富的工程成套土建施工、设备安装调试和售后服务能力与经验。工程成套业务遍及印度、菲律宾、印尼、柬埔寨、缅甸、多米尼加、巴基斯坦等 10 余个国家和地区。

为合理规避风险，中信重工每签订一个外贸合同都要附加一项条款，约定如果人民币汇率发生变动或原材料出现较大幅度上涨，双方可以就价格问题重新协商。作为一个有分量的合作者、有实力的竞争者,中信重工在谈判桌上争得了话语权。

在 2014 年 10 月 17 日中信重工国际化论坛上,任沁新讲道:"国际化进程真的是步履维艰,这个过程是痛苦的。公司在澳洲设立第一个海外公司时,遭到美国某知名公司在澳大利亚联邦法院的起诉。我们顶住了巨大的压力,坚定信心,两军对阵,我们做到有理有力有节,最终对方宣布无条件接受中信重工的调解协议。突然有中国公司来收购他们有着 40 多年历史的工厂时,西班牙工厂员工充满疑惑和不安。时至今日,西班牙公司的所有员工都不再质疑自己中信重工员工的身份,他们已经和中信重工深深地融合在一起,并以自己是中信重工人而感到骄傲。"

"看到一批一批的产品走向国际市场,连续多年出口产品订单占到订单总量的一半;看到有这么多的员工走出去,同时海外大量人才加盟到我们公司……"任沁新感慨地说,"我们从没有像今天这样离世界如此之近,我们离国际化公司越来越近。"

如果将"打造具有核心竞争力的世界一流先进装备制造企业"的愿景比作"阿里巴巴的宝藏",那个站在山洞门口对着奇丽宫殿充满无限憧憬的小男孩就是中信重工,他看上去有点紧张,生怕错漏了阿里巴巴告诉他的任何一个字,然而当他一字一顿地念出了那句唯一的咒语"芝麻开门"时,厚重的大门轰然开启。

当宝藏的大门缓缓打开,一个全新的奇幻世界在中信重工面前徐徐展现,这正是这个共和国长子企业梦寐以求的场景:科学、高效、开放、繁荣……

在与国际巨头交锋中,中信重工既没有躲,也没有怕。事实证明,国际行业巨头的打压不但没能阻止中信重工的发展,反倒促进了中信重工的不断壮大。因此,自主创新和产业核心技术是中国企业的定海神针,是企业走向国际、做大做强的根本保证。

四、西班牙工厂的中国旗帜

2007 年 8 月,美国次贷危机引发的全球金融海啸迅速向实体经济扩散,西方发达国家的一批制造型企业面临困境,有的在一夜之间倒闭。

全球金融海啸加速了全球资源要素的流动,让国际产业分工格局开始发生变化,也给中信重工带来了向海外直接或间接投资,融入全球经济一体化浪潮的机遇。

中信重工择机而动，希望能够找到合适的收购机会，通过低成本运作实施海外扩张。

（一）锁定目标

中信重工在这场让众多国内外企业"很受伤"的金融危机中实现的逆势增长，吸引了世界的目光。

在这些目光中，有一位特殊的关注者，那就是与中信重工互为竞争对手的大型磨机筒体生产商——西班牙 Gandara Censa 公司。

该公司是世界上为数不多的可生产 9 米以上矿用磨机的企业之一，也是史密斯、美卓、奥托泰、伯力鸠斯等国际大型矿业装备供应商的重要分包商。

由于金融危机的影响，从 2008 年下半年开始，Gandara Censa 公司主要客户的磨机订单大幅下滑。这家公司的股东与管理层在困境中萌生了将工厂整体出售的想法。在全球范围内进行认真分析与筛选后，Gandara Censa 公司股东与管理层首选中信重工作为拟出售的对象。

2009 年 6 月 3 日，经过国际投行的介绍，Gandara Censa 公司常务董事一行 4 人寻访中信重工。在认真考察中信重工后，郑重提出了拟让中信重工收购的意向。

当年 9 月，任沁新率团赴西班牙 Gandara Censa 公司实地考察。借此机会，再次前往中信重工此前锁定的欧洲和南非的相关工厂进行了对比考察，最终坚定了自己的判断：Gandara Censa 公司更适合中信重工。

Gandara Censa 公司地理位置优越，可辐射欧洲、南非、南美、北美等矿产资源丰富国家。同时，该公司距西班牙维哥港仅 24 公里，维哥港又是重型港口基地，可解决公司超大件运输难题。

目前世界上可以生产超过 38 英尺（11.58 米）磨机筒体的工厂主要有 3 家，而 Gandara Censa 公司是能力和水平最强的一家，若成功收购，可扩大中信重工在国际矿业装备市场上的话语权。

Gandara Censa 公司拥有一支专业的管理团队，12 名管理者中 8 名是博士。显然，这正是中信重工向国际化企业转型所需要的。

2009 年 12 月，中信重工与 Gandara Censa 公司初步签订了收购协议。

（二）风云变幻

然而，正式的并购谈判却并不像初步接触时那样兴奋且简单。除了中西双方在体制、法律及文化上的差异，在收购价格上的分歧也相差甚远，而这是并购谈判中最核心、最敏感的问题。

几经周折，Gandara Censa 公司股东们提出一个收购价格，并声称这是根据 2008 年与美国一家知名公司进行收购谈判时提出的价格。

首次国际并购，价格问题同样困扰着中信重工。定得高了，会给企业带来损失；定得低了，又怕失去这次绝好的收购机会。

这已经不是双方的价格战，而是一场实实在在的心理战。

在仅有少量估值信息的情况下，首次非约束性的报价终于浮出水面。

但在提交了报价之后，中信重工却收到 Gandara Censa 公司要求提高价格的回函，对方再次强调了 Gandara Censa 公司的优势以及收购后将带给中信重工的种种好处，似乎是吃透了中信重工的想法。

第二次报价至关重要，它决定了并购谈判是否能够继续进行下去。

经过公司领导班子反复讨论，以及来自国际投资咨询机构的估值数据支持，中信重工最终就此次并购价格达成一致。

2010 年 3 月 23 日，Gandara Censa 公司接受了中信重工提交的无约束力示意性要约，并同意中信重工展开尽职调查。

为确保首次国际并购成功，中信重工采取了国际并购通用的规则与方法，聘请了国际知名的投资顾问和会计事务所、法律事务所等中介机构，进行了详细而专业的评估和尽职调查，最终与股权转让方达成了约束性报价要约。

就在双方就约束性报价要约达成共识之际，机遇再次降临到中信重工的头上。

此时，希腊债务危机席卷整个欧洲，欧元汇率持续下跌。欧元兑人民币的汇率由 2009 年 11 月的 1∶10.34 下跌到了 2010 年 6 月的 1∶8.11。

汇率的下跌意味着收购成本的降低。虽然此时欧元的价格已从项目伊始的高位下跌到历史较低水平，但欧元走势难以预测。如何把握好兑换时机，再次成为中信重工面临的难题。

任沁新果断下达指令：以收购价格为额度，每天买进欧元。在很短时间内，中信重工财务部门分批、有计划地对欧元进行了足额储备。

果然，短短几周，欧元又悄然回升。但因为中信重工未雨绸缪储备了欧元，按照双方达成的收购价格计算，最终，此次并购降低了近亿元人民币的成本。

2010 年 6 月 25 日，中信重工正式向 Gandara Censa 公司提交了要约函，并于 7 月 1 日收到 Gandara Censa 公司的确认回复。

（三）李克强同志的见证

中信重工并购西班牙 Gandara Censa 公司得到了中信集团和各级政府的大

力支持，有关部门在短时间内完成了对这一国际并购项目的审批。

2011 年 1 月 5 日，时任中信集团副总经理王炯和中信重工董事长任沁新在西班牙首都马德里出席了中西企业家早餐会。他们是应商务部邀请，作为企业家代表，随时任国务院副总理的李克强出访西班牙的。

当天上午 11 时，在西班牙首相府，李克强和萨帕特罗首相共同见证了 16 个经贸合作协议的签署。

作为 16 个项目之一，也是唯一中国企业在西班牙的资产收购项目，王炯与 Gandara Censa 公司董事局主席莫利诺在中信重工收购西班牙 Gandara Censa 公司协议上签字。

莫利诺说："感谢一年以来中信团队为达成此次转让协议所做的努力，同时也坚信 Gandara Censa 公司在成功转让给中信重工这样一个有实力的专业公司后，一定会比原先管理得更出色，让它发展得更好！"

随后的 2 月 23 日，中信重工董事长任沁新，副总经理王春民、梁慧、孙启平以及 Gandara Censa 公司原全体股东出席了股权转让交割签字仪式。

在西班牙公证机构公证员和所有中介机构的见证下，任沁新和 Gandara Censa 公司原股东代表卡洛斯履行了全部交割手续。

2 月 24 日，任沁新分别组织召开了 CITIC Censa 公司管理层和工会代表会议。任沁新就工会代表提出的有关市场、就业、公司品牌以及权益保障等具体问题进行了一一解答。

CITIC Censa 公司管理层及工会代表对中信重工成为其新股东表示欢迎和认同，对企业未来充满了信心和期待。

（四）工会代表与董事长

2011 年 9 月 21 日，在西班牙维哥市古堡酒店，CITIC Censa 公司 13 名工会代表集体邀请中信重工董事长任沁新共进晚餐。我作为随同人员参加了这次晚餐。这是该公司建厂 40 多年来工会代表首次宴请股东。

此次并购交易前后，任沁新董事长曾两次与工会代表座谈交流。并购完成后，邀请管理层代表和工会代表分两批访问中信重工总部。工会代表佩戴着中信重工徽标，到生产、科研、营销一线参观，并和不同层面员工座谈交流，还参加了升国旗仪式。得知董事长到访，工会代表们早早凑了份子，精心准备了这次晚餐。

晚 8 时，13 名工会代表和任沁新一起走进古朴、典雅的古堡酒店。

任沁新和工会代表举起酒杯。翻译发出西班牙酒令：Arriba, abajo, olereArriba, abajo, probareArriba, abajo, acabarerriba, abajo, comprobare。大

家随着酒令，将酒杯向上举举，向下蹲蹲，闻闻、品品，一饮而尽，然后将杯子倾倒在头顶抢抢，现场一片欢声笑语。

任沁新起身对工会代表们说："现在全球的经济都不是很好。但我很高兴地告诉大家，CITIC Censa 越来越向好的方向发展，订单和现金流在增加。我们今天下午在工厂讨论了新的投资计划，要扩建我们的工厂，增添新的设备，使 CITIC Censa 在原有基础上获取更大的发展。我对 CITIC Censa 充满信心，也充满期待。"

工会代表们侧耳倾听，频频点头，共同举杯，为 CITIC Censa 的美好明天祝福。

工会负责人站起来，面对董事长，用西班牙语表达了他们的心声："这次晚餐，是对我们在洛阳时盛情款待的回应，就像您说的，我们像回到家里一样；通过和您的接触，听了投资计划，我们消除了对工厂不确定性的担忧，代表工人非常感谢中信重工！希望您圣诞节能来，和我们一起感受西班牙的气氛。"

任沁新："圣诞不能来，但我会送给你们、送给每位 CITIC Censa 员工一件小小的礼物，送上中信重工的祝福。"

工会代表们脸上荡漾着喜悦，端起甘醇的美酒干杯。

任沁新："把股东、工人、管理层融合在一起，就像一家人一样，这是我的责任。我很庆幸，工人也很庆幸，我们的管理层很努力，尽他们所能经营好这个企业。我提议请海曼讲几句话。"

一位工会代表笑着说："经营好企业是他应该做的。"

海曼说："这是很辛苦的。"

工会代表幽默地接过话头："那你可以把总经理让给我们做啊。"

现场爆发出一阵朗朗的笑声。

CITIC Censa 总经理海曼端起酒杯："两年前对公司十分担忧，庆幸找到中信重工，当初的决定是非常正确的。现在市场在恢复，对未来也有非常明确的方向，CITIC Censa 会更好地发展。"

大家热烈鼓掌，相互祝酒。

任沁新举起酒杯，用中国版演绎西班牙酒令："向上举举，向下蹲蹲，拿起来闻闻；向上举举，向下蹲蹲，拿起来品品；向上举举，向下蹲蹲，一口闷；向上举举，向下蹲蹲，头上抢抢。"随着酒令，大家三上三下，闻闻、品品，一口闷，然后头上抢抢。中西文化交融，股东、工人、管理层互动，气氛热烈祥和。

CITIC Censa 公司当年新增订单和实现利润分别增长 142% 和 18.63%。

CITIC Censa 公司厂前，飘扬着鲜红的中华人民共和国国旗和中信集团旗。受经济危机的影响，西班牙一些工厂的工人经常罢工，并几次到 CITIC Censa 动员工人参加罢工游行。CITIC Censa 的工人指着厂前呼啦啦飘扬的中华人民共和国国旗和中信集团旗，理直气壮地拒绝说："我们是中国工厂！"

这家全球为数不多的拥有生产大型磨机技术及生产设施的企业，这家在矿业和水泥设备等行业拥有 50 年以上丰富经验和良好国际声誉的企业，成为中信重工面向欧洲、非洲、中东等国际市场的海外核心制造基地。

五、人才战队中，那些伟岸的身影

在走向"深海"的航程中，中信重工努力创建具有兼容性和开放性的文化氛围，不断物色和吸纳国际化高端人才。越来越多的"新中信人"的加盟，不仅推动了中信重工的国际化水平，也提升了中信重工品牌的国际影响力。

让我们把镜头对准他们——那些生龙活虎、可爱可敬的特战队员，记录下他们的故事，记录下他们拼搏、奉献的伟岸身影。

（一）缘分有时真的很神奇

2006 年 9 月 23 日，在中信重工的员工队伍中出现了一张全新的面孔——66 岁的美籍丹麦人尼尔斯·科瑞克。

这位头发花白、脸膛赤红并"梦想在中国种一棵树"的老人，正式被中信重工聘为质量总监，成为公司历史上第一位外籍员工。

其实在此之前，公司几乎没有人不知道尼尔斯，甚至许多工人都"怕"这位好挑剌儿的外国专家。

尼尔斯与中信重工的缘分，始于 2001 年。

那一年，他被全球最大的水泥装备工程企业——丹麦史密斯公司派到中信重工任监理。随着尼尔斯和丹麦史密斯公司聘用合同到期，2006 年，经过公司多方面努力，尼尔斯最终选择了中信重工。

这位爱抽"红旗渠"牌香烟、喜欢在交谈中夹杂几个中文词语的外国专家不喜欢坐办公室，习惯在生产车间到处转转，观察产品是否有质量问题，看以前存在的问题会不会出现在同样的产品上。

尼尔斯每月都要发现三四个质量问题，有的自己解决，有的报请公司解决。

2008 年，在国际金融危机愈演愈烈之际，中信重工非但没走下坡路，反而蓬勃发展，与市场的萧索形成强烈的对比。

中信重工的逆势飞扬吸引了一些外籍专家慕名加盟。自尼尔斯被公司聘为质量总监后，又有 10 多名外籍矿业专家加入中信重工的研发团队。截至 2015 年 3 月，为中信重工服务的外籍员工已达 230 名。

2012 年 1 月 14 日，是中信重工全球所有分公司经理回总部述职汇报的日子。

在来自全球的 6 家分公司中，巴西分公司业务增长位居各分公司之首，在 20 亿海外销售额中，巴西分公司几乎占到了一半。巴西分公司的总经理席尔瓦备受关注。

席尔瓦能成为中信重工的一员看似是一个偶然，其实是冥冥中已经注定的必然。他原来所在的巴西那家公司本是世界同行业中的佼佼者，但是在一次竞标中输给了当时还名不见经传的中信重工。那次以弱胜强的较量，使得席尔瓦对中信重工产生了浓厚兴趣："我试着了解更多关于中信的信息，最终我们互相找到对方，我接受了中信的邀请并加入中信，我对于我们未来的发展前景充满信心。"

（二）难以忘怀的光荣时刻

2013 年 4 月，中信重工迎来了国际知名专家伊沃·波特。他被聘为中信重工热加工首席执行官，对公司的铸、锻、冶炼、热处理等方面给予全面指导。

2015 年 1 月 13 日，公司董事会聘任伊沃·波特为中信重工副总经理。伊沃·波特成为公司第一位外籍高管。

早在 1996 年，伊沃就开始与中信重工打交道。他见证了中信重工近年来的快速发展。他是美国齿轮材料科技冶金委员会（AGMA）成员，美国焊接协会（AWS）和材料协会（ASM）会员，曾在美国、欧洲、南美多国任职，熟悉英语、西班牙语、葡萄牙语三种语言。

当中信重工第一次向他抛出橄榄枝的时候，却遭到了拒绝。彼时的伊沃·波特正值事业巅峰，甚至从来没有想过要到一家中国企业去工作。不过，中信重工没有放弃，在此后的几年中，只要一有机会，任沁新就会安排时间与他见面。在中信重工国际化愿景以及渴望发展的信念感召下，最终伊沃·波特被顺利"招安"。

"到中信重工我非常高兴，我坚信这是我职业生涯的重大挑战。"伊沃说，他会竭尽所能做好自己的工作。

2014 年 11 月，伊沃荣获了中国政府友谊奖。

这位洋专家曾有两次特殊的"进京经历": 一次是 2014 年 9 月赴京领奖,一次是参加 2015 年"9·3"胜利日大阅兵活动。

作为河南省的两名受邀外国专家之一, 伊沃偕妻子路易莎 9 月 2 日乘飞机来到北京。3 日一大早, 他们从宾馆出发, 早早来到观礼台。

很快, 阅兵开始了。

整齐的方阵、先进的武器装备依次出现在长安街上。伊沃连用了好几个"absolutely amazing"(真的太令人震撼了)来形容当时的感觉。

近距离观看天安门城楼上出席观礼的各国领导人以及中国国家主席习近平检阅受阅部队, 伊沃说自己非常激动, "人人都觉得非常受鼓舞, 那种感受, 不在现场的人根本无法体会"。

当飞机拖曳着五颜六色的彩雾划过天际时, 伊沃和妻子惊讶得说不出话来。

当时, 伊沃旁边还坐着一名外国专家, 他是一家飞机制造企业的首席工程师, 据说他仅靠听飞机引擎的声音就能判断出飞行器的先进程度。战机呼啸着划破苍穹, 这名首席工程师连连赞叹: "它们太棒了!"

在回忆过程中, 伊沃脸上不时露出严肃的表情。他说, 我觉得中国人应该为自己的国家自豪, 因为"世界上从未有这样一个国家, 能够在这么短的时间内发展得如此强大"!

应邀参加阅兵观礼对伊沃的触动和震撼是永久的。回到洛阳, 他总是念叨: "这是我一生也难以忘怀的光荣时刻。"

中信重工第二个获中国政府友谊奖的, 是中信重工澳大利亚公司马来西亚籍首席机械设计工程师林苍隆。

2017 年 9 月 30 日,《中信重工新闻》记者连线采访在京接受国务院表彰, 并应邀参加国庆 68 周年招待会的林苍隆。林苍隆说: "作为获奖者中最年轻的专家之一, 我非常感谢中信重工多年来给自身搭建发挥才能的舞台。下一步我将积极响应公司提出的国际化发展方向, 以自己百分百的工作热情投入到中信重工国际化事业当中。"

2012 年, 林苍隆加盟中信重工, 牵头带动多个从无到有的新产品设计项目, 先后完成 8 个 CSM 立式搅拌磨型号、4 个圆锥破碎机型号及相关液压润滑配套、4 个颚式破碎机型号、1 个卧式搅拌磨型号设计及板式喂料机设计方案, 多项产品在国产矿山机械领域都具有革命性影响。

2015 年 1 月, 由林苍隆主持设计的第一台立式搅拌磨, 也是我国首台大型立式搅拌磨成功出口智利, 服务于全球最大的铜生产商——智利国家铜业公司; 主导设计的圆锥破碎机、新式颚式破碎机, 打破了多年来国外矿业装备巨头的技术和市场垄断，推动了国产矿山装备与国际接轨。

（三）安吉夫的事业支点

安吉夫是中信重工澳大利亚公司的 CEO，他到中国有一个愿望，来到上海时要坐一坐磁悬浮列车，体验体验那种飞一样的感觉。2010 年 8 月，这个机会来了。但紧张的行程，使他这一简单的愿望化为泡影。

这是他的日程表：

2 日晚，由澳大利亚悉尼抵达中国上海。

3 日，上午随同中信重工副总经理与智利铜业公司高层会谈。下午前往江苏沙钢洽谈项目，夜间 11 点多返回上海。

4 日，出席智利铜业公司日活动，与多家国际客户进行交流，全天推介中信重工自主品牌产品。

5 日凌晨，离开上海飞往洛阳。一进入中信重工，安吉夫马上与矿研院副院长及相关技术人员会谈，商讨磨机润滑站的选型、配件的优化。

6 日，上午向中信重工总经理汇报工作。下午前往宜阳重铸铁业工部，就铸造难题、工艺优化与工艺技术人员交流。

7 日，由中国前往印度，洽谈 11 台铜冶炼项目合同。

这是中信重工澳大利亚公司 CEO 安吉夫 2010 年 8 月上旬一周的行程。

作为中信重工的一名外籍员工，安吉夫在加入中信重工前，工作习惯和很多老外一样，不管公司的工作有多忙，他都每天按时上下班，星期天、节假日照常休息。而现在的安吉夫，工作习惯彻底改变了。

公司首批赴澳工作人员师长军和刘涛，对安吉夫的工作精神感触很深，澳大利亚公司每天下午 5 点半下班，但安吉夫每天都是 7 点多离开办公室。在与安吉夫的妻子聊天时，她"抱怨"丈夫：醒来前人已经走了，中午不回家，晚饭后就进入书房处理邮件，不知道什么时候睡的，一天到晚见不到人影，连周末逛街都是一种奢望。

为了企业和个人的共同成长，在中信重工本部，所有的人不分节假日忘我工作着。安吉夫作为中信重工的一员，就像中信重工人一样。他说，国内领先、国际知名是中信重工的愿景。这一愿景也是我事业的支点，它赋予我拼搏的热情与冲动。

正是凭着这种热情与冲动，安吉夫带领他的团队，驰骋在广阔的国际舞台。赴澳工作人员说，虽在澳大利亚，虽然团队由不同国籍人员组成，但我们同样感受到浓浓的中信重工"味"。一走进公司，中信重工企业标志便映入眼帘。办公室内，一个个金发碧眼的员工穿着标有"中信重工"字样的工作服，紧张有序地忙碌着。大厅来宾等候区的沙发、茶几上，整齐地摆放着中信重工的宣传资料、产品样本。

（四）从纽约华尔街到洛阳建设路

在中信重工国际化愿景的召唤下，越来越多的国际人才加入到企业之中，其中不乏熠熠生辉的中国面孔。

她叫华方圆。刚入职第二个月，公司举办英语大赛，她当时还在铸锻厂财务科实习，铸锻厂的领导说："厂里就你这么一个国外回来的，一定得去参加。"看她不大乐意，厂领导"押"着她到考场门口。考试分三场，初赛、复赛、决赛，有笔试也有口试。结果出来了，她初赛是第一名，复赛是第一名，最后决赛还是第一名，一下子成为人们关注的焦点。

华方圆说："我在美国已经待了差不多10年；更没有人知道，对这场比赛，我压根儿没用全力。"

复赛刚结束，公司财务部领导就找到她："你别在底下分厂财务科实习了，赶紧转正，到公司财务部做国际业务。"

她高中毕业就去了美国，本科在西雅图华盛顿大学读银行管理，接着来到东海岸的纽约，在纽约大学念MBA，分支是金融。她说："我当时的目标，就是冲着留在美国去的，压力再大，也要自己慢慢化解。研究生一年级开始，我就在华尔街的彭博社总部实习，在投资小组做投资文件研究，我是5年来进入这个小组的第一个亚洲人。"到了第二年，她认识了现在的先生，他是她在纽约大学的同学。硕士毕业，她拿了全美前100名的商学院毕业奖，整个纽约大学那一年只有两个人得这个奖，后来她就正式在彭博社就职。她男朋友在另外一家管理公司工作。当时他们预备2015年圣诞节在纽约注册结婚，但那一年的9月，她姥姥、姥爷轮番住院，爸爸也因下乡扶贫累倒了，妈妈恳切希望她能回国。

她说，她是一个南北混合的产物，妈妈家是洛阳当地人，爷爷、奶奶都是南方人，爷爷到洛矿来工作，奶奶一直留在上海，她小时候也回上海跟奶奶生活过一段时间，直到上小学回来。这种南北混合也是中信重工或者整个涧西区的特点，光涧西一个区，可能有70%的人都来自外省。南北方言在此交集，糅进了北方口音的或南方口音的普通话是有别于其他区域的明显标志。涧西区最初的道路命名，意味深长。东西向，4条主干道。从北到南依次是建设路、中州路、景华路、西苑路。在这4条路之间，形成生产、生活、商业、科研等区域。而南北向的路分别以省会城市命名。从东到西是长春路、太原路、天津路、青岛路、长安路、郑州路、武汉路等次第排列。有意思的是，街坊间一些东西向短一些的路，却起了一些大名，如七里河地段的东三省，牡丹广场南的江西路。几乎要把整个中国照搬到涧西的道路名录，如此集中排列，怕是不多见的。各大厂之间的路便以五岳命名，这就有了泰山、嵩山、华山、衡山几条路。仿佛以此来证明，这些国之重器的共和国长子，如三山五岳般厚重。

知道"矿三代"——华方圆回国了，中信重工人力资源部就找上门了："3年前我们就关注你了，现在终于回来了，就到中信重工来，毕竟是自己老家。"

就这样，踏着父辈的足迹，华方圆走进了中信重工。

她先生也随她来到洛阳，考取了政府的公务员。

入职刚满3年，她就被公司财务部提升为科级主管。她说："在中信重工，像我这样的资历和年纪，升得这么快并不多见。"

她说，刚到公司的时候，她内心也充满了焦虑。不过，她自己觉得，她还是能给中信重工的企业文化带来一些改变，特别是在细节上，把自己对新事物的看法、行为和价值观，潜移默化地影响到周围的同事、朋友。比如说，刚入职不是得了英语比赛第一名吗？调到财务部以后，几个同事就主动提出来，让她给他们开个英语班，她很爽快地跟大家说："咱们不占用周末时间，每天上班前早读20分钟，我念，你们跟着复述。"早读班有声有色地开起来了。

"你在华尔街都做过，肯定什么都行。"于是财务部每个岗位她都被派去轮岗，从国际业务到国内业务，从外汇管理到授信融资再到金融分析等，她的业务圈不断"扩容"。她说，每到一个新部门，她都会做两件事：一个是在办公室大门上贴两张纸，一张写关灯，一张写关门。关灯是为了节约电，关门是为了节约暖气。然后她会准备两个垃圾桶，一个装日常生活垃圾，另外一个装干净的废纸，所有的废纸她先撕碎，为了避免信息泄露，然后再一起送到楼层里一个专门回收废纸的大桶里。这是她在美国办公室里养成的习惯。她一开始这么做，好多人跑过来看："这是什么东西？门上贴了什么？怎么多了个桶？"她跟他们说："咱们财务部每天用这么多纸，一个是一定要两面都用了再扔，另外一个是别用完了就一揉然后扔掉，完全可以回收。"她当了主管后，跟科员们说："我自己不浪费，也不希望你们浪费。"她相信这是潜移默化的，所以首先自己不能放弃。

她说："可能有些方面我看起来与众不同，不过我觉得'华方圆'更多的是一个代号，代表了一批人。我们的经历，跟大部分中信重工人，特别是跟我爸爸那一代可能不太一样，我们出去再回来，为企业做贡献的同时，也把新的东西带回来，不断地改变原先的观念和事物。公司的文化也在影响和改变着我们。"

从华尔街到建设路，折射出多元文化的碰撞与嬗变。完全有理由相信，"开放的、国际化的中信重工"，就像一盏明灯，将有效化解理念矛盾和文化冲突，缩短"内"与"外"人才意识之间的差距，把企业带向一个新高度。

六、国际化之路：变革与坚持

中信重工的国际化虽然取得了突出成效，但从传统的老国有企业向现代化的国际化公司转型毕竟是一次脱胎换骨的转变，必然有转型的阵痛和方方面面的不适应。国际化是一个漫长的过程，这个过程的长短取决于企业是否能够主动融入世界市场。这个融入，首先是思维和观念的融入。

2014年6月30日，受聘中信重工热加工首席执行官的伊沃·波特先生给董事长任沁新写了一封信，冠名：《国际化之路：愿景和体验》。他在信中讲述了自己在推进工作中所遇到的困难以及由此带来的困惑，从中可以看出中信重工国际化之路仍然漫长而艰辛，还需不断为改变而付出努力。下面是伊沃·波特的信和任沁新的回信：

伊沃·波特的信（翻译稿）：

国际化之路：愿景和体验

在提交了第51周工作报告之后，很多与技术相关的事宜已经被提出以引起大家（董事长、总经理、副总经理、部门经理、主管、组长、操作工人）的注意。因此在本周周报中，我将把过去14个月中见到的、经历的、学到的、讲授的、见证的、体验到的情况以及我的感受和感想分享给大家。

大家中的许多人都知道，或者从现在起也已经知道，自从我来到洛阳之后热工部团队是多么执着，多么专注，甚至可以说是多么好事。

不能忽视的一点是：公司内其他部门可能经常会听到热工部关于技术问题提供的建议、观点以及解决方法。然而，并不总是照此执行，但是我们都知道"事情就是这样"，不仅仅是在中信重工，其他任何单位也是如此。

我们所面临的障碍，就是要挑战我们目前的专业水平，当我们最终越过这个障碍的时候，就能给我们带来成就感。但是对一些事实真相的理解，或者我应该说"不理解"，有时可能需要很长时间（如果不是一生的时间）来调整适应。我说这些的原因是我们在日常工作中所做的一切能有多大程度上的被理解，这正是这些建立起失败和成功之间的分水点。

对我来说，在现实生活中有如此多的文化差异，面对问题有如此多的不同观点，和我自己的认知有如此大的差异，使我通过现实的学习曲线来理解是"一条漫长的道路"，在这条路上有时会让人受挫。

受挫是一种感觉。我们所有人在生活中都至少会体验过一次，但是那些没有越过挫折的人，永远无法在他们的生活中取得成功。

下面是一些现实和体验，认为值得在本报告中与大家分享。

培训：大约 7 个月之前，我记得我曾向徐总（前总经理）请示过是否能够批准中信重工的一些齿轮工程师到美国的 AGMA 总部参加培训研习班。我十分希望能将他们送到美国参加该培训，因为这绝对能够开阔视野、激发兴趣，最少也能够让他们处于完全不同的文化中。徐总批准了，但是让我吃惊的是，我注意到当该信息通告之后，没有一人对此行有兴趣。可能该通告内容不够明确，但是后来我理解了，如果他们要去参加 AGMA 培训，需要具备以下基本技能（我的理解），但是对他们来说并不能算是一种基本知识，例如，英文相对流畅，到达机场后知道如何租车和驾车以及许多其他的通常状况。这些之前我都没有考虑过。

当我向几个不同部门的技术人员进行首次培训讲座的时候，我注意到在培训过程中以及在培训结束的时候，听众里边没有人问过我与培训主题相关的问题。一开始我还以为是我讲得不好，直到我学习到了在中国文化中如果你在这样的场合问问题的话，听起来像是挑战讲课人的专业知识。

翻译：毋庸置疑，这是在本文中所提到的事项中最为关键的一点。我们公司的海外员工都清楚，很多情况下由于语言的限制，信息交流的真正意思部分或全部被曲解，更不用说在给一些高层管理者们翻译一些强烈的和直接的信息时，由于"害怕"，忘记了他或者她只是传达信息的人，而不是讲出该信息的人。我还记得一个例子，翻译人员在被要求翻译某副总提议的方案是不正确时，该翻译人员战战兢兢、汗流浃背，这不但不会解决问题，反而会引起更多的问题。关于专业词汇方面问题更为严重。几乎没有员工掌握英语并理解专业词汇，这就是在和公司副总或者部门领导的会议上有时需要两到三个翻译人员的原因。作为一家坚持走国际化的公司，英语对某些关键部门来说是必须的，而工程技术部门毫无疑问是其中之一，原因上面已经解释过。不说在拿到合同以后花费在翻译图纸、规范、标准以及说明文件上面的时间，更加遗憾的是不能够和其他部门的同事们分享其他国家近期的论文或者技术报告。一个典型的例子是，国内客户及相关人员还不太接受球铁作为铸钢的替代材料，原因是由于机械性能，例如，弹性模量、屈服强度以及密度比铸钢要差。尽管该方面的文献相对很多，但是如果把它们翻译成汉语并且转发给我们相关人员的话，需要很长的时间。这种状况显著地延缓了决策，并且让中信重工比竞争对手（福勒、史密斯和美卓）落后16年。竞争对手们从1999年起已经在设计和制造球铁的端盖、中空轴以及开式大齿轮。

网络供应商：对供应商的控制，例如，"谷歌""雅虎""脸谱"，加剧了整体情况的恶化。因为此原因，一些国际公司放弃他们在北京和上海的办公地点。但是，据我所知，中信重工对此无能为力。因此，我们能读懂英语的工程师不能获知世界范围内许多最新的和前沿的技术报告。

失效：认为失效分析是一件相对容易的事情，可以及时回答零件失效的原因及相关问题，这是一种误解。我们现在都知道"失效形式分析"和"失效根本原因分析"之间有很大区别（以AML项目减速器为例）。希望所有参与该事件的人员现在都能弄清两者之间的区别。在西方世界，失效形式分析和失效根本原因分析之间的成本差异能够达到5倍（当然，假设该公司真正致力于找到问题的根源）。许多公司仍然相信失效形式分析能够避免该技术问题再次发生，由于需要额外的花费而放弃失效根本原因的分析，有时反而会以高达两到三倍，甚至以更多倍的代价来得出结论。

NCR（不符合项）：对我们的团队来说仍然是个疑问，因为在很多情况下，或者是由于对失效研究的专业能力欠缺处罚了错误的责任单位，或者是由于其他热工部团队不知道的原因。但是，这不是本报告现在讨论的内容。在2013年，只是对一家客户（VALE）的设计问题相关的NCR就产生了至少300万美元的赔损。到现在为止，关于所述NCR的分解责任方面质量管理系统仍然不透明。这会损害到对ISO标准重新认证的外部审核（如果是由西方认证公司来进行的话）。

质保：现在，热工部非常清楚质保部对于完善检验规程、质量统计控制以及工艺方面所做的努力。但是，要达到国际化的目标，我们还有很长的路要走。需要对无损探伤工作、检验规范以及国外的报告/NCR和规范所需的基本技术知识方面进行培训，在解决这些与国际化不相适应的障碍时，我们需要更加紧密地合作。英文版的认证以及计算机化系统是必须的。

　　两周前在中信重工举行的国际化会议是解决上述问题的一个很好的途径。对于解决方案，会议，研讨会，观点或者说是不同的意见能够引出很多不同的选择，这些可能会或者不会在短期实施，但是至少能对各区域经理在各自负责区域内对于同样问题做怎样的反应产生很大影响。将来也应鼓励在质量和工程方面进行更加深层次的类似研讨会。

　　技术营销：已经做了很多改进，但是还需要更多改进。应该进行更多的客户造访（国内外的），更多的技术研讨会，更多的技术展示，更多的研发（专注于客户需求），以及减少保守思想（例如，材料问题）。

　　生产率：一个单位不可能把市场上任何需要我们做的东西都做到最好。批量产品，例如，衬板、衬套、动锥套以及支撑辊，都需要专用的制造设备，这些产品是批量化产品导向的。而另一方面，"客户定制"型的产品，例如，齿轮、磨机、液压以及窑，则需要完全不同的处理方法。我们的铸造厂（铸钢和铸铁）归类为"单件小批量铸造厂"，这就是说：不是以批量化产品为导向的。要走国际化，就需要成为这样的公司之一，即所做的任何产品都是最好的。但是需要由中信重工来准确确定生产哪些产品。

　　能够被注意的是，上述观点是热工部工作了 14 个月之后得出的。本报告的意图不在于说明什么是对的、什么是错的，只是保持对这些点的关注是很重要的。这样，国际化之路会变得更加容易，更加顺畅和有效。

2014 年 6 月 30 日

任沁新的回信：

国际化之路：变革与坚持

伊沃先生：

　　我认真看了您发给我的题为《国际化之路：愿景和体验》的报告，触发了我很多思考，想与您分享一些看法与体会，当然也包括对一些问题的讨论。为便于加深对下述观点的印象，权且也命名一个题目，就叫《国际化之路：变革与坚持》。

　　我非常感动您在短短 14 个月的时间所做的富有成效的工作，但也深深感受到您在推进工作中所遇到的困难，尤其是您在认为看准了问题，而且热切地试图想去改变现状时所遇到的障碍、固守、冷漠，甚至会使您产生一种受挫感。

　　我为您的每一步工作成效感到高兴，也为您遇到的每一个困难而焦虑，也同样与您一样有信心不断地为改变而付出努力。您可知道您仅仅在中信重工工作14个月，因您的努力，很多方面已经发生了很大的变化。而我在公司任总经理和董事长已经10年了，但至今仍在为变革艰难前行。正如您所言：这是一条漫长的路。

我惊奇地发现，您在文中所提到的问题，既有文化、观念、认知上的差异，也有管理学上的问题，就此，我想与您有以下讨论：

一、关于参加美国AGMA培训。您希望工程师能踊跃报名，因为送到美国去学习，这绝对是个好机会，能够增长知识、开阔视野，但事与愿违的是，竟然没有一个人报名或显示出他们的兴趣。其中确实存在文化差异。以我的理解，中国工程师在此类问题上会表现得含蓄一些，通常情况下他们不善于独立面对一个陌生的环境，但这并不意味着他们对此不感兴趣。如果我们变换一种方式，设定名额和条件，通过个人报名和单位推荐相结合的方式，有组织地选拔赴美培训，也许效果会更好，这会让大家感觉到这不仅是一次培训机会，更是一种荣誉，而且有组织的集体培训也有助于消除大家对新环境的陌生感。

二、关于培训提问。我也时常给干部和管理人员做培训，听众确实不善于主动提问。原因可能有两点：一是大多数人会认为爱提问的人是喜欢自我表现的人；二是对提问缺乏专业自信，怕丢面子，您知道"面子"对一个中国人有多重要。为了激发大家的主动性，您不妨设定一些问题，指定人发言，待形成了讨论的热点，大家提问的兴趣就调动起来了。

三、关于语言交流的重要性。您在工作中最常遇到的就是语言沟通的障碍，您会感到熟练运用英文对一个管理者或技术人员有多重要。但是很遗憾，您在公司遇到的绝大多数人他们的母语是汉语，英语顶多是第二语言。语言是桥梁、是工具，但并不是唯一的要素。克服语言障碍首先是营造语言氛围，多创造运用英语的机会；同时要学会借助各种学习工具和语言平台，这会大大提高交流的效率，增强我们的学习能力。语言能力固然重要，但它是可学习、可培养的，并不构成我们走向国际化的障碍。您知道吗？据我所知，美国驻华大使几乎都不懂汉语，包括骆家辉，但这似乎并不影响他们行使驻华大使的职责。并且随着国际化的进程，我们的员工接触英语的机会越来越多，英语也越来越普及。在您身边的同事不是大多都能与您畅通交流吗？但要达到您可以熟练运用三种语言的天赋可就太难了！

四、关于获得世界最新知识信息。毋庸置疑，由于语言障碍、技术壁垒、非技术性因素等原因，我们会遇到在获取世界最新知识和最前沿技术上的困难，但这正是我们走向国际化的原因。国际化打破了国家、民族、信仰等界限，实现了经济全球化，使得生产力资源自由流动，当然也包括人才资源和智力资源，这就大大缩短了我们与世界的距离。您不是把很多前沿的新技术、新知识带给我们了吗？大家共同为人类文明和社会进步做出贡献。

五、关于失效形式分析和失效原因分析。这是一个专业问题，我支持您的观点。失效形式分析固然重要，但失效原因分析更重要，否则，我们将会不断犯重复的错误和付出更大的质量成本。因此，应当把失效原因分析纳入技术和质量体系之中。

六、关于NCR报告。这与五是同一个问题。由于我们没有建立失效原因分析制度，质量责任判定就会出现错误，处罚了不该处罚的单位，掩盖了真正的错误。VALE破碎机就是一个典型案例。我支持您尽快建立失效原因分析制度。

七、关于完善质保体系。质保体系与国际并轨互认是国际化的重要标志，这是一个复杂的过程，包括检验标准、检验规范、检验方法、检验报告、体系文件等都需完善。前期我们已经做了很多卓有成效的工作，今后仍然还有很多工作要做，这也正是您的工作内容之一。

八、关于研讨和交流。正如您所说，每半年举行的国际业务会议收到了很好的成效。由于条件的限制和各国际机构的差异性，每次国际业务会议非常重要，CEO们集中交流研讨、互通信息，统一认识、明确目标，发挥协同效用非常必要。这种模式可以广泛用于公司内的技术、质量方面的研讨。过去我们常采用讲座类的，今后应更注重专题型、互动类的研讨，效果会更好。这方面您有很好的经验，希望您发挥好倡导者和推动者的作用。

九、关于技术营销。技术营销是我们的定制化生产方式所决定的，只有客户认可了我们的技术，才有可能选择我们的产品，很难想象不懂技术的人怎么去销售我们的产品。这就要求我们的营销人员要懂技术，技术人员要会营销，而且最好能做国际技术营销，这就是我们常说的"复合型人才"。您在这方面有丰富的经验，除了您亲自参加技术营销之外，希望多一些培训，培养更多的复合型人才。

十、关于生产率。我完全同意您的观点：一个企业不可能把所有产品都做到最好，而是要专注自己最专业的领域。中信重工是定制化生产，单件小批量经营形式，目前还没有形成大批量、规模化产品，我想这也不是我们的方向。我们的热加工定位是大型化、重型化、定制化铸锻件，有专业配套的、优质且有成本优势的铸锻件，通常都是对外协作部采购，这条原则仍应坚持。

我非常渴望多一些机会与您交流，这是一件令人愉快的事。以上观点也仅是讨论，无关对错。国际化是一个大课题，需要每个人的参与和推动。中国改革开放30年，中信重工走上国际化道路仅仅不足10年时间，与发达国家的企业相比我们的确还有很大差距，但是我们10年的跨越是别人上百年所走过的路：我们基本完成了国际化布局；我们拥有了海外研发基地、营销服务中心、海外工厂；我们扩大了国际市场份额，树立了品牌形象；我们建立了国际化管控体系；尤其是我们培养和聚集了一支包括您在内的国际化人才团队；等等，这一切都是我亲眼见证的。我为中信重工感到骄傲，为是其中的一员倍感自豪，我爱我们的每一位员工！

中信重工的国际化有着美好的愿景，我们每一个员工都在践行和体验，我们需要不断变革，无论遇到什么困难，都要坚持国际化的方向不偏离，只有这样我们才会距离目标越来越近。

这就是我们两人关于国际化的讨论：

上篇：愿景和体验

下篇：变革与坚持。

祝好！

您忠实的朋友：任沁新

2014 年 7 月 15 日

公司报纸《中信重工新闻》全文刊登了伊沃·波特先生的信和任沁新的回信，并由此展开了一场关于国际化的大讨论。

此时摆在中信重工面前的是进一步推进国际化，为实现打造具有核心竞争力的世界一流先进装备制造企业的辉煌图景而不懈奋斗。

第十章

大国重器的担当

2007 年 8 月 5 日，业主宣布：中信重工中标 SINO 铁矿 6 组 12 台 Φ12.2 × 11 米自磨机和 Φ7.9 × 13.6 米溢流型球磨机。

业主的话音刚落，同为竞争对手的某国外知名公司负责人当着众人的面，连连说出了七个"NO"！

七个"NO"，包含了不相信、不可思议、不看好、不服气……

这也难怪，该项目磨机是当时国际上规格最大、配置最高、控制性能最完善的洗矿装备。拿下它的制造，将使中信重工一步跨越全球矿业百年发展历史，从而站上世界磨机技术发展巅峰。

对国际竞争对手而言，他们不相信，也不愿意看到这一切成为现实。

2013 年 12 月 2 日，西澳大利亚盛夏晴空万里。在小镇卡拉沙西南 100 公里的普雷斯顿海角港，"MAGNETIC II"号驳船装载着 4 万吨铁精粉，被牵引着缓缓驶出码头。

时任中信集团董事长兼中信泰富主席常振明和西澳州长科林·巴奈特（Colin Barnett）站在人群中央，举起手中刚刚按下的汽笛，宣告 SINO 铁矿首船装运成功。这批铁精粉将被转运到等候在 10 公里外的迷你好望角型散货船上，然后运至中信泰富特钢位于中国江苏省江都的球团厂。

SINO 铁矿整个选矿工艺由六条生产线构成，每条生产线年设计生产能力为 400 万吨品位为 66% 的铁精矿粉。两台 7 层楼高、每台 1500 吨的破碎机镶嵌于矿区高耸的岩壁之中。有"世界载重冠军"之称的特雷克斯 MT6300 型重载矿车，一次将 360 吨原矿由破碎机顶端倾注而入，矿石初次破碎后，从机器底部被两条皮带传送机送至选矿厂。

中信重工研制的 6 组 12 台 Φ12.2 米的自磨机和 Φ7.9 米的球磨机傲然耸立在选矿厂区。这一硕大无朋的机械，将经过初级破碎的矿石磨细，并通过三段磁选工艺，由矿浆管道输送至港口进行脱水和装运……

一、放飞梦想

进入新世纪后，国外制造的球磨机最大规格已达 Φ7.93 米（功率 15000kW）、半自磨机规格已达 Φ12.8 米（功率 22500kW）。而国内制造的球磨机最大规格却还在 Φ5.5 米（功率 4500kW）徘徊，半自磨机规格则尚未突破 Φ8 米。

规格差距直观反映着技术、工艺差距，而技术、工艺差距则让中国几乎所有矿山企业承受着巨大的市场代价和经济代价。

这种状况很快得到改变，而改变这一现状的正是中信重工。

中信重工紧紧抓住国内新一轮大型选矿厂建设热潮带来的市场机遇，先后成功渗透到有色、黑色、化工等市场领域，在国内大型球磨机和半自磨机市场取得了一个又一个新突破。

继为安徽铜陵冬瓜山铜矿成功制造 2 台国内最大的 Φ5.03×8.3 米球磨机和 2 台 Φ4×6.7 米溢流型球磨机后，中信重工与江铜集团签订 2 台 Φ5.03×8.3 米球磨机制造合同，实现了在有色市场的新突破；随后中信重工大型矿用磨机博得中国最大的冶金矿山企业——鞍钢矿业公司的信赖，双方以大型矿用磨机为媒，结为战略合作伙伴。

2005 年，中信重工先后与昆钢集团签订 4 台 Φ4.8×7 米溢流型球磨机制造合同；与澳大利亚上市公司澳华公司签订了其在贵州锦丰金矿投资的 Φ5.03×5.8 米半自磨机、Φ5.03×6.05 米球磨机和 Φ3.96×6.5 米球磨机制造合同。这是中信重工大型矿用磨机首次在黄金矿山应用。3 台磨机首次在调速、载荷测量等方面采用了一系列与国际接轨的成套新技术，实现了在大型矿用磨机领域与国际标准的接轨。

2005 年 6 月，公司中标鞍钢集团鞍千矿业有限责任公司 6 台 Φ5.03×6.4 米溢流型球磨机。8 月，在广西华银铝业一期工程投标中，成功中标 16 台氧化铝磨机项目，取得了在有色领域的重大突破。接着，公司中标 2005 年度规格最大的金川集团 Φ5.5×8.5 米溢流型球磨机制造合同。当年 12 月 14 日上午，金川集团 Φ5.5×8.5 米溢流型球磨机设计联络会暨大型磨机技术交流会在中信重工举行，来自有色、黑色、化工等行业的著名企业和资深设计院的 100 多名代表参加了会议。此次会议加强了有色、黑色、化工等行业的联系，对中国大型矿用磨机技术发展产生了重要的推动作用。

2005 年 12 月 16 日，河南省科技厅组织专家对中信重工为安徽铜陵冬瓜山铜矿研制的 Φ5.03×8.3 米溢流型球磨机进行了技术鉴定。专家委员会认为，中信重工研制的矿用磨机在综合技术性能上已经达到国内领先水平和当前国际先进水平。

2006 年 5 月 24 日，中信重工与鞍钢矿业集团再次签订 2 台当时国内规格最大的 Φ5.5×8.84 米溢流型球磨机制造合同。该合同显示了中信重工在大型矿用磨机领域的技术优势。

受技术和制造两大瓶颈制约，中国在直径 6 米以上大型矿用磨机装备领域不但一直处于空白，而且长期受制于西方发达国家企业。进入高端选矿装备领域，是几代国人的强烈愿望和追求。

与 Φ5 米球磨机相比，Φ6 米球磨机、Φ8.5 米半自磨机不仅是简单的规格更大，在处理能力、电机功率、旋转部分总重等指标上都将翻一番。因此，在结构、润滑、电控等方面技术开发难度极大。

通过与用户建立良好关系，江西德兴和安徽冬瓜山两个大型磨机使用现场一度成为中信重工技术人员的学习基地。同时与有色、黑色、化工等行业的知名设计院建立了良好合作关系，通过联手进行产品开发，在工艺参数的选择和控制方面得到兄弟单位的支持和帮助。而通过与加拿大 GE、美国 Eaton 等国际著名公司的业务关系，中信重工在磨机大型同步电动机、空气离合器等关键配套件的选择上也获得了很大提升。

2006 年 6 月，国内最大的 Φ8×2.8 米自磨机在中信重工完成设计。这是国内首台具有自主知识产权的成套大型自磨机。除了展现出将同步电机高压变频调速装置第一次应用到大型矿用磨机上等一系列新技术，最让市场心动之处在于，造价仅为进口同类产品的三分之一。

2006 年 8 月 18 日，中信重工与凌钢集团北票保国铁矿有限责任公司结成战略合作伙伴，并签订国内首台拥有自主知识产权的 Φ8×2.8 米自磨机制造合同。Φ8×2.8 米自磨机的设计成功和与凌钢集团合同的签订，标志着中信重工在大型矿用磨机设计和制造上达到了一个新的高度，为大型矿用磨机全面实现国产化开了好头。

瞄准国际市场强力出击，誓为矿业领域贡献一个世界级品牌，已成为中信重工人挥之不去的情愫。

2006 年 6 月 21 日—28 日，时任中信重工副总经理俞章法带队访问南非 Bateman 公司，并与该公司签订了在南部非洲 12 国独家代理磨机销售的协议。协议的签订宣告了中信重工自主知识产权矿用磨机开始正式走出国门。

随后的 8 月 11 日，中信重工与芬兰奥托昆普集团澳大利亚矿业公司签订 $\Phi 3.6 \times 6.2$ 米球磨机、$\Phi 5.3 \times 7.55$ 米球磨机和 $\Phi 5.8 \times 2.29$ 米半自磨机制造合同。至此，中信重工与世界三大著名矿业公司美卓、福勒、奥托昆普都建立了合作关系，为进一步开拓国际市场奠定了坚实基础。

2007 年 6 月 16 日，中信重工凭借装备能力和自主创新能力，承揽中国黄金集团乌努格吐山一期工程 2 台 $\Phi 8.8 \times 4.8$ 米自磨机、2 台 $\Phi 6.02 \times 9.5$ 米溢流型球磨机研制。这是当时中信重工首次采用欧美标准承揽的国内规格最大的磨机。

国境线旁，磨机飞旋。在距洛阳 3000 公里外的内蒙古满洲里市，由中信重工为中国黄金集团乌努格吐山项目提供的 4 台大型磨机高速运转，创造了当时国内最大单系列日处理矿石量 1.5 万吨的纪录。

"中信重工仅用 1 年时间就制造出了国内同类装备规格最大的半自磨机和球磨机，实现了大型矿山设备的国产化，打破了国外的市场垄断，在我国矿山装备制造史上具有里程碑意义。"中国黄金集团这样看待这一重大装备的诞生。

在试车验收现场，70 多岁的工程院院士闻邦椿围着高大的磨机仔细观看，询问各种参数。这位选矿领域知名的院士告诉媒体记者，自己见证了我国大型选矿设备的发展，中信重工开发的大型矿用设备技术已经代表了国际磨机的最高水平。

这 4 台磨机是中信重工多年来致力于大型矿用磨机设计、研究、开发所取得的重大成果。他们在国内首次采用 SABC 选矿工艺，即半自磨＋顽石破碎＋球磨工艺。

全球能够制造该类产品者仅三四家企业而已，何况中国黄金公司设在满洲里的项目还存在着地处高寒的严峻挑战。

"开始选购招标的时候，目光确实放在了国外公司。中信重工之所以胜出，是因为这个企业的创新理念打动了我们。中信重工的设计能力很强，非常到位，完全能够满足用户的需求。另外，中信重工能够保证按时交货，比国外同类装备的制造周期缩短了 10 个月，这一点对我们十分重要。"黄金集团的负责人说。

就在黄金集团磨机完成交付之际，中信重工与江铜集团签下了更大的 $\Phi 10.37 \times 5.19$ 米半自磨机和 $\Phi 7.32 \times 10.68$ 米溢流型球磨机供货合同。这两台国内矿磨巨无霸功率消耗大幅降低，耗电节省 15% 左右。投入使用后，使矿产日采选综合生产能力从 10 万吨增加到 13 万吨。由于该装备工艺技术先进，将确保矿山寿命延长 8 年。

二、挥师峰顶

2006 年，香港中信泰富联合中冶、武钢、唐钢、邯钢等内地钢铁企业，在澳大利亚西澳建设 SINO 铁矿工程。

这个投资百亿美元的项目，不仅是世界单矿产量和规模最大的项目之一，也是中国资本完全按照国际标准在海外投资的最大规模铁矿项目，全部建成后，将形成年产 2400 万吨铁精矿的能力。

2007 年 3 月，中信重工与多家国际著名矿业公司一起参与了 SINO 铁矿项目设备投标。

由于该项目的战略意义和巨大影响力，竞争从某种意义上已经演化成中国民族工业和世界老牌跨国公司之间的角力。

从营销到技术，从技改到生产，从商务谈判到技术谈判，中信重工众志成城，近 5 个月的艰苦努力，让业主和竞争对手见识了一个具有实力和深厚潜力的中信重工。

业绩是最好的谈判筹码。2007 年 7 月 20 日，中信重工为凌钢保国铁矿研制的 $\Phi 8 \times 2.8$ 米自磨机成功试车。在大型矿用磨机设计制造上，中信重工达到了一个新的高度。从硬件到软件，不管是明察还是暗访，业主方面工作人员都是质疑而来，满意而归。

但这毕竟是一个价值数亿美元的大项目，并且这组磨机无论是规格还是功率在世界范围内都是史无前例。因此，最终定标前，负责拍板的业主代表试探着问任沁新："如果订单给你，你敢不敢承担 50% 的风险？"

随着业主代表的提问，大家把关注的眼球都聚集在中信重工总经理任沁新的脸上。

如果说时代赋予了任沁新家国情怀的种子，那么，勇于担当和敢于胜利则是一直流淌在他血液中的元素。

他的回答诚恳而坚定："你是业主，为什么要让你承担责任？我们会用120% 的把握承担 100% 的风险！"

2007 年 8 月 5 日，是一个扬眉吐气的日子。

这一天，中信重工战胜国际知名竞争对手，成功中标澳大利亚 SINO 铁矿项目世界规格最大、最先进的 6 组 12 台 $\Phi 12.2 \times 11$ 米自磨机和 $\Phi 7.9 \times 13.6$ 米球磨机。

（一）创造多项国际第一

任沁新担任澳大利亚 SINO 铁矿项目总负责人，并组建了 40 多人的研发团队，将该项目命名为"零号项目"。

这意味着，该项目是比一还大的天字号工程；意味着中信重工将从零开始实现新的跨越；也意味着中信重工没有退路，只有破釜沉舟、勇往直前。

"我们有本事把项目拿下来，有本事把项目做下来吗？"在研发团队的动员大会上，任沁新问大家。

"有！"天地间雷鸣般的一声大吼。

他立在前头坚信，人们就有信心；他带领队伍向前，人们就有坚信。而他的坚信、他的信心，不正是来自这些技术专家吗！

为了减轻大家的压力，任沁新说："成功了，荣誉归大家；失败了，我承担责任。我就是为承担责任而来的！我今天与大家共同拍一张照片，立照为证。"

这是一张肃穆的照片，见证了庄严的历史一刻。

研发团队油然升起一股勇士出征的悲壮感。他们将用行动向世界展示中国高端矿业装备在全球日渐攀升的市场竞争力。

团队成员全力投入到项目的设计之中。

从北京出差刚回到洛阳，矿研院副院长姬建钢就被公司任命为 SINO 铁矿项目磨机总设计师。

眼里长着太阳，心地光明，笑容坦荡，走起路来踩得地球咚咚直响。这就是姬建钢。

"从今往后，不用你来向我请示，我直接过来找你，你专心把这个项目拿下来！"

一双紧握的大手，攥得紧紧的，滚烫滚烫。

"好，请任总放心！"姬建钢使劲点点头，一双眼睛冒着火花。

作为中信重工有史以来承担的最大的定时、定向、定客户开发工程，"零号项目"涉及五国一地区（中国、瑞典、德国、南非、澳大利亚、中国香港）的业主方、总包方、监理方、配套方等，需要协同全球的力量和资源来共同完成。

总设计师的责任和工作，就是要像针一样严丝合缝地将各方面的信息和工作整合在一起，并形成一整套科学有效的方案。

为了专注于"零号项目"，姬建钢在离单位最近的零号街坊租了一间不足 10 平方米的小房子，这样，从办公室到他的"窝"也就三五分钟的路程。

最初的 20 天，姬建钢和他的团队成员充满了焦灼甚至迷茫。

相当于 6 层楼高的"零号项目"磨机，回转总重超过 3700 吨，其运转能量大的甚至可以引发轻度地震，整个设计计算早已超出传统范围；而其所需的大功率减速器、齿轮传动、电气、液压控制等，都是人类首次尝试。

尤为关键的是，在标准和控制方面，中信重工不仅存在一个和国际先进水平接轨的问题，还要充分考虑澳大利亚地理、气候、人文习惯等特殊条件和要求。

要在短时间内在一张白纸上构建起连欧美设计人员都没有十足把握的世界之最，谈何容易！

一个士兵，冲锋号响了，你只能义无反顾，勇往直前。

那些日子，姬建钢至今觉得有些不堪回首。

晚上十一二点回来躺下，凌晨两三点钟他又出现在矿研院的办公室。

在没有任何概念的滑履轴承设计上，仅油腔的形状就从矩形改为圆形，最终优化为菱形，设计了四五次，又推翻了四五次，最终在深入澳大利亚现场调研后，才按照当地情况定型。

凭借中信重工在工程、产品、工艺上三位一体的研发优势以及长期以来在矿用磨机研发领域深厚的技术积淀，加上对国际先进技术的不断引进、消化、吸收、集成和再创新，"零号项目"磨机一系列技术和工艺攻关工作迅速推进。

在姬建钢和他的团队殚精竭虑、呕心沥血中，Φ7.9×13.6 米溢流型球磨机这个世界巨无霸的设计脉络日渐清晰，各种零部件的结构一天天定型和优化。

在姬建钢的带动下，以矿研院粉磨所、齿研所、自动化控制所、CAE 所为主要方阵的设计团队所有成员，主动放弃了节假日和晚上休息时间，在设计的最后冲刺阶段，大家集中连续加班达 6 个月之久。

Φ7.9×13.6 米溢流型球磨机主任设计师张晓是个外表文弱的女子，长期的设计工作使她不到 40 岁便落下了严重的腰肌劳损。由于怕她倒下无人替代，每天晚上 9 点，姬建钢都会准时要求她及时回家，明天继续。但张晓刚到家或人还在路上，电话就又打过来了，说的和想到的都是球磨机的设计工作。

为了"零号项目"，Φ12.2×11 米自磨机主任设计师王成伟把孩子交给了母亲。老太太在接送孩子途中被骑自行车疯冲的中学生撞住了院。王成伟在医院守了一晚，第二天把孩子撇给爱人后准时到岗。王成伟说，这个项目现在正紧，我们除了拼，别无选择。

为了"零号项目"，年轻工程师韩春阳把 5 月的婚期推到了 10 月。但一进入 10 月，"零号项目"设计工作全面提速，直到春节前三四天，韩春阳才匆匆回到老家，和等了他半年的新娘结了婚。

在"零号项目"设计团队中，更多专注于设计和工艺工作的小伙子则在 2007 年和 2008 年遭遇感情滑铁卢，原因大多只有一个：整天埋头画图，走路都变形了，三句话不离本行，没情调。

艰难困苦，玉汝于成。

这是中华民族的力量！

生命自能扛起重压，希望从来都向阳而生，每个勇者都是自己的山峰。

最终，姬建钢和他的团队为中信重工，乃至为中国收获了沉甸甸的磨机自主创新硕果——

"零号项目"磨机在技术设计、材料选择、制造工艺和检测检验等方面完全按照国际标准执行，并在结构、技术和工艺等方面实现重大突破。超大功率双机拖动，全自动液压驱动以及全新的调心多滑履支撑轴承设计成为最大亮点，在公司聘请的国际知名专家的设计和工艺审查中，中信重工创造了多项国际第一。

在之后召开的中信重工科技大会上，"大型矿用磨机设计与制造技术研究"获得科技进步特等奖，公司为项目主要完成人姬建钢等颁发奖金 100 万元。

（二）云层上的舞者

"零号项目"世界最大自磨机与球磨机的生产加工，是考验中信重工能否与国际市场真正融为一体，能否真正成为世界大型矿用磨机基地的试金石和一次大考。

技改系统加速完善先进装备制造业高端配置，在短时间内形成了"零号项目"等重大装备研发、制造所需的平台。

生产系统从工艺编制开始，所有参战单位、所有环节都将"零号项目"作为特急件，构筑起特殊的绿色通道。

2007 年 12 月 30 日上午，"零号项目"世界最大 $\Phi 7.9 \times 13.6$ 米球磨机首件大齿圈在铸锻厂一次浇铸成功。该齿圈直径达 12 米，立起来有四层楼高。经过 14 天保温后，铸锻厂加快生产节奏，于 1 月 13 日凌晨 2 点组织突击该齿圈"出坑"工作。清理工段参战员工为抢时间，冒着 300 摄氏度以上高温完成了一系列工序，于当晚 7 时将齿圈成功吊运到清理现场，整个过程仅用了 17 小时。

"零号项目"世界最大中空轴毛坯重 300 多吨，转运困难，气割清理工作不得不就地在造型坑内展开。闷热的天气、厚重的工作服、300 多摄氏度的余温，狭窄的工作空间连 6 米长的吹氧管都挤不进。邵华龙和工友们决定将吹氧管折弯进入造型地坑，三人一组轮流作业。整整 8 小时，他们站在滚烫的毛坯周围操纵着气割枪，硬生生地啃下了百余吨的冒口。

"零号项目"钢板采购完全按照国际化标准订购，并全部按照美国 ASTM 标准探伤。

工艺所把"零号项目"关键件技术交流会开在了生产一线，通过群策群力广开思路，对加工各环节逐一分析和研究，最终将关键件加工问题全部解决在正式加工前。

"零号项目"特大型筒体在铆焊厂全面展开后，该厂安排重型车间骨干班组攻坚，三班 24 小时不停，并严格按照国际化标准验收，最终实现了筒体内外焊疤凸出均小于 1 毫米的精度。

为 Φ7.9×13.6 米球磨机配套的世界首台 PH1250 型平行轴硬齿面减速器是公司自主研发的新产品，由齿轮箱厂担纲生产，最终按照国际质量标准圆满完成了产品生产，填补了世界大功率减速器制造史上的空白。

Φ7.9×13.6 米球磨机直径近 12 米、重约 120 吨的大齿圈转入重装厂后，操作者创新加工方法，大大提高了生产效率。重装厂还和工艺所编程技术人员协同，通过改变工艺方法，使"零号项目"六分之一端盖内锥面粗加工效率提高了 40% 以上。

在球磨机装配的关键时刻，质保部员工经过 20 小时连续奋战，通过无数次的在线检测、调整和再检测、再调整，终于在 6 月 29 日凌晨 4 点完成了筒体水平度的找正，并使检测时间由 40 分钟缩短到 10 分钟，为装配进一步赢得了时间。

（三）决战时刻

时间已经是 2009 年 6 月中旬，距离既定的试车交付日期仅剩 15 天，而"零号项目"首台 Φ7.9×13.6 米球磨机的生产才刚刚收尾。

秒针嘀嗒嘀嗒地走着，参战干部职工们多么希望时间老人会为他们放慢脚步。

Φ7.9×13.6 米球磨机筒体内径 7.9 米，长 13.6 米，共 3 段，有效容积650 立方米，总重量 1725 吨，仅参与试车部件的吨位就达 870 吨。为确保 6月 30 日组装试车完成，公司生产、技术、质检等相关部门提前进行了周密策划。

最后的组装试车任务交给了一贯善打硬仗的重机厂装配一班。从年初开始，班长王保军等人就没有歇过星期天、节假日。从 6 月 14 日进入装配场地的第一天，他们就开始"疯狂"较劲，时间不够用，许多职工便以厂为家，饿了，去厂食堂吃点东西；困了，歪在椅子上或者干脆就在车间地坪上躺一会儿。

作为重机厂第一起重手，连续3年荣获公司优秀共产党员称号的孙喜周从进现场到试车结束，整整工作22个日夜。虽然他家距离公司不超过10分钟的路程，但最紧张的时候，孙喜周忙得两天一夜没进家门。总装开始后，他连回家拿饭的时间都没有了，托人买的一包方便面常常就是他的一顿饭。

在装配现场，重机厂装配车间党支部书记张增光在工作之余总是一手揣着肚子，一手摸着脸。原来他在胃切除后一直没有康复，稍微饿一点儿就很难受。为了在两周内完成组装试车任务，张增光已经顾不上自己的胃，更顾不上大病初愈的妻子。在中空轴和端盖对接时，由于孔多，把螺栓常常错位。为保证一次到位，张增光仔细研究并制作了压装工具，既节省了时间，又保证了装配质量。

李向向、尤勇勇、刘洪涛、王振辉是新进厂的员工，原本分配在机床上干操作工，因试车需要，暂时抽到装配帮忙。可他们在参与"零号项目"后就耗着不走了。夜以继日的抢装让他们的体力透支，睡眠严重缺乏，有时正干着活，只要一放下手里的工具，随便靠个地方就能睡着。

如此大规格的磨机要想在半个月时间内实现总装试车，仅靠一班的力量根本无法完成。关键时刻，重机厂各部门纷纷派出精兵强将支援。装配三班班长高炜将在手的120高速轧机项目交给副班长吕辉和一个徒弟后，带着主将曹洪勋、史晓飞进入磨机组装现场。大型车间则把最好的天车工、起重工和中间工序钳工班交给了装配车间指挥。机修车间三位主任轮流带领电、钳工到现场帮着把螺栓，左留成主任出差在外，听说装配告急，下了火车家都没回，直接投入装配现场的工作。

决战时刻，公司领导和生产部、工艺所、质保部、安环处等单位领导相继赶到现场助阵。重装厂更是顾全大局，在自身任务十分繁重的情况下，为重机厂提供一切方便，并派公司首席员工冯伟率领装配三班负责固定端主轴承的装配。顶着厂房内将近40摄氏度的高温，三班加班连班，提前完成了固定端主轴承装配任务。

试车前夜，人们看到公司近百名干部职工在重装厂熬了个通宵，直到装配试车十拿九稳后，才一个个在重装厂的不同角落和衣而卧。

（四）吸引世界目光

2009年7月1日那个阳光灿烂的上午，中信重工参战员工会集到 Φ7.9×

13.6 米溢流型球磨机试车现场，共同见证公司发展史上的又一重要历史时刻，聆听振兴民族装备业的华美乐章。

包括澳大利亚必和必拓、澳大利亚奥申克、加拿大赫氏、美国 FLOUR、南非贝特曼等全球知名的矿业工程公司代表来到现场参观考察，与中信重工长期合作的鞍钢集团、武钢集团、首钢集团、沙钢集团、中钢集团、中国五矿集团、中国黄金集团、江铜集团、西部矿业集团、紫金矿业集团等钢铁、有色、黄金、矿业界的诸多国内知名企业也纷纷前来观摩。

在公司重装厂的现代化厂房内，由中信重工自主研发制造的世界最大、最先进的 Φ7.9×13.6 米溢流型球磨机，挺着小山似的脊梁，以其铿锵有力的精密旋转，吸引了中国和世界的目光。

人民网、新华网、中央电视台、凤凰卫视等国内高端媒体在第一时间发布消息称，该磨机的试车成功并工厂交付，标志着我国大型磨机技术在短短几年内跨越全球矿业百年发展史，并全面打破国外公司的技术和市场垄断，使我国真正掌握了世界矿业高端技术，进入世界矿业高端市场。

从世界到中国，许多人在看到事实或得到消息的瞬间，心情都是复杂和丰富多彩的。

几乎全程参与了该磨机项目的中信重工进出口部部长靳松说："我不知道用什么语言形容我当时站在磨机前的心情，但有一点，蓦地，我感到作为中国人和中信重工人的自豪。"

靳松的话代表了很多普通中国人内心深处那份深厚的国家和民族情结。

进入 21 世纪以来，中国的铁矿石进口量多年位居全球第一。但由于全球铁矿石资源主要集中在世界三大矿业巨头手中，在铁矿石价格谈判中中国没有话语权，屡屡被迫签订"城下之盟"。

尽管短期内无法改变现实，但获得新开发矿山的控制权将是打破现有格局的手段之一。而要掌控矿山，必须先掌控高端开矿装备资源。

大型矿用磨机的国产化凝结着重大而深远的战略意义——无疑，拥有大型矿用磨机生产能力将会给中国矿业带来巨变；而拥有这一战略资源，将使中国企业进军海外市场如虎添翼，真正改变中国在海外矿业投资上的话语权。

中信重工 Φ7.9×13.6 米溢流型球磨机，成为全球首台进入澳大利亚SINO 铁矿的核心设备。之后不到一周，世界矿业巨头巴西淡水河谷公司向中信重工一次性批量采购 30 台（套）直径 5 米以上大型球磨机。中信重工成为淡水河谷唯一一家中国供应商。以此为契机，中信重工成为未来淡水河谷长期合作的战略选择。

智利铜业来了，必和必拓来了，英美资源来了。致力于让更多客户分享现代矿山装备制造成果的中信重工，在国内外市场上不断迈出新的步伐。

2010 年 4 月 8 日，中信重工与太钢集团签订了 6 台目前国内黑色冶金矿山选用的最大规格球磨机。

"在太钢袁家村项目上，我们是唯一能和国外企业比拼的中国企业，又在家门口，我们输不起。"中信重工对此承诺，"中信重工必须在确保技术先进、质量可靠、工艺成熟的前提下按期交货，这不仅是太钢的生命工程，也是中信重工的示范工程，成功了是里程碑，失败了是耻辱柱。"

从袁家村铁矿项目筹建组成立一开始，中信重工便"盯紧"了太钢。

2008 年 10 月，太钢第一次正式招标。可用户投标用的却是国际制造业巨头美卓公司的设备选型，参与投标的除了美卓，还有欧美几家知名企业，以及国内唯一一家企业——中信重工。

毫无疑问，在太钢项目上，一开始就是一场高手之间的较量。

沧海横流，方显英雄本色。无论面对的劲敌有多强大，中信重工人勇敢地拔出利剑，在全球矿业装备的沙场上与巨人们一决高下。

随着竞争的展开，情况在发生变化：太钢同意中信重工与美卓联合进行设备选型和方案确定。

此刻，天平似乎开始向中信重工一方倾斜。

在随后开始的第二次招标中，参与竞标的只留下了中信重工和美卓。

一场"云层之上"的较量开始了。

面对两难的选择，业主决定，中信重工和美卓同时在袁家村项目上开展合作。

最终，中信重工和美卓各拿到 3 台 $\Phi 7.32 \times 12.5$ 米、3 台 $\Phi 7.32 \times 11.28$ 米球磨机制造合同。

总结这次竞标，中信重工营销人员说："如果你站在云层之上，你会感觉世界并不大，全球市场也没有那么神秘。"

三、撬动全球矿业界

2011 年 10 月 10 日一大早，中信重工重型机加工部就喧腾起来。

由中信重工自主设计、自主制造的目前世界规格最大、传递功率最大、技术最先进、采用齿轮驱动方式的 $\Phi 11 \times 5.4$ 米半自磨机和 $\Phi 7.9 \times 13.6$ 米球磨机已经屹立在人们的眼前。

来自 5 大行业协会、43 家矿山客户、19 家冶金客户、22 家铸锻同行、10 家外贸企业的 300 余名代表和 20 家新闻媒体的记者，将在这里见证又一世界级"中国制造"的诞生。

伴随着两台"巨无霸"的缓缓转动，用户单位——中国黄金集团公司总经理走上主席台。

"这次研制成功的大磨机是国内直径最大的半自磨机，其中球磨机的总功率为目前世界最大，它的成功使我国大型矿业磨机设备进入了世界领先水平，这既是对我国民族装备制造业发展做出的重大贡献，更是我们展示央企形象的鲜明标志，对我国黄金及有色行业乃至全球的矿业界都将产生积极而深远的影响。"

中国黄金集团公司总经理停顿了一下，然后把目光望向身着蓝色工装、头戴红色安全帽的中信重工团队，朗声宣布道："中国黄金集团对中信重工参与大磨机项目的功臣们给予奖励，奖金 1000 万元！"

话音刚落，一张巨大的支票就出现在主席台上。

或许是为这一举动所震惊，现场明显沉静了几秒钟，随即响起一阵雷鸣般的掌声。

在那张巨型支票上，有这样一行字：奖励中信重工机械股份有限公司按照工程要求、高质量完成乌山二期项目磨机生产。

这里所说的乌山项目，是指位于内蒙古呼伦贝尔市的乌努格吐山，中国最大的铜钼伴生矿之一。中信重工和中国黄金的合作始于 2007 年乌山一期工程。在对核心选矿设备——大型磨机的公开招标中，中信重工凭借交货期短这一撒手锏，在与国际同行的竞争中脱颖而出。2008 年 7 月，仅仅 12 个月后，中信重工便完成了 4 台当时国内最大规格磨机的工厂试车并成功交付，比国际竞争对手整整早了 1 年。

过去开发一座矿山通常需要三四年，而乌山一期却在高寒的恶劣条件下，18 个月成功投产。"两条大磨机生产线日处理矿石能力达 3 万吨，每天创造利润 400 万！"在接受媒体采访时，中国黄金集团领导这样兴奋地表示。这些数字证明，中信重工不仅能保证客户的工期，其产品性能也经得起检验。事实上，那两组大磨机在实际运行中的处理能力几乎超出计划的 20% 左右。

乌山一期平稳运行之后，中国黄金集团马上着手二期项目的筹备。2010 年年底，几番角逐之后，设备订单再次花落中信重工。这一次，在双方的联合研制下，仅仅用了 10 个月，就完成了二期工程磨机的工厂试车。

或许有人会觉得，不就是比合同规定时间提前 1 个月而已，至于这么大动干戈，甚至拿出 1000 万元来奖励吗？要知道，这个数字几乎相当于整个合同金额的百分之几！

这不是简单的保质保量按时交付的概念，交货期的背后是巨大的利益。

其一，节省财务费用。开发一座矿山需要大量投资，动辄几十亿元甚至上百亿元。在此背景下，提前半年甚至1年投产，就不仅仅是早日获取收益的概念，更是财务费用的巨大节省。

其二，降低市场风险。为什么中国的许多矿山投不起？原因之一就是建设周期太长，有时甚至需要5年才能投产见效。这除了耗费大量的财务费用外，还会带来一个更加严重的问题：谁知道5年之后的铜价、钼价如何？会像现在这样坚挺，还是一落千丈？而中信重工短短数月的交货期则可以在很大程度上帮客户规避风险，降低不确定性。

其三，不要小看这短短的1个月，对乌山来说，这可是"零下5摄氏度"和"零下20摄氏度"的区别。所以，设备是10月底运到还是11月底运到，对我们的客户来说，意义重大。如果在零下20度时安装调试，就需要大量的施工保护措施，光是保温，就得付出不菲的代价。

还有一个有意思的现象是：近年来，中信重工一直坚持一台台高20米、重达数百吨的庞然大物进行工厂试车，成功后再正式发运——这在国际上是没有先例的。其实，将这些又大又重的东西组装起来，并实现运转，不仅费时费力，还占用工厂厂房。中信重工为什么一定要这么做呢？

"矿山的安装环境很恶劣，一旦设备出了问题，再修复需要付出的代价太大了，有时甚至无法弥补！我们在工厂就把设备调试完毕，还能给客户节省大量的现场安装时间。"时任公司副总经理俞章法讲起这些口若悬河，似乎根本不需要思考。

虽然数年前，交货期是中信重工赢得客户青睐的敲门砖，但经过几年的发展，如今的中信重工给客户贡献的已不仅仅是时间。外行看热闹，内行看门道。当两台直径分别达长11米和7.9米的大型磨机运转起来时，许多人可能并没有留意它们有何特殊之处。

"这是世界上最大的以齿轮驱动的磨机，简单说大家可能没有概念，但其实对客户也是巨大的效益。"俞章法说，"过去，全球矿业界有个不成文的规定，当功率超过15000千瓦（直径11米）时，磨机将自动变成环形电机驱动，但中信重工突破了这个局限。"

那么，对中国黄金集团来说，"以齿轮取代环形电机"的价值体现在哪里呢？

首先，资金的节省。环形电机很贵，目前世界上只有德国的两家企业能够生产，一个电机价格几亿元；而中信重工采用"自制齿轮+GE同步电机"，能够节省50%的资金。

其次，交货期。环形电机的制造周期最短是 24 个月，由此会带来一系列的问题。

最后，也是非常重要的一点，环形电机在矿山的恶劣环境下很容易出问题，维护非常复杂，而齿轮驱动不仅稳定性好，维护也很简单。

中信重工就这样撬动了全球矿业界，让过去不可想象的事情一件又一件变成现实：将动辄 20～30 个月的交货期缩短至 10 个月，将一台台庞然大物在工厂组装起来并成功运转，用齿轮驱动直径超过 13 米的大磨机……

磨机试车交付的当日，中信重工与中国黄金集团达成后续 3 个项目的合作意向；与中国黄金集团和洛钼集团达成合作进行洛钼新疆项目 EPC 总包意向；与洛阳石化工程设计院、洛阳石化总厂和兰石集团结成战略联盟，在洛阳建设全国加氢反应器基地；与南阳汉冶达成 3500 毫米轧机液压控制系统合作意向。

这一年的 4 月 2 日，当时国内最大矿山装备——江西铜业集团 $\Phi 10.37 \times 5.19$ 米半自磨机、$\Phi 7.32 \times 10.68$ 米球磨机一次试车成功；5 月 23 日，国内铁矿项目规格最大、技术最先进的太钢集团袁家村铁矿项目 $\Phi 7.32 \times 12.5$ 米和 $\Phi 7.32 \times 11.28$ 米溢流型球磨机顺利通过试车及工厂交付；9 月，巴西知名矿业公司 MMX 公司正式发出预订单意向书，4 台 $\Phi 7.9 \times 13.6$ 米球磨机再次花落中信重工。至此，包括澳大利亚 SINO 铁矿项目和中国黄金集团乌努格吐山二期工程项目在内，公司将目前世界最大规格的磨机尽数收入囊中。据悉，仅 2011 年 9 月 1 个月，矿磨产品就为中信重工带来将近 1 亿美元的国际订单。

中信重工凭借主营产品矿物磨机，上榜国家首批制造业单项冠军示范企业名单。其大型矿磨设备关键技术研究被列入国家"973"科技计划项目。"中信重工高端矿山重型装备技术创新工程"获得国家科学技术进步企业技术创新工程奖。大型矿用磨机荣膺"改革开放 40 周年机械工业杰出产品"。

目前，中信重工已经拥有完全自主知识产权的世界最大规格球磨机、自磨机、半自磨机、高压辊磨机、旋回破碎机、圆锥破碎机、立式搅拌磨、半移动式破碎站、井下提升装备等矿山行业核心装备制造能力，实现了矿业核心装备的全覆盖。

四、西澳传奇

2013 年 5 月 11 日，时任中信集团董事长常振明和集团副总经理、中信泰富总裁张极井、中信重工董事长任沁新一行走出西澳卡拉萨机场，迅速登上前往 SINO 铁矿现场的越野汽车。

澳洲西部印度洋沿岸的皮尔巴拉地区，热带沙漠气候笼罩下终年高温炎热、干旱少雨。这里生态原始、人迹稀少，裸露在炽热阳光下的，是一望无际的岩石、红土和骆驼草。中国最大的海外铁矿投资项目——澳大利亚 SINO 铁矿项目，就屹立在这片荒凉贫瘠却富含铁矿的土地上。

自 2010 年中信重工研制的 6 组世界最大自磨机、球磨机组交付以来，就有一支来自中信重工的团队与项目建设者共同奋战在澳洲西部 SINO 铁矿现场。但由于总包方工艺系统不配套，配套设备稳定性差，控制系统不完善，操作经验差，生产运行组织不合理，等等，一、二线投产运行 5 个月，仅累计运行 100 多个小时，生产铁精矿 2 万吨。多次邀请国内外专家研讨，数次维修调试，反复启车运行，依然迟迟不能实现持续稳定生产。

项目总投资是 80 多亿美元，而在 2013 年 2 月底的业绩发布会上，常振明曾表示，中信泰富已投资 91 亿美元，其中 68 亿美元为建设费用。

一、二线能否起死回生？三至六线是否继续建设以及如何建设？百亿美元的投资是见效还是打水漂？中国能否取得稳定的高品位铁矿供应基地？一时间，重重压力接踵而来，项目前景迷雾重重。

中信泰富矿业公司董事总经理兼首席运营官刘树纯已经在中澳项目鏖战 4 年。他开玩笑说，自己每天都在祈祷，希望第二天机器运转正常，所有一切顺利。这位身高超过一米八的彪形大汉是同济大学工程学硕士，曾参与中东、委内瑞拉和中国等多个大型工程项目。

"所有工作都已启动，但由于是全新的工艺，整个矿的设计、施工是否能够成功，还没有被证明。我们别无选择，只能把它建成！"常振明对《财经》记者说。

一封由中信泰富张极井总裁签署的《关于第一条生产线全面整改的决定》发送到现场每位员工手中。

中信集团抱着毕其功于一役的决心，组建了以任沁新为组长，涵盖中信重工（CHIC）、中信泰富矿业（CPMM)、中冶西澳矿业（MCCM）、中冶北方（NETC）等单位精英骨干的专家技术组，利用两到三个月的时间，负责第一条线的技术整改，以实现顺产、稳产目标。

在 SINO 铁矿项目生死攸关之际，任沁新被推到最前台。

一场以中信重工为主导的攻坚战，在西澳荒凉贫瘠却富含铁矿的土地上打响了。

（一）60 天整改倒计时

在项目现场一间临时被当作技术组办公室的房间里，摆在技术组面前的是这样的现场状况：几十公里的生产作业线，光是地下精铁矿运输管道就有 30 公里长；46 万多个控制系统数据标签量；48000 多个控制点；不计其数、星罗棋布的各种设备；交织纵横的管道、泵阀、皮带、桥架、电线电缆、网线光纤……

当务之急，就是从这些浩如烟海的数据中梳理和提炼项目一号线的技术整改项。

从 12 日开始，每天早上 5 点到晚上 11 点，整个技术组团队便如长长的铁钉般深深扎到现场，一遍又一遍地查看每条皮带、每根辊道、每组泵阀、每台设备，一个又一个地分析数据、调阅图纸、审查工艺，一次又一次地分析、论证、判断。24 日，汇聚大家的智慧和心血，涉及项目所有作业区域和重点设备，多达 49 项的一线技术消缺单贴在技术组会议室的墙上。

不尽合理的工艺设计、不够充分的技术准备、散漫混乱的现场管理，而比这些更严峻、更可怕的，是历经多次整改未果，现场弥漫着压抑的气氛、低落的士气和悲观的情绪。

技术组长任沁新明确提出"信心比黄金更重要"的口号，宣布从 5 月 20 日起，项目全线进入 60 天整改倒计时，第一项举措就是立"军规"：

项目整改期间，所有中方管理层取消一切休假，全力投入整改；

每天早 6 点上班，6 点半召开现场工程例会；

对 49 项技术消缺计划组织分工，责任到人；

制定工作流程，紧密衔接，限时完成。

随后的日子里，项目全场便开始了紧张的整改工作。5 月的西澳正处深冬季节。每天早上 5 点就要起床；6 点，依旧满天繁星，大家开赴工地；6 点半，早班例会布置安排当天整改事项；整个一天，各消缺项负责人亲赴现场组织人员，遵照时间节点展开工作、推进进度、解决问题、验证效果；晚上 6 点，晚班总结会各负责人汇报完成状况，提出发现问题，技术组制定解决措施，调整工作计划。忙完这一切，大家才在夜色寂静中离开工地。

（二）狭路相逢

项目管理考验的既是技术水平，也是心智耐性。整改工作平稳推进的同时，也伴随着阵阵波澜。

7 月 10 日，就在全线整改工作即将完成之际，干料区发生了一起意外的调试事故，造成距离地面近 40 米高的布料平台上，600 多吨严重偏载的矿石压在近百米长的皮带上，导致皮带大幅歪斜，半幅皮带已偏离辊道近50%，犹如一列偏载严重、即将倾覆的列车。如果不能及时顺利矫正皮带并卸下矿石，一旦发生倾翻或是皮带撕裂，后果将不堪设想。经过紧急讨论，技术组迅速拟订解决方案，技术组全体人员各领使命、悉数到场、各就各位，对设备进行巡检、点检，测试控制、通信系统。现场气氛紧张胶着，大家沉着冷静应对。

随着任沁新一声令下，启动警报器在寥廓的空中回荡，承载着 600 多吨矿石的皮带像一列满载的火车缓缓启动。耀眼的阳光下，矿石如同在水面上浮动一样流向排料仓。皮带机两侧，五人一岗，随时准备应对可能出现的紧急情况。在皮带机辊道转动发出的"嘶嘶"响声和矿石落入料仓的轰隆声中，眼看着偏离的皮带在缓慢运行中慢慢复位，矿石也顺着皮带机爬上布料小车，通过泄料斗落入料仓。

大家屏气凝神，目不转睛地注视着压在皮带上的矿石一点点变少，皮带偏载距离一点点缩小。4 分 57 秒的时间，约百米长、600 多吨重的矿石全部安全卸下，皮带也恢复到正常位置，一场重大险情被顺利解除。

事故分析会上，责任受到严厉的追究。大家明白了一个道理：关键时期，不是任何错误都可以犯的。事在人为，SINO 铁矿的问题，管理比技术更重要。

（三）首战告捷

7 月 20 日，60 天一线整改任务按计划全部完成。试车在即，现场成立了以任沁新为指挥长的试车指挥部。

7 月 26 日上午 9 点，完成各项技术消缺的一号线在沉寂两个月后将重新启动。

试车一开始并不顺利。指令发出后，先是二次磁选系统未能如期启动，指挥部立即启动应急预案，进行故障排查，找到因矿浆输送过滤管被堵塞造成矿浆沉淀淤积的原因，指挥长立即现场组织抢修。抢修队伍在管网密布的十几米高处加装管道，完成疏通。下午 3 点半，故障排除。

下午 5 点，全线重启带料试车。启动顽石破碎机，给料皮带却纹丝未动。技术团队立刻现场查验，发现是顽石破防溢裙摆安装失误，皮带被紧紧压住无法运转。

初次试车不顺利，大家心情都很压抑。营地送来盒饭却没有人动。晚上10 点，指挥部临时在中控室召开碰头会，针对各种问题汇总大家意见，一一做出安排。对指挥长任沁新来说，今晚肯定又是一个不眠之夜。

　　27日早晨6点，大家齐聚中控室。经过连夜抢修，两台顽石破碎机给料皮带已具备启动条件。然而，反复启动却不见有丝毫动静，带料运行再次受阻停滞。此刻，指挥长再也按捺不住焦急的心情，再次登上几十米高的破碎机平台，组织技术专家和维修工人共同分析原因，讨论抢修方案。两段总长不到50米的皮带机上，厚厚的料层严重超载，烦琐、漫长的隔离程序，巨大的清除工作量，等待的时间是那么漫长和难熬。

　　28日下午3点，所有矿料清理完毕，一号线准备再次启动。大家目不转睛地注视着大屏幕，一时间，中控室里出奇地安静。

　　水系统启动，泵系统启动，送料系统启动，顽石破系统启动，自磨机启动，球磨机启动……随着给料量的不断增加，700吨、800吨、900吨……入料量渐渐升上去，大家提到嗓子眼的心慢慢落下来。三天三夜的鏖战，终于看到整条线顺利启动、持续运行，大家布满血丝的眼中闪烁着期盼已久的兴奋与激动。

> 他用他的双肩
> 托起我重生的起点
> 黑暗中泪水沾满了双眼
> ……

　　熟悉的旋律在我耳畔萦绕，韩红演唱的《天亮了》由低沉到高昂……

　　项目全线指战员用他们宽广的双肩，托起了SINO铁矿重生的起点，黑暗中泪水也曾沾满双眼……

　　此次试车，一号线连续运行超过168小时。

　　"168"是最严格的电厂试车验收标准。

　　试车期间，矿山安全部在进行8月工作时间分析时，发现中方管理层全部工作超时，平均工作时间都在12小时以上。在"红名单"中位列第一的指挥长任沁新更是因为平均日工作16小时受到安全部的"温情警告"。为此，每天早例会上，安全部都会派员给大家普及"疲劳管理"知识。虽然违反了矿山工作制度，但中方团队对项目倾注的热情和心血深深地感染和触动着外籍员工。

（四）顽强阻击

　　初次试车成功只是迈出万里长征的第一步。如果说整改阶段是以技术专家为主，稳扎稳打、步步为营的阵地战，那么，保持生产线连续运行就成了各部门共同参与、通力合作,多兵种、多层次、多时空、全天候、高密度的运动战。

规模宏大的采矿项目,冗长的工艺流程,高度自动化的控制系统,任何一点细小的偏差都可能威胁全线的生产运营。送料过铁、皮带撕裂、管道堵塞、衬板磨损、泵闸失控、跑冒滴漏……短短两三个月,项目各个区域、主要环节、核心设备几乎都出现过险情,现场每一个人的神经每天都处在高度紧张状态。据不完全统计,顺产稳产期间,全线共发生 800 多起大小故障,大家形象地将其戏称为无处不在、行踪不定的"幺蛾子"。大家的任务就是布下维修的"天罗地网",全线阻击"幺蛾子",抢修每一处故障,弥补每一处漏洞,保障全线持续稳定生产。

8 月中旬,现场运营保障进入最艰难时刻。一台意大利进口自磨机变压器因质量问题短路击穿,亟须更换。狭小封闭的空间、硕大笨重的设备、紧迫的抢修时间,困难重重,任务艰巨。项目外籍维修主管表示要从外租用大型设备和滤油装置,加紧维修最快也要 15 天才能完成。这样不仅抢修成本高,而且影响全线停产损失更大。指挥长现场督战,大家细致查勘现场,认真制订方案,利用现有起吊设备,通过改进起吊夹角和吊机臂长,连夜完成变压器更换,仅仅用了两天三夜,新变压器顺利投用。

每天都能见到大家布满血丝的双眼,每天都能见到一摞一摞的一次性饭盒,每天都能见到塞满垃圾桶的咖啡纸杯……旷野的宁静经常被后半夜驶过的汽车打破,清洁员也习惯了重新打扫指挥部半夜加班后的桌面。

敏感的神经紧绷两三个月,着实是对身体和精神的双重考验,项目上的中方管理层更是身先士卒:身为指挥长,每天最早来,最晚走的任沁新,硬是累垮了四个轮班为他开车的小伙子;接连熬夜、紧盯维修的试车组副组长王春民,睡觉都把对讲机放在床头,出现问题半夜两点还赶到工地;连续的熬夜加班使得黝黑壮实的现场技术总监张长久因严重睡眠不足,早晨上班路上,一打盹把车开进了路边的堑沟;长时间、高密度的户外作业,炽热的阳光给浓密区负责人张咏规总监脸上留下了无法抹去的印记,他自己都记不得脱了几层皮。

除了身体的极度劳累,更有在异域他乡思念亲人的煎熬。工程师王成伟在现场一待就是一年,风吹日晒,面孔黝黑,回家都被家人认作了陌生人;生产总经理莫文丛因整改试车无法脱身,只能在营地匆匆一见久别的妻女;工程师王建军因久未回国,到家后年幼的孩子面对自己已不会叫爸爸;还有一位身兼重任的管理骨干,新婚一年多,夫妻团聚加一起还不到 10 天,新婚妻子无法理解,劳燕分飞……

指挥部里唯一的女同志王珉，全程参与了从一线整改到二线投产的全程工作。7月，家中传来消息，年逾八旬的老父亲患病住院。不管多么牵挂和焦急，她独自一人默默承受着，只能在每天晚上抽空和父亲打个电话。9月20日夜，正当她在现场紧张准备二号线试车之时，噩耗突然传来：老父亲病情恶化逝世，临终前还呼唤着她的名字。她拖着沉重的身子，把自己缓缓没入夜色里。带着未能见父亲最后一面的深深遗憾和愧疚，她擦干眼泪，用更忘我地投入工作来告慰对自己寄予厚望、勉励自己好好工作的父亲。

英雄流血不流泪，无论再难、再苦、再累，没有人抱怨，因为大家知道，工作不仅是一份职业，更是一份责任和使命。管理团队夜以继日忘我工作，外籍员工深受感染；中国人辛苦勤奋，外国人认真精细。7月，一号线更换渣浆泵管道，地面安装管道支架，需要用地脚螺栓把支架下面的钢底板合在地面，然后在底板上打一个水泥支墩。为了使水泥与地面更紧黏合，一位澳籍员工双膝跪在地上，一手扶地面，一手拿喷气管清除地面灰尘，气体喷出，整个人瞬间湮没在飞荡的灰尘中。另一名40岁左右的澳籍员工也是双膝跪地，把手指挨个伸入螺栓孔中，一点一滴除去残留的灰尘。他们一丝不苟、精益求精的精神，是整个现场外籍员工认真努力的一个侧影。

正是在这样一种状态下，经过大家的不懈努力，保证了一号线顺利通过稳产检验。截至9月28日二号线试车前夕，一号线累计运行约550小时，最长持续运行时间超过168小时，共生产铁精粉约14万吨。

（五）"多国部队"

SINO铁矿犹如一个国际大家庭，现场员工来自世界各地。众多的外籍员工肤色不同、语言不通、信仰各异，紧密的联系，频繁的接触，文化和思想时常撞击出火花。如何将中外员工拧成一股绳，形成合力，是指挥部面临的一道必答题。

项目现场严格的休假制度、烦琐的安全制度在保障员工权益和安全的同时，也给项目运行制造了困难和障碍。尤其是在运营阶段，抢修故障、保障运行成为核心目标，如果机械地遵循休假制度和烦琐的安全制度，将会大大降低抢修维护的工作效率。因此，试车指挥部一方面在遵守澳洲当地法律的基础上安排轮休、加班加点，保证现场维修效率；另一方面加强和项目安全部门沟通协调，推动改进完善相关制度，简化手续，缩短办理时间，从制度上为生产经营保驾护航。在和外籍管理层和员工的接触中，指挥部成员以身作则、奋勇争先的工作态度让外籍员工叹服，指挥部成功整改、运行一号线的成果让他们折服。

经过磨合和适应，通过制度改革、部门整合、细致分工、明确责任，试车指挥部在现场建立起"指挥＋运行＋保障"的管理运营制度，团队功能得到充分发挥，合作意识得到充分体现。现场的管理焕然一新，也带来了更加高效、更有保障的现场生产。

（六）一、二线并线运行成功

随着一号线的平稳运行，二号线的安装和整改工作也在紧锣密鼓地进行中，首要环节就是对二号线自磨机环形电机进行耐压测试。

作为世界最大磨机的动力之源，自磨机采用的是由西门子公司提供的世界最大28000kW的环形电机。环形电机的定子由4片单片重量60吨的绕组组成，每组环电价值都在千万欧元以上。

自磨回路是整条线的核心工艺流程，自磨机是自磨回路的核心设备，环形电机则是自磨机的驱动装置，其重要性由此可见一斑。

2012年11月15日，西门子环形电机绕组绝缘测试未通过，经修复后重新高压测试。

2013年1月30日，环形电机首次耐压测试，1U1绕组5点钟方向被击穿。

2013年4月9日，经过70天的紧张修复，再次对修复后的环形电机进行耐压测试，结果是坏消息接踵而至，1U1绕组7点40分方向被击穿，原定4月15日的二号线试车计划搁浅。

大家心急如焚，西门子公司选派德国、西班牙等国世界知名专家，组成最强大的技术团队，集中力量再次抢修环形电机。不论是业主还是总包方和分包商，包括中信、中冶两大集团领导都急切期盼这次修复成功。

2013年6月16日，经过两个多月的全力修复，第三次环电耐压测试，环形电机1V1绕组4点钟方向被击穿，测试再次失败。

这一消息无异于晴天霹雳，把所有人的希望都击穿了。三次测试，三次失败。这一结果无论如何令人难以接受。伴随着大家崩塌的信心，二号线试车再次无限期推迟。

7月10日，西门子的事故报告和处置意见送到指挥长手中，结论是：因环形电机线圈进水受潮导致绝缘失效，且因产品已过保质期，所以西门子公司对此概不负责。西门子还进一步提出，2＃环形电机已不能保证出厂性能，建议更换新的环电装置。

巨额的设备费用，210天的更换周期和安装时间，二号线的投产又将变得遥遥无期，项目的进展不得不再次停滞，这一切看上去仿佛已无法避免，悲观、沮丧、失望的情绪笼罩在现场。

黑夜的沥青铺向大地。

试车指挥部立即召集各路专家紧急磋商。

为了尽可能减少损失，早日实现投产，不放弃最后一丝希望。指挥部经过分析论证、反复权衡，依据 2＃环电定子绕组三次测试报告中两组六相的测试结果做出大胆推测：在严格控制修复工序质量、严密防护不受潮的情况下，采取更加有效的烘干措施，重新核定测试电压，2＃环电是否有可能"复活"？

晚上 9 点多，在指挥部办公室外的夜空下，指挥长任沁新足足打了 1 个多小时的电话，向集团领导详细汇报了环电定子绕组的击穿情况、原因分析、结果判断以及修复的依据、方案和措施等。

指挥部的意见得到集团领导的肯定和支持。

对环形电机新一轮的鏖战又打响了。仔细排查每一股线圈，认真梳理每一道工序。人手不足，现场紧急调派资源；时间不够，维修人员加班加点；缺乏材料，西门子从德国紧急调配。二号线再次进入忙碌和等待的节奏。经过 55 个难熬的日日夜夜，修复工作终于完成了。此次修复增加了一道特殊的工序，那就是向定子绕组输入直流电烘干。因电机线圈靠的是绝缘，而绝缘脂最怕的就是受潮，以往通电前测试都是用热风机烘干，此次为挽救 2＃环电，决定采取直流电烘干 120 小时。

8 月 13 日，所有修复和烘干工作完成。但新的问题又冒了出来，西门子专家问道：是否进行耐压测试？如果测试，电压用多大？

如此专业的问题需要供货商做出判断，此时却冠冕堂皇地反问业主，这背后的含义就是谁来"负责"。指挥部果断决定：一是必须测试，二是修正西门子原测试电压值，确定测试电压为两倍工作电压外加一个定值。指挥部这个果断的决定来源于做足了功课：咨询国际同行业专家，查找澳洲相关技术标准，按照专业技术规范计算。

8 月 15 日下午 5：30，测试结果揭晓：2＃环电两组六相绕组全部通过，各项指标优秀！

然而，真正的考验还在后边。环电绕组通过测试意味着还要花 35 天时间将环电定子绕组回装到自磨机上，环电整体还要通过空载、负荷运行这一大考。

9 月 20 日下午 2：00，回装到位的 2＃自磨机如同沉睡的卧龙，等待被一键唤醒。警铃长鸣后，指挥长任沁新在全场人员的瞩目下，在现场按下 local 启动键。大家屏气凝神，气氛紧张得仿佛空气都已凝固。数十秒的等待，自磨机不见丝毫反应，一时间大家的心"飞"到了嗓子眼，感觉一张嘴，心脏就会飞出来。立即进行排查，是通信系统出现故障，紧急处理后，下午2：20再次启动按钮，1秒，2秒，3秒……每一秒都仿佛是一个世纪的漫长。20秒后，仪表开始反应，数据开始浮动，电机开始轰鸣，直径12米的磨机回转部开始缓缓转动——卧龙苏醒了！2#自磨机空载试车成功！人群中顿时发出"嗡"的一声惊叹，随即变成经久不息的掌声。大家脸上洋溢着欢笑，眼睛闪烁着光芒，击掌相庆，激动拥抱。西门子专家感慨地说："感谢业主和总包方的决定，你们不但挽救了这台电机，也挽救了西门子在全球市场的声誉。"

9月20日，二号线环形电机空载试车成功！

9月28日，二号线环形电机加载试车成功！

9月30日，二号线全线负荷试车成功！

9月30日，一、二线并线运行成功！

（七）扬帆起航

2013年10月1日的SINO铁矿现场，身处异域的中方员工没有忘记祖国母亲的生日。早上7点，现场中心的广场，300多位中外员工整齐列队，共同参加升旗仪式。

西澳的辽阔大地上，在熟悉而嘹亮的国歌声中，在中外员工共同注视下，五星红旗缓缓升起，迎着南半球的季风高高飘扬在SINO铁矿这片热土上。广场正前方两条生产线如两条舞动的巨龙，显得那么生机勃勃、激荡人心。

自7月26日一号线试车运行，至十一前夕双线并行，SINO铁矿共生产铁精粉超过18万吨，铁精粉品位超过66.8%，10月更是创造了18万吨的单月产量纪录。与此同时，SINO铁矿三至六线的续建工作也正式启动。

2013年12月1日，中信集团常振明董事长、泰富张极井总裁、集团居伟民副总经理和中信泰富全体董事一行来到工地视察项目，慰问前线。当晚，集团领导与SINO现场员工欢聚一堂，共同庆祝项目正式投产。

12月2日上午9点，灿烂阳光下的项目港口码头人群攒动，气氛热烈，SINO项目首船发运仪式如期举行。随着常振明和西澳大利亚州科林·巴奈特州长共同鸣笛，只见装满沉甸甸铁精粉的驳船在牵引船的拉动下缓缓移动，驶出平静的港湾，驶向远处深海的万吨运载巨轮。阳光普照下，片片浪花中，驳船就像是露出黑色脊背的巨鲸，在海面乘风破浪，也预示着SINO铁矿在大家的团结协作、共同努力下终于扬帆起航。

在一、二线稳定运行的基础上，中信重工全面负责二期三至六线的优化建设设计、技术支撑、调试服务、设备运行维护、技术保障、系统优化、咨询、实验等工作。截至 2016 年 4 月底，SINO 六条线全部投入正常、稳定运行，综合作业率达到 80% 以上，处理量逐步提高，铁精矿品位趋于稳定，保持在 64% 以上。

澳大利亚 SINO 铁矿生产的精矿粉品位高、杂质少，能降低炼钢过程中的碳排放，是钢铁企业的理想选择，因此，中国及其他国家和地区的钢厂对其产品的需求不断增加。2018 年，澳大利亚 SINO 铁矿的产量创历史新高，发运了超过 1900 万吨磁铁精矿粉，巩固了其作为向中国出口海运精矿粉最大单一供应商的市场地位。澳大利亚 SINO 铁矿的开发运营也促进了澳大利亚磁铁矿开发和加工这一新兴行业的发展，为澳洲带来了巨大的经济效益。

《科技日报》在《国家战略引领中信重工国际化》的报道中称——

一度濒临绝境的中信泰富澳洲 SINO 铁矿项目神奇般地"起死回生"，中信重工团队在西澳铁矿再次上演"中信重工奇迹"，充分彰显了中信重工强大的矿山成套和全流程服务实力。

中信重工以拔地而起的姿态，出现在世界面前。

通过 SINO 项目，中信重工制定了国际业界认可的特大型磨机核心设计计算方法与制造标准体系，积累了特大型磨机安装和调试方法、数据、经验。

中信重工打破了特大型矿用磨机由国外厂家形成的垄断局面，成为世界上 METSO、FULLER 之外第三家能自行设计、生产特大型磨机及滑履轴承的生产厂家。

通过 SINO 项目，中信重工从单一的装备制造商向"核心制造＋综合服务"转型，为客户提供包括物料实验、工艺选型、设备选型、安装、调试、系统优化、系统达产、维保服务、备件供应等在内的全生命周期服务。这种超越不仅仅是一场技术革命，更是一场认知革命，一场思维方式与经营模式的革命。

第十一章

共赢之路

2013 年秋天，习近平主席出访哈萨克斯坦和印度尼西亚期间，先后提出共建丝绸之路经济带和 21 世纪海上丝绸之路的重大倡议。

一部沿线国家联动发展的恢宏史诗由此启幕。海外媒体慨叹："这一伟大工程的规模在历史上前所未有。"

在"一带一路"倡议的背景下，以及考虑发展中国家基础设施建设的远景，我国先进装备制造业走出去面临着重大机遇。国外的重型机械企业伴随其工业化的完成，大部分都萎缩了，它们以搞工程设计、整体方案、监造为主。与此相反的是，国内企业经过多年来的努力和发展，技术水平和实力得到了极大提升，走出去不仅市场广阔，而且具有了明显的比较优势。

面对"一带一路"带来的战略机遇，2015 年 7 月 31 日，中信重工举行"践行'一带一路'，实现合作共赢"新闻发布会。时任中信重工总经理俞章法在会上宣布——

中信重工将充分利用在走出去过程中积累的资源和优势，和所有的合作者在以下五方面协同践行国家倡议：

第一，加强顶层设计，从战略高度和客户共同融入"一带一路"发展大局。此次会议的召开，就是从战略层面对国家倡议的融入与践行。

第二，依托公司海外机构，为广大客户海外投资、项目建设、长期运行提供包括项目信息、政策咨询、人文咨询、法律咨询、当地情况调查、投融资建议等各种信息服务，助推客户的国际化发展。

第三，发挥自身优势，为客户提供符合国际标准、国际规范的工艺、技术和产品服务，为推进国际产能和装备制造合作做出贡献。

第四，依托海外客户服务体系，为客户提供全生命周期管理和一体化技术服务，支持客户海外项目运行。

第五，依托中信集团优势，为"一带一路"项目提供金融服务。

一个个承诺，掷地有声！

一项项举措，诚意满满！

发布会上，中信重工与巴基斯坦先锋水泥有限公司、紫金矿业、新疆广汇集团、广东塔牌集团等高端客户签订六大合作项目，与中国黄金集团、江西铜业集团、海螺水泥、包钢集团、洛钼集团等15家企业签订战略合作协议，同向而行，携手飞向辽阔的蓝天。

古丝绸之路上的点点驿站，已进化为"一带一路"上的条条通道；悠扬清脆的声声驼铃，已变换为中欧班列的阵阵汽笛；迤逦蜿蜒的沙漠古道，已蜕变为四通八达的立体网络。

奔跑在国际化前沿的中信重工，用实际行动传唱千年的丝路之歌，续写动听悦耳的新乐章。

一、屹立在阿拉伯的丰碑

沙特阿拉伯，富裕的石油之国。在其北部边疆省荒漠深处，因为开发MAADEN（曼阿顿）磷矿，来自全球的建设者们聚集在这里。

项目业主单位沙特国有矿业公司（MAADEN）是沙特阿拉伯矿业巨头。项目一期已经建成投产，由贵州瓮福集团总包，是当时建设规模最大的磷矿选矿工程，中信重工为其提供了5台棒磨机。中央电视台纪录片《大国重器》中，集中展示了中信重工的设备生产场面。

为进一步加快开发，沙特政府启动曼阿顿磷矿二期项目。二期工程年处理磷矿石能力达1550万吨，位于一期工程东部约200公里处，是当前世界最大的磷矿选矿项目。

与此同时，沙特政府也有一个雄心，那就是借助开发曼阿顿磷矿，将这片区域建设成为一个新兴城市。

全球富裕的沙特阿拉伯，世界最大的磷矿，建设新兴城市的希望，使这个项目从启动之时就受到国际社会的高度关注。全球顶尖的工程咨询公司FLUOR（福陆）公司被沙特矿业选为合作伙伴，专门负责曼阿顿二期的工程管理。

听到曼阿顿二期即将建设的消息时，中信重工营销团队就开始密切关注此项目。然而，随着进一步了解情况，营销人员发现，曼阿顿项目二期与一期的建设运营方式有着很大的不同。沙特矿业要用国际最先进的模式来开发曼阿顿，不再根据已有的经验和过去的合作选择总包商和供应商，而是面向全球进行招标。

2013年12月，沙特矿业宣布中国寰球中标1550万吨选厂EPC总包合同。中国寰球是中国知名国际工程公司，拥有丰富的石油化工领域工程总包经验。

寻求棒磨机合作伙伴，成为中国寰球的迫切需求。同为各自领域的排头兵且具有一期经验的中信重工，成为中国寰球的优先考虑对象。

2014年年初，经过中国寰球内部评审之后，中国寰球向沙特矿业和美国福陆推荐中信重工进入该项目核心装备棒磨机的供应商列表。

经过一段时间的等待，中国寰球给中信重工反馈：业主和福陆决定全部使用欧美品牌设备。

作为世界最大的矿业装备制造商与服务商，还没来得及竞标就被业主这样拒绝，营销人员觉得窝囊，一股羞愧之情从胸腔内涌起直抵喉头。

"我们一定要争取机会，让外国人重新认识中信重工！"

中信重工继续与中国寰球沟通。经过多方面努力，中国寰球决定一定要把中信重工推荐到该项目中。沙特矿业和福陆公司在对中信重工进行突击考察后，也被中信重工强大的研发制造能力所震撼。

于是我们就有幸看到了接下来的神奇一幕。

2014年10月24日，中信重工与中国寰球在北京签订曼阿顿项目二期5台 Φ4.6×6.7米和1台 Φ4.0×6.7米棒磨机供货合同，中信重工二度结缘曼阿顿项目，成为世界最大磷矿选厂主机供应商。

后来才知道，起初福陆公司强烈推荐同为美国企业且与之合作多年的某知名矿业巨头，但中信重工的强大实力改变了他们的倾向。

中信重工以只争朝夕、不舍昼夜的奋斗激情，高质高效地完成了6台棒磨机的生产制造任务。

2015年10月，中信重工派出精干国际服务团队前往曼阿顿项目二期现场指导安装。二期项目建设驻地距离约旦边境30公里，距离伊拉克边境100公里，驻地70公里范围内没有村落和居民。

"在去往项目现场的路上，两边全是荒漠。黄色、黄色，到处都是灼热的黄色。"服务工程师宋中振说道，"但这更加激起了我们的豪迈气魄，就是要在这样的地方一展拳脚。"

到了项目建设现场则是另一番景象。汽车吊、钢丝绳、钢构、重型卡车……这些工业项目常用设备让服务人员倍感亲切，现场各种肤色、各种国籍的施工人员则展现着这里的国际化程度。

项目所在地是典型的热带沙漠气候，常年炎热干燥，夏季室外温度接近50℃。为了方便管理和办公，现场附近有专门给供应商的集中办公区。走进办公区，全是全球著名的闪亮品牌：提供鳄式破碎机的美卓，提供高压辊磨的克虏伯，提供长皮带的山特维克，提供浓密机的安德里斯，提供各类电气设备的西门子、ABB、施耐德……

"几乎都是国际巨头！"服务工程师宋中振说道，"但是我们也不弱，我们是设备供应商里唯一的中国企业，各国知名企业心里都有一股劲儿，要展现出自己企业乃至国家的实力。"

没过多久，服务人员就遭受当头一棒。

福陆公司给中国寰球开出 NCR（产品质量问题报告），指出中信重工棒磨机内部管件不符合美国标准。福陆所指的管件是中信重工经过严格招标和质量检测采购的，问题出在哪儿呢？

原来，福陆公司是指这些管件上面没有激光喷码标识，这样会导致产品不可追溯。这一细节问题确实是之前没有注意的。

在油管供应商和中信重工做出质量承诺的同时，现场服务人员找到光谱测量仪，当着福陆人员的面，把 1000 多个管件全部测量一遍，并在项目建设现场因陋就简地用记号笔把全部管件标记一遍。

中信重工的质量信心和认真检测让监理人员很受触动，他们一致同意放心使用中信重工的棒磨机。

在中信重工提供的棒磨机中，有一台 Φ4.0×6.7 米棒磨机，该产品运到现场，服务人员同现场人员一起打开包装时，中信重工人员目瞪口呆：这台棒磨机的筒体严重变形，无法安装。

中信重工的产品出厂时有严格的出厂检测，怎么会出现这样的情况？经过调查，是承接该筒体运输的外运公司在国际运输时出了问题。责任方虽然找到了，而且运输方也有保险，但是一个严重变形的筒体放在那里无法安装，解决问题是当务之急。

服务工程师给出三个解决方案：一是筒体返厂维修；二是增派服务人员携带设备现场修复；三是进行再生产。

富裕的沙特矿业和严苛的福陆公司最终决定：这个筒体不再使用，与中信重工签订一个同等规格的磨机筒体备件合同，但是希望中信重工能够千方百计保证安装进度。

在紧锣密鼓地安装其他 5 台磨机的同时，中信重工本部又开始了 Φ4.0×6.7 米棒磨机筒体的生产。公司急客户之所急，想客户之所想，仅用 7 个月时间，一套崭新高质的棒磨机筒体经过生产、运输等多个环节到达客户现场。

福陆公司和全球各地的供应商在全球各地参与过很多工厂矿山等重大项目，了解矿业装备的周期，这样的交付速度是极其罕见的。

沙特的人工成本很高，作为指导安装的服务工程师，妥善处理与各个国家施工人员的关系可以极大提高工作效率。

中信重工服务人员和选厂项目总包商中国寰球根据当地习俗，积极谋划工作衔接，妥善安排工作时间，赢得了当地各国人员的尊重。在各个参建单位的大力协作下，中信重工的棒磨机安装快速推进。

2016 年 5 月，中信重工营销团队访问曼阿顿二期项目现场，同业主进行深入交流。由于中信重工设备和服务的出色表现，沙特矿业决定与中信重工签订安装调试备件、关键备件、运行备件的备件合同。

由于中信重工棒磨机的优异性能、现场服务人员的努力以及良好的工作关系，2016 年 10 月，中信重工的 6 台棒磨机在选矿项目主要设备中第一个完成安装，一举成为世界最大磷矿选厂的标志性建筑。

很快这里就成了各国施工人员的最佳合影留念地，中国寰球、美国福陆、沙特矿业的来访参观和合影留念也经常选在这个地方。看到主要设备里中国装备率先完成安装且雄伟壮观，不少供应商纷纷前来与中国装备合影。

2017 年 3 月，中国寰球组织选矿项目投料运行。当地时间 21 日晚 8 点 40 分开始向棒磨机给料。22 日凌晨 5 点 25 分，取样分析结果显示精矿品位达到 29.686%，标志装置一次投料运行成功。

二、老挝的"国家项目"

在国土面积仅有 23.68 万平方公里的老挝，全球单体最大金矿的 KSO 金矿项目，矿区面积超过 1800 多平方公里，建成后年生产总值占到整个国家 20% 还多。

自 2013 年年底中信重工一举拿下该项目 4 台 Φ8.8×4.8 米自磨机、4 台 Φ6.2×11.5 米球磨机合同，并承担起全部设备的设计、制造、运输、安装和调试工作后，中信重工人就在 KSO 金矿这个老挝的国家项目上，在老挝这个友好邻邦、国家"一带一路"重要节点上，以优质的产品和优质的服务不断展现着中信重工人的风采。

自设备开始现场安装调试以来，前老挝人民革命党中央总书记、国家主席朱马里·赛雅颂先后三次到 KSO 金矿视察，并亲切接见项目工作人员。2016 年 4 月才当选的老挝人民革命党中央委员会总书记、国家主席本扬·沃拉吉也两次前往现场视察，向包括中信重工在内的中国企业表示感谢。

2014 年 10 月，中信重工老挝 KSO 金矿技术服务公司挂牌成立，客户服务领域的老将姜春波被委以重任。

有了姜春波做主心骨，现场安装服务团队底气十足。

然而，前两条磨机生产线刚刚开始调试，电机就反复出现转子线圈烧毁、放炮等问题。

由于电机厂商也是第一次干这么大规格的磨机电机，设计不完善，制造质量难以保证，4 组磨机配套的 8 台电机接连出现问题，竟然没有 1 台能够幸免。

生活就是如此，许多时候，心想并不能事成。原本以为是命运把我们摔倒了，最后才知道，其实是生活在教我们学会如何站起来。

电机出现问题，调试进度大受影响，KSO 金矿总经理坎帕萨时时盯、天天问，不断向中信重工提出抗议，严词要求全部更换新电机并赔偿连带经济损失。而电机厂商出于防备心理，却反复推脱，坚决不承认是电机本身的问题，几次沟通无果。

电机厂商可以躲，但中信重工绝对不能躲。

为了维护客户利益，为了维护品牌形象，姜春波二话不说，一面给客户道歉、寻求客户谅解，一面带着公司现场服务人员和电机厂家技术人员一头扎进了安装现场，连着一个星期不分昼夜查找原因、分析问题。

一周之后，姜春波就电机列出十几条问题，其专业的分析镇住了电机厂家的专业技术人员。

电机厂家最终承认了电机的设计问题，并迅速派出设计副总到现场进行沟通、服务。姜春波列出的十几项改进建议也先后被电机厂家采纳并加以改进。到 2015 年年底，8 台配套电机的问题一一解决，转子线圈烧毁隐患全部消除。

由于人员少、任务重，为了加快安装调试进度，中信重工现场服务团队始终坚持"711"工作制度，即一周上 7 天班，每天现场服务 11 小时。姜春波和中信重工服务团队的专业能力和敬业精神，感动了 KSO 金矿的所有管理层和每一名员工。

到 2016 年年初，KSO 金矿项目 4 条磨机生产线全部调试完成，开始试运行。

2016 年 6 月 2 日，周四，按照例行计划每月回公司汇报工作的姜春波，突然收到老挝 Phone Sack 集团 KSO 金矿项目现场人员通过微信传回的会议记录。会上，客户对参加会议的中信重工人员提出了一个要求：让姜总抓紧时间回来吧！

实际上，加上路上的汽车转飞机、飞机转汽车的一天多时间奔波，姜春波也不过才刚刚从现场回来了四五天。

看完微信，姜春波马上定了 6 月 3 日晚上的机票返回老挝。

姜春波和公司所有现场服务人员，每个人都有一张 KSO 金矿特意派发给他们的工作证。他们成了 KSO 金矿的"荣誉员工"。

经过两年多的朝夕相处，热情纯朴的老挝人早已把他们当成了自己人。每一次进门，门岗都会和他们热情地打招呼；每一次回国，客户都会专门安排车辆接送；每一次返回现场，他们也会受到老挝兄弟最热烈的欢迎和拥抱。

能够轻轻松松地和客户打成一片的李国彬很郁闷，好不容易休假回国，两岁多的女儿生疏得不让他亲近。

也难怪，2014 年年底，女儿刚刚出生没多久，李国彬就去了老挝 KSO 金矿现场，开始配合施工并进行设备预埋件的安装。每年半年时间在老挝，回国期间也经常出差，一年中有 240 多天，李国彬都要在外服务。

脸上的快乐别人看得到，但他们心里的苦又有谁能感觉到呢？

郭沛妻子早产，小孩只有两斤多重，一直在郑州抢救。他把妻儿交给父母亲人照顾，匆匆赶到 KSO 金矿现场。

熊友富的妻子怀孕，身体不适。由于要去老挝现场，他含着泪把妻子送回温州老家。

在 KSO 金矿这个老挝的国家项目中，始终有一批中信重工人在服务、在奉献、在坚守，把中信重工的品牌形象在世界舞台上擦得越来越亮。

基于中信重工高标准的产品质量和高水平的现场服务，以及良好的履约能力，2016 年，Phone Sack 集团将新增加的两条生产线 2 台 Φ8.8×4.8 米半自磨机、2 台 Φ6.2×11.5 米球磨机，以及 1 套处理量为 2000 吨 / 时的旋回破碎系统等矿山设备全部交给了中信重工制造。

除此之外，双方还签订了磨机配套用的 6 台 6kV、7500kW 高压变频器订单合同，使中信重工的高压变频器实现批量出口。

KSO 金矿已经成为中信重工在全球供货数量最多的单体矿山。自 2013 年与 KSO 金矿首次签订设备采购合同以来，中信重工已累计为该矿山提供大型矿山设备达 20 多台（套）。

三、大漠戈壁的坚守

2020 年 6 月的一天，秘鲁马尔科纳首钢秘铁矿区中信重工的维保服务人员刘苏杭，在女儿 3 岁生日时给女儿发了一封信——

亲爱的女儿：

原谅爸爸又一次没能陪在你的身边，为你庆祝生日。从你呱呱坠地，悄悄地在小襁褓里的那一刻，我们的缘分就开始了，无论在哪里，你都是我的牵挂。

今天你 3 岁了，在你人生最初的 1095 天里，我总想每天陪着你，看你乖乖地吃饭，学会叫爸爸妈妈，突然开窍学会走路，开始变得调皮、学会撒娇。我也想像别家的爸爸那样，教你唐诗，陪你一起看 PEPPA PIG，一起学猪叫。但是对不起，孩子！

对不起，孩子！在你不幸罹患手足口病住院治疗时，我出差去了内蒙古。

对不起，孩子！至今我还没有见过你心爱的滑板车，看你在我面前骄傲地炫耀。

对不起，孩子！我不记得你的小牙刷用了多久，该不该换。

对不起，孩子！我不知道你的小脚丫现在穿多大码的鞋。

对不起，孩子！我不清楚你今年还有没有疫苗需要接种。

对不起，孩子！我也不确定有没有办法补你那些坏掉的乳牙。

对不起，孩子！我还不曾带你放烟花、过新年。以前你太小，现在我却在大洋彼岸。

但是幸亏有你的妈妈在，她是无所不能的女超人，几乎凭借一己之力，摸索着将早产的你健康带出满月。也是妈妈，每次都能清晰地记得你需要接种的各式疫苗。是妈妈的巧思妙手，学着为你编各种发型，为你搭配健康的三餐。而我，却亏欠你们太多。当你们需要我的时候，我都不在身边。

一次次在梦中，我看到你熟睡的小脸，看到你上下跳动的发端，看到你心情不好时哭得梨花带雨的样子，但是我从没看见你看到我时雀跃着扑进爸爸的怀里。我多想捏捏你稚嫩的脸，亲亲你可爱的小酒窝，背着你下楼去玩滑梯，骑车带你去看漫山遍野的油菜花。我知道，你仍然喜欢我给你唱《捉泥鳅》，你仍然是爸爸最爱的小丫，你还会像以前那样依赖爸爸。

请别怪爸爸。我要工作养家，我也有自己的爸爸妈妈需要照顾，我渴望自己能像别的儿子、爸爸那样，陪自己的妈妈静静地坐着，沐浴和煦的阳光，看你在漂亮的滑板车上轻快地滑过，或者乖巧地坐在旁边摆弄你的超级飞侠小飞机。

我想陪你一天天成长，成为爸爸妈妈为之骄傲的才女。我会尽快回到你们的身边，下次生日，我一定陪你。

祝丫丫3岁生日快乐！

因为工作性质，刘苏杭一年四分之三时间都漂在海外，在家的日子屈指可数。

最近的一次，截至2020年7月，因为疫情阻隔，更因为现场需要，刘苏杭和中信重工国际公司海外服务部孙鹏飞、李辉、王国印四人，在秘鲁首钢秘铁客户现场进行维保服务达7个多月，创造了最长的一次出差纪录。

秘鲁首钢秘铁项目，是中信重工首个真正意义上的综合服务项目，也是中信重工践行"核心制造+综合服务"全新商业模式真正落地的项目，是公司促进商业模式转变、发展服务产业的一个新的里程碑。

从2017年中信重工为该项目研制的4台套 Φ6.4×11.15米球磨机机电液成套主机设备安装调试，再到整个项目的运行维保服务，中信重工国际公司刘苏杭、孙鹏飞、李辉、王国印、宋中振、郑文亚等组成的秘鲁首钢秘铁项目维保服务团队，为项目的平稳运行长年奋斗着。

他们因矿而来，为矿而留，在大漠戈壁默默坚守。

2018年，孙鹏飞告别妻子和3岁的儿子，来到太平洋东侧的秘鲁马尔科纳矿区，呈现在他眼前的是一望无际、起伏绵延的荒漠。

自2018年，原本每年探亲三次的计划，孙鹏飞三年来仅回国探亲3次，舍弃了两个与家人春节团聚的机会。

白天忙碌工作，夜晚思念相伴，即使是中国的春节，这个荒凉小城丝毫没有过节气氛，这让孙鹏飞异常想念家乡和亲人。回忆起2019年的情景，孙鹏飞说："我那时非常想家，维保合同期满后，真想马上回家。"

2019年12月，回国休整几周后，孙鹏飞又背起行囊重返秘鲁矿区，这一去就是7个月之久……

四、跨越鸿沟

"千遍风雨万重尘，蓝图巍峨终变真。渡尽劫波挥汗雨，犹记搭肩兄弟辛。"

"陋宿风餐垦胶林，泥途漫漫车马顿。疾风驰雨霓常见，苦亦有乐意坚韧。"

2016 年 8 月 12 日，为纪念 MCL 水泥项目成功点火，缅甸 MCL 项目副经理梁存在微信朋友圈写下这两段小诗。

一段段小诗、一幅幅照片，每到项目建设的关键节点，梁存都会在微信朋友圈中创作几句小诗，搭配上一组项目现场的图片，用这种独特的方式记录项目建设过程中的点点滴滴。

从缅甸毛淡棉市驾车向东南方向，顺着坑洼起伏的简易柏油路，行驶 50 公里，便可以远远地望见 MCL 日产 5000 吨水泥生产线高达 120 米的预热塔巍峨耸立。梁存说："天气晴朗视野好的情况下，站在预热塔上能望见环绕毛淡棉市极具喀斯特地貌特色的小山包。"

3 年前，项目人员刚到这里时，面对的除了一大片望不到边的橡胶林，就是"四无"的施工环境──无电、无水、无信号、无网络。毛淡棉作为缅甸第三大城市有一大"景观"，就是无论小商店还是五星级酒店，门前都会有自备的柴油发电机。

自 2014 年 2 月入驻到 2015 年年初，现场项目部团队大都处于跟国内"失联"的状态。直到 2015 年，一家挪威公司在当地建立了基站，才稍微改变了原有的通信状况。但是发到国内手机的信息隔一天才收到的情况时有发生。

最让项目团队想不到的是，由于缅甸工业基础薄弱，一个在国内再普通不过的螺栓，在当地都买不到。每当现场项目人员回国返程时，手拉肩扛的大包小包里最多的是现场设备的备品备件。

MCL 水泥生产线是中信重工海外总包项目中应用公司设备最全的项目，生产线应用了公司生产的 2 台水泥磨、2 台辊压机、1 台回转窑、4 台选粉机及煤磨、立磨等设备，整个项目按照中国标准施工建设。同时，这个项目也将是缅甸国内单线产量最高的水泥生产线，对业主方来说也是从未有过的尝试。

从砍伐橡胶林到现场测绘，从土建施工到设备安装，中信重工项目团队的一举一动都成了现场缅甸籍、泰籍员工关注的焦点和施工间歇的谈资。其中，大型装备的安装尤为引人注目。

2014 年 6 月的一天，生产线的核心设备大窑筒体准备安装，吸引了外方员工的围观，大家都带着疑惑的眼神看这群中国人是如何将这一节节比房屋还高的"大铁筒"安装在一起。

借助早已准备好的加工件和起吊装备，筒体在几名项目团队成员的指挥下一节节顺利找正并成功就位。随后，筒体经过先焊、后焊、补焊一系列焊剂操作后浑然一体。

在设备安装调试过程中，除了与业主方技术的交流，也会有技术的 PK。在生产线进行漏斗密封性试验时，双方就产生了分歧。项目团队坚持使用国内通用的煤油渗漏方法进行测试，而业主方技术人员却执意要进行注水试验。正值旱季，项目现场用水极为紧张，从哪里找来这么多的试验用水？在双方陷入僵局时，业主方一名老工程师到场认可了项目团队煤油渗漏的方法。

项目团队领头人郭鸿伟说："泰方技术人员很有趣，他们犯了错误往往会在这几天躲着你，远离你的视线，然后过段时间就会像往常一样用手比画着跟你谈话说笑。"

在点滴交往之中，项目团队也与业主方、缅甸籍员工建立了深厚的友谊。当地员工会经常带来当地的水果给项目团队；而每逢中国的传统节日，项目团队也会邀请外籍员工到驻地一起品尝中国菜。当业主方人员知道郭鸿伟屋里有茶时，每当工作间歇，业主方人员也会"毫不客气"地说："Mr Guo, I'd like to go to your room for tea."郭鸿伟也会拿出河南的信阳毛尖来款待他们，大家一边喝茶，一边交流工作。

"Safty first, safty first…"在项目现场，每天一大早，你都能看到项目团队负责安全管理的李振伟和业主方安全管理负责人苏拉鹏（音译）站在台子上，带领台下的缅甸籍员工齐呼安全口号。这是 MCL 项目安全管理中的每日安全谈话，项目团队称之为"MCL 班前会"。

"现场最多时雇用缅工达 2000 人。如何跨越文化的鸿沟，找到行之有效的方式做好项目安全管理，是所有工作的重中之重。"郭鸿伟说。

借鉴公司的生产安全管理模式，项目团队结合项目建设的实际，推出安全谈话、安全检查、安全例会相结合的安全管理制度。

项目地天气炎热，蚊虫叮咬是常事。偶然的机会，李振伟发现缅甸籍员工极为喜欢项目团队带来的风油精，于是，项目团队在安全谈话中加入了互动嘉奖环节。之后，每早安全谈话都会有外籍员工上台畅谈安全问题，对日常发现的安全问题进行现身说法。然后李振伟就会为发言踊跃的外籍员工颁发风油精、指甲刀等小奖品。

小创新带来大效果，外籍员工的安全意识得到很大提升，他们也自发地加入安全管理工作当中，在工作中相互监督，活动中踊跃互动，形成了跨文化、跨国界的安全管理文化，从而保证了在项目建设3年多时间里没有出现大的安全事故。

回首这段在缅甸生活的3年多的时光，项目团队有很多的不舍。

缅甸有句俗语："心诚的人施舍一个像榕树子一样小的东西，可以得到像榕树那样大的报答。"当地人民相信，这群身穿"CITIC"的中国人是诚心帮助他们的，不仅建起了工厂，更为他们带来了生活的希望。梁存记得路边的餐馆老板专门从仰光为他们买来爱吃的"老干妈"，李学伟还记得那个在雨夜帮他包扎伤口的寺庙住持……

"3年多时间，毛淡棉到MCL现场不到50公里的沙土泥路变成了柏油路，全程由过去的3个半小时缩短至现在的1小时，路边的茅草棚也换成了砖瓦房。我想MCL的建成就像这条马路，将会给缅甸经济发展注入新的活力。"梁存说到激动处，扬起的手微微颤抖。

五、飘扬的党旗

2016年7月26日，远在柬埔寨贡布省的公司CMIC项目部内，中信重工新任总经理、党委副书记王春民，副总经理乔文存，组织CMIC项目现场党员、团员召开第一次党支部会议。

这次会议上，乔文存副总经理宣布中信重工CMIC项目党支部正式成立，中信重工工程技术公司副总经理姚斌为党支部书记。至此，中信重工第一个海外党支部挂牌成立。

中信重工作为总包方的CMIC项目，由柬埔寨集茂集团和泰国SCCC水泥公司在柬埔寨合资兴建，是柬埔寨单线规模最大和现代化程度最高的水泥生产线。

CMIC项目具有的重要意义和重要地位，使得项目从一开始就受到中信重工和业主方高层甚至是柬埔寨政府的高度关注。奠基仪式当天，柬埔寨参议院主席赛冲亲王、贡布省省长郭坤华阁下专程出席并致辞。

项目党支部成立授牌当天，CMIC项目CEO Mr. Aiden看到门口挂的"党支部"牌子先是一愣，转而了然和称许。

作为一名华裔，Mr. Aiden熟知中国国情和文化。他认为，成立党支部意味着组织的高度关注。

时差、距离……海外项目党支部的党建工作面临着诸多壁垒。

如何确保党建工作持续有效地开展？如何保证党支部组织作用更好地发挥？如何让党支部的堡垒作用更牢固？CMIC项目党支部书记姚斌一直进行着多种形式的探索。

"微信很方便，不用受空间和时间限制，实用性很强。""这是我们项目党支部的微信群，共有7个成员。"姚斌说着打开自己的手机微信，指着处于置顶位置的"CMIC党支部"微信群让我看。

从群头像上显示的未读信息条数和聊天记录来看，群成员相当活跃和积极，几乎每天一条教育案例，还有群成员发表的点评和意见以及学习感受。

姚斌说："每次看到优秀的教育案例，我都会顺手分享到项目党支部微信群，警示和教育党支部成员时刻保持一名党员的先进性，这种随时随地的学习，大家很积极踊跃，也很有效果。"

CMIC项目党支部还设有固定的党小组学习活动时间。每周四晚7点，下班之余，常驻项目的党支部成员会聚在会议室，集体学习党章党规以及十八届六中全会文件精神等，相互交流学习心得和体会，并结合一周工作实际查摆存在的问题，开展批评与自我批评，为下一周工作的开展提建议。

每月中旬，姚斌还会到现场组织召开一次党支部组织生活扩大会议，范围覆盖了党员、团员等现场所有项目人员，广泛听取意见建议，整改落实，保证项目顺利开展。

除此之外，CMIC项目党支部还时刻与公司党委的要求和部署保持高度一致。虽身在国外，距离遥远，时间有异，但CMIC项目党支部开展组织生活，保持同步分享国家和公司的大小事宜。

从"两学一做"学习教育活动，到公司"直面危机、深化改革、创新发展"大讨论，再到公司"工匠精神"大讨论活动……丰富的党组织活动，进一步强化了使命担当，凝聚共识，激发活力，筑牢党支部这个堡垒。

困难在，党员一定在！

最初地勘，挖出了两颗地雷。看到引爆的地雷，凡事都要做表率、争第一的潘武生"害怕起来"，"当时自己胆子真大！"

从一片齐人深的荒草地到拔地而起的土建工程，再到已现雏形的水泥生产线；从前期策划，到地质勘探，临建、道路、围墙、桩基等施工准备，再到土建、安装；从现场安全管理到项目质量管理，再到进度控制管理，CMIC项目执行过程中遇到任何困难，项目经理潘武生充分发挥党员的先锋模范作用，身先士卒、冲在最前，及时落实解决错综复杂的问题，保证项目整体进度稳步向前推进。连续三个春节潘武生都是在现场度过的。他对项目人员说得最多的话是："这不安全，你们后退，我来！"

鉴于在工作上的突出表现，潘武生被评为2016年度"中信重工优秀党员"和"中信重工劳模"。在潘武生的感召和带动下，当工程吃紧、急难险重时，更多的党员、积极分子主动站出来加班赶工。

主体工程开始时，项目执行人员进入了24小时紧盯作业。上半夜还好，下半夜是最难熬的，除了与蚊虫斗争之外，还要与困意做斗争。这时，几个年纪稍长一点的党员主动对现场的年轻项目人员说："下半夜我们来盯着，你们回去吧。"

正是这些党员在项目上发挥的先锋模范作用，让党支部的凝聚力、号召力不断增强，在当地"三多一高"（蛇多、地雷多、蚊虫多、温度高）的严酷工作环境下，CMIC项目团队以最快速度和最优质量标准促进项目执行，从项目合同签订到建成投产仅用了20个月的时间，项目比合同规定提前85天点火，并于2017年11月2日顺利生产出第一袋水泥，与国际同类项目相比，缩短至少4个月的工期，创造了海外水泥生产线总承包建设的"中国速度"，并实现了零安全事故。柬埔寨CMIC项目高水平、高质量的实施受到了业主好评，业主专门拿出150万美元对项目部进行奖励。泰国京都水泥总裁保罗高度赞扬CMIC项目，他表示，自己从事水泥行业40年，建设了3500万吨产能的水泥厂，CMIC项目是迄今最好的，"这只有中国企业能够做到！"

2017年10月1日，正值国庆节和中秋佳节，阳光穿过糖棕树的枝叶，正好照在CMIC项目党支部的牌匾上，光彩熠熠。时任中信重工董事长、党委书记俞章法到CMIC项目现场慰问。他说："中信重工建设了这样一个具有国际标准的水泥厂，得到了SCCC集团总裁和业内各界人士的高度评价，事实证明我们的党支部、我们的团队是有战斗力的！"

2018年2月8日，柬埔寨首相洪森为水泥厂正式开业剪彩并致辞，他高度肯定了CMIC水泥厂正式投产的意义和作用，同时表示，这座现代化水泥厂无疑会为柬埔寨的经济发展贡献力量。

六、温热的眼泪

从2006年起，中信重工就已开始在国内市场推广具有完全自主知识产权的水泥余热发电技术。但对这个将"中国是巴基斯坦的坚定盟友"写在小学课本上的国家，余热发电仍是一项全新的技术。技术差距加上现场沟通问题，给项目的对接造成了困难。

当地以乌尔都语和英语为主，"巴式英语"晦涩难懂。虽然有翻译，但现场情况瞬息万变，必须找到行之有效的方法解决实时交流问题。

在项目关键设备——余热发电汽轮机安装初期，项目团队服务人员杨振方负责向巴方相关工程师讲解安装要点。临近退休的他虽然是汽机安装方面的专家，有丰富的经验，但却不会英语。为此，他通过"现场演示＋独特示意图"的方式，让巴方工程师茅塞顿开。后来，他用此方法进行了多次安装指导，和巴方人员达成了默契，以至于有时只需要他的一个眼神，和他配合的巴方工程师就能明白要做什么。现场人员都说："在杨工的技术交流水平面前，他就是中国的'憨豆先生'，语言已经失去了它的作用。"

在巴基斯坦拉合尔市先锋水泥公司 12MW 余热发电项目现场，来自中信重工的项目团队每天顶着 40 多摄氏度的高温坚守着、忙碌着。

2017 年 1 月，由中信重工总包的巴基斯坦先锋水泥公司余热发电项目正式投产。

随后，中信重工收到一封来自拉合尔市的感谢信。感谢信中说，感谢中国工程师在短短 6 个月内就设计建成该余热发电项目，解决了拉合尔市基础建设和能源回收利用的燃眉之急。更感谢中信重工在"一带一路"和"中巴经济走廊"建设的带动下，将先进技术和最具优势的建设能力带到当地。

该项目成功实施后，可年发电 8000 多万千瓦时，相当于减少燃烧 2 万多吨标准煤，有效地降低环境污染，提高水泥线热量利用率约 23%，提供就业岗位约 40 个。

这座水泥余热发电项目，从项目设计到投产仅仅历时半年，创造了中方项目在巴基斯坦市场的最短周期纪录。同时，它是中信重工在巴基斯坦首个以中国标准建设完成的总包项目，具有示范意义。该项目大大缓解了先锋水泥公司完全依赖当地电网生产，时常因停电而导致停产的窘境。

之前，中信重工得知巴基斯坦 GCL 公司水泥立磨和减速机的招标信息并开始跟踪沟通。虽有"巴铁"的深厚情谊，但巴基斯坦人的执着和谨慎，再加上思维定式与长久的偏见，洽谈步履缓慢。

"我们一直都是进口欧洲的水泥设备，中国的嘛……"客户笑而不语。

一直以来，巴基斯坦水泥行业对"中国制造"存在严重偏见。巴基斯坦 20 多家水泥企业都长期信赖于进口欧美等发达国家的水泥设备，并成为行业惯例。

中信重工在巴基斯坦按照中国标准建设的第一个总包项目——先锋水泥公司余热发电项目的高效完成，引发了巴基斯坦当地水泥和余热发电行业的广泛关注。

巴基斯坦 GCL 公司率先使用中国制造的水泥立磨和减速机。

之后，中信重工成功中标巴基斯坦飞翔水泥公司日产 7000 吨水泥线烧成系统及配套 12MW 余热发电设计和主机设备供货合同；中标巴基斯坦 Askari 水泥公司日产 2700 吨水泥生产线改造 EPC 总包项目。

中信重工收获的远不止这些。

2017 年 5 月 31 日，巴基斯坦先锋水泥公司 12MW 余热发电项目完成了全部系统的性能测试，设备易损件的标注和资料移交工作也已完成，中信重工负责收尾工作的六人团队即将撤场返程回国。临行前，业主方不但专门为中方团队举办了欢送会，赠送了满载友谊之情的纪念品，还表达了未来将与中信重工保持长期合作的良好愿望。

在整个项目推进期间，涉及巨量的设备性能、安装作业、后续系统维护等方面的专业知识和资料。中信重工现场团队多次通过集中培训、小组指导等方式，毫无保留地将余热发电这一先进技术传授给巴基斯坦方面。

遇到巴方工程师因为基础薄弱不能理解相关内容、执着地反复询问时，我方工程师耐心细致地多次讲解，直至对方清楚明了。个别时候，甚至从基础的电学、力学开始，为个别巴方工程师"开小灶"。

工作中，项目团队每天克服四五十摄氏度的高温，保证设备的正常运行。他们不但放弃了国庆等传统节日，每每遇到项目安装调试紧张的情况，他们更是主动放弃休息，坚守在现场，直到问题解决。

执着、友好的巴基斯坦人则用他们独特的方式，表达着对中信重工项目团队的友谊。

受恐怖势力、极端宗教势力及非法武装组织的影响，巴基斯坦安全状况不佳。在现场，业主方的保安和当地政府的警察保卫着中国项目团队的安全。中方工程师每天上班外出，他们都会组成 10 人左右的安保团队，荷枪实弹、寸步不离地保护。一次，中方工程师詹广贞因为蹲在设备后面忙于工作，下班时没有被发现，负责安保的警察大惊失色，立刻动员警力在现场全面寻找，最后找到了他，"警报"才得以解除。

2016 年 12 月，在中方人员日夜工作的现场，拉合尔市的警察局长还特别带领下属从市内驱车一二百公里到达项目现场，深夜现场抽查当地警察对中方项目团队的安保情况。

当项目部人员被问及巴基斯坦是什么样时，得到的回答是，在现场近一年时间，大家从来没有出过厂区，更不用说出去吃饭、逛商店；不是不能去，而是大家不想给日夜辛苦的警察增加麻烦。

在生活方面，当地为中方工程师安排了专门的招待所居住，每天洗衣做饭都有专人负责。最让中方工程师感动的，要属 2016 年的那个特别的冬至。

当时，项目余热发电汽轮机的安装正在紧张进行。冬至是国内的传统节日，项目部计划在下班后用冰箱内的冻肉包些羊肉饺子，并给巴方负责人说明提前准备厨具。

下班后，忙碌了一天的中方工程师竟在厨房发现了新鲜的羊肉和精致的青稞面粉。后来才得知，是巴方人员专门开车到十几公里外的集市买来的。

项目部工程师殷鹏飞累病在床，高烧 40 摄氏度不退，业主专门安排中国留学的医生日夜守候，打针喂药。治疗过程中的用药、医疗护理，都是当地最好的。

"得益于'一带一路'，得益于公司走出去，在这里我感受到巴铁的友好。"殷鹏飞指着手机上与巴基斯坦朋友的合影照片，眼前蓦地涌起了一团温热的水雾。

泪目的何止殷鹏飞！

记得 2008 年汶川大地震时，巴基斯坦是这样援助中国的：为了节省运输机的空间，多载些救灾物资，随队的医疗队拆了座椅，28 名队员蹲着飞往中国救灾。

"我父亲告诉我，当全世界都遗弃我们的时候，中国人把最好的东西送给我们，我们才打败了侵略者。我愿意捐助一切，愿意去救人！"得知中国发生地震后，一位巴基斯坦网友写下了这样的留言。

为解决灾民临时居住问题，从 5 月 19 日至 22 日，中国外交部发言人连续三次请求国际社会支援帐篷。获悉这一消息后，巴基斯坦政府迅速行动，连续向中国地震灾区捐赠帐篷。细心的中国人发现，巴基斯坦捐助中国的帐篷数量精确到了十位数，达到 22260 顶，而在分批运送时，甚至精确到了个位数。原因是，巴基斯坦这次动用了国家战略储备的所有帐篷。

看到巴基斯坦人，请伸出我们友善的手，握住他们同样友善的手。

第十二章

伯利恒钢铁的警示

2010 年，任沁新赴美国考察。一次偶然的机会，他走进伯利恒钢铁厂工业博物馆。

博物馆是在伯利恒钢铁厂倒闭后的厂址上改造的，原来厂区的办公楼和生活设施则被改造成赌场和奥特莱斯。

伯利恒钢铁厂曾是世界第二大钢铁帝国，也是美国制造业领导地位的象征。

1939 年 9 月，一个阳光正好的午后，时任伯利恒钢铁厂的掌舵人尤金·吉福德·格雷斯（Eugene Gifford Grace）正悠闲地打着高尔夫。一球童跌跌撞撞地向他跑来，高喊"二战爆发了"！

身材高大的格雷斯听完后，夸张地笑了起来，顺势放下球杆，举着双手看向同僚："先生们，我们要赚很多钱了！"

随着珍珠港的爆炸声，美国参战，盟军对钢铁需求大幅增长，钢铁厂"被动"扩大产能。

战争的紧迫让盟军对装备的需求更为迫切。格雷斯答应美国总统罗斯福每天制造 1 艘船，但他以每天 15 艘的造船速度远远超过指标。

据统计，二战期间，伯利恒的 15 个造船厂共生产 1121 艘船，远超世界其他造船厂，其建造数量是美国两洋舰队的五分之一。光造船厂就雇用了 18 万名员工，而整个钢铁厂有 30 万人。

这是钢铁即国家的战争时代，格雷斯的一举一动都备受整个世界的关注，连华尔街都要参考"高炉作业量指数"来分析股市的走势。

站在云端的伯利恒钢铁厂，会在每家工厂附近修建高尔夫球场，这些环形场地是伯利恒钢铁的光荣。

二战后，日本钢铁公司曾派出高层到伯利恒钢铁厂学习。当日本人亲眼看到打败他们的是如此先进的机械设备和现代化的生产方式时，无不大呼：这就是世界！

但 20 年后，日本钢铁已然崛起，开始在世界范围内击败伯利恒。当他们再度来参观时，面对一尘未变的伯利恒，参观团草草离开了。团长不禁发出质疑：数十年如一日，贵厂丝毫未变，可工人与高管都是行业最顶尖的人才，这个钢铁帝国究竟出了什么问题？

曾靠新技术起家的伯利恒钢铁厂却患上了大公司病，极其傲慢，无视新技术，继续在车间里添加完全没有效率的平炉，在过时的技术上加大投资，并在工会的要求下招收大量工人和进行涨薪。

伯利恒变得无比臃肿，拥有 32 个工种，多个功能重复。当时，车间操作人员需要换电灯泡，都必须找一位专家来把灯泡拧上去。而从首席执行官到工厂车间，有八级管理机构。

1973 年，美国的钢铁产量 1.36 亿吨，达到历史最高值，步入产能过剩阶段。同时期，日本、欧盟的工业依靠新技术与低劳动力成本开始崛起。美国工业化进入完成期，开始调整经济战略，推动经济增长的发动机由传统制造业转向金融业、服务业。

伯利恒钢铁帝国越来越迟钝了。

1977 年，在全球化的浪潮下，面对日本、欧洲廉价钢材的冲击，伯利恒不得不关闭落后的生产工厂并进行裁员，还支付了 4.83 亿美元的退休金和其他离职福利，40 年内首次出现亏损。

1982 年，伯利恒因要承担的退休员工过多，在技术更新上又出现迟缓，而且旗下钢厂众多，产量过大，成本过高，竞争不过新型钢厂，当年更是亏损 15 亿美元。

然而，面对国内钢铁工业产能过剩的普遍困局，美国政府并没有选择进行钢铁行业去产能改革，而是在政治力量的影响下，举起了贸易保护的大旗。

政府的保护政策阻碍了钢铁行业的去产能，让落后的大钢铁企业没有被淘汰，得以苟延残喘。但生产成本依旧高昂，美国钢铁企业在国际上的竞争力依旧疲软！

撞到冰山的泰坦尼克终究难逃沉沦的命运。

2003 年，积重难返的伯利恒钢铁厂终于宣布解散，百年钢铁帝国落幕。

站在钢铁厂昔日的生产区域，任沁新看到的是一幅幅锈迹斑斑的景象：五个巨大的高炉并排矗立在阴暗的天空下，铁丝网把这里团团围住。被灌木和藤蔓覆盖的厂房、破碎的门窗、斑驳的墙面以及十来米高的废弃大烟囱，在自然的风尘中集体哑默……

昔日的繁华与今日的破败，不禁令任沁新唏嘘感叹。

从最初的"三个转移"，即以国内市场为主向国内外市场并进的转移，由主机制造向工程总承包的转移，以建材为主向多元化均衡发展的转移，到后来的"三个转变"，即由工厂制到公司制的转变，由生产型到研发型的转变，由内向型到外向型的转变，中信重工不断进行着转型的探索和实践。但正式、系统提出战略转型是在 2013 年 2 月 21 日的公司科技大会上，我清晰地记得任沁新董事长在会上所做的报告：《中信重工的战略转型》。

任沁新在报告中说，今天的中国社会处于发展变革之中，来自新兴产业、新兴技术、新兴业态浪潮般的冲击，任何一家企业都无法置之度外，或坚守，或转型，抑或随波逐流，不同的企业终将会有不同的结局。这在世界其他地方已有先例可循。比如，在 21 世纪初，随着新经济时代的来临，美国第二大钢铁巨头伯利恒亦轰然倒下，曾经对美国重工业做出巨大贡献的钢铁巨子悄然陨落。它的兴衰沉沦就是一面很好的镜子。

一、从"三个转变"到"三大转型"

从制造型企业向高新技术企业转型、从主机供应商向成套服务商转型、从本土化企业向国际化企业转型，是中信重工此次战略转型的核心。其中，向国际化企业转型，是为了扩展公司的市场疆域和市场领域；向成套服务商转型，是为了延伸中信重工的产业链和服务链；向高新技术企业转型，是转型的动力，技术创新是企业的核心所在。

转型的阶段性目标为：今后三年平均不低于三个"五六七"指标，即国际订单比重达到 50%，成套订货比重达到 60%，新产品贡献率达到 70%。

任沁新说，"三大转型"与"三个转变"有本质的不同，"三大转型"面向未来，它是在对企业未来发展的环境分析和预测的基础上对企业战略目标的调整，而不是局部的修正与变革；是争创竞争新优势，求得企业持续发展，而不仅仅是增强现有竞争力；是企业长期经营方向、运营模式及其相应的组织方式、资源配置方式的整体性转变，是企业重塑竞争优势、提升社会价值，达到新的企业形态的过程，而不仅仅是在现有竞争领域进行简单的业务和流程的整合。

中信重工以"加减乘除"法，全方位推进战略转型和管理变革。首先"做加法"。将资源向高附加值、高端的核心环节聚集，强化主机优势，向客户服务端延伸；持续加大研发投入，加快创新成果产业化进程；发挥整体优势，拓展成套业务；发挥海外业务优势，扩大国际市场份额。

做"减法"。按照"扁平化、短流程、高效率"的原则对资产进行价值分析，将不符合公司总体目标和方向的能力、流程、结构、组织、人员减掉。缩减劳务用工数量，优化人力资源结构，实行"瘦身健体"。对技术含量较低、附加值低、综合利用率低、用工密集型、劳动强度大、能耗高污染大的工序有序退出。

做"乘法"。由机械制造业向电力电子行业跨界发展，培育新的增长极。同时发挥上市公司的优势，通过资本运作，进行有效的优质资源收购、兼并、整合。

做"除法"。根据战略转型的需要，有所为、有所不为，从低价竞争的行业和盈利能力弱的产品领域有序退出，相应的产能予以整合。

在 2015 年 7 月 1 日中信重工纪念建党 94 周年暨总结表彰大会上，公司董事长、党委书记任沁新回顾了公司的转型历程——

转型对整个中信重工来讲又是一次蜕变。毕竟我们在传统的产业、传统的产品、熟悉的领域时间太长了，一下子要转，在大家的思想观念上产生了巨大的冲击，尤其是对干部而言，不但遇到了"玻璃门"，头上还有"天花板"，在相当长的时间里，大家不适应。但就是在这种自我变革、自我进取的促进下，我们用了 3 年的时间，从 2013 年到 2015 年，取得了初步的转型成效。

从制造型企业向高新技术企业转型，最明显的标志就是我们新产品贡献率持续保持在 70% 以上，我们的企业技术中心在国家 887 家国家级企业技术中心中排名前十，今年公司成为国家 5 家创新工程奖获奖单位之一，这充分说明我们已经从一个制造型的老国企，发展成了一家高新技术企业。

从主机供应商向成套服务商的转型，使我们成套项目在新增订单中的占比不断提升，2013 年最高的时候达到 60%，支撑了我们营销订货的半壁江山。在成套总包领域逐步实践着包括 EPC（设计、采购、施工）、EMC（合同能源管理）、买方信贷、卖方信贷、票据买断、融资租赁等在内的多种成套模式，并形成了水泥、石灰、余热发电、球团、干熄焦等多个板块，成套营销和执行体系基本形成并走向国际市场。与此同时，服务已经成为我们的一个重要产业板块。今年我们在海外的收益基本上是服务收益。现在我们的服务收入可以占到全部收入的 20% 左右，我们的目标是将来达到 50% 以上。

从本土化企业向国际化企业转型，我们基本完成了国际化布局。我们在海外有近 300 名外籍员工，在 8 个国家和地区设有子公司和办事处，同时我们还拥有了一个海外制造基地。收购了西班牙公司后，我们又用了 3 年时间，把这个公司变成了西班牙目前最好的工厂。

我们一年一个台阶，一步一个脚印，在国际化市场稳步推进。现在所有海外机构都在为公司做着贡献，争取订单，创造收益。不仅如此，我们还先后拥有了美籍质量总监、美籍破碎工程师，现在我们又有了美籍高管。不知不觉中，在国际化之路上我们已经走了很远。

更难能可贵的是，我们抓住当前新技术浪潮带来的"机会窗口"，利用我们的传统优势，利用我们的上市融资平台，强力进入了新的技术和产品领域。

基于未来发展，我们构建了中信重工的离散型生产组织 4.0 版，实现了"两化"融合，延伸了我们的服务范围和服务领域。现在，我们在全力推行产品的全生命周期管理。工业 4.0、中国制造 2025 就在我们身边。我们正在利用智能控制、互联网、大数据来服务于我们的技术、生产和营销。

回望过去，展现在我们面前的是一段艰苦创业的难忘历程，是一幅波澜壮阔的生动画卷。一个个考验，一次次努力，激情和梦想、奉献和汗水、甘甜和曲折，无不凝结着全体中信重工人的辛勤努力。

二、跨界革命

2012 年年底，一直以重型装备制造为主业的中信重工做出一个大胆的决定：瞄准世界传动巨头，高起点研发高压变频技术装备，让大型装备用上国产的高端控制系统。

中信重工企业文化故事丛书《足迹》刊发的《跨界》一文，对此做了如下解读——

作为新中国第一台矿井提升机的诞生地，中信重工经过 60 年的持续创新发展，已经成长为中国最大的重型装备制造商之一，世界最大的矿业装备和水泥装备的供应商和服务商，国际化的上市公司。即便能造出世界最大铸件、最大磨机、最大齿轮,创造多个世界第一,但是中信重工也同样遇到了发展的瓶颈:多年来控制系统一直受制于人。

随着市场竞争的加剧,机械制造部分的利润被压得越来越低,而大部分利润被控制系统生产企业拿走。几个亿的成套项目,有着主机优势、工艺优势、工程优势的中信重工拼命干下来,最后一算账,利润竟然没有提供控制系统的厂家高。这让中信重工的决策者们心里很不是滋味。

而真正让中信重工的决策者下决心跨界电力电子行业、高起点开发高压变频技术装备,主要出于两个方面的考量:一是企业转型发展所需。在以智能制造为特征的工业4.0时代,变频传动无疑是未来的发展方向。对做了半个多世纪重型装备制造的中信重工来说,必须对自身来一次技术革命,把工艺需求、装备制造和电力电子控制结合起来,集成主机、电控、液压与个性化的工艺要求,实现生产系统的数字化、自动化、智能化,最大限度提高生产效率,为客户创造更大价值。二是国有企业的责任使然。目前变频技术集中在少数几家外国巨头手里,而做低速、重载、大功率、专用变频,这在国内还是一项空白,中信重工有责任跻身这一高端技术领域,让大型装备用上国产的高端控制系统。

2014年8月8日,中信重工举行专用高压变频器投运一周年发布会,《经济日报》记者对中信重工进行了现场采访。

变频产业是嫁接重型装备和生产工艺的桥梁,也是实现工业自动化、信息化的重要媒介。"我们不仅仅是生产变频器。"时任中信重工总经理俞章法告诉《经济日报》记者,通过变频器生产,中信重工打通了产业链,实现了工艺设计、装备制造、控制系统的全覆盖,公司由此开启机械制造驱动向控制驱动的转变。

目前国内变频器市场上,ABB、西门子等国际传动巨头的占有率约七成,我国大部分相关企业成立时间不长,产品的成熟度和品牌知名度很难与国际知名品牌抗衡。中信重工主动肩负起国家高端大功率变频器国产化的战略使命,以引进的高端人才团队为支撑,依托企业现有的工艺、装备和控制一体化综合优势,组建传动研究院,进行高性能、高可靠性高低压变频器的研发与中试。

2013年7月,中信重工自主研发、具有独立知识产权的CHIC1000系列专用高压变频器成功面世,并顺利通过国家电控配电设备质量监督检验中心的型式试验,以及出口澳大利亚的C-Tick认证。其调速比高达5000:1(远高于国内同行的 100：1），其快速启动和制动性、空中悬停功能等均填补了国内空白。当月，CHIC1000 系列专用高压变频器率先应用于山西紫金矿业提升机变频改造项目。

截至 2014 年 8 月，中信重工已研发出 CHIC1000 系列 51 个型号，CHIC2000 系列 99 个型号，CHIC3000 系列地面低压变频器，CHIC5000 系列井下防爆变频器，CHIC6000 系列三电平水冷变频器产品系列，广泛应用于煤炭、矿山、冶金、有色、建材、电力和节能环保等众多领域，在传动领域树立起"中信重工"品牌。尤其值得一提的是，这些产品具有良好的延展性，为未来延伸出面向整个工业领域的 PLC 系统、集散控制系统等打下了良好的基础。

在快速推进变频技术集成创新研发的同时，中信重工还大力推进高端大功率变频器的产业化发展，公司全新规划建设了现代化的变频器生产基地。

在位于洛阳伊滨区的变频器专业化生产基地车间，我看到，该车间从产品原材料的采购到生产、测试、物流等各环节都与国际接轨。偌大的生产车间内一尘不染、悄无声息，身穿特制工装的工作人员有条不紊、埋头工作，生产线上的机械臂听从指令精准定位、牢靠安装。

过去生产的重型机械，一个零部件就有数吨重，在加工过程中，甚至需要用轨道列车和重载卡车在厂内进行转运。而如今，依托主机市场，开发工业领域高端专用变频技术装备，打造机电液一体化产业优势成了企业的着力方向。在变频器生产车间，我看到一米见方的盒子里面装着一组组的核心集成电路板和电器元件，这些高新技术产品体量更小，技术含量更高，附加值也更高。

小小的变频器承载了中信重工创新发展的希望。

三、收购唐山开诚

在唐山发展的时间史上，地震在 1976 年 7 月 28 日切开了一个断层，此后新的历史在废墟上生长起来。

伴随着美丽、富饶、自信而又充满活力的新唐山，一批战略性新兴产业迅速崛起。唐山开诚电控设备集团有限公司就行进在这支新兴队伍中。

"在今天这样一个大喜的时刻，我们不能忘记一个人，那就是老开诚的创始人，新开诚的掌舵人——许开成先生！"在中信重工开诚智能装备有限公司创立大会上，当中信重工董事长任沁新缓缓念出这个名字的时候，整个会场一片寂静。唐山开诚十几年的创业光阴，似乎就这样沉淀下来，如阳光般洒落每个人的肩头。

唐山开诚电控设备集团有限公司是许开成以自己的名字命名创立的一家民营企业。创立之初，借助于技术方面的优势，这家小企业攻城略地，在煤矿自动化领域颇有名气。不过，当时有数名核心人员带着关键技术突然离开。经历此次变故后，许开成提出"避开竞争，研发新产品"的发展思路。他们主攻研发 PLC（可编程序控制器）技术并取得了成功。这项技术的成功应用使开诚创立了多项新型煤矿控制系统，并在全国推广应用。

这次转型成功后，开诚公司的技术团队在防爆变频技术方面获得了不少经验。他们又相继研发出国内首台"矿用隔爆变频调速装置""矿用隔爆高压软起动装置"，填补了国内矿井下变频器应用的一些空白。凭借变频器技术优势，开诚的产品销路大开，盈利大增。这次向变频器的转型，实现了开诚的第二次飞跃。

2006 年，许开成注意到，矿难或消防救援时往往会带来救援人员的伤亡，如果能够用机器人参与危险时刻的救援，那就能减少生命财产损失。许开成还发现，相比工业机器人和生活服务类机器人，救火、探测等特种机器人在国内外并没有得到足够重视，相关市场还没有被大规模开发。于是，开诚公司决定攻关特种机器人。

2007 年，开诚公司研制出具有自主知识产权的矿用灾区侦测机器人；2013 年，"矿用水下机器人装置"和"管道探测机器人装置"研制成功；2014 年，"矿用巡检机器人装置"成功推出。

尽管开诚的机器人家族已然成形，但"养在深闺人未识"。

"我已经 70 岁了，现在身体还行，但确实不如前些年了。"许开成说，他并不想把公司办成家族企业，孩子们也都有自己的事干，要把公司的机器人事业坚持下去并越做越好，就得找到合适的托付者，"这既是对员工负责，也是给自己的内心一个交代"。

开诚公司和几家公司进行过一些沟通，但许开成总感觉不是很合适。他担心对方多是想购买和利用开诚现有的技术来开拓市场赚取利润，而不大会进行下一步的深入研发，这很可能使自己在特种机器人方面的探索停滞下来。

这种担心并非多余。

数据显示，2015 年，我国工业机器人产量达 32996 台（含外资品牌），同比增长 21.7%；自主品牌机器人产销量为 22257 台，同比增长 31.3%。国内上市公司中已有 100 多家公司有机器人概念；国内与机器人有关的企业超过 4000 家，其中有影响力的公司有 800 家左右。

尽管如此，国内制造的机器人大多数比较低端，缺乏核心竞争力，很多是在做搬运、码垛等简单工作，在一些高难度、体现核心竞争力的领域，比如，在体现作业难度的焊接领域，或者是在汽车制造行业，高端机器人有百分之八九十是外国制造的。

"欧美国家在机器人领域发力较早，有长时间的技术和人才储备，他们在工业机器人领域已经非常领先，我们一时难以赶超。"许开成说，由于市场规模和效益不突出，特种机器人此前并不为传统机器人生产企业所重视。他们近些年在特种机器人领域加强研发，就是要抢占特种机器人发展先机，为中国人在机器人制造领域争口气。

许开成认为，自动化是一个永恒的课题，他必须为公司上下及特种机器人研发找到一个值得托付的合作者。最近几年，他一直在耐心等待。

中信重工的发展历程，使他们对拥有自主知识产权、能与跨国公司竞争的产品格外敏感。因此，当发现唐山开诚拥有如此"迷人"的特种机器人后，助力开诚，让中国特种机器人在行业里扳回一局的想法便油然而生。无疑这也是中信重工一个面向未来的机会。

许开成讲，任沁新对特种机器人行业发展的理解和产业报国的志向令他十分钦佩，"我们一拍即合，半小时就敲定合作"。

"中信重工拟以非公开发行股份及支付现金的方式，购买唐山开诚合计80%股权，初步确定交易标的作价84800万元。"

中信重工2015年5月6日晚间的一则公告，高调披露了这一合作。

伴随收购唐山开诚公告的发布，停牌3个多月之久的中信重工股票5月7日复牌。

"这简直是中国证券市场少有的奇观。"今天提及那段经历，中信重工的铁杆股民们仍难掩激动之情。

2015年5月7日，中信重工（601608）在停牌3个多月之后终于开盘。当天，股价牢牢地封在涨停板上，股民雀跃。

第2天，一字板涨停。

第3天，一字板涨停。

第4天……

……

第14天，盘中涨停。

第15天，涨停！

如果奇迹有颜色，那一定是中信重工红！

在15个涨停板后，中信重工的股价从6.45元涨到26.30元，最高时股价达到 29.66 元，市值也在 15 天内增加了 600 亿元。

这就是资本市场的力量，再次印证了中信重工战略转型的重要性、必要性和及时性。

四、"切入"机器人

2015 年 12 月 18 日，一个有着悠久历史和雄厚实力的国有企业和一个生机勃发、茁壮成长的民营企业正式成为一家人。

这一天，中信重工在完成收购唐山开诚 80% 股权的转让交割后，在唐山开诚召开中信重工开诚智能装备有限公司创立大会，并举行了隆重、庄严的升旗暨揭牌仪式。

中信重工为什么会选择唐山开诚？在中信重工开诚智能装备有限公司首次领导班子会议上，中信重工董事长任沁新从四方面做了回答：

第一是从战略层面考虑。唐山开诚是国内井下防爆变频和自动化控制领域的领军企业，中信重工是全球矿山领域的领军企业，两者的战略重组有利于实现打造智能矿山、无人矿山的战略目标。

第二是产业链条的延伸。唐山开诚是从事井下智能装备的，而中信重工是做矿井提升和大型黑色、有色矿山装备的，两者的战略重组延伸了产业链条并丰富了技术优势。

第三是在发展层面上的布局。唐山开诚具有井下抢险救援机器人的自主知识产权和井下防爆资质，虽然还没有形成规模，但借助这个平台可以打造出一个基于高危环境和特殊工况下应用的特种机器人产业，填补我国在特种机器人领域的空白。

第四是深化国企改革的有益探索。这次重组从股权结构上可以看出来，80% 的股权收购，其中 50% 是现金兑付，30% 是与中信重工换股，另外保留了 20% 的原有股东的股权，使得原有股东不仅关心开诚自身的发展，作为中信重工的股东，也关心中信重工的发展。进入资本市场是一个很大的变化，今年 5 月 7 日复牌后，开诚的股东和员工开始每天关心中信重工的股价涨跌了，这就是资本市场的力量。

我们这次战略重组绝不是做加法，而是做乘法，不仅要看当期收益，更要看未来预期。新开诚依托中信重工的资源和优势，中信重工又充分激发开诚的活力，打开成长空间，实现乘法效应。

"新开诚的创立为我们打开了充分的想象空间。"任沁新高调表示，未来的目标是：继续保持和强化在矿山变频、自动化方面的优势，发展基于特殊工况和高危环境下的特种机器人产业，把新开诚打造成中国具有核心竞争力的智能装备领域的领军型企业。

唐山开诚是目前国内唯一取得煤矿安全生产和救援用机器人系列产品生产资质的国家高新技术企业。在与中信重工合作之前，唐山开诚已在特种机器人领域耕耘了 8 年，成为国内唯一一家掌握核心技术的特种机器人企业。但出人意料的是，手握核心技术的唐山开诚却并未成为真正的赢家，反而在实现产业化的道路上步履蹒跚。资料显示，2014 年，唐山开诚仅卖出一台机器人，多年的技术积累并未给企业带来真金白银。

"特种机器人是一个新兴行业，门槛很高，在提升产品实用性、实现产品系列化、市场开拓等方面，作为一家土生土长的唐山企业，唐山开诚的局限性都很明显。"唐山开诚和新开诚董事长许开成说，如果不能突破产业化的瓶颈，打通市场的"最后一公里"，唐山开诚的特种机器人将很难摆脱"叫好不叫座"的局面，带来实实在在的效益。

牵手中信重工，成为唐山开诚突破产业化瓶颈的重要一步。

事实上，中信重工与开诚的联手早在挂牌之前就已经开始了。自 2015 年 5 月签署合作协议以来，原本叫好却不怎么叫座的矿用机器人销售市场开始快速增长。看着一台台订单这么轻易地"飞来"，开诚人心中那种喜悦感中还夹杂着一种梦境般的虚幻。不是梦，现实就在眼前。开诚进入中信重工的平台以后，无论从资本上还是从市场上都发生了极大的变化。在资本上，新开诚拥有一个强大的资本平台做后盾，企业发展上后劲十足。在市场方面，获得了一个全球大型的央企销售平台。在这个平台上，开诚如鱼得水，强力推进新一代特种机器人产业的发展。

"说实话，如果开诚不加入中信重工，我们不可能做得这么快。技术我们有，但是可能会缓慢发展，这就多了很多的不确定性。"许开成意味深长地说道，"所以现在我更加确信，加入中信重工是一个正确的选择。"

联合重组完成后，中信重工对于开诚智能未来的发展做出这样的规划：围绕着特种机器人产业做精做专做强；以"一年一大步、两年翻两番、三年创新高"的发展势头，努力成长为全球实力最强的特种机器人企业。

在这个宏伟目标的指引之下，一股浓郁的奋斗激情充盈在开诚智能的各个角落里。

在机器人研发工程师孙宁的眼里，机器人不是机器，而是刻进生命里的朋友。"研究机器人就是我最大的兴趣。"孙宁的家乡在唐山东部山区，那里有着丰富的煤炭和钢铁储备，父辈们多是在煤矿或铁厂上班。初中时，一个最要好同学的父亲因所在的煤矿发生安全事故，虽然保住了性命，却永远失去了一只胳膊。看着同学伤心的样子，孙宁想："能不能设计出一种机器人，把人从危险的工作环境中解放出来？"后来，以优异成绩考入佳木斯大学的孙宁毅然选择了机械设计制造及自动化专业。2012年，研究生毕业后，孙宁回到唐山，始终冲在机器人研发项目的第一线，凭借过硬的技术和扎实的工作作风，在短短几年时间内，迅速成长为机器人研发部骨干专业技术人才。

孙宁回忆起研发防爆消防特种机器人时的情景："天津滨海爆炸事故激起了公司强烈的社会责任感，决定要快速研发特种消防机器人，并把这项光荣的任务交给了我的课题组。当时我憋了一口气，一定要研制出中国最好的消防机器人！"

当时公司给他的研发时间是3个月，没有参照物、没有成熟的技术经验，一切都要靠自己来突破。"当时心想，要做，就要做成具有国际先进水平的机器人。"作为项目负责人，孙宁一周内拿出十几个方案，经过不断筛选合并、修改和完善，形成了轻量型低重心履带悬挂式的最终方案。

为了使设备减重0.5公斤，孙宁连熬几个通宵，计算了大量数据。一台消防机器人包含上千个零件，一套机器人图纸包含数十万个工艺信息，为加快进度，避免走弯路，他带领团队把组装工艺详尽到每一个螺栓的安装顺序。功夫不负有心人，不到3个月的时间，他们终于提前完成了任务，首款防爆消防机器人顺利研制成功。

"我们做出的防爆消防特种机器人和国际最顶尖的品牌消防机器人相比，产品重量仅为它们的一半，体积才是它们的三分之一，且具有更强的复杂环境通过能力和狭小空间的工作能力，中国科学院认定为达到国际先进水平。"孙宁话语中充满自豪。

能够在人工智能大发展的时代进入机器人领域，孙宁感到自己是幸运的。几年来，他带领团队共开发11种消防机器人单品，获得自主知识产权30余项，攻克行业技术难题13项，形成了国内最全的消防机器人产品系列，组成具有侦察、灭火、排烟等综合性能的消防机器人"兵团"，它们爬坡越坎如履平地，"望闻问切"无所不能，真正在人不能近、人不能及、人不能为的地方替代了人的工作。

2020年11月24日上午，全国劳动模范和先进工作者表彰大会在北京人民大会堂隆重举行。孙宁被授予"全国劳动模范"称号，在庄严的人民大会堂接受了党和国家的崇高礼遇。

五、新动能的"井喷"

提到机器人，你会想起什么？有一类机器人能够飞檐走壁、勇闯火海，为人类在特殊环境下的作业提供助力，那就是特种机器人。

特种机器人能够在特殊环境下代替人从事繁重和危险工作，运动性能高、防护性能强、智能化程度高、可靠性强等四方面是它的"特别之处"。

在全球经济格局重塑，各个制造业大国谋求产业制高点和话语权的激战中，机器人已然成为兵家必争之地。当我们感叹国内机器人产业井喷式发展所造成的红海厮杀时，中信重工开诚智能装备有限公司却另辟蹊径，稳健地推进着特种机器人的发展战略。

相对于工业机器人的迅猛发展，特种机器人由于政府补贴少、市场应用面窄、行业专业度高、采购流程复杂等特点，之前并没有受到广泛关注，这也给了唐山开诚技术升级和品系完善的时间和机会。凭借特种机器人的核心技术、先发优势，以消防机器人为切入点，中信重工特种机器人产业板块迎来爆发式增长。

2016年6月，我走进位于唐山高新区的中信重工开诚智能机器人生产车间，一台台红色的机器人整装列队，煞是吸引眼球。公司总经理陆文涛指着一款履带式机器人介绍，该款消防灭火侦察机器人由履带式平台、消防水炮、监控云台和控制箱组成，可代替消防救援人员进入易燃、易爆、有毒、有害、缺氧、浓烟等危险灾害事故现场进行探测、搜救、灭火，有效保障了消防救援人员的人身安全。

消防灭火侦察机器人，从确定研发方向到产品送审，再到规模化生产，只用了5个多月时间。

没有什么可以阻挡他们追星赶月的脚步，正如篱笆阻挡不了攀爬的牵牛花，山川阻挡不了奔流的江河。

——2016年6月29日，中信重工开诚智能与徐州市"创建科技安全示范城市"战略合作协议签约仪式举行。此前，徐州市与该公司达成签约侦察、探测、破拆、灭火、救援等消防机器人订单300套；开诚智能还在徐州市投资建设年产特种机器人2000台的生产基地。

徐州市采取政府购买及重点扶持方式，为开诚智能特种机器人项目提供立项支持、快捷审批及有关保障服务，实现产品、产业"双落地"。特种机器人的应用,将使国家安监总局部署的"机械化换人、自动化减人"科技强安行动在徐州全面推广。

——2016年8月26日,第二届全国危化品救援技术竞赛在大庆油田举行,开诚智能6台消防机器人组成特别编队,代替消防员深入火海。

茫茫草原上,石油化工装置泄漏,而附近就是2万立方米的原油储罐,火势熊熊蔓延,随时都有爆炸的可能,消防官兵必须全部撤离现场。危急时刻,6台消防机器人突进火场,所向披靡。6股近百米的高压水柱从机器人的消防水炮中喷出,直直压住了火势。10分钟后,明火被彻底扑灭。

——2016年10月10日,故宫博物院在太和殿区域进行了建院以来最大规模的消防演习。与以往的消防演练不一样的是,这次中信重工自主研发的防爆消防灭火侦察机器人也参与演习,实现了机器人首次走进故宫"灭火"。在消防演习中,博物院现场模拟太和殿遭雷击失火。该机器人在不到10分钟的时间内,拖拽着几百公斤重的消防水带,越过障碍,快速到达模拟火源核心区域太和殿,完成灭火和降温作业等任务。

《开诚智能300台机器人"特供"徐州》《机器人代替消防员深入火海》《故宫消防演练机器人显身手》……一时间,哪里有消防机器人,哪里就会有记者的镜头追随。《人民日报》《工人日报》等媒体报道不断引起人们的关注。

第二届全国危化品救援技术竞赛,是中国首次实现的无人化灭火。中信重工邀请中央电视台记者扛着摄像机进入竞赛现场。它的画面感、新闻性给观众留下了极为深刻的印象。

截至2016年三季度末,中信重工消防机器人的销售突破了1000台。

2016年9月8日,中信重工洛阳伊滨新区特种机器人产业基地一期正式投产,这是中信重工自2015年12月18日收购唐山开诚后在洛阳总部建立的又一特种机器人生产基地,具备年产特种机器人1200台的能力。

2016年10月19日,第二届高技术成果展在北京中国人民解放军装甲兵工程学院开幕。

中共中央总书记、国家主席、中央军委主席习近平,其他6位中共中央政治局常委,以及在京的中共中央政治局委员、中央书记处书记、国务委员及中央军委委员分别参观展览。

在此次展览上,中信重工的防爆消防灭火侦察机器人、消防灭火侦察机器人、排爆机器人、水下机器人等高智能化装备和激光电源电容器等高技术产品,与以北斗导航卫星、大型激光3D打印机等为代表的高技术成果同台亮相,系统展示了公司的创新实力。

中信重工自动化公司员工王玉杰是此次展览机器人展位的讲解员。她为笔者还原了展会开幕当天的情景。王玉杰说，公司性能各异的特种机器人参加消防实战演习的精彩视频吸引了参观者的目光。上午 10 时许，习近平总书记驻足大型实装展示区中信重工展位前，指着整齐列队的消防机器人对随行人员说："这是中信重工的啊，这个企业我知道！"时任中共中央政治局常委、国务院总理李克强也专门参观了中信重工最新自主研制的消防机器人系列产品，并与公司参展人员一一握手。李克强说："你们中信重工这个企业，去年我去过。"

时间过得真快，转眼到了 2017 年。

工信部、财政部下发智能制造综合标准化与新模式应用项目立项的通知，中信重工申报的"特种机器人制造智能化工厂"项目成功立项。

中信重工开诚智能装备有限公司特种机器人国家级研发中心及产业化基地项目在唐山市高新区正式启动。项目达产后，将成为国内最大的特种机器人研发生产基地，年产特种机器人 1.5 万台。

"正压 6.9MPa、电机温度 52 摄氏度、烟雾正常、声音正常……"

2017 年 3 月 15 日，在冀中能源峰峰集团梧桐庄矿机电区集控室，实习技术员孙晓宇向客人介绍防爆巡检机器人正在监控的井下中央泵房 6 号水泵的情况。

"我们这个巡检机器人走过每台水泵时记录下的温度数值，通过这台电脑可以尽收眼底，一下就能看出哪台在工作，哪台在休息，哪台在'偷懒'，哪台'发烧'了。"

该款机器人由中信重工开诚智能开发设计。自 2016 年 12 月正式使用机器人巡检以来，梧桐庄矿井下中央泵房实现了无人值守，有人巡视，故障检测率达到了 100%，有效提升了矿井的自动化水平和安全等级，将事故隐患消除在萌芽状态。

开诚智能的技术优势与研发实力吸引了北京铁路局的目光。基于客户实际需要，国内首台铁路列检机器人应运而生。

诸如此类的研发成果不胜枚举，开诚智能陆续开发出城市综合管廊巡检机器人、中型水下机器人等 20 余种单品，涉及消防、化工、电力、水利、市政建设及工程管理、铁路交通等各种危化场所"机器换人"。

凭借特种机器人的核心技术、先发优势、可靠应用性能以及产品的系列化、多元化发展，中信重工在国内特种机器人市场占有率稳居首位，并延伸到蒙古、俄罗斯、澳洲等国外市场，实现了特种机器人产业的爆发性增长。

特别是经过江西九江某化工厂突发大火等实战检验后，中信重工的特种消防机器人口碑飙升。在"人不能近、人不能及、人不能为"的有毒、易燃、易爆复杂情况下,特种消防机器人成功代替消防救援人员进入现场实施无人灭火。

中信重工创新推出"研发试验基地 + 产业化及销售服务中心"的运营模式,已经先后布局江苏徐州、山东东营、浙江余姚、湖北大冶、江西共青城、内蒙古鄂尔多斯、广东台山等地。

资料显示,2017 年上半年,机器人及智能装备产业板块实现营收 4.5 亿元,同比增长 70.58%,成为其重型装备制造传统产业板块以外新的利润增长点。

一台看似小巧的机器人,可轻松拖动 1000 公斤的水带向纵深挺进;一台泡沫灭火机器人,能瞬间让上百平方米的广场成为泡沫的海洋;数千米的地下管廊,巡检机器人全天候不知疲倦地值守;千米井下,矿用定点值守机器人减轻了工人负担,更保证了有情况及时发现及时报警……开诚智能专门为执行特殊任务开发的特种机器人被冠以中信品牌之后,仿佛被一种无形的力量所加持,展示出前所未有的庞大需求。

2017 年、2018 年、2019 年国家机器人产业大会报告显示,中信重工开诚智能公司居中国特种机器人领域企业活跃度第一梯队第一名。

目前,中信重工已成长为中国最大的特种机器人研发与产业化基地。

共赢的还有特种机器人的消费群体。

2017 年 6 月,许开成收到一封感谢信,信是徐州市公安消防支队特勤一中队长陶爱银写来的。在火光映照的战场,他见证了生命的脆弱与伟大。那些年轻的消防员,他们面对危险,从未退缩。但他们中有的负伤流血,有的倒下了再也未能站起来。他的心中充满了悲痛,为失去的英雄,也为那些无法实现的梦想。"现在好了,有了消防机器人,它可以代替我们冲锋到第一线,我们甚至可以在三公里以外操作机器人完成灭火救援任务,既安全方便又快捷高效。"他在信中说,他可以放心地告诉家人:我们有了生命守护神,你们再也不用担心了!

六、微信里的"答记者问"

"转型不是别人要你转,而是主动行为。"

《中国工业报》记者请任沁新结合中信重工的实践,谈谈对企业转型的认识,他在微信里这样开门见山地说。

这是 2015 年春节假日的一天。

任沁新飞快地在微信里写下自己的感言:

主动的企业转型，是在已经做好核心业务和拥有核心竞争优势的前提下，为获得更大发展空间，融合新技术、新业态、新业务，主动寻求新模式、新技术的转型，为谋求更大更好发展而进行的转型。

经济新常态并不意味着市场不好，这是市场的新生力量与旧的存量重新配比的时代，恰恰是企业发展的最好时机。比如，主要生产要素价格大幅回落，融资成本也降低了；国家注重对企业发展环境的建设，应该说企业的外部环境总体趋好；经济全球化也为企业带来了巨大的发展空间，人民币持续升值和国际经济的疲软，国际资产价格下降，为中国企业走出去带来前所未有的机会，尤其是引进国外的先进技术和智力资源。

《中国工业报》记者微信里抛出问题：任董，您怎么看待这一次经济转型？

任沁新回复：

在三十年改革实践中，每每在经济重大调整期，国家都会出台一系列有利于国有企业的扶持政策或导向，如下岗分流、减员增效、债转股、整合重组、技术改造、技术创新等。目前看来，从宏观导向上是粗线条的；在政策层面，对于如何转型，我不认为国家会出台很强效力的措施。因为从指导思想上，国家强调的是以市场手段配置资源；从调控手段上，是底线思维，不会再采取大水漫灌式的政策。事实上，在经济走向上存在很多不确定因素的情况下，国家层面去做非常明确、详细的转型导向也是不现实的。因此，身处市场竞争的企业，只能依靠自我把握、把控，否则，转型的目标或成永夜。

《中国工业报》记者：面对转型大势，企业应如何应对？

任沁新回复了6个字：心态决定势态！

他进一步阐释自己的观点：

在经济新常态下，存在两种鲜明的状态：一些传统企业表现茫然，对形势的看法及判断表现悲观，不知所措，经营艰难，步履艰辛；相比之下，一些新兴类企业呈现爆发式增长势头，快速发展，同时裹挟着新的业态、模式、技术，强力进入传统产业。

简单分析一下两类企业的表现，就不难看出其差异：

首先，投资模式不同。传统企业往往是靠自我积累，"攒鸡毛凑掸子"，或银行借贷，沦为银行的"打工者"；而新兴企业则具备了快速投资的特点，背后有强大的资金支持，疾风暴雨式的快速投资。历数一下快速成长起来的公司，哪一家不是靠烧钱烧出来的？

其次，投资类型不同。传统企业通常都是长期固守在一个行业，专注于某一主业，致力于打造"百年老店"，一旦有对本行业有冲击的新兴事物出现，第一反应是防守，而很难自我革命；而新兴企业一个最大特点是"趋新"而不是"趋利"。正是这个"新"，无疆界、无约束、无禁忌，创出一个新天地。

最后，投资选项不同。传统企业绝大多数是重资产型，尾巴长、负担重，这是长期投资模式形成的。重资产不能说是错的，但受市场影响巨大。比如，资源类企业，无不是价格敏感型的，对制造类企业威胁最大的是新技术、新材料、新工艺、新业态的出现，尤其是颠覆性技术的出现。这类企业即使想要转型，困难多多，顾虑重重，体量过重，对存量资源的处置等都会有障碍。而新兴企业绝大多数是高技术、轻资产，重客户需求，抢客户资源，谁赢得了客户资源，谁就拥有了未来，就拥有了更强的资本聚合能力。这类企业不仅是在抢存量客户资源，而且是在创造客户需求，将这部分需求资源变成"垄断资源"。

总体而言，传统企业显得举步维艰，而新兴企业正在上升期，具有极好的上升空间。长期从事传统产业的企业更应以积极的心态拥抱新兴技术、新型业态等新事物。新技术、新兴产业迅猛发展以及它所蕴藏的巨大潜力，对传统产业有着积极的借鉴意义和极大的冲击，对目前改变和优化我国的经济结构有良好的促进作用，对长远发展有深远的意义。

《中国工业报》记者：在我看来，很多企业并不是不想转型，面对这个问题，企业的最大困惑是不知道往哪儿转？

任沁新回答：

今天的转型不像过去的一些传统做法如扩大产能那样简单，也不像开发几个新产品这样容易。转型有风险，即"转型陷阱"。在几乎所有行业都存在产能过剩的今天，很有可能出现从一个严重过剩的产业转向另一个同样严重过剩的产业，这是一个非常严峻的现实问题。盲目转型可能造成产能过剩问题的更加深重。

但这还不算是转型的最大风险。对某些行业或企业而言，来自技术进步对产业转型的影响可能更大。

　　企业转型必须防止几种倾向：第一，从一个严重产能过剩产业转向另外一个，导致不良业态加剧。第二，一定要防止技术进步带来的风险。今天的新技术、新业态、新商业模式等的出现，已经到令人眼花缭乱的程度。要避免盲目跟风，从而带来新的风险。第三，不能把转型庸俗化，认为开发几个新产品就是转型，结果是开发了一种产品，同时增加了一部分产能。这就像摊大饼一样，越做资产越重、产能越大、包袱越重，更增加了转型的难度。

记者请他对转型企业的基因与要素做一些分析与认识。任沁新略加思考后，把这些年来的实践和体会通过语音传递对方：

　　1. 人才决定成败
　　企业转型最核心的问题是人，转型的最大动力在于人，最大阻力也来自人。传统产业人才济济，不乏各类精英。但在当前的新常态下，在对转型的认识上，在与新技术、新业态、新产业的融合上，遇到巨大的危机和挑战。
　　面对转型，最重要的是决策者的决心和意志。转型方向一旦确定，所有人必须按转型目标来行动，一切资源必须围绕转型目标而配置。在此过程中，有些人会很快适应，而有些人则会出现"天花板"现象，所有人"因转而变"是一种理想化状态。
　　转型必然会遇到人才问题。仅靠内部力量实现转型是非常困难的，很难达到转型的目标。解决人才问题，重要途径是引入、引进人才。从实践来看，必须引入高端人才和复合型人才，给现实环境带来新的知识、理念、压力，打破现状，促使内外观念、信息、技术融合，从而改变、改善、优化企业的基因。这样做也会遇到新的困难，带来新老融合的问题。面对这类问题，关键在于决策层的决心和意志。
　　以中信重工的实践为例，两条措施保障：一是引领转型。引入国内顶尖人才和引进国际人才，直接进入公司管理高层。二是促进转型。对现有团队强力推进观念转变，"先换脑袋后换人"，对遇到有"天花板"的人只有促其让位，并无别的选择。因为无法想象一个军队每人都按自己的方向走将会是一个什么结局。
　　2. 制度设计是保障
　　对国有企业的现存制度、管控模式等需要改进和反思。观察一下极具活力的新兴企业就会发现，他们有一个共同特点，就是没有上级主管，完全是市场行为，自我发展自我强大。这种强壮的生命力也正是风投资金所看中的。我非常欣赏马云的一句话："梦想还是要有的，万一实现了呢？"其实，这正是新兴企业的基本理念。而体制内的传统企业思维却恰恰相反：可以拥有梦想，但万一要是失败了呢？我们的制度设计上缺的是容错机制和激励机制，不缺的是惩戒机制和责任追究机制。投资十个项目，九个成功了那是应该的；一个项目失败了，就要追究责任，而且是终身追究制。因此，凡是涉及创新性业务、创新性的探索，一般传统企业的决策者都会十分谨慎，唯恐行差踏错。这样的设计急需改变。如果改革没有激发活力，不能创造新的动力，那么转型只是一句空话，改革不能算作成功。

对于体制内外的企业，制度设计具有本质的不同。这种设计的不同使得体制内的企业顾虑重重、步履缓慢。在经济新常态下，无论对于什么企业，面对的环境都是相同的。关键在于如何引导、如何应对，如何接受挑战从而激发活力。

我建议，在制度设计上必须建立一种新机制，鼓励企业进行创新。鼓励企业转型不是靠国家投钱，而是营造制度环境。世界上没有百分之百成功的企业，成功的企业总是那么耀眼，但不曾见多少企业破产倒闭，即便是成功的企业也有不少失败的案例。在国际市场上，一美元出售资产的案例比比皆是。在市场竞争中，鼓励成功、允许失败、有进有退、优胜劣汰本是正常有效的市场调节和整合资源配置的手段，但在现有制度设计上却不尽完善。按照市场资源配置规律，按照企业发展方向进行战略设计，培育企业的发展能力，无论是国有资产的管理者或国有资产的经营者，都是应该补上的重要一课。

3. 创新融合是关键

以信息技术为代表的新兴技术对我们的生活和生产活动的影响是至关重要、无所不在的，必须以积极、开放的心态主动了解和发现这些新技术、新模式的先进性和有效性。

与新技术的适应性融合，实际上仍然是一种被动的状态，创新性融合才是主动性的。技术不落伍，思想不掉队才能为传统产业服务，才能创造新的事业，形成新的增长极。

应该看到，传统领域有着不可替代的优势，尤其是高端制造，其最大的优势在于拥有传统的客户、市场、用户、人才、产品、技术优势，获得今天的成就绝非平地起高楼。融合新的技术、新的理念可以创造更高附加值的新产品，培育新的竞争优势。当然，如果不主动融合新技术，传统产业就会失去新的机会。

创新性发展可以让我们站在更高的平台。传统领域所具有的优势很难复制，而且要想取得这种优势，需要很长一段时间。只要让这些优势再嫁接上新兴技术，就会迅速取得很难被超越的新优势，在市场竞争中获得更加有利的地位。

"转型并非唯一选择。"

任沁新最后提出：

在新常态下，企业需要重新找到适应生存的方式，但并非所有的企业都需要转型，对受周期性变化影响的企业依然可以坚守，对局部不适应的企业可以调整结构，对市场需求不足的企业可以缩减，对不适应市场的可以退出。在新常态下，各类企业都会根据外部环境和自身条件，综合各种因素做出选择。但关键是要做出清醒、明智的选择。

结合行业企业的情况，他说：

往往是在做出选择的时候，体制内的企业面临更多的困难。在市场景气时，民营企业可以快速扩张，而在市场出现下滑时，同样迅速做出反应，裁员甚至关门，应对市场的手段多元。而体制内的企业在市场景气时大力举债，拼命扩张，却往往并没有创造应有的效益，市场不好时又很难适时调整，只能咬牙坚持，而这势必带来资金链的困难，雪上加霜。这就造成体制内一些企业生存能力弱，造血功能不足，市场好的时候靠国家扶持、银行贷款扩张，但是由于竞争力不强，没有应有的投资收益。还有些企业靠国家扶持上市，但是观念没有改，思路没有转，机制没有换，没有把投资人的钱用在刀刃上，而是上了不该上的项目，投了不该投的钱，市场稍一出现波动就扛不住，一无市场、二无订单，大量能力放空，生产难以为继，人员无法安置，资金没有着落，破产又没有勇气，只能等靠输血，一轮又一轮，这类企业始终挣扎在生死线上。归根结底，这些企业长期处于竞争低端，缺乏造血能力。严格而言，没有生存能力的企业不按市场规律退出市场，就很难解决产能过剩和市场价格扭曲的问题。而这些体制内企业如何有序地退出市场，又是另外一个严肃的话题。

第十三章

"创"时代

《李克强河南考察为何先来这家企业？》

这是人民网2015年9月25日刊发的一篇记者观察稿件的题目。

2015年9月23日下午4时50分，时任中共中央政治局常委、国务院总理李克强的身影出现在了中信重工磨机工部。

"总理来了！"不知谁喊了一嗓子，正在作业的工人停下活计聚拢了过来。

这是李克强第三次来到中信重工。

在9月29日的国务院常务会议上，李克强说："之前我们听了、看了大量小微企业推进双创的故事，这次我特意想看看大企业有没有开展双创实践。得知了洛阳这家央企的探索后，我临时决定改变行程，先去洛阳看看。"

一周前，李克强在河南考察期间，深入中信重工、许昌长葛鲜易控股有限公司、河南保税物流中心。三个考察点的公司虽然性质不同、业务各异，但它们在基层实践中释放的创新创业活力给总理留下了深刻印象。

在29日的国务院常务会议上，李克强重提考察中的事例，说明在市场主体中蕴藏着"不可想象"的活力。他说，创新创业是中国发展的新钥匙、新动能。各部门要在基层探索中"寻找规律性的东西"，"能够上升到政策层面的，要上升到政策层面，能够形成经验的，要向全国推广"。

李克强向参会的各部门负责人提出了一项新要求："十一长假后，各部门负责人要亲自带队，组织部里的干部，在不影响正常工作的前提下，下基层深入开展调研！"

李克强说："要去基层到一线看一看自己所在行业发生的新鲜事例，了解基层的最新经验。部长们走下去，新经验取上来。"

洛阳这家央企的探索，何以让总理临时决定改变行程？何以令总理印象深刻？

一、从首席员工说起

于玺，中信重工重型装备厂 6.5×18 米数控龙门镗铣床机长、首席员工。他所驾驭的装备是被誉为"比直升机还贵的机床"。

同事们称于玺是中国最牛的"首席员工"。

"中国首席员工虽然多，但 7 位中共中央政治局常委到他机床前和他握手的，就只有于玺一个。能不牛吗！"

于玺说：这种至高无上的荣誉是属于中信重工所有人的，我只不过是站在了一个特殊的岗位。

从 2006 年 7 月 16 日和温家宝总理握手开始，一路握下来，于玺已先后和胡锦涛、吴邦国、温家宝、李长春、习近平、李克强、贺国强等视察中信重工的 7 位中共中央政治局常委、国家领导人握过手。

他开遍了重机厂几乎所有类型的镗床，在同时进厂的同学中第一个当上主机，第一个当上机长。

2005 年，公司开始了新一轮的技改投资热潮，一大批世界级的数控机床设备纷纷落户中信重工。这时候，于玺开始"奢望"，自己是不是可以学学数控机床了？

但他怎么也没有想到，2006 年，公司的一纸调令把他调到刚刚投产的重装厂，更没想到的是，他要驾驭的是世界最先进的、德国进口的 6.5×18 米数控移动龙门镗铣床。

"能够和 7 位国家领导人握手，除了我操作的机床先进，还有就是竖在机床旁的首席员工的小牌子。"于玺开玩笑说，"它比我的面子大多了。"

2010 年 7 月 10 日，胡锦涛总书记在中信重工视察的时候，正是看到了于玺机床旁首席员工的标示牌，主动上前同他握手交谈。

这个让国家领导人都为之"倾心"的小牌子，正是中信重工授予公司所有首席员工的标牌。

所谓首席员工，是指在公司各个工种（岗位）上职业技能、工作业绩处于领先水平，能够发挥引导和典范作用的技术工人。

首席员工不是终身制，而是企业当年选出来的各个工种（岗位）上理论知识和操作技术的"双料冠军"。首席员工每年评选一次，可以连续当选，但一旦落选就不再享有相应的荣誉和待遇。

首席员工的评选涉及公司所有工种（岗位）在职的一线工人，没有年龄限制，不搞论资排辈，也不论职称和职务的高低，完全依据员工的技术水平、创新成果和工作业绩来评选。

公司给予首席员工极高的荣誉和物质待遇。他们佩戴特制、醒目的首席员工工牌，他们的照片和事迹在公司最醒目的位置公布，并在公司网站和报纸上广为宣传，同时在其现有的工资待遇之外每月另享受专门的技术津贴。表现突出的首席员工可以荐评公司突出贡献专家。

首席员工制度自 2007 年确立，截至 2015 年，已经走过 9 个年头，累计评聘首席员工 509 人次，其中金牌首席员工（累计 5 次被聘）有 54 人。首席员工覆盖炼钢、造型、数控立车、滚齿机、电焊工、维修工等 30 多个主要工种。

每年申报首席员工的职工人数在 100 名左右，每人至少报一项先进操作法。职工 9 年累计申报比较有价值的先进操作法近千项。

为进一步发挥首席员工的作用，公司推动成立了由金牌首席员工领衔的 16 个"首席员工创新工作站"。

二、"金蓝领工程"点亮大工匠

在领导眼里，他是"放心张"，有了急活难活，交给老张就放心；在同事眼里，他是"张大拿"，既是获奖大户，更是产品攻关"专业户"；在徒弟眼里，他是"张宝库"，是满脑子办法、一肚子主意的好师傅。他，就是中信重工首批聘任的大工匠张东亮。

1980 年，张东亮到有着光荣传统的、焦裕禄担任过车间主任的一金工车间当镗工。张东亮回忆，自己刚到车间就闹了个笑话："起初我连镗床的概念都不知道，以为镗床就是躺着做工的机床。后来师傅告诉我，镗床精度高、要求严，加工出来的产品精度比头发丝还细。"为了尽快掌握镗床技术，张东亮每天都会随身携带一个小笔记本，把工作中的心得、疑惑都记录下来，晚上回家后再翻书查看。

一次操作过程中，张东亮发现师傅竟然在用锤子敲刀，而且一下就能精确地敲到需要的位置。为了学会这个技巧，张东亮天天黏着师傅手把手地教，每敲一下，测量一下，然后记住这个力度和敲出的刻度。经过千百次练习，张东亮终于练就了这个"绝活"。

在中信重工，像张东亮一样享有大工匠殊荣并拥有自己工作室的工人还有 10 名。

大工匠基于中信重工的"金蓝领工程"。该工程为培养高素质、高技能技术工人队伍而构建。它为技术工人设立 11 个阶梯式技能等级，即 1～8 级工、技师、高级技师、大工匠，畅通了职工职业发展通道。大工匠是技术工人的最高技能等级，位于人才金字塔的塔尖位置。一旦成为大工匠，每人每月增发 5000 元技术津贴。

一米六的个头，一张娃娃脸，这就是大工匠谭志强。

无论是行走在敞亮高阔的重型机加工部内，还是站在足有三层楼高、亚洲跨度最大、国内最先进的 9×30 米数控龙门镗铣床前，谭志强的瘦小身材都会显得很不起眼。然而，正是这个看似不起眼、随和且充满喜感的谭师傅，一旦站在工作台上开动机床，就会瞬间迸发出"小块头、大智慧"的光芒。

西门子轧机机架，动辄上百吨。这个重达上百吨的大活件上，一个孔的精度却要控制在 0.02 毫米内，也就是半根头发丝粗细。在"大块头"上"绣细活"，让很多人望而却步。

谭志强带着团队采用进口肯纳丝锥，在边角料上不断尝试、不断改进。经实际应用，采用丝锥攻丝、一次成型，仅用 10 分钟就能完成一个螺纹孔的加工，效率提高两倍以上。

从 6.5 米小立铣的"摇摇把"机床到 2.5 米小型数控机床，再到国内最先进的 9×30 米大型数控龙门镗铣床；从一个高中毕业生、普通工人，到生产骨干、高级技师，再到金牌首席员工、大工匠，进厂 30 年，谭志强见证了中信重工这个老国企的发展与变迁，也展现出一个国企蓝领的蜕变与成长。

2011 年，中信重工承担国家"大飞机项目"生产，长 8 米、重达 200 多吨的机架加工，深达 600 毫米的矩形件四角倒圆弧，成了整个加工的难点。谭志强创新采用"迂回法"，即先用小刀盘切小口，再将大刀盘伸进斜槽半精加工，最后用小刀盘完美解决难题。最终，这个庞大矩形件很好地达到要求：光洁度 3.2，加工公差度 0.2 毫米以内。

谭志强说，被评为大工匠，是公司对我们一线员工的高度肯定和认可，我只有不断学习、不断提升，才能做好创新带动，不辱使命。

国家重点科技项目发射列阵骨架，外形尺寸为 12.926 米 ×2.214 米 ×2.02 米，工艺要求拼装面平面度 0.15 毫米，平行度 0.2 毫米，是中信重工首次承接生产的高精度大型构装件，面临多项攻关难题。谭志强带着团队妙思巧干，多点支撑、压紧，减少骨架震动；内腔支撑垫木，增加系统刚性；合理确定压紧力，减小变形量；选用合适刀具，试验加工参数……原本 21 天的加工量，他们仅用 7 天时间就高效完成。10 件骨架加工提前 108 天完成，直接经济效益达 233.38 万元。

孔洞错位是重型装备制造业的老大难问题，谭志强带领团队独创性地利用数控龙门铣为钻床工序"点豆"，就是这个看似简单的创意，最终成为中信重工加工磨机筒体和端盖孔洞的标准方法。由此，中信重工加工磨机筒体的效率也由过去的 10 多天，缩短为现在的三五天左右。

三、大工匠引领的工人创客群

张敏波，是中信重工铸锻公司冶炼车间的一名青年炼钢工。他和团队一起成功实现了 56 炉 3580 吨高纯净度加氢钢水产量，填补了公司在石化加氢项目产品领域的空白。为了降低生产工艺成本，他总结实践经验，参与制定了"钢水终点碳控制操作法"，经财务部门核算，每吨钢水能够节约成本 79.48 元。

在张敏波看来，正是公司大工匠工作室对他的悉心栽培，才使他有了今天的累累硕果。"工作室针对青年职工制订一系列培养计划，让我们少走弯路，能很快提高产品质量和生产效率。"2013 年 12 月，张敏波被选入杨金安大工匠工作室，在大工匠杨金安的带领下，学到了扎实的炼钢手艺。

大工匠工作室是中信重工在人才制度上的创新之举。

2013 年 11 月，中信重工以 5 名大工匠（后又晋升 1 名）名字分别命名的 5 个工作室正式成立，并以大工匠为引领，建立了以 1 个劳模工作室、5 个大工匠工作室、16 个首席员工创新工作站为代表的 22 个工人创客群。

在雨果的眼里，科学到了最后阶段，便遇上了想象。

在信息化商业时代背景之下，距离已经消失，要么创新，要么死亡。

To be or not to be，这是一个伟大的命题，无论今时抑或往日……而创客概念的出现，正是基于创意时代的实际应用所需。

我没有考证创客一词何时在中国出现及应用，但我清楚地知道 2013 年中信重工已经叫响了"工人创客群"，公司报纸《中信重工新闻》还以此为题开辟专栏，专门报道创客人物故事。

2015 年 3 月，创客上升到国家层面。经过李克强总理等国家各级领导对各地创客生态圈的调研，创客一词进入政府工作报告，创客也从一个小众群体进入所有大众视线。

中信重工属离散型重型装备制造企业，工艺复杂、制造难度大，高素质、高技能的工人队伍是打造过硬产品的关键。以大工匠工作室为代表的中信重工工人创客群，围绕优化工艺技术、解决生产难题、形成典型工艺规范、固化创新成果、塑造大工匠精神等开展活动；大工匠则在生产制造中发挥克难攻坚、言传身教、示范带头等重要作用。

炙热、刺眼、震撼、刺激、危险……是我走进铸锻公司冶炼车间的感受。熔炉烧得火热，杨金安套着厚厚的阻燃服，仔细观察钢水情况，脸上布满的汗水汇成小溪流般从额头淌过眼睛、双颊、颈部。参加工作 30 多年了，晚上在 50 多摄氏度的冶炼车间里，守护内部温度达到 1600 多摄氏度的大型炼钢炉，杨金安早已习惯了这样的工作状态。

杨金安和大工匠工作室的 11 名优秀技师、年轻工人组成了一个创客团队，每周五上午在一起探讨生产过程中的难题，固化每一个特钢项目的冶炼方法。

"因为炼钢都是在晚上，所以业务讨论安排在大家休息的白天。"杨金安说，起初他还担心大家不愿占用休息时间，没想到大家的热情让他招架不住。"本是一个 12 人的创客团队，可每周来开会的人能有三四十人，坐不下了就站着。"

就在 2015 年 6 月，在杨金安的带领下，这支年轻的创客团队 3 天之内两创纪录——国内最大规格、重达 338 吨的加氢钢锭以及直径 7.2 米、重达 204.8 吨的国内最大管板锻件先后完成浇铸，且加工水平超过既定工艺精度的要求。

中信重工出产的重型装备以"大"著称，材料强度、合金成分等任何一个环节出现问题都可能增加大量的返工费用和工期，所以打好炼钢第一战至关重要。世界最大的铸钢件——18500 吨油压机 570 吨重的上横梁，就是杨金安团队几年前以 10 炉冶炼、6 包合浇的方法浇铸出来的。

在杨金安的履历表中，曾经进行过的 8 项重大攻关课题研究显得格外引人注目。"石化加氢用钢冶炼先进操作法""提高电炉炉体寿命生产实践""研究初炼炉熔清硫对精炼的影响""EBT-LF 炉 -VOD 生产不锈钢""EBT-LF 炉生产铸铁件""钢水氮、铝收得率攻关""核电用钢冶炼操作方法攻关""支承辊用钢冶炼操作方法攻关"，这些外行人看起来深奥难懂的课题都是杨金安这些年来逐年攻克的难关。杨金安的创新中有一项是通过优化操作法，提高炉体寿命，节约了耐火材料消耗。因为这项创新，电炉炉体寿命稳步提高，平均炉龄达到 102.17 炉次，6 年来炉子没有一次大修，年节约耐火材料 102 万元。

杨金安身上总是带着一本工作手册，每天的工作安排、炼钢种类、材料、化学成分，以及每一炉钢水的电耗、氧耗、钢水收得率等，他都会一一记录在册。

这样的笔记本在杨金安办公室的抽屉里整整齐齐码放着 50 多本。这些微微泛黄的笔记本，见证了他从学徒到中信重工大工匠的成长路程。"现在我取一勺钢水泼在地上，根据它的发擦量，就能判断出它的碳含量；看炉渣的温度，就能判断钢水的温度。"杨金安微笑的脸上，满是自信。

在杨金安大工匠工作室，一个一米高的玻璃柜内陈列着一块块他们曾经成功冶炼的钢种样品，超低碳不锈钢系列、核电钢系列、石化加氢钢系列、大型支承辊系列、航空航天钢系列等。这些既是记录，也是一种鞭策。

杨金安说："作为一个一线操作工人，我有荣誉感和自豪感，特别是我干成功一个重要的钢种以后，内心里边有一种放松的感觉，很舒服。比如，铸造 18500 吨油压机的上横梁时，我连续在厂里面待了 3 天，组织 900 吨钢水不容易啊，结束后回家，我在家从来不喝酒，那天我开了一瓶酒，饭吃了一半，面条在嘴里面还没吸进去，我睡着了，非常累，但心里面很放松，很欣慰，我完成了！真是有这种自豪感。还有我干中国最大的加氢钢锭的时候，连续 21 小时，一交班，哎呀，心里面觉得真舒服，有一种自豪感，真是有！"

"当一个工人，要的是自己能干。当一个大工匠，要的是人人都能干。"

自从当上大工匠，自从创立了谭志强大工匠工作室，谭志强就不断给自己加压，主动担当起青年员工传、帮、带的重任。

"师傅的电话就是我们的热线电话，有问题，打电话一定能解决。"谭志强的高徒高昆说。

会聚了各工种精英的谭志强大工匠工作室，每周定点、定时召开的工作室例会和学习交流会都会"人满为患"，成了青工争抢的"香饽饽"。

现在，只要一接新活，谭志强就会带着徒弟一起上。通过"名师带高徒"活动，参加洛阳市职工技能大赛，他的徒弟高昆和靳付军分别获得数控镗铣工种第一名和第三名。

谭志强理论联系实际授课，传播推广先进操作法，提高青年员工岗位技能。2015 年，谭志强合计培训员工 6 批次、800 多人次。

由于谭志强大工匠工作室在技术引领、创新创效、克难攻坚、培训教育员工等方面成绩突出，2014 年，被中华全国总工会授予"工人先锋号"荣誉称号。2016 年，谭志强荣获"全国五一劳动奖章"，大工匠工作室荣获"河南省劳模（技能人才）创新工作室"。

在中信重工的修理车间，张朝阳刚刚磨完一块导轨平面。摸摸沁着油的钢铁表面，毫无摩擦感。他是公司的设备"第一修理师"，许多解决不了的故障到他那里都会迎刃而解。世界最大的 18500 吨油压机，就是他带领团队组装起来的。

张朝阳擅长修理、改造甚至研制设备，但从来不当"光杆英雄"，徒弟学不会，他手把手来教；有问题，大家集中来讨论……他十几平方米的大工匠工作室，讨论起问题来因为人多，不少人都得靠墙根儿站着。

2017 年，他的徒弟陈斐被授予"首席员工"，成为中信重工最年轻的首席员工。

陈斐自 2008 年进入中信重工以来，始终坚守在设备大修钳工的岗位上，向维修实践学习，向大工匠张朝阳学习，在中信重工这个大熔炉里不断磨炼自己的能力。2014 年，陈斐在洛阳市青工职业技能大赛钳工比赛中获得了全市第二名，也因此破格晋升为钳工技师。2016 年 9 月底，陈斐参加中信集团生产型子公司技能大赛，获得了第一名的优异成绩，同时被授予全国金融系统"五一劳动奖章"，在青年员工中脱颖而出。

四、四群共舞

2018 年 7 月 1 日上午，洛阳市洛宁县故县水库下游彩旗飘扬，鞭炮齐鸣，历经建设者的艰苦奋战，中信重工首台直径 5 米硬岩掘进机（TBM）如一条白色巨龙，凿穿长达 6640 米"引故入洛"工程一号隧洞最后的岩壁，从大山中昂首挺出，会师熊耳山下、西子湖畔。

此次成功完成一号隧洞掘进任务的直径 5 米硬岩掘进机，是中信重工自主研发、高度技术集成的隧道施工核心装备。

5 米硬岩掘进机刀盘最大推力达 10000 千牛，可实现最小水平转弯半径 235 米，适应隧洞最大坡度 9 度，一个掘进行程可达 1.5 米，最大掘进速度为每小时 7.2 米，创造出日进尺 66 米、月进尺 1010 米的最高纪录。

采用硬岩掘进机施工，掘进路线沿水流反方向进行，施工风险极高，这在河南省水利工程中尚属首次。在一号隧洞施工中，不可预见的各类地质状况层出不穷，施工中大小涌水 20 多次；塌方、破碎带长度 2000 余米，占比 30% 以上；最大的塌腔约长 30 米，宽 8 米，高 5 米。

每次不良地质条件的出现都是一个新的挑战。但凭着中信重工雄厚的装备实力和技术实力，项目团队克服重重困难，充分发挥硬岩掘进机的优良性能，确保了一号隧洞的全线贯通。

这一创新成果出自中信重工技术创客群王占军团队。

中信重工在工人创客群的基础上，组建了技术创客群、国际创客群和社会创客群。

公司以 18 名首席技术专家为引领，打破部门和专业界限，采取多专业、扁平化、高效率的组织形式，组建了 18 个技术创客团队，研发方向覆盖了矿物加工、节能环保、资源高效利用、智能控制及变频技术等 18 个技术装备领域。公司每年设置技术创客基金，创新团队提出研发项目，技术中心专家委员会组织论证，明确目标和进度，项目每年在科技大会上签订目标合同。建立了项目过程追踪服务、创新团队独立考核机制和容错机制。

在中信重工 18 个技术创客团队中，来自高端铸锻件基础工艺及制造工艺研究团队 3 个名叫李雪的女青年工程师格外引人注目。

因同在一个研究院，又因同名同姓、年龄相仿，为快速而准确地找对人，大家依据年龄大小，称呼她们大雪、中雪、小雪。

大雪，在"三雪花"中稍年长，雷厉风行的性子，如大雪飞舞般洋洋洒洒、酣畅淋漓的痛快姿态。小雪，是"三雪花"中入职最早的，她沉静内敛、敏感细致，如小雪般悄然飞舞、浸润无形，一双柔情的眼睛清澈得像初春的潭水，似乎叫人听得出流动的叮咚声。中雪，具有作为重庆妹子的外向和热情，"活力四射、使不完的劲"是她留给同事和领导们的印象标签。

提及"三雪花"，铸锻及材料研究院副院长贾冠飞说："放眼全公司，这样的创客群配置，我们院可是独一份。她们技术水平高、工作能力强，跟营销、跑现场、泡现场，从不因为热加工的恶劣环境条件而矫情，个个都是精致的'女汉子'，更是我们创客团队的技术骨干。"

公司重要客户青岛兰石重装技术部部长更是青睐有加，开出优惠条件"挖"大小雪加入。最终，不仅大小雪没被"诱惑"，反而引来了中雪。2014 年 7 月，作为高素质技术人才被引进的中雪和先入职的大小雪组成的"三雪花"在铸锻及材料研究院聚齐。

在为公司客户东方阿海珐核泵有限责任公司编制三件中间轴及三件电机联轴器产品的制造大纲时，大雪善钻、敢拼、不达目的不罢休，以客户需求为导向，强策划、跑现场、勤沟通，仅制造大纲就编了四版，最终评定件及产品顺利生产并交付用户。

大雪在公司提供的宽阔平台上尽情挥洒，参与完成了"核电管板仿形锻造技术研究"，获中信重工 2014 年青年创新创效成果一等奖。参与完成的"大型核电环圈锻件锻造及材料技术研究"和"核电汽水分离再热器用异形管板研制"，分别荣获公司科技进步二等、三等奖。

与大雪同为东北人的小雪，从郑州大学毕业后，最先进入铸锻及材料研究院，一直从事核电与加氢项目锻造工艺的编制及现场技术服务工作。小雪的"钻"劲和"精"劲，使得她在工艺创新攻关中不断突破，参与完成公司级科研项目"特大规格整锻管板及封头类产品制造工艺技术研究"，成功锻制了特大型整锻管板锻件，填补了锻造行业特大型管板整体锻造技术空白，参与完成的"Φ6.7 米 SA–336F11CL3 超大型加氢筒节锻造成形攻关"项目获公司青年创新创效成果一等奖。与此同时，在公司大家庭里，小雪也收获了爱情，单纯美好的小幸福游动在两只水灵灵的眼睛里。

在同事眼中，中雪很"强悍"。她主导编制了加氢筒体（过渡段）锻造工艺规范等多项关键工艺过程控制规范，促进了加氢锻件生产质量的提升。2018 年 7 月，主导完成了《封头锻板粗晶质量问题分析报告》，有效预防了此类质量问题的发生。

因中信重工而结缘的"三雪花"，彼此在心理上的亲近感体现在工作内外。从工作发展到生活，她们的关系也越来越亲密，小聚"吐槽"、一块"遛娃"，是她们最常见的与压力"较劲"的方式。

工作上，她们既"和谐"又"不和谐"。她们相互支持、全力协作，共同努力促进锻件工艺优化，提升锻件质量，强力支撑营销订货；她们合作攻关，共同参与完成"二代加氢制造技术稳定化""三代加氢制造技术研究"等公司相关科研课题，并获得公司 2015 年科技进步一等奖。同时，她们又互不服气、相互较劲。不论是在锻造专业知识的学习方面，还是在服务车间现场次数和时间方面，抑或是在支持营销拿订单的数量方面，她们都要比一比，暗自"较劲"赶超。

在这种相互"较劲"中，在公司创新的广阔平台上，"三雪花"像傲雪的蜡梅，开得那么鲜艳，散发出阵阵幽香。

五、总理的视察

2015 年 9 月 23 日下午，时任中共中央政治局常委、国务院总理李克强视察中信重工。

李克强此行重点考察和调研中信重工通过大力开展"大众创业、万众创新"活动，推进转型发展，带动中国装备走出去的经验和做法。

下午 4 时 50 分，李克强的身影出现在中信重工磨机工部。

在门口等候的公司董事长任沁新迎上去："总理好！上次您来是 2009 年 6 月 17 日，已经过去 6 年多了。"

李克强笑着接过话头："是啊，6 年前我来过。听说你们在搞双创，我来看看！"

公司关于全员创新推动战略转型的介绍引起了总理的极大兴趣："你是说全员创新？所有工作人员都参加了？"

任沁新回答："是的，公司是三个层面的创新。第一个是高技术的创新团队，现有 16 名首席技术专家，每个人都是所在领域的领军人物；第二个是国际化的创新团队；第三个就是企业的工人创客群。"

"总理和我握了两次手，作为一名蓝领，我感到深深的自豪！"王建刚咧着嘴回忆。

进入车间后，李克强总理在第一个车床机位上停留。在这台名称为"DVT1000"的数控立式车床前，首席员工王建刚与总理进行了交流。

王建刚在此工作了 22 年。从 2011 年起，他就被聘为"首席员工"。

回忆起与总理的交流，王建刚印象最深的便是"创新"二字："总理问我平时工作中怎么创新，又问我在机床操作编程后怎样创新。"

张东亮大工匠工作室，坐落在磨机工部的一角。李克强总理到来之前，16 名团队成员就围坐在一起开会，在西门子轧机轴承座项目上，他们遇上了难啃的骨头。

"这个工作室就是由我的名字命名的！"向总理介绍情况时，张东亮挺直了腰板。他是公司首批聘任的 5 名大工匠之一。

"那一刻，我的心里充满了自豪。"他告诉前来采访的记者。

总理走到他们中间坐下，问道："你们这个会在研究什么？"

"我们在研究西门子的轧钢机，我们叫轧机。"张东亮回答。

"你们是创客吗？"

"我们不仅都是创客，而且还是一个创客群。"张东亮回答。

总理让他们举一个实践当中创客的事例。

"当初在加工 8 吨支承辊轴承座时，我们遇到了设计与实际加工中存在着误差的问题，我们改变思路，尝试了一个从没用过的办法，结果，成了！"张东亮回答。

"大众创业、万众创新，大家知道吗？"

"知道、知道！"总理拉家常式的问话以及亲切的声调一下子拉近了和大家的距离，也让大工匠工作室 16 名成员没有了刚才的拘谨。

总理说："不仅是小微企业做大众创新，大企业也能做。你们的实践就表明了大企业可以把你们的员工组成若干个创客群，而且给他们提供创客空间。现在你们20多个创新工作室带动500人，影响了4000名生产一线工人，这就解决了大企业创新的问题。"

总理问张东亮月工资拿多少，张东亮侧过身对总理轻声说："1万多元。"总理笑了。

任沁新汇报说，我们开展双创活动，创出了成果、创出了效益、创出了团队、创出了品牌、创出了机制。

总理说："对，创新机制很重要。同时，你们也创新了企业的分配模式。在全国尤其是河南，产业工人的薪酬总体偏低。我们就是要不断通过创新机制体制，提高高、精、尖技术和技能人才的劳动报酬。"

总理强调：重大装备企业也要推动大众创业、万众创新，这不是权宜之计，而要有长远谋划。要创出成果、效益、品牌，也要创新机制和分配模式，走活双创这步棋。

张东亮回忆，总理还提到了"中国制造也得有互联网的思维，引进人才，设立激励机制，实现中国制造迈向中高端"。

"说起互联网，我还真有故事可以讲。"任沁新讲了一个例子：他们引进的一台梳压机出了故障，可无论如何找不到问题在哪，后来，他们"碰运气"在国际性的论坛上发了求助帖，结果，很快就得到了回复，而且问题"免费"解决了。

"当时总理听完就说：掏钱也不怕。要建一个专业性的业务论坛，引入人才，设立激励机制。"张东亮回忆。

"座谈结束时，我说：总理，你能与我们大工匠团队合个影吗？"没等张东亮话音落，总理就爽快地答应了，并起身与他们站在了一起。

"我开始有些紧张，但后来就完全放开了。他听你说的时候，身子微微前倾，面带笑容。"张东亮笑着说，没想到时间过得那么快，结束时一看表，总理与大家座谈了20多分钟。

总理走出张东亮大工匠工作室，包括首席技术专家、大工匠、劳模、金牌首席员工在内的300余名中信重工员工，早已在车间门口列队等候，对总理的到来报以热烈的掌声。

任沁新向总理介绍说："这是我们的员工来看您。第一排都是我们的创客，有技术专家、有大工匠、有金牌首席员工，他们每个人都带领一个创客群。"

李克强和大家亲切握手，和员工合影留念，并发表了重要讲话，他说："中信重工是传统的老企业和大企业，但是你们跟上了时代的潮流，在搞创客群、推动大众创业万众创新，实际上也使你们的企业本身升级了。大众创业、万众创新不仅是小企业或小微企业的生存发展之路，也是大企业的繁荣兴盛之路和兴盛之道，你们已经走在了大企业的前面。希望你们的工人创客群、科研人员创客群，以及向社会招募的创客群，通过互联网＋发展起来，让我们的品牌、让中国的装备走向世界，不仅是在世界上显示竞争力，而且能够打出自己的金字招牌。"

全场响起热烈的掌声，到处是挥舞的双手，到处是高高举起的手机，大家争相记录下这一激动人心的瞬间。

六、聚光灯下

工人的笔记本上记录着"创新"等词句，门外的墙上印着"创客"等字眼——这可不是什么新潮时髦的创业大街，而是发生在中国中部一家装备企业的情景。

9月23日，国务院总理李克强一下飞机就来到中信重工，考察企业开展"大众创业、万众创新"情况。

这是 2015 年 9 月 24 日人民网题为《李克强河南考察为何先来这家企业》的记者观察的开头语。

记者观察站在中国装备制造业这一国民经济的支柱产业如何发展的高度，对中信重工"大众创业、万众创新"的经验和做法做了深刻解读。

国内各大主流媒体和新媒体纷纷在第一时间刊发总理考察消息和深度解读，把中信重工作为大企业推动双创的鲜活样本，置于全媒体的聚光灯下。

李克强视察后第二天，中新网以《李克强河南首站为何选这家企业作为考察首站？》为题，推出重点报道，报道称"该公司聘请 10 位院士、15 位行业领军人才，引领组建 18 个技术创新团队，并建立了劳模工作室、大工匠工作室和工人创客群体，直接参与者逾 500 人，带动 4000 多名一线工人成长成才"，并高度评价公司"堪称大企业推动双创的鲜活样本"。

中国青年网第一时间发文《李克强总理第三次来这个"老地方"》，并把焦点对准了李克强的三次中信重工之行进行重点聚焦。

《河南日报》头版头条报道《大国总理握手大工匠》，对总理到公司视察、调研、指导双创工作进行了详细报道。河南省发行量最大的《大河报》头版发布图片新闻《总理"回家"了！》，并发文《总理"回家"了，六年后再回河南，首站选在洛阳，视察企业谈双创》《总理"回家"了，为何选"洛矿"？它堪称大企业推动双创的鲜活样本》，以多版面、超大篇幅深入解读中信重工的双创内涵和中信重工"中国工业脊梁，重大装备摇篮"的发展之路。河南省内其他各家媒体利用近水楼台的优势，纷纷以全篇幅、大容量以及独特视角和全新视野，对李克强的第三次中信重工之旅，以及公司的大工匠制度和双创经验进行全方位、多角度报道、解读。

9月25日，李克强结束河南考察。中国政府网发布《李克强在河南考察图集》，人民网发文《工人遇到来豫调研的李克强：总理很"懂行"》，报道李克强的中信重工之行。

当晚，中央电视台《新闻联播》报道了李克强总理视察河南和中信重工的消息。消息称，李克强来到新中国成立初期国家重点项目……这里以创客空间模式建立了5个大工匠工作室引领的22个工人创客群体，参与者达500多人。李克强高兴地说，这说明国有大企业也可以搞大众创业、万众创新。大企业通过双创，更能集聚全员智慧，迸发更大能量。

9月26日，《人民日报》刊发新华社报道《李克强在河南考察时强调：推动大众创业万众创新形成企业和经济发展新动能，让新型城镇化与农业现代化相辅相成互促共进》。《新华每日电讯》发文《李克强在河南考察时强调放出创业创新的连环炮，把国企改革和双创相结合》，对李克强总理调研中信重工双创工作进行报道。中新网以《李克强一个月两次外地考察何以频提双创？》为题，深度剖析总理视察中信重工的背景和意义。文中指出，中信重工堪称大企业推动双创的鲜活样本，双创已成为当前中国经济新旧动能转换的新引擎，李克强直接走进大企业力挺双创，并用大企业的实践说明，双创不仅是小企业的生存之道，也是激发大企业自身活力的重要之策。

9月28日，媒体的报道持续升温深化。《河南日报》头版和河南卫视《新闻联播》以《未来的河南更加让世人刮目相看——李克强总理河南考察纪行》为题，详细报道了李克强总理考察公司的全过程。《河南日报》又特别发文《尽早实现总理的"好建议"》，《大河报》发文《"总理回家"刷爆朋友圈》。当天的《洛阳日报》要闻几乎全部被中信重工包揽，《为中国双创亮出"洛阳范本"》的深度报道和报道中信重工的《鞭策之后见行动》两篇报道占据了报纸一版的整个版面，三版则刊发评论《激活"工人创客"，擦亮"洛阳制造"》。

人民网、河南省人民政府网、新浪网、搜狐网、凤凰网、网易、大河网、映象网、环球网（环球时报）、和讯网、中原经济网纷纷予以转载。微博、微信朋友圈等新媒体，也被"强哥来了——总理第三次到中信重工""总理回河南啦！第三次来这个老地方，它为啥恁吸引人"等相关专题频频刷屏。

据不完全统计，24日至28日，短短5天时间内，国内主流媒体累计刊发、播报李克强总理视察中信重工的第一手新闻报道就达60多条，有关报道连续占据新浪、搜狐、凤凰、网易等各大网站的要闻位置。以高技术的创新团队、国际化的创新团队、工人创客群、社会创客群四个层面，围绕国家重大技术装备、围绕中国装备走出去、围绕振兴中国装备制造业开展全员创新的中信重工，又一次成为舆论的焦点。

自古以来，创新创业就以一种不可逆转、不可抗拒的力量推动着人类社会向前发展。当前，网络信息技术日新月异，全面融入社会生产生活，世界经济正在加速向以信息技术产业为重要内容的经济活动转变，数字经济正在成为继农业经济、工业经济之后的一种新经济社会发展形态，赋予了全球经济全新的增长动力。推进大众创业、万众创新，是我国抓住第三次工业革命机遇，顺势而为、因势利导，实现换道超车，建设制造强国和网络强国的战略选择。大企业拥有成熟的技术、领先的管理经验、多元化的人才、丰富的营销渠道、雄厚的资金和市场资源，是推动双创的主力军。

中信重工在双创中彰显示范效应，对全国大企业双创起到至关重要的推动作用。2015年11月，国资委在深圳组织召开中央企业双创工作座谈会，积极推动中央企业加快实施创新驱动发展战略，认真做好双创工作。时任中信重工总经理俞章法代表公司应邀在会上做了重点发言。2016年4月，工业和信息化部召开大企业双创电视电话会，中信重工等在会上交流了双创经验。在2017年7月12日召开的国务院常务会议上，李克强总理再次指出，要"把双创推向更大范围、更高层次、更深程度，加快建设工业互联网平台，引导大型企业开展内部双创，开放供应链资源和市场渠道，促进产业链上下游、大中小微企业融通发展"。国务院陆续发布了20多个文件支持双创发展。

双创已经成为大企业实施创新驱动发展战略的重要载体，激发企业自身创新活力的关键举措和完善创新体系的有效手段。国资委数据显示，截至2017年第二季度，我国双创平台和新模式应用率都出现了加速增长的趋势，平台应用情况总体水平较高，并且增长速度较快，制造业骨干企业双创平台普及率达到60%，比上季度提高了15.83%。同时，双创平台的普及率在各行业基本达到50%左右水平，在全国半数以上的省份普及率都达到50%以上，无论是行业还是区域的普及率，均超过其他指标。

七、国家首批企业双创示范基地的诞生

2016 年 5 月 12 日，国务院办公厅印发《关于建设大众创业万众创新示范基地的实施意见》，系统部署双创示范基地建设工作。在对外公布的双创企业示范基地中，中信重工榜上有名。

据介绍，国务院确定的首批双创示范基地共 28 个，其中包括北京市海淀区等 17 个区域示范基地、清华大学等 4 个高校和科研院所示范基地、中信重工等 7 个企业示范基地。河南省仅有中信重工和郑州航空港经济综合实验区两家登榜。

中信重工以双创示范基地建设为契机，大力推动科技创新和体制机制创新，实现企业战略转型；还将探索形成大中小型企业实施双创的制度体系和经验，成为大众创业万众创新的重要阵地和创新创业者的聚集地，带动整个重型装备制造行业的技术进步和转型升级。

《中国经贸导刊》在 2017 年全国"双创周"期间，刊发中信重工董事长、党委书记俞章法的署名文章：《"创"出大企业兴盛之路》。在对中信重工国家首批企业双创示范基地建设实践做了回顾之后，俞章法概括总结了中信重工双创工作的成效：

——创新潜能深度激发。2016 年，技术创客开展课题攻关活动 812 次，8200 多人次参与，获得国家科技进步奖一、二等奖各 1 项，矿物磨机入选中国制造业单项冠军。工人创客群开展攻关活动 926 次，10502 人次参与，取得创新成果 107 项，固化先进操作法 83 项。中信集团首届双创大会征集到的 180 个创新创意项目中，有 40 个来自中信重工的创客，不仅数量多，而且商业价值大，备受投资机构关注。

——体制机制取得突破。公司从人才培养发展，人才吸引引进、激励、容错等方面建立多维度机制，给创新创业营造一片沃土。管控模式上从"直线职能式"管控向"职能管理＋板块化运营"转变，在体制机制层面解决制约企业转型升级和产业结构调整之困。建立和完善了首席技术专家和大工匠选聘机制、员工培训交流机制、创客团队运行机制、课题考评机制以及激励机制等，设立以个人名字命名的创新工作室并提供创新活动经费，每年举办科技大会对优秀创客团队予以表彰奖励。成立创新研究院，加快推进跨专业、跨部门、跨系统的集成创新和工程创新，促进重大新产品、重点新业务和前沿新技术的产业化，最终打造融"研究院＋产业园＋投资人"为一体的新产业研究及孵化基地。

——传统产业绿色突围。通过品质提升、绿色发展、智能升级、服务转型和海外拓展，做稳做优传统重型装备业务。2007年上半年，重型装备板块实现营业收入同比增长40.68%。传统煤炭开采逐步转向煤炭综合利用和清洁利用。国际市场版图覆盖欧美、澳洲、南美、南非等高端市场和新兴市场。

——新动能业务活力显现。中信重工依托双创平台，积极与产业优势方开展合资合作，通过股权合作、产业发展基金合作、项目运营合作等形式，畅通内外部投融资渠道，催化了中信重工新兴产业的发展活力。短短一年多时间，中信重工成功推出五大平台、20多种特种机器人产品。在营销上，中信重工创新推出"研发试验基地＋产业化及销售服务区域中心"的运营模式，联合地方政府，采取政府引导、企业参与，共建安全绿色城市的合作方式，先后布局江苏徐州、山东东营、浙江余姚、湖北大冶、内蒙古鄂尔多斯、广东台山等地，成功实现特种机器人产品和产业"双落地"。目前，中信重工已发展成为国内最大的特种机器人研发制造基地，以特种机器人为代表的战略性新兴产业已成为推动企业持续发展的新动能。

——带动了社会创新创业。以产、学、研、用、供合作推动创新资源集聚，中信重工与昆士兰大学、清华大学等20多所高校以及中国科学院等30多个科研院所，并协同巴西淡水河谷、澳大利亚必和必拓、智利铜业、瑞典力矿集团、中国黄金集团、江铜集团等行业巨头，全面启动了高端矿山重型装备技术创新工程，实现了大型磨矿设备实验选型及设计制造技术、年产600万吨级高压辊磨设计及制造技术等30多项技术突破，培育出大型磨机、大型破碎机、大型辊压机、大型搅拌磨等12大具有国际水平的核心产品，满足了矿产资源行业的重大需求，引领了行业的技术发展。

2020年11月28日，以"融通创新、智造未来"为主题的中信重工国家双创示范基地创新主题日活动，在中信重工机器人及智能装备科创园隆重开启。

该主题日活动，是国家"2020全国大众创业万众创新活动周"的重点活动之一。

本次活动通过中信重工主会场现场交流与线上直播相结合的方式举行。来自国家发展和改革委员会、中国科学技术协会、中国产业发展研究院，以及河南省发改委、洛阳市发改委、西安交通大学、重庆大学的代表，和国家、省市双创示范基地代表，高校、科研院所创新创业团队，大中小微企业代表百余人参加了主会场活动。5600多人次通过线上直播实时参与活动。

主题日当天，中信重工对外发布了中信重工机器人及智能装备科创园、矿山重型装备国家重点实验室、机器人智能工厂等可开放共享的双创平台资源以及融通创新技术合作需求，面对广大市场主体，寻求资源的共享和融通。

与此同时，中信重工还分别与重庆大学、河南中原智信科技股份有限公司、中建地下空间有限公司、郑州佛光发电设备有限公司、同人智能科技有限公司、河南聚合科技有限公司6家单位，就融通创新部分项目实现签约。

中国科协企业创新服务中心副主任宁方刚在致辞中说，中信重工作为首批全国双创示范基地之一，积极实施创新驱动发展战略，依托自身在研发设计、高端装备制造方面的资源优势，与科研院所、高校开展产学研合作，与产业链上下游大中小型企业融合共创，逐步探索出协同创新、产业融合的开放式融通创新模式，孵化培育创新创业能力不断提升，融通创新成果不断涌现，充分彰显了大中小企业融通发展的蓬勃力量。

中信重工总经理张志勇在演讲时表示，中信重工将以国有企业的责任担当，充分发挥国家双创示范基地的带动作用，以"融通创新"为引领，进一步完善三大众创平台、"四群共舞"的创客体系、"五位一体"的协同创新合作共赢机制，努力探索大中小微企业联合双创的制度体系和经验，打造融通共创、协同创新、共赢发展的双创生态，促进制造业高质量发展。

第十四章

直抵人心的温度

心理学上有个词，叫"南风效应"，出自法国作家拉·封丹所写的一则寓言——

北风和南风比威力，看谁能把行人身上的大衣脱掉。

北风先刮来一股凛冽的寒风，想通过更大的风，把人的衣服吹掉。

结果，行人为了抵御北风的侵袭，把大衣裹得更紧了。

稍后，南风徐徐吹动，顿时风和日丽。

行人似乎感受到了春意，便开始解开纽扣，继而脱掉大衣，最终南风获得了胜利。

这就是温暖的力量！

在中信重工，我看到了这种力量。

发生在中信重工人身边的那一个个直抵人心的"南风"故事，更使我笃定地相信——好的管理是有温度的。

一、青年才俊的远行

2008 年 3 月，34 岁的韩利芳被任命为中信重工自动化所所长。

为世界最大的 18500 吨自由锻造油压机项目制订电控方案的任务下达给了自动化所。这是一个世界级的难题。韩利芳带领团队成员前往德国进行油压机技术交流，全身心投入课题攻关。

这位西安交通大学毕业的技术才俊充满自信。

但生活竟是那么无情。一直困扰他的腰痛感加重了，在去医院做了全面检查后，结果令人不寒而栗：骨癌晚期。

公司破例做出决定：送北京的医院！

韩利芳以最快速度住进北京大学人民医院。

明天就要手术了，韩利芳嘴上说着"没事没事"，但却把头埋在被子里，半天一动不动。掀开被子，妻子还是隐约看到他眼角的泪痕。

"天有不测风云，人有旦夕祸福"，这句老话说得一点都不假，正如病痛与折磨说来就来，你根本就没得想，它已经把你打压了。

这时，公司总经理任沁新走进病房。

他从洛阳专程赶来，看望明天就要手术的韩利芳。

韩利芳立马坐起身来。

任沁新握着韩利芳的手，鼓励他："你的课题还没做完，我们等你回来。"

韩利芳露出少有的微笑："任总放心，我一定配合手术，早日回到工作岗位。"

"好！我们等你回来。"

任沁新把一笔住院费交到韩利芳妻子手中，嘱咐道："有什么困难随时跟公司联系。"

手术从早上一直进行到下午4点钟。受公司委托的自动化公司经理刘大华和韩利芳的家人一直紧张地守候在手术室门口。

当医生推门宣布手术很成功时，大家激动之情溢于言表，紧绷的神经终于松弛了下来。

刘大华立即给任沁新发去短信，告知手术很成功，请领导放心。

任沁新回信："一定要好好照顾小韩。"随即派专人前去陪护。

几个月后，韩利芳从北京回到洛阳。公司派车到车站直接将他接到洛阳最好的医院疗养。

2009年8月，由于颈椎病、腰椎病已无法坚持正常工作，任沁新不得不去郑州接受治疗。

入院不到一周，突然传来韩利芳病危的消息。

任沁新顾不上自己的病痛，赶到这位青年技术骨干的病床前。

病危的韩利芳看到总经理，眼睛马上亮了起来，挣扎着要坐起身来。

任沁新一边扶住他，一边鼓励他："心里不要有负担，要配合治疗，早日康复。"随后找到院领导，为小韩安排了最好的病房、最好的治疗、最好的护理。

但最终回天无力。

对这位年轻的才子，老天也是不忍啊！蔚蓝色的天上，飘着一缕白云，久久不肯散去。

韩利芳走了，撇下不满 12 岁的孩子，白发苍苍的双亲，还有他无限眷恋的事业。

他是不幸的，但也是幸运的。中信重工很多干部员工来为他送行。在送行队伍的最前排，还有忍着伤痛，专程从郑州的医院赶回来的任沁新。

追悼会上哀乐低回，每个人的心里都像堵块石头。

从乡下赶来的韩利芳的父母亲相互搀扶着，老泪纵横。

向小韩遗体三鞠躬后，任沁新走到小韩的双亲面前。白发人送黑发人，总是令人心酸。他紧紧地握住老人颤抖的手，一句安慰的话也说不出来。他的眼睛装得下高山，装得下大海，此刻，连两行泪也装不下，串串泪水从脸上滑落。

从农村培养出一个大学生，其中的艰苦辛酸岂是一句"不容易"所能涵括？在返回郑州医院的途中，任沁新给公司工会主席何淳打来电话："我们不能看着白发苍苍的老人在清风中捧着儿子的遗像回去。"

在对韩利芳妻儿救助的同时，一笔 3 万元的专项救济很快送到韩利芳父母手中。这不仅温暖了小韩的家人，也温暖了公司里所有从农村出来的大学生，温暖了所有的技术人才。

当年一上任就收到 19 名技术人员集体辞职信的任沁新，早已不再惧怕与那一双双目光对视。当年那无法回避的目光，一直刺伤着他的心。

现在的提升所，位于 25 层的镶嵌着玻璃幕墙的技术中心大楼内。

他们承担了大型提升机装备开发国家"863"计划，取得了提升机科研的一系列突破：研制成功我国井下使用的最大规格提升机；研制成功我国最大的塔式双机拖动提升机；率先推出国内首台高性能液压防爆提升机。

中信重工已把提升机的水平提高到每次提升量 40 吨、每秒提升速度 16 米以上的级别，关键技术达到国际先进水平。

二、女指挥长的故事

歌喉婉转，衣着时尚，外表文静……如果把年轻的尤明和以热、脏、累著称的铸造行业联系在一起，需要丰富的想象力。

20 年间，以铸铁车间为平台，尤明从普通工艺员做到技术副厂长。

2008 年 4 月 7 日，她以指挥长的身份投入中信重工世界级重铸铁业基地的建设。

地处宜阳，异地建设，白天烈日酷暑，连一片庇荫的地方都找不到；雨天四处泥泞，坑坑洼洼，施工人员得光着脚丫子进现场……

尤明带领中信重工的建设者们迎难而上。

进入秋季以后，工地上几乎每天要刮半天风。因那里处于洛河河谷，夹在南北两边山岭之间，风一刮起来，尘土飞扬，天地昏黄一片，睁不开眼，工地上的工人个个成了"灰人"；突然"轰"的一声响，几百米长的工地围墙被刮倒了一大半，这时，有纸张在空中乱飞。原来，指挥部办公室的屋顶被风撕开了，一大片顶棚被吹落，大风灌进去吹走了桌子上的文件资料……

这个时候，最让尤明担心的不是这些，而是高空作业工人的安全。施工安全上有规定，七级风以上的大风天气，不准高空作业。大风一起，她就赶紧跑到现场，让大家撤退。

2009年的春节就要到了，来自四川、江苏、湖北、豫东等外地的民工要回家过年了。一年里，他们吃住在条件简陋的工地，没有休息过节假日星期天，没有电视看。过年了，应该让他们回去与家人团聚。

但是，项目建设任务繁重，离公司要求的投产日期越来越近，民工们一回家过年，至少得停工七八天。

"怎么办？怎么办？"尤明一下叫了起来，圆润而不乏秀气的脸庞顿时涨得通红，因为着急，她那平时显得十分清灵的眼睛，像被火燎一样滚烫滚烫。

"要想尽一切办法把他们留下来！"

尤明和指挥部的同志一道，利用休息时间到民工宿舍，一个个走访，做工作让他们留下来，并动员他们把家属接到工地上来过年。民工们也理解她的苦衷，答应把家属接到工地，不再回老家。

年三十，方圆几里的其他工地不见一个人，都放假停工了，唯独重铸铁业的工地上依然热火朝天，大家一直干到下午4点半才收工。看到大家忙碌的身影，尤明内心有说不出的感动。她让办公室人员去宜阳县城买来电视机和临时天线，把职工食堂布置一新。

丰盛的饭菜准备好了，凉菜、热菜摆满了十几桌。民工们洗完手，换完衣服陆续来到食堂。除夕的会餐开始了。

这时，尤明的女儿打来电话，说她和爸爸已经到了郑州老家，和爷爷、奶奶在一起吃饭，要她别担心他们，并让她注意身体……听到这里，尤明鼻子一酸，大朵大朵的眼泪绽放而出，她赶忙把电话挂断，怕懂事的女儿听出来难受。

那天晚上，民工们喝着酒，看着春节晚会，兴致高涨。

"夜半三更哟盼天明，寒冬腊月哟盼春风，若要盼得哟红军来，岭上开遍哟映山红……"尤明被热闹的场面感染了，她拿起话筒，天籁般的歌声从餐桌上飘起……

她圆润甜美、深情大气的演唱，唱出了凝结在大家心中那颗火热至诚的爱国情怀，唱出了热爱家乡和亲人的一片心声，唱出了工地大家庭的兄弟情深，唱得民工和家属们兴奋得直拍手。

看着一张张热情纯朴的面孔，她唱了一首又一首，一直唱到嗓子哑得唱不出来……

民工和家属们按捺不住内心的敬佩与欢乐，齐刷刷地站起来鼓掌致谢。

第二天，大年初一，中信重工的工地人声鼎沸。

很难想象，一个占地近300亩、总投资3.2亿元、建筑面积7万平方米的工业项目，是她指挥着数百号人仅用1年零2个月建成投产的。这个装备水平国内一流的铸铁件生产项目，在正常情况下需要3年时间才能建成。

重铸铁业工部项目部，以平均年龄25岁的12名年轻人为主的团队，成为工程的建设者和奇迹的创造者。

"对讲机几乎没有离开过耳朵，手机铃声经常换，因为同一铃声久了，即使手机没响，也会下意识去打开看看。"入职6年就肩挑大梁的项目经理李国伟，说起忙时的感觉，别有一番情趣。

核心设备6台电炉的安装，正常时间需要半年，可他们3个月就完成了安装调试。为了抢进度，项目部数十次与设备厂家反复沟通。最后，电炉厂家几乎调动了所有人力，"集结"重铸铁业工部，以惊人的速度完成了设备安装。

伴随世界级重铸铁业基地的成长，年轻人的事业也"从河沟走向大海"。

一个叫"铁生"的男婴，像福星一样与重铸铁业工部同步降生与成长。

2009年6月5日凌晨，伴着"新重机"工程重铸铁业工部第一炉铁水发出的璀璨光芒，重铸铁业工部员工王留群的儿子小"铁生"，也以洪亮的啼声降生到了这个世界上。

小"铁生"的降生，给成功冶炼出首炉铁水的重铸铁业工部喜上添喜。指挥长尤明掩饰不住内心的激动，向总经理发了一条短信：

> 任总：我们项目组的年轻人把心血和情感都融入到了重铸铁业，许是太专注了，生活中竟发生了这样一件巧事：项目组里最年轻的工艺员，他的妻子在我们第一台中频电炉开始热调试烘炉那天住院待产，到我们第一炉顺利出铁水时，他的儿子顺产顺生，体重是六六顺（六斤六两），

大家给孩子起了个小名叫"铁生"。

转眼间小"铁生"和重铸铁业工部出铁水一起满月了。

7月5日，在家人和重铸铁业工部为小"铁生"庆贺满月之际，意外的礼物和祝福给大家带来了意外的惊喜。

任沁新在短信中告诉尤明："小铁生满月，我在外出差，特准备了一份满月礼物。祝重铸铁业在大家的共同努力下发展得更好！"

三、"龙哥"带兵

"龙哥"长得很"辩证"，说他胖那叫敦实，说他"将军肚"那叫富态，说他嗓门大那叫底气十足。

"龙哥"是他的微信名，他真名叫李海龙，时任矿山厂重型机加工部车间主任。

"如何尽快融入这个新的群体，得到员工的认可？"

2015年2月，李海龙调任重型机加工部车间主任，就像一个进入陌生战场的新兵，面临着这样一个难题。

第一次班前会上，他说："作为一名车间管理者，我只是岗位和大家不同，我不是来领导的，而是来为大家服务的，我将努力使大家心顺劲足，工作越干越开心，越干越想干。"

他话音刚落，大家都不以为然地笑了起来。

经过一段时间的熟悉，他发现：车间生产环境管理混乱，这么多大型关键机床，车间产量却上不去，质量问题更是层出不穷……

他把自己当作一支"温度计"，贴紧车间这个肌体，整天泡在一线，来寻找重型机加工部的"病根"。

经过一个月的走访和熟悉，他首先发现了一个奇怪的现象：每天早上8点上班，一线员工着急上下活件或者翻活，却没人愿意去叫天车工和起重工。

他询问后得知，每天一大早上班后前半小时，天车工和起重工往往还在忙着打水、喝水，长期以来已经形成了这个"默认"的工作习惯，谁要是这个时间段过去叫他们吊活，往往会挨"白眼"。不仅如此，他还发现，每逢生产紧张阶段却是天车工、起重工的休假高峰期。

天车工、起重工服务意识薄弱，直接带来了服务效率的低下，从而导致了生产效率上不去。一线员工工时上不去，完不成公司任务，又造成团队关系紧张，大家互相抱怨，又直接影响了生产效率。

面对这个长期存在的问题，他果断选择将提升天车、起重班服务意识作为打破重型机加工部生产"恶循环"的突破口。2015年3月，他就提升服务意识问题与天车、起重班组长进行了严肃的谈话，要求他们在一周之内要制定出自己的工作制度，否则就换人。

天车工、起重工工作制度几易其稿，最终出台。新出台的天车工、起重工工作制度要求，班组长每天早上上班后第一件事就是花5分钟时间，到车间东跨、西跨了解活件需要吊装的情况，并将班组成员班次安排和电话号码打印出来送到每个机组；如果有一线员工联系吊装活件，必须5分钟之内到场，否则一次批评、两次处罚、三次要向车间解释是否适应岗位；每周四下午5：50，白班二班一起召开服务质量会议，车间主任亲自参加……

"天车工、起重工工作主动了！""每天每个班次，一上班，每个机床的工作情况，他们先挨个问一遍，再互加个微信，方便随时联系。"6.5×35米数控龙门铣的操作者杜红朝感受到了天车、起重班员工明显的变化，他说："吊装活件时，天车工、起重工提前策划位置，确保实现一次到位，避免重复劳动，相互节省时间。吊活时，起重工人手不足，我们机床也会主动配合。"

2015年4月，李海龙与天车、起重班4个班组长进行了交谈，发动他们趁热打铁搞好班组建设，带头带领班组成员在车间做公益活动，为车间打造服务形象窗口。

在之前，车间里别说做公益，就是谁自发扫个地都会被有些员工议论说"瞎积极、爱表现"。李海龙这项特殊的任务把班组长们难住了，似乎无从下手。

他给班组长们算了一笔账："首先带上你们的徒弟，这样就快达到班组总人数的1/3了吧；再叫上关系不错的，这样做公益的人就成了大多数，等大多数人都开始做公益了，班组中正气就会压住歪风邪气，其他人自然而然就会加入进来。"

对于坚持做公益的员工，他不仅会代表车间在班前会上口头表扬，还制定了相应的物质奖励制度。就这样，在班组和车间的共同推动下，天车、起重班兴起了做公益的热潮，大家一带二、二带三，利用工作闲暇时间，自发擦洗水池子、擦玻璃、刷防锈油。经过半年时间的巩固，车间生产环境得到了明显的改善。

"我们班组也一定不比天车班差！"

"大家行动起来，拼一拼，比一比！"

李海龙打开车间微信群，顿时就被这些比拼和主动改进的词句刷了屏。

员工们如此反应，让他很满意，这正是他希望借助微信平台交流所要达到的效果。

连续数月来，天车、起重班利用工作间隙，主动承担起车间活件防锈和清扫垃圾任务的事和图片，被发到微信群里，一时间，天车、起重班成了明星班组，也成了全车间比拼和赶超的对象。

在李海龙的倡导下，一线员工也不甘做"别人付出"的享受者，而是在做好生产的同时，主动将机床周边的生产环境维护好。青年员工在车间团支部书记的带领下，主动将防汛设施的整理作为自己的事。借助车间微信群，车间每名员工做公益之后都会将自己的工作拍照上传，既得到了他人的点赞和称赞，又起到了很好的带动示范作用。车间员工更以举手之劳，珍惜自己和工友的劳动成果。垃圾入箱，自己机床边的垃圾箱主动整理；下机床前，脚在锯末上多蹭几下；进办公室前，换掉沾满油和铁屑的劳保鞋……

为了进一步激活班组活力，形成"比学赶超"的上进氛围，2015 年 8 月，李海龙在车间实施了红黄旗评比制度，车间每周抽几名班组长对各个班组的环境卫生、工具摆放、工艺纪律进行检查评比。连续四周都是红旗的，奖励 300 元；得过一次黄旗的不奖不罚；对于得过两次黄旗的罚款 200 元，班组长说明原因。对于评比中的先进班组，车间要求班组长在班前会上和大家交流经验并规划下一步努力方向，同时将想法发到车间微信群加强班组学习交流。

小小一面旗，推动每个班组形成了积极向上、力求上进的合力。每周评比过后，都会有自认为工作做得很好的班组长找李海龙理论不停，每当此时他心里面都是甜滋滋的，因为他知道大家团结上进的合力已经在车间初步形成。

车间班组长年龄老化，如何说服老班组长让贤，事关车间的长远发展，事关年轻人的成长。

"作为公司和车间的最一线作战单元，班组急需一批年轻化、有冲劲的带头人。大家作为老班组长要以大局为重。"2015 年 7 月，李海龙召集班组长们集体谈话，开门见山地提出自己的想法。

随后通过车间物色和员工推选，一大半班组长更新为有能力、技术水平高的中年员工，副班长则配上清一色的年轻人。

对吕海洋来说，刚从卧车转至 W250 镗床的最初阶段，是最难熬的，他甚至连图纸都看不懂。最初的一年多时间里，吕海洋跟着师傅打杂、学技能，碰到急活、难活时，师傅加班到几点，他跟着加班到几点，劳保鞋一年最少穿坏了两双。勤学加上数控专业的底子，让吕海洋快速成长。在他的操作下，先后完成了出口澳大利亚齿圈骑缝销、1708-455 工号立磨立柱等一批公司重点产品的加工任务。

矿山厂重数车间有 59 名青年员工，占车间总人数的 60%。和吕海洋一样，经过火热熔炉的淬炼，这些青年员工已褪去了稚嫩和青涩，成长为重点关键机床独当一面的"蓝领精兵"。以年轻人为主体的数控龙门铣班，喜获"全国青年文明号"殊荣。

他们一路走来，有勤奋、刻苦、快乐、艰辛，更有他们的"龙哥"洒下的缕缕阳光。

一天傍晚，在公司 6 号门外的一家小餐馆，李海龙与青工小李相对而坐。

几天前，小李与师傅产生了矛盾，两人各执一词，不肯相让。让他着急的是，小李因为这件事已经两天没到车间上班了。

他打算先与小李师傅沟通一下，谁知，还在气头上的小李师傅一口回绝了他的"好意"："这工作你做不通。"

李海龙想，两人的矛盾其实归根到底就是个小误会，如果两人能心平气和地坐到一起谈一谈，这个误会也就烟消云散了。他拨通了小李的电话，将他约到衡山路边的一个小饭馆，打算跟他好好聊一聊。

"师傅不要我了。"两人一见面，小李带着哭腔说。等小李心情平静之后，李海龙设身处地地帮他进行了分析。他告诉小李，这件事其实就是在沟通上出现了一点小误会。小李连连点头。李海龙接着说："你现在这个状态，想过没想过家里人该有多担心，假如就这样丢掉了工作，你的职业生涯无疑会受到很大的挫折……"

两小时的谈话，让小李深感愧疚。他认识到，作为一个年轻人，在这件事上与师傅顶撞，实在太不应该了。看到小李打开了心结，李海龙提议叫上师傅，吃饭间隙让小李给师傅诚恳道歉。小李感激地说："主任放心，剩下的事情我知道该怎么做了。"

看到小李此时的表情已经"阴转晴"，李海龙放心地离开了。

第二天，李海龙在小李原来的机床上，看到了他活跃的身影。小李观察活件加工情况，师傅在旁边指导，两人有说有笑，就像什么事情都没发生过一样。

为了增进青年员工对车间的归属感，营造团结和睦的氛围，李海龙总是变着法子为青工群体创造条件。2016 年，他自掏腰包为没有旅游年票的车间青工都办了一张年票，并嘱托车间团支部书记申书帆，利用休息时间，带领大家多到洛阳周边景点游玩，增进感情。为了让青年员工玩得开心、放松，每次活动他都不参加，只是在默默地做一个幕后策划。

作为公司核心制造的主力生产车间，重型机加工部承担着诸多关键件、重点件和急件的加工任务。春节是阖家团聚的节日，但彼时，一批重点产品、客户急需品正待加工。

"关键机床不能停，这个春节大家克服一下。"李海龙将青年员工聚在一起，很为难地向他们讲当前车间任务艰巨，希望青年员工能够克服困难，轮流放假回家。

青年党员柳冬明第一个站出来说："我家近，随时都能回，春节我来盯着。"其他人也不甘落后，纷纷表示愿意留下来。

李海龙挨个拨通加班青工家属的电话，向他们说明车间的生产情况，并向他们表示感谢。

春节期间，重数车间机床轰鸣，关键设备马力全开，保证了节后交货节点。

除夕和大年初一，李海龙将远离故土的青年员工请到家里，亲自下厨为他们包饺子，烹制丰盛的饭菜。

沉迷玩手机在年轻人中很普遍，重型机加工部的青工们也不例外。在一次车间巡视中，李海龙正好撞见青工小杜正在机床旁玩手机。按照规定，小杜需要在车间的微信群里发100元的红包，而且要标上"上班玩手机自罚"。

小杜承认错误并有意让李海龙对他网开一面，李海龙这样对他说："这次我可以不追究，但作为一名年轻人，自己犯错不敢承担，以后将会小错铸大错。"话音刚落，小杜拍着胸膛对李海龙说："主任，我承担。"车间微信群里跳出100元的"自罚红包"，而后被车间职工"笑纳"。

到上班时间了，车间一名青工却迟迟未到岗。李海龙打电话询问情况，该名青工吞吞吐吐地说自己感冒发烧。察觉到他在撒谎的李海龙说："有事不请假，先把罚款交了！"没过一会儿，车间微信群里，一个标有"迟到罚款"的50元红包发了出来。红包发出后不到半小时，这名青工就嬉皮笑脸地来到了岗位，也证明了李海龙的判断。

这个李海龙自创的"红包罚款"制度，用少量的罚款和有趣的方式换来的教育作用却是极大的。车间每进行一次奖励和惩罚，李海龙都会通过各种途径告知全体员工。他说："我们的管理不是为了罚款，而是通过罚款教育引导广大员工，对于自己犯的错误要勇于承担。""关心爱护员工不能停留在嘴上，而是要引导他们向好的方向发展。"

在李海龙的引领下，重型机加工部一大批青年员工快速成长为车间的骨干，一批批公司重点产品在他们的手中完美加工。在青工团体里，大家比奉献、拼上进，一腔热血倾洒到生产中。

260 镗床申书帆为保障机床正常生产，放弃婚假，仅休假一周就回到了工作岗位上。同机床的青工王志兵爱人生孩子，他匆匆回家几天就返回了岗位。干净的洗手池、整洁的更衣室、窗明几净的车间环境，这些背后都有广大青工主动担当的身影。

我想起在央视播出的青年宣言片《后浪》。"因为你们，这个世界会更喜欢中国，因为一个国家最好看的风景，就是这个国家的年轻人。"

抬头看去，眼前的这群青涩青年令我心生敬意。奔涌吧，后浪！

四、"天字号"工程

2005 年的一个早晨，中信重工建安公司的一名吊车司机完成工作任务后"凯旋"，他偷了一下懒，大吊车的吊斗也像他一样"骄傲"地高昂着头颅。

"砰"的一声巨响，惊醒了梦中人，公司铆焊厂主煤气管道被拦腰撞断，并引起了煤气泄漏。

公司历经千辛万苦步入正轨刚一年多，怎么能出这样的事故呢？

万幸的是事发时下着雨，没有造成更大的无法想象的后果。

虽然是万幸，但公司领导心里却一点儿也不轻松：如果当时正值上班时间，如果用气量再大一点，如果没下雨，如果引起煤气主管道爆炸……

各单位党政一把手被紧急召集到事发现场，总经理任沁新铁青着脸："安全工作人命关天！事故暴露出建安公司干部的失职、管理的不作为。姑息这样的班子、这样的干部，就是对员工的犯罪，就是对全公司的不负责任！上午 9 点前，建安公司党政一把手把辞职报告放在我的桌上。"

经公司党委常委会研究决定，上午 10 时，建安公司党政一把手双双就地解职。

在中信重工每月都要召开的办公扩大会议上，有两个话题从来没有离开过，一个是生产，一个就是安全。

任沁新告诉中信重工的中层干部们："一定要强化各级领导干部的安全责任。这种安全责任就是'生命大如天，安全大如天'。我们企业最大的以人为本，就是保障员工的生命安全，就是安全生产。"

那么，怎样抓好"天字号"，杜绝事故呢？

在对铆焊厂的一次巡视中，公司发现一个喜人的现象：铆焊厂小的安全事故、安全隐患排查月均下降到个位数甚至零。

原来，铆焊厂在各班组率先启动了班前会制度。

铆焊厂每天10～15分钟的班前会，讲的有安全事项、公司相关精神、当班的生产任务等，既是安全会，又是战前动员会。

"安全生产的关键在班组。各单位要向铆焊厂学习开好班前会，把安全工作的第一道防线牢牢扎在班组。"在公司中层干部大会上，公司明确要求学习推广铆焊厂的经验。

于是，公司责成人事教育部、工会牵头，宣传部配合，将铆焊厂班前会的先进经验制定成规范，并对各车间班组长进行培训，确保班前会制度在全公司范围内推广。

最终，推广小组通过深入领会公司精神、与铆焊厂沟通、试点单位蹲点观摩等，初步制定了一套班前会制度。

"定型"后的班前会，要点包括"两查、三讲、四定、一呼号"。

两查：检查职工的劳保用品穿戴和精神状态，查询了解当班职工的身体状况。三讲：讲解明确当班的生产工作任务、关键工作节点及质量控制点，宣讲安全生产等注意事项。四定：时间固定、地点固定、流程与内容固定、形式固定。一呼号：班前会结束前做一次集体呼号，振奋精神、鼓舞士气。

观摩学习、教官演示、班组长演练、经验交流等，经过分批培训和集中演练后，班前会迅速风靡中信重工。

当太阳从东方升起时，新的一天开始了。

在中信重工厂区里，各个车间不时传出员工们在班前会上整齐划一、精神饱满的呼号声："铸锻加油！""矿山加油！""设备加油！""建安加油！"……

班前会，犹如一道独特的风景，呈现在中信重工的每一个生产车间、技改现场，成为广大职工每天工作前的"必修课"。

一次，总经理巡视技改现场，看到某外施工单位人员零零散散、松松垮垮，干活没有一点精气神。

"我们不仅要对自己的员工开好班前会，还要在所有施工单位广泛推广，这是确保工程质量、进度和安全的需要，也是展示中信重工管理、文化的好机会。"

公司技改系统负责人被责成立即通知施工单位到铆焊厂观摩班前会。

于是，班前会延伸到民工队，"新重机"工程施工现场又多了一道"晨景"。

在班前会上，负责18500吨油压机基础施工的河南省六建负责人对50多名施工人员说："今天主要进行碎石垫层。由于基础深，石子从上方倾倒时，下面的施工人员要特别注意安全。周围还有很多项目都在进行施工，大家一定要做好自我安全防护工作，避免高空坠物等造成伤害。队员之间要互相监督、提醒，确保安全施工。"

"施工中必须时时刻刻牢记安全，尤其是高空作业必须系好安全带，同时要注意防暑。"负责重型热处理工部电缆沟施工的某施工队大队长着重强调。

"班前会制度对我们总结头天工作，安排当日工作，确保施工进度起着很好的督促作用。通过呼号，振奋了精神、鼓舞了士气，工作中干劲更足。"一段时间过后，班前会的作用开始显现，"最主要，也最可喜的是施工现场的违规违纪及安全事故几乎为零"。谈起班前会，民工队队长十分感慨。

在坚持班前会制度的同时，从 2013 年起，中信重工把每年召开的第一个大会固定为安全工作会议。

在 2013 年的安全工作大会上，任沁新讲，之所以把安全放在第一位，是因为安全是有价值的。安全工作的价值在于无价的生命价值和有价的财产价值，公司任何一项工作都没有安全工作重要。

他说，安全是有成本的。安全的成本分为两大部分。第一部分是预防成本，预防成本就是把有效资源用在为生产提供安全保障、预防事故发生上。第二部分是事故造成的成本和处理事故的成本。无论事故大小，都会造成直接的损失和间接的损失，以及处置事故带来的后续成本，有些后续成本要付出上百年的代价，例如，切尔诺贝利核电站事故、日本福岛核电站事故。所有安全工作的重中之重就是预防。安全也是有效益的。效益就是零违章、零事故、零损失，安定一方，保障全体员工的生命安全，同时对社会提供一个安全的生产环境，也让生产更加有保障。这种效益比任何一种效益都有价值。

基于这样的认识，在 2013 年的安全工作会议上，公司启动了安全工资制度。

与公司签订安全生产目标责任书的 17 家单位的全部员工工资构成中，每年有人均 500 元的安全工资。只要实现零事故，安全工资就兑现。如果没有达到岗位的职责要求，发生了事故，该单位安全工资就取消。连年保持安全生产，安全工资就连年增长，形成长效机制。但如果没有完成安全指标，安全工资就归零了。这样让每名员工都认识到安全是有责任的，安全是要有所付出的，安全也是有回报的，进而实现个人对组织负责，组织对个人负责。

第十五章

穿越时空的精神接力

和煦的阳光洒满一地。

焦裕禄大道整洁而宁静，两旁的梧桐郁郁葱葱，苍翠挺拔。

一辆面包车缓缓停下。车上，有人打开车门。

一双男人宽大的手轻轻把一捧鲜花放在焦裕禄塑像前。

一群人的背影，微微向前倾着。

随着人群走进焦裕禄事迹展览馆，焦裕禄生活的那个年代的气息扑面而来，人们仿佛听到了那个时代特有的歌声旋律……

这些年，很多人都想一探中信重工快速崛起之究竟。

当走在中信重工焦裕禄大道、走进中信重工焦裕禄事迹展览馆的时候，大家恍然大悟：是焦裕禄精神引领着这家企业完成蜕变，实现跨越！

焦裕禄在洛矿那些年，艰苦奋斗、科学求实、迎难而上，带领职工制造出新中国第一台直径 2.5 米双筒提升机，创造了一个又一个工业传奇。如今，公司大院随处可见焦裕禄精神的影子，那台提升机在服役 49 年之后，也于 2015 年被重新接回中信重工，成为激励新一代中信重工人砥砺奋进的"信物"。

一、焦裕禄曾经走过的路

2004 年那个暴雨初歇的深夜，走在坑洼不平的主干路上，任沁新和班子成员的内心何以惊涛拍岸？

他们脚下的路，是焦裕禄曾经走过的路啊！

这是一条普通的路，一头是工厂大门，一头是生产车间；

这是一条光辉的路，一头是精神孕育，一头是传承弘扬。

这条路有一个响亮的名字：焦裕禄大道！

这条路，当年的焦裕禄走过无数次；

这条路，今天的中信重工人丈量过无数回。

走在焦裕禄大道上，参天的梧桐树、静立的提升机，还有那尊塑像，无不讲述着那段火热的岁月。

焦裕禄从参加洛阳矿山机器厂筹建，到 1962 年 6 月调往尉氏、兰考，在洛矿整整工作生活了 9 年。

回顾焦裕禄同志的生平，从 1946 年参加工作到 1964 年因病去世，为党和人民工作了 18 年，其中有 9 年是在洛阳矿山机器厂度过的，占据了他参加革命工作以来一半生涯的时间。

焦裕禄的女儿焦守云说，在长期与机床、设备打交道的过程中，父亲形成了缜密的思维方式和严谨求实的态度。"吃别人嚼过的馍没味道"这句在中华大地耳熟能详的名言，就是父亲在洛矿的机床边悟出的道理。为了搞清楚机器的零件，他照着图纸，跟着加工的零件，按工序跑遍车间大大小小的十几台机床。遇到工作难题时，他就发动职工开"诸葛亮会"集思广益，和大家一起探讨解决方案，攻克难关。作为车间生产管理者，他始终奋斗在一线，吃在工厂、睡在车间，甚至连着 50 天不回家；他事事、时时牵挂着厂里的同事，把分给家里的新房都让了出来……在洛矿的工作经历，淬炼了父亲的意志，孕育了父亲的品格，也正因为这段经历，才有了父亲在兰考——生命中最后 475 天的永恒。

2009 年 3 月 31 日，时任中共中央政治局常委、中央书记处书记、国家副主席习近平莅临中信重工视察。在中信重工，习近平瞻仰了焦裕禄铜像，参观了焦裕禄事迹展室，听取了焦裕禄同志在洛矿长达 9 年的工作生活情况汇报，语重心长地说："一个人的精神不是一朝一夕形成的，焦裕禄在洛矿工作的 9 年，是焦裕禄精神形成的重要时期。我们这一代人都是在焦裕禄精神的影响下成长起来的。"随即又专程奔赴兰考拜谒了焦裕禄纪念园，深情回顾了向焦裕禄同志学习的亲身经历和感悟，并把焦裕禄精神精辟地概括为"亲民爱民、艰苦奋斗、科学求实、迎难而上、无私奉献"。

也正是这次视察，把焦裕禄同志革命工作中最重要的两个根据地——洛矿和兰考联系了起来，让焦裕禄这个光辉形象更加充实、丰盈、生动。

2014 年 3 月 17 日到 18 日，作为其第二批党的群众路线教育实践活动中的联系点，中共中央总书记、国家主席、中央军委主席习近平再次视察兰考。在接见焦裕禄同志的子女时，焦守云向习近平总书记汇报了纪录片《永远的焦裕禄》的拍摄情况。总书记当即问道："洛矿有没有拍？""焦裕禄铜像有没有拍？"

孕育形成于洛矿的焦裕禄精神，是习近平总书记概括的"亲民爱民、艰苦奋斗、科学求实、迎难而上、无私奉献"的焦裕禄精神的有机组成部分，跨越时空，历久铭心，成为中信重工弥足珍贵的精神财富和激励人们谱写先进装备制造新篇章的强大精神动力。

二、踏着焦裕禄的足迹

走在焦裕禄走过的路上，仿佛能感受到当年焦裕禄的脚步声，声音是那么真实、铿锵有力。

岁月把他带走了，可岁月带不走那片土地对他的深情，也带不走那个耸立在朝霞中的身影。

中信重工领导班子坚信：沿着焦裕禄的脚印走下去，就没有闯不过的难关、过不去的坎！

无论是在壮士断腕般的改革过程中，还是在卧薪尝胆成为创新型企业的艰苦创业中，焦裕禄精神这个独特的红色基因，起着其他因素无法替代的作用。

在焦裕禄逝世 40 周年纪念日前夕，中信重工党委在他工作过的车间建立起焦裕禄事迹陈列室，并在企业主干道口树立起焦裕禄半身铜像。

借助保持共产党员先进性教育活动的开展，中信重工党委将曾留下焦裕禄足迹的主干道命名为焦裕禄大道，并将焦裕禄精神概括为以下五方面：

一是事业为重、以厂为家、忘我工作、顽强拼搏的精神；

二是率先垂范、清正廉洁、艰苦创业、无私奉献的精神；

三是深入基层、求真务实、知难而进、实干兴业的精神；

四是以人为本、联系群众、同甘共苦、执政为民的精神；

五是勤奋学习、勇于开拓、生命不息、奋斗不止的精神。

公司党委将焦裕禄精神融入企业文化之中，并且秉承时代性、传承性，在诚信价值观的基础上提炼出"诚信敬业、拼搏奉献、开拓创新"三大精神，成为公司新世纪跨越式发展的精神动力。

诚信敬业是企业精神的灵魂；

拼搏奉献是企业精神的表征；

开拓创新是企业精神的追求。

三者相互融合，共同铸就了新世纪中信重工的精神体系。

焦裕禄大道两旁梧桐参天，叶与叶的空隙填满了灿烂的阳光。镶嵌在厂房上的 20 世纪祖国社会主义建设时期的标语历历在目，镌刻着永不褪色的工业文明。一个 1.6 米高的白色基座上，一尊重 150 公斤、高 80 厘米的焦裕禄铜像，如同一座丰碑屹立在人们心中。旁边新建的"焦裕禄事迹展览馆"，已成为中信重工和各地党员干部接受红色教育的精神家园。

20 世纪 50 年代末，"刘玉华姑娘组"的 21 位女工结成工作组，与男同志比着干。她们在刘玉华的带领下，不仅月月、季季、年年超额完成生产任务，还实现了 20 多项小革新。她们作为新中国第一代女车工，用自己的勤劳和智慧创造了"女工同样可以干重工业"的纪录。"刘玉华姑娘组"曾 20 次被评为先进集体，7 次出席全国、省、市先进生产者代表会议，成为全国女工学习的榜样。

20 世纪 80 年代末，中信重工铸铁厂曲绍惠、周保真等几位女天车工，自发成立业余捡钉子小组，并自定目标：每年捡回 1 万斤旧钉子。她们到条件艰苦的铸铁车间废弃的沙堆里用双手扒沙捡拾钉子，荡起的沙尘熏呛得个个头晕恶心。在夏季闷热的地下室里，她们一手举蜡烛，一手从铸件夹缝中抠出一个个旧钉子。几个月下来，每个人的手上伤痕累累。

这个"万斤钉小组"坚持业余无私奉献 12 年，共回收旧钉子 11 万斤。爱厂如家、艰苦创业、精打细算的"万斤钉精神"，是焦裕禄精神催生的一朵惊艳之花。

20 多年过去了，当年"万斤钉小组"的大多数人已经退休，但中信重工人依然续写着创业的传奇：白开水替代瓶装水，在公司内各级会议上推行；各生产厂加大旧物回收力度，每年节约资金 500 多万元；在"万斤钉小组"曾经工作过的铸锻厂，"万根螺栓回收小组"、青年团员各种节约活动有声有色开展……

时光飞逝。

到 21 世纪，焦裕禄精神和一个个先进群体所表现出来的丰富精神内涵，已经铸就了走过半世纪风雨的"中信重工精神"。在她的感召下，每个中信重工人都在自己的岗位上忘我工作，奋勇争先。

电话响了，传来时任中信集团副总经理兼中信重工董事长王炯的声音："任总，你明天必须住院！这是命令！"

任沁新的腰椎、颈椎病越来越重了，坐立不安，有时走一步都钻心地疼痛。但每天工人们仍像往常一样在生产、技改现场看到他。现在不同的是，工人们看到的总经理常常掐着腰，在现场巡视的脚步慢了许多。

董事长和班子成员多次劝任沁新住院治疗，他都没能走开，一次次拖了下来。

2009 年 8 月 18 日上午，他接待完客户，从会议室直接前往郑州，住进医院。但他人在医院，心却在重工。由于工作需要，他下午治疗完赶回工厂，有时连夜或第二天早上再赶回医院。尤其让医务人员为难的是，医院为他制订的医疗方案刚实施一半，他却定下了出国的行程。

他此行是为推进企业国际化进程而去，是为从全球视野求解怎么从根本上提高效率，破解制约公司发展的瓶颈而去。

最后是一连两天打的"封闭"，带着芬必得止痛药踏上行程。

正是那次带病率团出访，公司掀起了一场史无前例的工艺效率革命，找到了破解公司发展难题的金钥匙。

正是那次带病率团出访，公司谋定了一起史无前例的跨国并购。

中信重工不仅从当初的困境中活了过来，还一举成为中国重型装备制造业龙头，跻身世界矿机市场强手之林。但无论怎样变，中信重工卧薪尝胆、励精图治、艰苦创业的作风始终没变，公司领导班子提出的"让员工每天在生产现场看到领导"的诺言始终没变。在中信重工，上至公司领导下到普通员工，只要一进厂区，都是一身蓝色工装。多少年了，公司主要领导只要不出差，每天早上职工上班时，他们已到现场巡视完回到办公室。

经过几年的努力，一个现代化的企业鼎立中原、走向世界，公司领导依然在老办公楼内办公，办公室没有装修，只有一张办公桌、两个简易书柜和一个沙发。一次，一家著名大企业 50 多名干部到中信重工参观，最后特别请求到总经理办公室看看。当他们看到再普通不过的办公室时，竟难以置信。

机床没有刀具，就像人类失去了生命。与刀具设计、齿轮制造打了一辈子交道的张邦栋，就是专门给机床赋予生命的人。80 多岁的他在业内名头响亮，被称为"刀具大王"，是中信重工退而不休的高级工程师。退休 24 年，他一直回厂上班。

饱经沧桑的面孔，蓬乱的灰白头发，稀疏的胡须，胳膊上戴着一副套袖，给我的第一印象是：路边裁缝铺里的老裁缝。与耄耋之年的他不相符的是：那张饱经风霜的脸上有着一双深邃的眼睛，略显忧郁而又散发着睿智的光芒，仿佛能穿透岁月读懂一切。

"我喜欢穿厂服，喜欢来厂里。老伴埋怨办公桌是我的'情人'，一天都离不开。"每每讲到这里，张邦栋都会忍不住笑起来。

张邦栋做过许多很牛的事，最牛的就是研制出国内首把负 30 度前角硬质合金刮削滚刀。

张邦栋的成功，意味着结束了一种刀具的进口历史。更重要的是，硬质合金刀具是现代高效刀具的基础。他因此成为中国现代高效刀具行业的奠基人，并赢得"刀具大王"的美名。

20世纪90年代初，"下海"热潮涌动，财富耀眼地诱惑着人们。身怀绝技的张邦栋成了"摇钱树"，"挖树"的人络绎不绝，但他不为所动。

1995年年底，张邦栋临近退休，"抢人"者再度摩拳擦掌。张邦栋主动表态："我人在、心在，永远不会走。"

从1996年开始，公司经营出现困难，职工下岗，技术骨干跳槽。这时，深圳一家知名企业开出年薪15万元、赠送住房二室一厅的"聘礼"，他依然不为所动，还告诉老伴："现在厂里效益不好，工人更不容易，咱们得在厂里帮大家。"

1998年，一家电厂的进口减速器的7头蜗杆报废了，而原装备件要96万元。得知厂家嫌贵的消息后，张邦栋找上门，拿下项目。最后他设计制作的产品电厂用了8年之久，而原装进口的只用了5年半。

昔日"刀具大王"再成知名蜗轮蜗杆专家。当时工具分厂进行生产自救，慕名上门的订货人纷至沓来，仅蜗轮、蜗杆一年产值就有200多万元。

有人问过张邦栋，为何对企业不离不弃？他的回答很简单："企业培养了我们，我们的回报就是一定要让她好。"

2005年，公司为破解大齿轮加工瓶颈，引进了世界上只有3台的瑞士玛格12米梳齿机，却缺乏适用的梳齿刀具。

张邦栋主动站出来："我们自己干！"

从刀型选择到刀片设计，张邦栋就琢磨如何"用最少的钱干最好的事"。有天晚上，他坐在角落想问题痴了迷，办公室的灯灭了、门锁了都没察觉。一直到口渴去打水，才发现被反锁在了办公室。

为了验证刀片怎样设计更省材料，张邦栋常常随手拿起一样东西就当试验品。家里请客吃饭，老伴做饭找不着菜，末了才知道张邦栋拿着萝卜、黄瓜当切削模型，全给切了。

客人哈哈笑："能钻到这种程度，还真是专家！"

最终，两把梳齿刀完成后，经试用，无论是加工精度还是使用寿命都优于进口刀具，且成本还不到进口刀具的二分之一。2006年，该刀具攻关项目还被评为公司科技进步一等奖。

2008年，张邦栋退休后的第13个年头。这年4月，他又带头完成了当时国内模数最大（M36），用于精加工大型、特大型齿轮的硬质合金滚刀的试制，并于当年在加工SINO铁矿项目、世界最大矿用磨机大齿圈上实现了试用。

　　大年三十，大雪纷纷扬扬下了一天没停歇过。该吃年夜饭了，张邦栋对老伴说："我去厂里看看，床子正试着新刀具。"

　　因为天寒路滑，这条平时 30 分钟就能走完的路程，74 岁的张邦栋一步一挪，从家到厂竟然走了 1 个多小时。等他到车间，16 米滚齿机操作人员正犯愁：好好走着刀，机床却突然噪声增大，好像是滚刀出了问题。

　　当时的技术厂长申明付骑着自行车跌跌撞撞赶到时，张邦栋已经找到问题原因，正守在机床边紧密观察着。一直盯到后半夜，张邦栋才在大家的一再规劝下，由徒弟李济中护着送走了。

　　数载光阴弹指过，未应磨染是初心。

　　在生产美卓公司磨机大齿圈时，由于刀具厂家疏忽，订购的模数 32 标准刀具却被搞成了非标准，现场实测模数 32.095。重新订购刀具至少需要半年。如果不能按时保质保量交货，公司将承担 1000 万元的赔偿金。

　　张邦栋主动为厂分忧："只要能将找正的精度提高到 5 道之内，就可以达到加工精度要求。"

　　"出了事谁担得起？"工人们直接撂了挑子。

　　有个年轻技术员一直跟着张邦栋帮忙，当天就被其主管领导骂退："都不敢，就你敢！"

　　张邦栋主动接手这个"烫手山芋"，到机床边挨个求："完不成任务，咱们要赔好多好多钱，我陪着你们，出了事我担着！"不敢再"连累"别人的张邦栋，仅替领导签字就不下 5 次。为给工人鼓劲打气，他在机床边整整守了三天三夜。饿了，就到食堂买俩馒头；累了，就在机床旁的小凳子上眯一会儿。第四天早上 8 点钟，终于完成找正。

　　"吴所长，你帮我算算误差。"

　　经测算，误差值竟比要求还要精准 0.003 毫米。加工完成后的齿圈精度被控制在 11 道之内，完全符合要求。

　　论功行赏，张邦栋不要奖金，他只要了 3 套新工作服。

　　一身中信蓝工装，张邦栋从不离身，不论是去台湾环岛 8 日游，还是到美国探亲。徒弟们都说，那是师傅的"标配"。

　　"我就是喜欢穿工装，穿着舒服，心里也舒服！"孙女在美国专卖店里花几百美元给他买的名牌服装，一回国就被他压到了箱子底，再也没穿过。

　　被他"熬"退休的徒弟靳桂芳说："我们穿的是工作服，但张工却穿出了咱公司的历史，穿出了对中信重工的拳拳深情。"

　　从毕业进厂至今，57 年的相依相偎，张邦栋对中信重工的感情到底有多深，办公桌上的量尺知道，车间的每台机床知道，仓库的每把滚刀知道……

中国装备制造工业的发展依靠的就是这样一批痴心企业、痴迷事业的技术人员，他们撑起了共和国的装备脊梁。

2017 年 7 月，在十三朝古都、工业重镇洛阳，最热闹的一条新闻就是：中信重工的一线工人、"蓝领哥"刘新安和洛阳市委书记共同当选党的十九大代表。

他们也是洛阳市仅有的两名十九大代表。

在面对媒体关于"你为什么能够当选十九大代表"的追问时，刘新安反复说着两句话：一是红色传承，耳濡目染。作为焦裕禄精神的孕育形成地和传承弘扬地的中信重工，作为共和国长子企业的中信重工，始终坚持党的领导，始终坚持红色基因的传承，在榜样的身上我汲取了无穷的精神力量。二是不忘初心，匠心筑梦。我打心眼里热爱我的岗位，热爱中信重工。中信重工近年来的改革创新和跨越式发展，给了我最好、最大的成长平台。

1986 年的阳春三月，厂区主干道两旁粗壮的梧桐树抽出了嫩绿的新芽。

刘新安来了，带着当一名好工人的梦想，辞别青涩的高中生活，兴奋地走进中信重工的前身——洛阳矿山机器厂。

梧桐树下，师傅徐茂树郑重地对他说："先学做人再学技术，学做人就学老前辈焦裕禄。"

一阵春风吹过，满树的小叶片颤动起来。

一股热流涌上刘新安心头："记住了，师傅！"

作为矿二代，他清楚地知道：自己脚下的路，是焦裕禄曾经走过 9 年的路啊！

刘新安操作的第一台机床是老式的 T6216 镗床，他戏称绝对是纯手工操作，全靠经验。就连镗孔直径尺寸的调节，三五道的公差，都靠"敲刀"完成。

那时候，工厂还没有夜班安排，他就一个人打着灯，上自己的"夜班"。常常是夜色弥漫的厂房内，只有他叮叮当当的敲刀声不停地回荡。为此，厂内保安还一度把他列为"监控对象"。半年之后，五六下就能敲到位的技能让他幸福得泪花闪闪。

1993 年，年纪轻轻、技能娴熟的刘新安被调到 W160HC 数显机床，第二年就当上了当时公司最先进的镗铣床机长。

刘新安说，30 多年的工作历程中，他最难忘 2007 年。

那一年，公司引进了世界最先进、加工范围最大、精度最高的意大利 FAF260 数控镗铣床。那一年，中信重工新建成投用重装厂，刘新安所在的重机厂五金车间整体划归重装厂。

重装厂厂长兴奋地说："刘新安是我们从重机厂接收过来的最大的宝贝！"

2007 年年初，厂长找刘新安谈话，让他接掌 FAF260 数控镗铣床。

厂领导给他配了两个刚毕业的高职高专生让他带。第一次见面，高中毕业，看不懂说明书上的外文，也没有任何数控编程基础的刘新安就跟他们说："加工技能和经验，我是你们师傅；数控技术方面，你们是师傅，我给你们当徒弟！"

每一次徒弟编完程序，刘新安都会一个字一个字地全部抄录下来，看不懂的专业词汇，他就一点一点地向徒弟们请教。为了进一步学好数控技术，他还专门报考了数控技术成人大专班，每天对着说明书琢磨到半夜。累了，就站着看；瞌睡了，就用冷水激醒继续看。很快，徒弟们惊讶地发现，刘新安玩起数控编程来竟然比他们还熟练。很快，FAF260 数控镗铣床被他玩得越来越转。第一个月，他们就把工时从 400 多小时提升到 1000 小时；第二个月完成 1200 小时；从第三个月起，平均每月都能完成 1600 小时以上，相当于 1 年完成了 4 年的任务量。

从 2008 年开始，刘新安带领的 FAF260 数控镗铣床班组，连续 5 年成为中信重工工时和产量第一人。

在中信重工，刘新安始终是时间和效率的代名词。

"这件活件交货期很紧张，是块难啃的硬骨头，公司领导点名要你带领团队想办法拿下！"厂长紧急找到刘新安，要他带头攻关西马克油压机的下横梁。

像这样直接下达到刘新安这里的公司"作战命令"已经不是第一次。但与以往不同的是，这一次他要操作的机床是位于铸锻厂 18500 油压机车间的 W250 镗铣床。

刘新安和团队成员迅速熟悉图纸工艺，然而，机床调试后他们就发现：要想顺利啃下这块硬骨头，按照原工艺上的加工方法难以下手。

西马克压机的下横梁毛坯重近 280 吨，形状极不规则，加工过程中的每次翻转都需要五六名员工齐心协力才能完成，并且还伴随着很大的安全风险，多次翻转根本不可行；此外，W250 镗铣床主轴箱上下行程只有 4 米，完全不能满足原有工艺中的活件加工需要。

刘新安和团队成员将过去加工大件毛坯的经验一一梳理，决定借用方箱平放活件代替原工艺的侧立加工，然后使用机床铣头朝上进行加工。

一个思路的改变，不仅有效规避了活件吊挂翻转带来的安全风险，而且大幅度降低了劳动强度，使得加工效率提升 2 倍以上。

多年来，刘新安扎根生产一线，凭借这股追求卓越的职业担当，带领团队出色完成了国产航空母舰、国产 C919 大飞机、三峡大坝启闭机等国家重大项目的生产任务，高效完成了世界最大的 18500 吨油压机、世界最大规格磨机等重点产品的难题攻关。

刘新安先后被授予"全国五一劳动奖章""全国劳动模范"。

如今，在刘新安工作室门前挂有三块牌子，一块是"刘新安党代表工作室"，一块是"全国劳模工作室"，还有一块是"国家级技能大师工作室"。

从 2005 年开始，中信重工进入了快速发展时期。与之相适应，中信重工急需培养一大批高水平、高技能、复合型技能人才。

2008 年，在重装厂领导的支持下，刘新安将自己 20 多年的工作经验编写成《刘新安工作法》，向全厂 500 余名职工推广。

《刘新安工作法》重实践、可操作，成了很多年轻员工入厂后的指导教材。刘新安所提倡的时间法则、创新法则、超越法则等，也以其"节约生产时间、提高生产效率"得到大家的广泛认同。

多年来，为了培养青工，刘新安通过重装厂和公司开展的"工匠大讲堂"系列活动，把多年总结的"多瓣筒体、端盖、齿圈操作法"不断进行推广，培训员工千余人次。通过这种传帮带的新模式，推动了创新成果的优化、量化、固化、实用化。刘新安工作室的张宾宾、李维奇等青工，成功晋升为公司首席员工，刘曜辉、胡斌、郭振强、张荣升等青工则由中级工晋升为高级工。

相隔 9 年，在中信重工工会的牵头组织下，一本被称为"刘新安第二本工作法"的《刘新安操作法》最终定稿。

这本册子条理清晰、内容翔实，囊括了中信重工金牌产品——大型磨机多种类型筒体、端盖、齿圈加工生产中的工作难点及解决方法。

正是依靠着刘新安等一大批"金蓝领"技能工人的协同攻关，中信重工将直径 5 米以上大型磨机的生产周期，从 30 个月一下子缩短到 10 个月，打破了国外少数企业在国内大型矿磨装备领域的长期垄断，并迅速成长为全球最具竞争力的大型矿业装备供应商和服务商。

三、路在延伸

这是历史的巧合：都曾在洛矿工作，都是身患肝癌，都是累倒在岗位上，都为工作、为事业奉献了自己。杨奎烈有着和焦裕禄一样的履历。

这是历史的必然。当杨奎烈以焦裕禄为榜样，从焦裕禄精神这座精神宝库汲取动力，全心全意奉献企业时，他的生命便注定要融入焦裕禄精神传承和发扬光大的洪流中。

2012 年 3 月 13 日，河洛大地乍暖还寒，铅灰色的云沉重地压在人们头顶。一场隆重的告别仪式在洛阳殡仪馆举行。

哀乐低回，泪水奔涌。鲜花翠柏丛中，身覆中国共产党党旗的杨奎烈面容安详，仿佛刚刚睡去。

告别大厅外的挽联上，"践行焦裕禄精神殚精竭虑丹心照日月，奉献新重工事业鞠躬尽瘁高风动大地"，是这位新时期践行焦裕禄精神的楷模一生的生动写照。

中信重工领导班子成员全来了，大家来为这位好干部送上最后一程。

公司生产、营销、技术等各个系统的中层干部都来了，大家要向这位累倒在工作岗位的好伙伴致以最后的敬意。

原定 500 多人参加的告别仪式，到场人数逾千，很多职工自发来给杨奎烈送行。

（一）走在焦裕禄大道上

世纪之交，中信重工迎来了一段令人刻骨铭心的严冬岁月：公司订不来货，连续 19 个半月发不出工资，职工士气低落。

荣辱与共，不离不弃，杨奎烈始终坚守着自己对企业的赤子之心。他兄弟 4 人，有 2 人在日本定居，一人在澳大利亚定居。他曾多次有到国外定居的机会，但他从来不为所动，而是更加忘我地投入到工作中。

一次，洛阳市举办歌咏比赛，杨奎烈指挥企业参赛合唱队练唱《没有共产党就没有新中国》。他告诉选手们：这首歌唱第一遍时，应该是低沉的，如泣如诉、充满真情，就是要告诉大家一个道理：没有共产党就没有新中国；唱最后一遍时，应该是铿锵有力的，要高亢激昂地唱，坚定地告诉大家没有共产党就没有新中国！结果，他们的演出夺得全市职工歌咏比赛一等奖。

杨奎烈是在用心歌唱，他把对党、对企业的忠诚和热爱深深地融入了血液中。

进入 21 世纪，企业开始了二次创业。

站在刚刚揭幕的焦裕禄铜像前，走在新命名的厂区焦裕禄大道上，杨奎烈感受到前所未有的责任和压力。

"新重机"工程中，供电是重中之重。不通电，重型冶铸工部就出不了钢；出不了钢，重型锻造工部 18500 吨油压机关键件就造不出来。一环套着一环，每一环都是硬骨头。

日夜繁忙的陇海铁路，横亘在洛阳西陡沟变电站和中信重工 110 千伏变电站之间。两站连通，需要搭建高压线跨越架。此刻，"新重机"工程重型冶铸工部出钢在即，但当时正值特殊时期，铁道部通知，铁路沿线禁止一切施工。

身为能源供应公司经理、党委书记的杨奎烈心急如焚。他不厌其烦地与郑州铁路局和市供电公司等相关单位反复协调沟通，夹着厚厚一摞"新重机"工程资料在这些单位间往返奔波。最终，杨奎烈的执着感动了大家。在市委市政府的强力支持下，中信重工高压线跨越陇海铁路工程特事特办，为"新重机"工程赢得宝贵的 20 天时间。随着重型冶铸工部第一炉钢水的酣畅奔涌，世界最大、最先进的 18500 吨自由锻造油压机的第一个部件上横梁顺利完成浇注。

在那段日子里，杨奎烈几乎天天泡在工地。现场路径复杂，他在沟沟坎坎、高压线间和电控柜间忙忙碌碌，像个不知疲倦的机器人，即使是出差，他也总是选择周五下午出发、周日赶回，为的是不耽误周一上班。与他一起出过差的同志都有过吃不消的痛苦经历。动能调度科的李林说：那次去南京考察动能监控系统设备，我们一路狂奔看了 4 个厂家，3 天就打了个来回。

"新重机"工程也是一个巨大的能源工程。敷设比胳膊还粗的电缆需要20 多人人拉肩扛步调一致地在地沟中上上下下。每次杨奎烈都走在队伍的最前面，电缆一次次硌破了肩膀。一旦发现电缆方向稍微走偏，他立刻要求重来。他对大伙儿说："我比你们还急。但这埋在地下的电缆不能有丝毫马虎，一次就要把事情做对，不能留遗憾！"顶着严寒、冒着酷暑，杨奎烈和工人们硬是一寸一寸地为企业敷设出一条 14 公里长的电力动脉。

位于宜阳县的"新重机"工程重铸铁业工部供电施工也是一场硬仗。寒冬腊月，杨奎烈在现场步测线路方案。怎么尽量少占耕地？怎么为企业节约资金？每条线路正式敷设前，他都要沿着走向从现场到电厂来回走三四趟。送电前夕，深更半夜他还在工地。眼前是一片河滩地，没有民房，他就和几个员工住高压间；没有床，地上铺张硬纸板挨到天明。

伴随着"新重机"工程的竣工投用，杨奎烈和他的能源公司团队创造了中信重工电气安装史上的一个个奇迹：敷设高压电缆 13900 余米，总重近8 万公斤；安装设备 119 台(套)，总重 17 万余公斤；建成省内容量最大的110kV 等级中信变电站，企业供电能力提高 2.3 倍；102 高压间及时投用，18500 吨油压机大件合浇顺利完成。

（二）唯独没有自己

在杨奎烈的心中，装着太多的企业利益。

公司进行电力系统智能化改造需要购进大量设备，不少客户都急于结识他。一天，一位客户来访，临走时说他有几本书明天让人捎给杨奎烈。第二天，果真有人送书来了。杨奎烈打开纸包一看，全是百元面额的钞票。送书人转身要走，杨奎烈把他叫住："你立即把钱拿走，不然我就报警了！"来人无奈，只好拿走了。

厂东空压站新安装了一号空压机，管道对口时稍有偏差，未达到90度，不细看几乎察觉不到，但这没能瞒过杨奎烈敏锐的眼睛："这是咱管网人干的活吗？"面对一脸严肃的杨奎烈，动能管网车间主任席建明的脸上很挂不住。第二天，杨奎烈又到了现场，看到一根根管道横平竖直，整齐划一，他满意地对席建明说："这才是咱管网人干的活！"

在杨奎烈的心中，也装着太多的兄弟情谊。

公司改造重型清理跨时，施工现场气体管道多，高高低低、起起伏伏，操作者窝在狭小空间内作业，连转个身都困难。进场施工前，杨奎烈总是把所有作业点逐一检查一遍，确保没有安全隐患后才让大家上岗。

地处公司厂区西北角的102高压间一直没有通暖气，十几名职工在此值守，冬季滴水成冰。杨奎烈多次找有关部门申请特批一条连接高压间的供热管道。从这里到厂区最近的供热点，连接管道长达两公里，一些人说不划算，但杨奎烈反驳说："企业发展的目的不就是让职工工作、生活得更舒适吗？不把职工的事挂在心上就不配当干部！"最终，这条公司单户最长的供热管道在冬天接通。

2009年2月，"新重机"工程宜阳重铸铁业110kV变电站开工。为保证设备顺利安装、按时送电，工人被安排在现场吃住。当时正值寒冬，工人的住所里没有任何取暖设施。杨奎烈看着心疼，马上派人买回厚厚的棉被褥给工人们铺好。施工期间，他经常利用下班时间赶到工地查看，每次去，他不是给同志们带条香烟，就是给大伙儿拎几只烧鸡、切几斤牛肉。

每年的职工体检，杨奎烈都十分惦记大家的体检结果，尤其是对查出疾患的同志，他都会非常认真地询问详情，催促医治，并交代职工所在部门领导多加关注，安排工作时适当照顾。

2007年，通讯科科长李生武因脾坏死、严重肝硬化伴腹水住院，杨奎烈多次到医院向医生询问他的病情和手术方案。李生武动手术那天，杨奎烈带领公司所有部门的干部守在手术室外，直到看到李生武平安地从手术室出来后才匆匆赶回厂里。在生产会上说起此事时，他哽咽地告诫大家一定要注意身体。

李生武后来回忆：当时我并不知道自己的病会有什么结果，是细心的杨经理事前了解到我有可能下不了手术台，才叫同志们都过来陪陪我的。术后第二天，李生武醒来睁眼看到的第一个人就是杨奎烈，当时他如同见到亲人般泪水止不住往下流。留院观察的那几天，杨奎烈每天再忙都要到李生武床前看看。李生武说："有这样的好领导，我没理由不干好工作！"

在杨奎烈的心中，却从没有自家的私利。

杨奎烈一生没住过新房，一直住在 20 世纪五六十年代建的一套小单元里。

杨奎烈的妻子是普通工人，1999 年企业困难时期成为最早一批的下岗职工之一。直到退休，她一直没有再安排工作岗位。

杨奎烈唯一的儿子在北京打工，后来因为照顾病重的他而失去了工作。

公司董事长与杨奎烈既是同事又是同学，有着 30 年的手足之情。杨奎烈弥留之际，任沁新曾握住他的手问："奎烈，你还有什么放不下的？"

他虚弱地摇摇头："我没有任何个人的遗憾，就是不能再跟大家一起干了。"

（三）生命的最后日子

自从 2005 年参加过一次公司组织的体检后，杨奎烈就再也没有全面体检过。此后，公司每年给职工例行体检，他都是偷偷把体检表塞进办公室抽屉里。有一次腰部疼得起不了床，他还安慰家人说，估计是在部队挖土方落下的老伤。

2011 年 5 月 27 日下午，太阳高悬，空气中翻滚着热浪。杨奎烈和副书记孙锡峰到现场察看能源生产运行情况。走完最后一个泵房回到办公室，杨奎烈忽然浑身乏力，一下子瘫坐在了沙发上。他面色苍白、满头大汗，让孙锡峰和进门汇报工作的输配电车间主任翟新安吃了一惊。

孙锡峰提出赶紧去医院。杨奎烈摆摆手说："可能是低血糖吧，没事。"他振作了一下精神，开始听翟新安汇报。40 多分钟后，杨奎烈的脸色越来越不好，他真的支撑不住了。听到孙锡峰联系公司医院的急救车，杨奎烈艰难地叮嘱："急救车来的话，一不要鸣笛，二要从最偏僻的公司 6 号门进厂。"

他怕惊动公司领导和在岗职工。

一小时后，公司医院给出了杨奎烈的彩超和 CT 结果：腹腔中的肿瘤已经有鸡蛋大小并开始出血，癌细胞在向肺部和肝部蔓延！杨奎烈住进了解放军 150 医院。专家会诊后感叹说："这个人太坚强了，按照现在的情况，至少在 3 年前他的肝部就有痛感了，但他却坚持到现在。"

"奎烈，我对不起你！"闻讯赶来的公司董事长任沁新内疚地流下了眼泪。3 年前，那可是"新重机"工程的攻坚阶段啊！杨奎烈说："你别难受，人活着就几十年，就得干点事。我的病我知道，让我在病床上等死比死还难受。咱不这么干，公司也发展不到今天啊！"

听说杨奎烈住院，公司的很多干部职工都要来看他。杨奎烈说："转告大家，要研究工作的可以来，一见我就掉眼泪的趁早别来，我老杨没问题！"

能源公司副经理袁广收是拿着一摞子文件资料走进病房的。他和老杨早达成了默契，只说工作，不谈病情。那天，他俩就在病床边摊开资料，再次研究为 18500 吨油压机专配大截面切割机的动能供应问题。

10 天后，杨奎烈可以下地了。但由于他的癌细胞已经扩散到颈椎，造成颈椎骨质疏松，不能随意活动，即便是大声咳嗽一声都会有断裂的危险，轻则造成瘫痪，重则危及生命。医生为了保护他的颈椎，特意为他做了一个连体托架，要求他必须每天戴上。

他能活动了，心也活了，总是要求回厂里转转。

6 月 29 日，杨奎烈实在憋不住了，上午就求负责陪护的孙锡峰："锡峰，你接我回去一趟好吗？"

孙锡峰说："不行！"

他继续说："公司大楼前喷水池的鱼你们放进去我都没看过，咱们的'能源人风采'摄影展也展出来了，就让我看一眼吧。"

孙锡峰经不住他的软磨硬泡，只好找主治医生说。医生也没办法了，只好答应，但要求必须戴上防护托架。

下午 6 点半，按照他规定的时间，孙锡峰和办公室李主任把车开到医院。他早就穿好衣服等在院里，车一停，他立刻钻进车里，别提有多兴奋了。

快进厂的时候，他说："我坐在后排左侧，看喷泉的时候你们把车开到喷泉北侧，这样车窗玻璃落下来后公司办公楼上的领导就看不到我，我也就不挨批评了。"

看完喷泉，回到能源公司楼下。看着影展，说啊，笑啊，乐得嘴都合不拢。看完后，他又要求进车间看看。在氧压机房，当他看到值班人员已经搬到有空调的隔音值班室时，他欣慰地笑了。

孙锡峰说，从那次回厂后，他似乎开始变本加厉起来，动不动就让我接他回来。开始是说参加生产会，后来要求下现场，甚至有时轰也轰不走。

2011 年 12 月 18 日，杨奎烈因为肝出血开始 24 小时输液。这时他的脸已经发黄，肺部感染点增加。然而，就在两天前，他还坚持着到能源公司参加了生产会。这是杨奎烈最后一次参加生产会。

当天议的是一拖煤气切换。杨奎烈听到一半出了会议室，好大一会儿没有回来。赵宏伟不放心,在三楼走廊找了几个来回,最后在男卫生间里发现他一手扶着门框,另一只手攥拳使劲抵着肝部,额头上全是豆大的汗珠。在赵宏伟的搀扶下,他一步一挪地回到会议室,坚持安排完工作才离开。

杨奎烈的玩命,让主治医生马波既生气又感动。他说:"就是那股一心工作的劲头在支撑着这个病人,换作一般人,早就垮了。"

2012年元旦,公司进行城市煤气置换。

几天前,能源公司几位领导向杨奎烈汇报置换方案时他就再三交代:"这次置换工作涉及的管线长、难度大,你们一定要认真策划,要把各种不利因素都考虑周全。这几天气温太低,又都是高空作业,安全方面一定要保证万无一失。"

元旦一大早,能源公司就开始了煤气置换工作。经过大家的努力,到下午6点多,置换工作顺利完成。

一天下来,孙锡峰感觉有点累,本来想不去医院看他了,可又想,如果不去,他肯定会以为置换进行得不顺利,该不放心了,于是便开车直奔医院。

一进医院大门,果然看到杨奎烈经理站在病房窗口向外张望。

在孙锡峰推开病房门的同时,杨奎烈也在拉门。

杨奎烈看到孙锡峰就说:"我还以为你今天不来了呢!"

孙锡峰开玩笑地说:"我如果不来汇报的话,你今天晚上能睡着觉吗?"

他笑着回答:"估计不能。"

春节前夕,杨奎烈病情开始恶化,肿瘤挤了整个腹部,黄疸全面爆发,他已经吃不下饭,只能靠输营养液维持生命。由于营养不良,整个上身几乎皮包骨头,而肾脏严重衰竭又造成无法正常排尿,腰部以下肿胀非常严重,两只脚像面包一样。

就在他病情加重的时候,能源公司接到春节期间安装一台800m³/h制氧机的任务。本来该设备是由厂家派人安装,由于过节期间人员无法到位,能源公司主动请战自己安装。此项任务难度相当大,一是为了保证尽快出氧,安装工期要求非常短;二是技术资料不全,要边施工边设计。

杨奎烈不顾医生、家人的劝阻,执意来到厂里主持了制氧机安装准备会。会议一开就是两小时。开完后,他站都站不起来了。

2012年大年初一,制氧机安装进入关键时期。

那天下午,孙锡峰正在安装现场忙,制氧间值班班长叫他到站房接电话,他有些奇怪:谁会把电话打到这里找我呢?

他拿起电话问:"请问是哪位?"

对方回答了一次,由于声音太小没有听清楚。

　　他又问："请问你是哪位？"

　　对方加大力气说："我是杨奎烈啊！"

　　他又问："奎烈经理有什么事吗？"

　　"我想让你接我去趟厂里。"

　　他问："你怎么把电话打到这里啦？怎么不打我的手机？"

　　杨奎烈说："今天是大年初一，我想你们会轮着休息一下。我打电话到这里就是想落实一下你在不在厂里。如果在厂里，肯定会在安装现场；如果不在，就不让你来接我了，我再想办法。不想因为我影响你休息。"

　　"你昨天不是刚来过吗？今天就不要来了。"

　　杨奎烈不肯，说："我一定要去！"

　　孙锡峰故意说："我不去接你，看你怎么来。"

　　杨奎烈说："你不来接我，我马上让我儿子送我过去。"

　　杨奎烈现在站都站不稳，连说话的力气都没有了。孙锡峰怕他出现意外，哪里再敢接他啊！

　　杨奎烈严肃起来："现在我还是能源公司的经理，大家过年都在那里忙，我必须得去！你立刻来接我！"

　　孙锡峰赶到医院，扶起杨奎烈的一瞬间，他的心剧烈地抖了一下。

　　没想到，仅仅几天时间杨经理就瘦得不成样子了。他抓着的那只胳膊几乎没有一点肉，一只手就能抓过来；扶他后背的手摸到的竟是一根根的肋骨。他原来的体重可是近150斤啊！

　　到现场下了汽车，孙锡峰想扶他，他推开了，挺了挺身子向施工地点走去。

　　天空哭丧着脸，阴郁得叫人心神不安。

　　几个施工点他一个一个地走，一个一个地询问安装进度，一遍一遍地叮嘱注意安全，不停地和大家握手拜年。从不抽烟的他，用瘦得几乎皮包骨头的手，从上衣外套慢慢摸出两盒中华烟，颤抖着打开一盒，一支支抽出递给大家，又将另一盒递给了气体车间主任忻耀阳。

　　孙锡峰忽然明白了，奎烈经理是专门来给大家拜年的，他不愿躺在病床上，他想用这种特殊的方式陪着朝夕相处的兄弟们一起过最后一个年啊！

　　2月1日，大年初十，是公司节后正式上班的第一天。杨奎烈上午就给办公室李主任打电话，让下午去接他。

　　下午两点半，李主任将他接进厂里。他让车直接开到制氧机安装现场。

　　他的身体和前几天明显不一样。脸色特别黄，而且有些肿，站在那里两条腿直晃，几乎没有说话的力气。他强打精神，用颤抖的声音说："这个年大家过得太辛苦，我再来看看大伙儿。"停了一会儿他又说："今天天冷，露天干活大家多穿点，一定要注意安全啊！"

看完所有施工点后，他满意地笑了。

离开制氧机安装现场，他又回到办公室，坚持处理完一件事情。

他知道自己不可能再回到为之奋斗了30多年的岗位了，再也不能和兄弟们并肩作战了，他想用仅存的这点体力看一眼将要竣工的制氧机，向弟兄们做最后的诀别啊！

从那天起，他就再也没有走出病房。

从这次回医院后，他的腹水越来越重。为了减少痛苦，医生只好给他做透析以排除体内大量的水分。然而，透析又造成血小板减少，经常流鼻血。

有一天，下午5点多钟，他鼻腔流血不止，各种药物、物理方法都用上了仍止不住，而且身上所有扎过针的部位也开始流血。

为了压住出血点，医生只有将他的鼻孔堵死。鼻子里不流了，血又从嘴里往外流。为了不让血从嘴里流出来，他紧咬牙关，硬是往肚子里一口口地咽。直到夜里零点，医院调来血小板后，血才渐渐止住。七八小时，他愣是一声没吭。

在他去世的前几天，疼痛全面向他袭来，他一直咬牙坚持着。医生和家人见他实在是难受，就说："给你打一针吧！"他才点点头表示同意。

3月2日，他把孙锡峰叫到病床前，用微弱的声音说："我走后，你来负责我的后事。要简办，不要收挽金。"

3月9日，一个用泪水打湿的日子。在与病魔顽强抗争同时坚持工作了近10个月后，杨奎烈闭上了眼睛，带着深深的眷恋，永别了他深爱着的企业、工友和家人，享年58岁。

古都初春的大地苍凉厚重，伊洛河水磅礴浩荡于天地之间……

杨奎烈逝世后，一位工人为他写了一首诗——

　　　　杨经理属马，
　　　　在工作中，他是匹攀登向上、奋斗创新的烈马；
　　　　在干部中，他是匹温良恭谦、鞠躬尽瘁的好马；
　　　　在生活中，他是匹充满爱心、广受爱戴的宝马；
　　　　在中信重工，他更是匹践行并承载着焦裕禄精神的奔马；
　　　　骏马踏花而去，留下一世芬芳。

公司董事长、党委书记任沁新在中信重工"向焦裕禄式的好干部杨奎烈同志学习动员大会"上的讲话中指出："中信重工从濒临破产到成为一个主业突出、主体精干、规模和效益国内同行业领先，具有活力和创造力的现代化企业，靠的是什么？靠的是一代人做出的努力。杨奎烈是这一代人，是这群英谱的典型代表。"

中信重工党委、中信集团党委、洛阳市委先后做出向杨奎烈同志学习的决定。中信集团党委追授杨奎烈"献身中信事业的优秀共产党员"荣誉称号。洛阳市委、市政府追授杨奎烈为"新时期焦裕禄式的好干部"。全国总工会追授他"全国五一劳动奖章"。2013 年，杨奎烈同志被中央确定为党的群众路线教育实践活动先进典型。

沿着焦裕禄走过的路，不仅仅是杨奎烈，更多的人在阔步前行！

四、党旗下的誓言

2016 年 4 月 29 日，因已至法定退休年龄，从一名工人做起，在此工作了 42 年，任职公司总经理、董事长、党委书记 12 年的任沁新卸任中信重工董事长、党委书记。

在此之前，任沁新曾主持召开中信重工领导班子会议，回顾自 2004 年以来 12 年的发展历程，总结了 12 年发展的十条基本经验——

一、始终坚持党的领导，充分发挥国有企业的传统优势。国有企业最大的政治优势就是坚持党的领导，发挥党组织在企业的政治核心作用、党支部的战斗堡垒作用和党员的先锋模范作用。

二、坚持以人为本，以此作为一切工作的出发点和落脚点。在我们企业，全体员工为了共同的事业和目标走在了一起。员工以强烈的主人翁意识投身到本职工作中，爱岗敬业，拼搏奉献。无论在任何时候，我们都要善待员工、以人为本，真心实意为员工谋利益，让发展成果与员工共享，让每名员工与企业共同成长，这就是一切工作的出发点和落脚点。

三、发展是硬道理，用发展的眼光来看待和解决前进道路上遇到的困难和问题。企业无论在任何时候都会遇到各种各样的困难和问题，如何看待这些困难和问题，会使我们做出截然不同的选择。始终以发展的眼光和全局观来看待和解决我们遇到的困难和问题，才能保持企业始终沿着正确的方向前进。发展的眼光就是要坚持向前看，不走回头路，就是心无旁骛，始终如一。

四、坚持文化传承，打造高素质的员工团队。企业文化是一个企业的灵魂。我们的企业文化是一代又一代洛矿人以及中信重工人用自己的实践凝结而成，并最终成为我们每一名员工身上的精神符号。现在，公司的企业文化已经形成了体系。我们一方面要传承下去，另一方面要不断丰富和完善，使之与时俱进、永葆青春和活力。

五、牢记誓言，唱响中信重工主旋律。从2004年到现在，公司上下一直在坚持唱响一个主旋律，且每名员工耳熟能详。那就是：卧薪尝胆、励精图治、艰苦奋斗、开拓创新。这四句话、十六个字，不仅在扭亏脱困的时候适用，在转型发展的时期更加适用。没有这股精神和这股劲头，是做不好企业的。

六、恪守经营理念，打造百年基业。"诚信为本、客户至上、变革创新、精致管理"是我们的经营理念。我们是做企业的，企业是为客户服务的。因此，任何时候我们都要把诚信放在至高无上的位置，一切以客户为中心才能赢得市场。在中国经济新常态下，市场竞争将更加激烈，良好的信誉、质量和服务是生存和发展的基础。而良好的信誉、质量和服务与每名员工密不可分。因此，经营理念要渗透到我们每一名员工的血液里。

七、谨记班子纪律和守则，建设职工群众信赖的"四好"班子。在2004年公司新班子上任后的第一周，就制定班子守则、十条纪律、五条规定。这些规定几乎囊括了与后来党的群众路线教育实践活动和中央"八项规定"中的内容。我们一定要把它们当作传家宝一样传下去，用始终如一的行动赢得群众的信赖。

八、铭记干部操守和戒规，建设一支干事创业、清正廉洁的干部队伍。公司对干部的规定也很具体，我们有"三四五戒规"和六条操守。"三四五戒规"记录于我们的企业文化手册，接受我们每名员工的监督；六条操守就是要求干部要勇于担当、敢于负责、严于律己、勤于学习、善于协作、甘于奉献。只有干部队伍纯洁、有战斗力，在群众中才有号召力。

九、要传承好两个传家宝，把焦裕禄精神和杨奎烈精神发扬光大。焦裕禄是我们创业时期涌现出来的全国典型。杨奎烈是中信重工二次创业时期的典型代表，是工业战线涌现出的"新时期焦裕禄式的好干部"。这是我们树立的两面旗帜，给我们带来的精神力量是无法衡量的。这两个传家宝，我们要一代代传下去。

十、贯彻好公司基本管理制度，构建安全、稳定、有序、高效的经营秩序。公司发展这么多年，形成了很多行之有效的制度。例如，工效挂钩、群策群力、班前会制度、大工匠制度、首席员工制度、安全效益工资制度等。保持中信重工安全、稳定、有效经营，需要把这些好的制度固化下来，坚持下去。

虽然早有准备，但这一天真的到来，要告别他为之奋斗了 42 年的企业，看得出任沁新仍百感交集。中信重工凝结了他的青春年华和黄金岁月。他经历过红色战舰低至尘埃的至暗时刻，感受过那种真实而壮烈的疼痛；他也经历过一个传统制造业国企的高光时刻，感受到光辉岁月的垂青。此时此刻，他用"感恩中信重工、天佑中信重工、祝福中信重工、再见中信重工"四句话向干部员工深情道别。

这一天，踏上"十三五"新征程的中信重工和她的员工们，迎来了以俞章法为董事长、党委书记的新一届公司领导班子。

履新之前，俞章法任中信重工总经理、党委副书记，曾在公司主管营销的副总经理岗位历练 10 年之久。

中信重工官网介绍：俞章法，男，1967 年出生，中共党员，大学学历，工程硕士，教授级高级工程师。历任中信重机销售总公司总经理，中信重型机械公司总经理助理，中信重工机械股份有限公司副总经理，中信重工机械股份有限公司董事、总经理、党委副书记。

作为一名经理人，俞章法的职业生涯并无过多传奇之处，被人们提及最多的，就是 1989 年从河南科技大学毕业后便进入洛阳矿山机器厂即今天的中信重工供职，从最基层的技术员一步步地擢升，直至今日坐上这家公司的头把交椅。

俞章法以"定好位、带好队、尽好责、守好规"四句话向干部员工朴实承诺。

刚刚履新，俞章法就带领领导班子成员来到中信重工焦裕禄大道。

这条普普通通却意境深远的大道，焦裕禄当年走过无数次。如今，他走了，那种刻苦钻研、勇于开拓、自强自立的激情依然在车间燃烧；岁月逝去，那种亲民爱民、艰苦奋斗、科学求实、迎难而上、无私奉献的精神依然放射着超越时空的光芒。

俞章法和新班子成员在焦裕禄大道西侧的焦裕禄铜像前驻足瞻仰，追思孕育形成于洛矿并在中信重工得到弘扬传承的焦裕禄精神。

走进焦裕禄事迹展览馆宣誓厅，班子成员面向大厅内鲜红的中国共产党党旗整齐列队。在俞章法领誓下，大家举起右拳，庄严宣誓："我志愿加入中国共产党，拥护党的纲领，遵守党的章程，履行党员义务，执行党的决定，严守党的纪律，保守党的秘密，对党忠诚，积极工作，为共产主义奋斗终身，随时准备为党和人民牺牲一切，永不叛党。"

入党誓词虽然只有12句话80个字，但字字千钧，是每一名共产党员入党初心的真实写照和庄严许下的铮铮誓言。

在共和国装备工业快速发展和不断强大的伟业中，凝聚着中信重工人燃烧的激情、耕耘的汗水和创新的智慧。

铿锵有力的宣誓声响彻大厅，激扬着扬帆新航程、谱写先进装备制造新篇章的奋进力量。

在随后召开的中国共产党中信重工机械股份有限公司委员会第二次代表大会上，俞章法响亮提出："作为焦裕禄精神的孕育形成地，我们有责任学习好、传承好、弘扬好焦裕禄精神，让焦裕禄精神的圣火在中信重工生生不息，始终成为激励我们开拓进取的不竭动力。"

在试点的基础上，一个以践行焦裕禄精神好党员、好干部为主题的"立标、对标、践标、验标"实践活动，在中信重工干部、党员中全面展开。

立标：将焦裕禄同志的公仆情怀、求实作风、奋斗精神和道德情操，分别细化为党员领导干部、基层干部、普通党员的五项对标内容。

对标：公司全体党员、干部按照各自岗位，分别按照五项对标内容，逐条对照自己的思想和行为要求，认真查找自身存在的问题和不足，列出问题清单，填写《对标表》并在所在党支部公示。

践标：全体党员、干部以对标细则为准绳，时刻从思想上、行为上衡量自己；对照问题清单，从薄弱之处补起，从不足之处改起，进一步提高工作质量和思想道德水平。

验标：公司党委对党员领导干部、各单位党组织对基层干部、党支部对党员分别实施百分制考评。每年七一，公司党委对"践行焦裕禄精神好党员""践行焦裕禄精神好干部"实施表彰。

实践活动一年一循环，像爬楼梯一样，每经过一次循环，便带来思想和行为的改进与提升。各级干部和广大党员以焦裕禄精神为标杆，在学思践悟中磨砺党性，激励斗志。

与此同时，组织广大员工开展"我心目中的工匠精神"大讨论，提炼形成以"客户至上的价值导向、精益求精的品质追求、创造卓越的职业担当"为内涵的中信重工工匠精神。根据中信重工工匠精神在思想层面、行为层面、目标层面的具体体现，技术、营销、生产、管理各系统逐条对照，切合系统工作特点，形成了涵盖系统全员的行为准则。各单位组织员工对标行为准则，深入查找不认真、不专注、不诚信、不敬业、不担责等现象和问题，并将查找出来的问题转化为技术创新、工艺创新、效率革命、质量提升、管理提升等首批 69 项整改课题，全面实施整改提升。同时梳理出六大核心产品，在国际对标中找出差距及优化方向，从研发、设计、工艺、生产、质量、交货期、服务等方面全方位优化提升，提高了产品的精准度、稳定度、耐久度。2017年，六大核心产品订货量超过总量的 80%。

面向未来，在焦裕禄精神的激励下，产业报国的壮歌在续写，一个极具责任感的新国企更在奋进前行。

第十六章

大路朝天

　　全球经济危机的大爆发宣告了世界经济步入大调整与大过渡的时期。这种大时代背景与中国阶段性因素的叠加，决定了中国经济进入增速阶段性回落的"新常态"时期，并呈现出与周期性调整不一样的新现象、新规律。

　　身处重型装备制造业的中信重工和她的同行们，越来越感受到被裹挟其中的悄然巨变——

　　从发展速度看，重型机械长期服务的能源、交通、原材料工业基本完成了生产能力的积累，物资供应从紧缺的卖方市场转为较为宽松的买方市场，进入总体供大于求的平缓发展期。

　　从发展趋势看，重型机械向"大制造业"延伸。总的来讲，当今世界上发达国家的重型装备制造业在20世纪40到80年代曾十分显赫，但至今各国均以机械制造业为载体，逐渐步入以现代服务业为重心的后工业化社会和知识经济时代，重型机械制造业向"大制造业"方向发展，其涉及的概念和领域正逐渐发生着巨大的转变与整合。

　　从发展模式看，传统依靠上项目、铺摊子、增加投资、扩大规模的发展模式难以为继，行业发展必须转向依靠结构调整和转型升级方能实现健康持续发展。

　　从发展动力看，行业发展的旧动力减弱，新动力不足，必须依靠创新驱动，培育壮大经济发展新动能，加快新旧动能接续转换。

　　经过2004年以来12年的发展与积淀，中信重工已崛起成为先进装备制造业的领先企业。尽管公司呈现出持续向好的发展态势，但服务领域仍集中在重工业领域和传统领域，受宏观经济周期性波动影响甚巨。煤炭产能进一步去化，安检高压持续，国家发改委明确不再核准第一水平采深超过1000米的新建矿井、采深超过1200米的改扩建大中型矿井、超过600米的新建（改扩建)其他矿井。同时要求进一步压减产能在 30 万吨／年以下煤矿数量,力争到 2021 年年底缩减至 800 处以内。冶金行业供大于求矛盾突出,去产能任务重,"十三五"期间将淘汰钢铁产能 1 亿～1.5 亿吨。由于能耗高、污染重,冶金行业还存在较大环保压力。经过 10 多年的高速发展,国内水泥产能已严重过剩,水泥需求继续下行,水泥厂开工率不足 65%。随着大宗原材料价格下滑,国内钢铁产业需求不足,国内矿业领域固定资产投资增速将进一步放缓,全球矿山产量呈现整体下行态势。

主要为这些领域服务的中信重工,又一次走到发展的十字路口。

中信重工怎样迭代升级,引领自身和行业变革发展?

一、芬南的故事

公司新任董事长俞章法上任之初,在中层干部大会上讲了这样一个故事。

故事的主角叫芬南,是让我们十分钦佩的一个小伙子,他最初选择到一家只有二三十个人的小计算机配件制造公司工作,而他的老板叫罗蒂,只是一个比他大三岁的年轻人。

就在芬南到公司的第三个月,公司接到了一个大订单,为某计算机公司加工 50 万张硬盘。这对当时的公司来说已经是超级订单了。这笔订单能否顺利按时完成,对公司今后的发展将关系重大。公司上下马上就忙碌了起来,将全部的资金都投入到这个项目中去。

然而,商场风云变幻莫测。一方面由于技术不过关,另一方面由于管理上的疏忽,所生产的硬盘出现了严重的质量缺陷,被全部退货。对芬南所在的小公司来说,这无疑是一个极其沉重的打击,不但没有赚到钱,反而欠了银行的债。银行知道消息后,不断上门来逼债。

后来,连支付水电费都成了问题。但老板罗蒂还是四方筹借到了工资。发工资时,老板召开了会议,向员工阐明了公司面临的窘境,并提出希望员工能够和他共同来应对这场困难。在了解公司的境况后,许多员工马上辞职。还有一部分员工认为公司走到这一步,责任完全应该由罗蒂来承担,所以他们向罗蒂索要失业赔偿金。其中就有平时对罗蒂表过忠心的人。这使罗蒂感到很伤心,于是他毫不犹豫地在他们的赔偿协议书上签了字。那些原本没打算索要赔偿金的员工,见此情景也纷纷要求赔偿,罗蒂都一一满足了他们。

当看着平日里那些口口声声说要和自己共同打拼的员工提着自己的东西

离去时，老板罗蒂感到很孤单，他以为公司就剩下了他一个人。但当他走出自己的办公室时，他惊讶地发现还有一个人安静地在工作，这个人就是芬南。

芬南其实是一个平日里并不怎么接近罗蒂，也很少和罗蒂交谈的员工。罗蒂非常感动，走到芬南面前对他说："你为什么没有向我索要赔偿金呢？如果你现在要，我会给你双倍的。我现在虽然已经身无分文，但我相信我的朋友会借给我的。"

"赔偿金吗？"芬南笑了笑，"我根本就没打算离开，为什么要赔偿金呢？""你不打算离开？"罗蒂显得非常惊讶，"难道你认为公司还有希望吗？说实话，我自己都失去信心了。"

"不，我认为公司还大有希望，你是公司的老板，你在，公司就在；我是公司的员工，公司在，我就该留下来。"芬南说。

老板罗蒂被深深地感动了："有你这样的员工，我当然应该振作起来！但是，我不忍心你和我一起吃苦，我事实上已经破产了，你还是去找新的工作吧。"

"老板，我愿意留下来和你一起吃苦。公司发展好的时候，我来到了公司，如今公司有了困难，我就离开，这太不道德了。只要你没有宣布公司关门，我就有义务留下来。你刚才不是说你的朋友愿意帮助你吗？如果你愿意接受我这个朋友，那么就让我来帮助你，我可以不要一分钱。"

芬南坚定地留了下来，并把自己的积蓄全部借给了罗蒂。他的老板罗蒂为了偿还银行和员工的赔偿金，卖掉了仅有的一个加工车间和所有的设备，也卖掉了汽车。

接下来的日子里，他们转变了经营重心，开始给一些软件公司寄销软件。这种方式的投入很小，公司很快就有了转机。两个人忍受了半年的艰苦日子后，公司终于开始盈利。此后，公司进入了快速的发展期，一年多后，公司就由负债转为盈利上千万美元。

一天，难得有时间，芬南和罗蒂在一家咖啡馆喝咖啡。罗蒂说："在公司最困难的时候，是你给了我最大的帮助。当时我就想把公司的一半股权交给你，但当时公司还没有脱离困境，我怕拖累你。现在公司终于起死回生，我觉得是时候把它交给你。同时，我真诚地邀请你出任公司的总裁。"罗蒂说着，拿出了聘书和股权证明书一起交给了芬南。

芬南的故事拨动了与会者们的心弦。

故事在公司报纸《中信重工新闻》刊发后，干部员工深受触动：公司就是一条船，当你加盟了一家公司时，你就成为这条船上的一名船员。把自己服务的公司看成是一艘船，一艘自己的船，这样你才会竭尽所能贡献自己的力量，主动、高效、热情地完成任务，用心去打造属于自己的"船"，并最终受益。

让俞章法董事长和新班子更受触动的是，如何在风起云涌的市场竞争中进一步强化船员的市场主体责任，打造"公司是船、我在船上"的命运共同体，使中信重工这条船承载着它的船员，劈波斩浪驶向高质量发展的新航程？

只能从深化改革中寻找答案。

第一，改革组织管控模式，把权力和资源交给离"炮火"最近的人。总部职能部门由 23 个精简到 14 个，围绕"小总部、强总部"，更加聚焦核心职能建设，按市场化、契约化制度监督、监控各板块运行。根据各板块的产业、产品和技术市场的成熟度，公司逐步探索实施"战略管控型""小事业部型""创新孵化型""成果转化型"四种管控机制，并通过"薪酬总额 + 超额盈利奖励"的薪酬方式实现正向激励，努力把各事业部或各板块打造成真正的市场主体、经营主体和利润中心。

第二，改革干部人事制度，营造有利于优秀人才脱颖而出和充分发挥作用的制度环境。2018 年元旦当天，公司下发中层干部任职文件，通过竞争上岗，来自关键基础件板块、公司财务部以及工程成套板块的 12 名基层干部成为中层领导或营销总监。受公司层面的影响和启示，各系统、各板块、各单位在干部人事制度改革上纷纷跟进。公司财务系统首先就 6 个管理中心负责人和公司委派直属单位财务负责人实施竞聘。

第三，实施人才工程，造就更多的"芬南"与船同行。优化和完善院士团队、首席科学家、领军人才、学术带头人、优秀设计师（工艺师）创新团队建设，通过相应的制度支撑，形成专家团队的遴选、考核容错、激励、退出机制；建立健全营销、技术、职能等专业序列"双重通道职业发展体系"建设，推进员工个人发展计划，引导员工与企业共同成长；建立内部人才市场，鼓励员工竞聘新产业、新业务岗位，引导人才合理、有序流动；建立市场跟随策略的员工薪酬动态调整机制，提高对优秀人才的吸引和保留能力；充分发挥中信重工大学作为员工学习与发展平台的作用，为员工持续赋能，为业务部门提供学习解决方案。

深化改革所带来的"蝴蝶效应""鲇鱼效应"加速释放，即使是最普通的中信重工员工，都明显感觉到中信重工在许多方面悄然发生的深刻变化。

2017 年 1 月 23 日召开的中信重工二届六次职代会上，公司副总经理逐一与俞章法董事长签订并递交 2017 年经营目标责任书。公司 15 个经营目标责任单位则挨个向王春民总经理递交 2017 年经营目标责任状。

职代会刚刚闭幕，中重建安公司经理李奇峰风风火火地密集带队，开始到河南三建、河南建总等兄弟企业实地调研。公司要求从 2017 年开始，建安公司正式从工程技术公司分立，独立运作。

几百人的生存与发展，促使李奇峰结合建安公司实际，通过学习、对标外部单位先进经验，制定适应建安公司下一步发展的方略。

"我们面临的危机说到底是市场危机。"李奇峰说，"总公司提出'职能 + 产业版块'组织管控模式，就是要通过管理模式的调整，让我们积极与市场、与产业发展要求相适应、相对接。"

"建安公司必须转型，必须成为市场主体，成为创效、盈利中心。"2 月 15 日，针对建安公司转变生产经营模式的请示报告，俞章法董事长做出批示。

主动打破来自思想的、观念的、体制的种种"围栏"，以市场意识和紧迫感走出公司大院，内外兼修，集中资源优势，以业内协同谋发展，成为建安公司上下的一致行动。

洛阳智能电气产业园生产厂房及地下车库建设项目的中标，就是对他们行动的回报。该项目总建筑面积近 5 万平方米，中标金额超过 7100 万元。

同样的危机和主体意识，也在运输公司一步步向下传导。

"2017 年，运输公司计划营业收入指标是 1.33 亿元。但据统计，总公司能提供的营业额只有约 7000 万元，这就意味着我们必须从外部市场拿回另外 7000 万元的订单。"运输公司班子自亮家底。

为充实市场营销力量，运输公司班子打破多年来"销售才能跑市场"的禁锢，成立了运输市场部，并在大件分公司和厂内分公司设立了项目部，明确要求运输公司全体干部员工人人争当营销订货员、营销宣传员和市场信息收集者。

实施全员营销以来，运输公司干部员工的市场意识得到了空前提升，争着成为市场营销的参与者，且成效很快显现。

"就像中了头彩那样兴奋和激动。"3 月初，当得知运输公司正式成为南阳防爆电机厂合作方的消息时，初尝甜头的运输公司大车司机郭迎辉这样形容自己在那一刻的心情。

自 2 月开始，大车司机郭迎辉先后多次一个人走访南阳防爆电机厂。次数多了，门卫都烦了，冰冻着脸："你怎么又来了？"

"我不是推销业务的，我是帮你们拉活的。除了中信重工，别人拉不了！"郭迎辉说得很朴实。

从最初的被怀疑到被信任，他用了 1 个月时间。随后，他进一步向南阳防爆电机厂的高层贴近。最难的时候，在人家家门口守了一宿。这一次，他带来了一串串数字，那是他整理的运输公司能力数据，更有从洛阳到南阳所有路线的详情报告。

"你们的大车司机不得了，情报工作太厉害了，活交给他，我们放心。"最终签约时，客户领导这样讲。

成功进入南阳防爆电机厂这个每年近2000万元的电机运输市场，让第一次置身市场并跑赢的郭迎辉成了司机圈的名人。但郭迎辉却很谨慎：一切才刚开始，我们的市场之路还很长。

不但司机可以搞营销，现在，运输公司普通一线生产人员也身兼市场信息收集工作。

司机郭迎辉的营销事迹在公司报纸刊发后，自动化公司机器人营销部营销副总监安玉良坐不住了。

凌晨4时许，一阵尖厉的警报声惊醒了睡梦中的安玉良。他迅速骑上电动车循着声音去追消防车，最终得知是洛阳某物流园一楼仓库发生火灾。安玉良敏锐地意识到，这是扩大公司消防机器人产品的好机会。

安玉良一方面与消防支队取得联系，一方面紧急协调公司两台消防机器人出击，积极参与现场救援。在参与救援的一整天当中，安玉良带领技术人员和营销人员坚守在现场，随时观察记录消防机器人实际使用情况，随时听取消防官兵们的意见。

为了推动消防机器人尽快在洛阳消防支队实现列装，安玉良带领营销团队一次次与洛阳消防支队沟通协调。都说秀才遇到兵，有理说不清，安玉良最终把消防机器人的"理"说得门儿清，以至于到后来消防官兵都称他为"安工"。

新产业需要新思维，更需要新作风。由于消防支队设备采购涉及上级审批、政府拨款等，安玉良和营销人员干脆贴身服务，先后陪同消防部门相关负责人在政府、财政局等十多个部门之间奔走，办理相关手续，加快项目进展，最终保证了项目的落地。

禹兴胜是2014年担任铸锻销售部的总经理。

"2014年我拿到的订货产值是8000万元，2015年翻了一番，达到了1.6亿元，到了2017年我们就有了5.6亿元。为什么前几年的产值这么低？因为我推不动，技术人员没有研发动力，不愿意承接新的产品。"

销售人员好不容易拉来了石化加氢反应器的订单，这是近几年石化行业需求量大增的产品。可是铸锻公司并不感冒。"我们做不了。"技术工程师说。

既然做不了，就只好把单推了。有时勉强接了，可那活干得让人实在不敢恭维。"比如，我交给客户的产品是一吨，我们的生产环节能弄出两吨或者三吨钢坯，技术人员的理由多了，毛净比竟然是1.9～2.2。"

所谓毛净比，就是毛坯重量与零件净重之比，这个值越高，说明有越多的钢锭变成了钢屑钢渣。禹兴胜说，那时候的钢锭利用率只有50%。"原本做一件衬衫五尺布就够了，现在非得弄成一丈或者一丈二，那都是钱啊！"

所有这一切，皆因"与我无关"——好了也与我无关，坏了我照样拿同样的工资。

2016年8月27日，星期六。俞章法去参加了铸锻公司的大讨论动员会。会上，俞章法不客气地说："要么被消灭，要么你想办法自己主动去争市场。"

2017年以前，铸锻公司铸件的95%都是为主机厂加工生产的。现在，铸锻公司被分成两块：配套＋独立商品。而独立商品这一块，必须到市场上抢订单。

铸锻公司开始了伤筋动骨的改革。

管理人员全体起立，竞聘上岗，大约有五分之一的人没有能够留在原有的岗位上。100多位技术人员被分成9个小组，技术、营销、生产一体化。除了1个小组之外，其余的人将和营销人员一起去跑订单，余下来的那个小组依然是为主机做配套服务。也就是说，原来的那些活其实只需要九分之一的技术人员就能干完，还有九分之八的冗员，那样的铸锻公司成本还能低得了吗？

"铸锻公司要想打造成独立的商品厂，我就必须面对整个市场，要符合我的设备能力，挖掘我的设备所针对的产品方向。我们就把最优质的技术人员全部调到了市场，全部面对市场。"铸锻公司总经理禹兴胜说。

徐恩献2017年担任项目组组长。

说起话来不紧不慢的徐组长来到浙江桐庐，总部位于桐庐的浙富控股刚刚与广西大藤峡水利枢纽开发有限责任公司签署了大藤峡左岸厂房水轮机及其附属设备采购合同。左岸厂房有3台机组，每台200兆瓦。水轮机的核心部件转轮体是设计制造难度最大的部分，转轮高7.5米，最大直径10.4米。

关于转轮体的采购，浙富控股一直都有自己的供货商。徐恩献此次前来就是打算"抢行"了。

浙富控股一直认为中信重工"做不了不锈钢"。徐恩献的第一步就是展示中信重工的铸钢能力和设备都是国内顶尖的，"浙富所需要的所有铸件我都能干"。

徐恩献分明看出了对方眼里满满的迟疑。不过正好有3台转轮体的采购量，每台净重160吨，中国人还没干过这么大件的呢，为保险起见，那么中信重工不妨也试试吧。

徐恩献回到洛阳赶紧查资料、做研究、搞攻关，很快他们形成了两个方案，一个是按照常规工艺设计的方案，另一个设计思路则恰恰相反。徐恩献发现，在生产如此之大的转轮体时，如果按照常规思路进行设计制造，很可能根本无法安装使用。

"我们在常规方案之外提出的那个新的方案，真正打动了买方。"

正因为这样的设计思路，中信重工拿到了两台转轮体的订单。其实在这之前，中信重工从未做过水轮机的转轮体，而这次一干就又干了一次世界之最。

"世界之最"并不容易，制造周期竟然要 14 个月。但是，当中信重工所制造的两台转轮体安装在浙富控股的水轮机上之后，由另一家中标的供货商生产的第三台转轮体还未出厂。

"若是按照以前的体制，我们的技术员肯定不会去接这样的订单，全新的东西从来没碰过，而且又是这么大的一个东西，风险非常大。现在技术人员的进取心比以前强太多了！"徐恩献说。

到了 2018 年，中信重工已经成为浙富控股水电铸件最大的供货商。以此连带而来的，是中信重工的不锈钢铸件的销售额从几可忽略不计的数量骤升至亿元级规模。

2018 年，中信重工锻造的 321 吨特大型替打环锻件的新闻图片和视频在许多主流媒体甚至自媒体上广为传扬，这正是那台巨无霸的 18500 吨油压机的杰作。这是为国内某个海洋工程项目配套的大型关键锻件，使用了 486 吨钢锭锻造，无论是锻件重量还是钢锭规格，都创造了中国之最。

禹兴胜很为替打环骄傲。

"我们的海工替打环是替代进口的，全世界只有荷兰的 AHC 公司和德国的蒙克公司有这样的生产能力。我们有什么优势？第一是交货期。如果让荷兰人和德国人来做，交货期至少在 12 个月，我们只要 4 个月。第二，合理的价格。用进口产品，本身价格就比我们高得多，每吨至少在 8 万元，再加上关税，非常昂贵。而我们只挣我们该挣的钱。第三，这一段时间以来的技术储备、产品制造全过程技术监督，足以保证我们的产品一定是最优的。"

当技术、营销、生产真正成为一体化的时候，铸锻的技术人员才有了研发新技术、让新产品快速落地的动力，并迅速在市场上找到了突破口。

那么，这样一个特大型锻件价值几何呢？

禹兴胜没有具体说明。但是在中信重工，以往类似常规环锻件的价格大致 3 万元 1 吨。"我们海工装备多少？ 5.6 万元 1 吨。这是高附加值产品。"如此毛估，这个订单就值 1800 万元。更加重要的是，因为这个项目，特大型替打环这一完全依赖进口的产品就成为中信重工的垄断产品，它将在未来为企业产生更多的超额利润。

果不其然，2018 年 10 月，中机（济南）重型锻造公司再次找到中信重工，要求再次订货，依然是超大型替打环锻件产品。这是他们的第三个同类的订单。

"因为你们是最快的。"客户说。

我们的国人越来越认定"世界正在逐渐被抹平"，东方不亮西方亮。冷战早就结束了，帝国主义"卡中国人脖子"的事情离我们已经很遥远了。近两年，中美贸易摩擦，特别是中兴、华为的遭遇让国人如梦初醒，我们尚不太"厉害"，卡脖子的场景随时可能发生。正因为如此，中信重工盯准了一系列特大型卡脖子的重装备件逐一攻关、逐一生产、逐一落地。

"2017 年我还亏损 1 亿元，2018 年公司给我们的销售目标是 8.5 亿元，预计亏损 4000 万元。可是 2018 年我们开始第二轮改革之后，当年我干了 12.3 亿元，我们竟然盈利了！"

禹兴胜神色飞扬，抬头看着湛蓝的天空，一片白云浮在上面，像一匹白色的骏马在广阔的天际奔腾。

二、鱼跃龙门

"一天有半天泡在一线，还是查不完所有的单子。下班一看计步器，妥妥的两万步以上。"中信重工重型装备厂负责设备零件和工序排查的白宝华回忆时有些感慨。如今，借助手机、平板电脑就能实现生产信息跟踪和共享，40 分钟就能把所有零件排查一遍。

2019 年正月初七开工，一进车间，白宝华觉得心情舒爽，刚更新不久的设备看着就敞亮。再往里走，瞧，每台关键机床旁都多了一台工位机。

截至 2018 年 11 月，通过全面推进数字化车间工程，以 MES 系统为核心，白宝华所在的重装厂已经实现了生产计划、调度、统计、操作与计量管理的业务集成，并打通了产品设计、工艺、计划、质量检验等数据链。调度查询、提缺等业务从原来 4 小时缩短到 1 分钟以内。生产台账的建立不再依赖手工录入，通过与 ERP 和 CAPP 的集成，所有生产数据从接口调取，计划人员只用根据工作令和实际生产情况做相应零件的维护即可，仅这一项，工作效率就提升了 80%。

2019 年年底，这一数字化车间模式复制推广到重装板块其他制造厂。

通过智能化改造助推传统离散型装备制造提质升级，是俞章法董事长倡导推行的"四化"之一。在 2017 年 8 月 15 日创新研究院工作专题会议上，他说："装备制造业领域，包括重型装备板块、工程成套板块、关键基础件板块等，属于公司的传统主导产业，是公司持续健康发展的稳定器和压舱石，要进一步做优做精做强，努力向智能化、服务化、绿色化、国际化方向发展。"

一组组设备运行参数上传到工业物联网的"云端"，从非洲的刚果（金）、南美洲的巴西、欧洲的俄罗斯……传输至中信重工客户服务部的巨型屏幕上，瞬间，数据变成一帧帧清晰的图像，实时显示着在全球各地运行的大型磨机的工况细节。

人在洛阳坐，却能对这些遍布世界的"中信重工造"了如指掌。

走进中信重工科技大楼，乘电梯来到第 22 层，一个绿植环绕的开放式工作区，就是给磨机装"大脑"的"后浪们"的创新主战场。

这个平均年龄仅有 28 岁的 26 人团队，隶属中信重工创新研究院。它有一个响亮的名字——智能化专项团队。

数字化智能制造时代，智能化产品、智能化服务正深刻改变着传统制造行业的产品及服务盈利模式，推动"智能 +"与制造业深度融合，实现矿山产业等传统动能的转型升级，正在成为破解中信重工高质量发展梗阻的有效途径。

正是基于此，围绕面向客户提供智能化主机装备、智能化生产线解决方案，以及提供支撑的物联网平台建设三方面研究的"智能化专项"应运而生。

创新研究院院长弯勇说，专项团队荟萃了公司各个专业的精英，"讲得通俗一点，他们的工作就是给磨机装上'眼睛''耳朵'和'大脑'，让磨机变成能看图、能听声、能感知、能推断、能决策、能联网的智能磨机"。

经过十余年快速发展，大型矿用磨机已经成为中信重工的核心产品。但是，如何从"核心制造"向"核心制造 + 综合服务"快速转型？

物联网、大数据、基于 5G 技术的 AI 等先进智能技术的发展突破了地域、组织、技术的界限，给千万吨级矿山粉磨装备智能控制技术开发及工程应用提供了平台、创造了机遇。

围绕磨机智能化，矿石粒度在线检测、衬板磨损在线检测、半自磨机智能控制，以及选矿设备全生命周期服务、基于物联网的大数据分析及预防性维护等一系列新业态，在中信重工不断催生、落地。

专项团队研发组成员，留学法国、学传感器专业的李文博，是一名在图像识别技术新领域耕耘的 90 后。

"在这里上班很快乐！"性格直爽的李文博说，自己 2018 年加入团队，当时没想到在国企竟然还有这么好的创新土壤，"不论资排辈，谁有好的创新点就按谁的来，大家沟通良好，有一种团队合作精神。"

李文博很勤奋。她接手的第一个科研课题"矿石粒度图像在线分析仪"仅用一年就结出果实，顺利申请了软件著作权。"把自己的想法变成了产品，当然很兴奋了。但当时并没有想到要庆祝一番，因为这样的成功在我们团队里再正常不过了。"这个女孩笑着说。

不过，李文博也有不顺心的时候。她讲了刚入职时的一个小插曲。

那是一个第一代产品，没有先例可循。年长于她的马工已经进行了多年理论上的研究，马工提出的研发要求近乎苛刻。李文博曾偷偷对自己说："这根本做不到哇！"攻关的日子里，极为严谨的马工连续工作了好几个星期，连着失败十几次，整个人都有些恍惚。但就是靠着这股较真劲儿，难题最终被攻克。

"产品做出来了！识别一张图像的时间由 7.2 秒减少到 0.19 秒。这就是坚持不懈的结果。"李文博激动的脸上花瓣要落下来。

与李文博不同，出生于 1995 年的陈旻昊，把自己的创新天地设在了磨机运行现场。

有了前方的第一手数据，后方的"李文博们"才能点燃大脑里的创新火花。团队成员谭文才告诉笔者，学计算机专业的小陈一年到头不是在现场，就是在赶赴现场的路上。

最北到中俄边境小城黑河，最南到云南文山，磨机安装在哪里，陈旻昊的足迹就留在哪里。大兴安岭茂密林区，手机没有信号的无人区，一片泥泞的采矿场，四面漏风的工棚……带着笔记本电脑，在一个个现场聚精会神工作的陈旻昊，迅速把自己磨砺成团队的一名主力。

在位于洛阳市栾川县的洛钼集团选矿三公司集中控制中心内，操作人员坐在电脑屏幕前，点动鼠标即可控制全厂设备运行和工艺参数，通过面前的生产管控平台系统大屏幕，全厂人员分布情况、设备状态、物料信息、生产指标和安全环保数据尽收眼底。

洛钼集团选矿三公司智慧选矿平台的技术支撑者，正是中信重工。

据中信重工创新研究院相关负责人介绍，洛阳钼业集团在采用中信重工的矿山装备工业互联网平台破碎磨矿智能控制系统应用后，破碎机排矿粒度的波动性降低了 50%、高压辊磨机的产量提高了 3.52%、平均电耗降低了 4.38%、磨矿处理能力提高了 1.54%、单位电耗降低了 2.56%，最终产品粒度的波动性降低了 25%，据测算每年可创造经济效益 1200 余万元。

截至 2022 年 4 月，中信重工矿山装备工业互联网平台已接入国内多家矿山龙头企业价值数十亿元的 248 台核心矿山装备，整体接入骨料线、碎磨浮选线等多条产线，开发应用磨机智能控制、衬板磨损在线检测等 17 个工业

App 和 36 个工业机理模型，对外开放了 38 个工业微服务组件和 52 个 API 接口。

"我们的工作就是让矿山生产变简单、变高效。"创新研究院负责人给出矿山智能化工作的定义。

2018 年 10 月底，遥远的南美洲传来消息，中信重工中标首钢秘鲁铁矿股份有限公司马尔科纳矿区年度维保项目，实现了在同一个矿山项目中从设备设计、制造、安装、维保的全生命周期服务。

两个月后，2019 年 1 月 2 日，新年首个工作日，中信重工再与河南国联矿业有限公司签订了为期 5 年的年产 2000 万吨精品骨料项目生产线的运营管理、维保服务项目合同。

这又是一个年收入上亿元的项目。

与首钢秘鲁的项目不同，这次与河南国联的合同不仅有了维保，还包含运营管理。在中信重工此前设计建造的砂石骨料生产线上已经安装了大量的传感器，这些传感器将每时每刻的设备运转信息发往它们的数据中心，数据中心成为一个智能大脑，自动处理和管理着这个安全、环保、高效的无人矿山。

过去，中信重工是卖定制化主机，附带提供后续保修，即备件和服务是销售的补充。如今，中信重工提供方案设计、产品制造、安装、服务，再到维保的一整套解决方案，主机只是拳头产品，核心竞争力是令用户无忧的优质服务。中信重工的身份从卖产品到提供服务，甚至从总包变成了运营。

"思维的转换，带来的是整个产业变革。"俞章法举例解释了"变革"的逻辑：假如淡水河谷一个铁精粉矿一年的备件消耗是 10 套，总价为 1 亿元，按照过去做法，公司按照 1 套 1000 万元的价格把备件卖给它，每套成本必须控制在 900 万元，10 套的利润空间也就 1000 万元。变换运营策略后，结果就大不相同了。中信重工会与淡水河谷签订备件承包合同，一年同样 1 亿元，所有问题全都包掉。如此一来，中信重工就会提供更好的产品，比如，成本为 2000 万元 1 套的备件。因为质量好，这种备件一年只需要 4 套就够了，中信重工因此增加了 1000 万元的利润空间。而对客户来说，同样的成本付出，带来的是停机次数的大幅降低和运转效率的大幅提升。一座年产千万吨级铁精粉的大型矿企，运转效率提升 1 个百分点，带来的收益是巨大的。

逻辑讲起来容易，但做到并不简单，毕竟总承包意味着对所有相关费用负责，如果没有"金刚钻"，很有可能连原本 1000 万元的利润都赚不到。这时，中信重工的"三大武器"派上了用场。首先，中信重工拥有世界一流技术的主机产品，客户不会因为主机而放弃中信重工的产品。据悉，中信重工内部有着明确要求，主机设备不需要刻意压缩成本，可以不挣钱，但一定要提供最好的产品。

其次，中信重工有大数据的支持。中信重工已经研制矿用磨机 1300 余台，直径 5 米以上大型矿物磨机国内市场占有率达 81%；交付提升机 8000 余台，大型提升机的国内市场占有率达 85%……对这些中信重工服务多年的客户，它们的运行情况、痒点痛点，中信重工一清二楚。俞章法坦言："没有足够的数据积累，我们不敢包。"

最后，中信重工正在建立覆盖国内外主要客户的备件维保服务基地，能够提供最快的响应速度、最完善的备件体系，让客户用得安心、放心。

在中信重工工作了 30 年，俞章法知道激发新动能的重要作用，更明白驱动传统动能的核心要义。

"做企业不能浮躁，总想着别人的生意好做。其实，只有自己的传统动能做好了，才有可能转型升级。我们很执着，总想着做优做精做强，然后才是做大。"俞章法说。

三、"战神"出击

继收购唐山开诚电控设备集团有限公司，创立中信重工开诚智能装备有限公司后，中信重工持续加码特种机器人制造。

工业机器人已经被 ABB、库卡等四大巨头牢牢把控，消费机器人更适合擅长 ToC 的公司。特种机器人的作用就是在不适合人类工作的环境中，例如，在矿山、消防、反恐等领域代替人工。这些领域的操作环境极为复杂，又都对安全有着极高的要求，一般企业根本无从下手。可对于已经服务这些领域超过一个甲子的中信重工来说，只是水到渠成。

中信重工开诚智能装备有限公司地处河北唐山，那里有中国最早的煤矿、中国最大的钢厂、中国早期的瓷窑，这个城市的色调是深暗的、凝重的，今天却有了一个全球排第一的特种机器人企业，高贵而轻灵，如鹤一般挺立着。

在 2017—2019 年《中国机器人产业发展报告》中，中信重工开诚智能连续三年被评为"中国智能特种机器人产业第一梯队代表企业"，并参与编写《特种机器人术语》和《特种机器人分类、符号、标志》两项特种机器人国家标准。

最先爆发的是消防领域。截至 2019 年年底，中信重工的消防机器人已经列装 20 多个城市的消防部队，并在灭火救援实战中发挥了重要作用。

杭州一大跨度轻钢厂房发生火灾！

着火区域堆满了大量植绒类材料、成品等易燃物，厂房严重变形，随时有坍塌的危险，救援人员一时难以进入厂房内部，形势危急！当地消防部门迅速派出中信重工的消防机器人赶赴救援。消防机器人及时应战，避免了救援人员以身试险。经过消防机器人和现场救援人员的内外默契配合，火势得到有效控制，现场无人员被困、受伤。

九江某大型化工厂突发大火！

九江市消防支队组织消防官兵，并调集列装中信重工的4台消防机器人迅速赶赴现场展开救援。消防机器人采用防爆、防水设计，消防员可远程控制消防炮回转、仰俯、自动扫射灭火，大流量、高射程，具备多种喷射方式，喷水、泡沫可自由切换，进入消防员无法靠近的高危环境。历经6小时的奋力救援，大火被彻底扑灭。

印度孟买老城区一座近百年的老旧楼房突发火灾！

翻倒的桌椅，破碎的门窗，坍塌的楼层，记录着大火发生时人们的惊恐与慌乱。

着火建筑为木质结构，火势发展迅猛，楼层出现坍塌。孟买消防队接警后迅速赶赴现场救援，并派出中信重工研制、前期交付印度孟买消防局的消防机器人参加灭火。经过孟买消防员与消防机器人的密切配合，大火被成功扑灭。

消防机器人只是中信重工特种机器人的一个切入点，凭借着对特殊工况的了如指掌、对核心技术的精益求精，巡检机器人、侦测机器人等产品陆续出货，填补市场空白。

"中信重工的超高压水射流混凝土破碎机器人技术先进，施工工艺成熟，施工效果理想，符合工程技术要求。"这是广州鼎力志成工程有限公司的使用证明。

一股细细的超高压水射流钻入坚硬的混凝土，混凝土很快就被肢解、破碎，全程没有粉尘、剧烈震动……

中信重工研制的超高压水射流混凝土破碎机器人通过将超高压水射流作用于混凝土表面将其清除。"整个过程就像给钢筋混凝土病害部位实施'刮骨'，只不过'刮骨刀'是水做的。"项目负责人阮鑫说，由于无扰动、无粉尘，不伤害钢筋，产品特别适合桥梁、水坝、隧道、码头、机场和电站等重要建筑物混凝土结构的翻修、改造和加固。

据了解，广州沈海高速锦江大桥施工工程是沈阳至海口高速公路水口至白沙段改扩建工程一部分，施工要求在保证交通安全运营前提下拆除原桥面围挡，自原桥基边缘向内破碎75厘米，露出横筋，与新桥面连接。

中信重工为该工程提供了集设备成套供货、施工技术指导、设备维保培训、备件服务等于一身的"产品＋服务"系统化解决方案。在高速肢解、清除混凝土时，该机器人无剧烈震动和粉尘，在不伤害钢筋结构的情况下实现逐层破碎，为后期修复建筑结构创造了有利条件。

在连霍高速开封段桥梁应急抢险工程中，桥面一根梁受损，需要在不中断交通的前提下快速安全修复。中信重工水射流机器人通过精细化破碎操作，把"大手术"变成了"微创"，实现了保安全、保交通前提下的快速换梁。

从消防机器人到巡检机器人、侦测机器人，再到超高压水射流混凝土破碎机器人，中信重工的特种机器人家族向多元化方向快速发展，机器人及智能装备产业实现了爆发式增长，已经成为企业新的利润增长点。

"机器人造机器人，原本科幻电影中才有的'未来工厂'生产场景，已在我们企业成为现实。"中信重工智能工厂项目组组长王勇激动地说。

2019 年 10 月 24 日，中信重工"特种机器人制造智能化工厂"项目在伊滨新动能产业园顺利通过国家工信部验收，标志着中国首座特种机器人智能化工厂在中信重工建成。

走进该智能化工厂看到，24 个工作岛和 1 个大型立体仓库彼此间协调有序。经过一群工业机器人准确操作，一台消防特种机器人成功从工作岛驶下。

"这是一个极具探索性的项目，实现了研发不造样机、装轮不用工人、生产不看图纸。"说起该项目给生产带来的颠覆式改变，王勇话语中带着自信。

依托该项目，中信重工联合清华大学、上海固高欧辰智能科技有限公司、太极计算机股份有限公司等单位协同创新，围绕特种机器人"多品种、小批量、定制化"的生产特点，创造了中国传统离散制造业转型升级的新模式。

——研发不造样机。

实物样机验证，通常是从研发走向生产的必备环节。

"产品还在图纸上，我们就进行数学建模，在电脑上进行三维模拟制造和调试，工件装配松了还是紧了，转向是否精准，机电功能与逻辑是否正确，电脑会告诉我们答案。"王勇说。

数字样机取代实物样机，节省了研发成本，更大大提高了研发效率，产品研制周期缩短 50% 以上，让企业在瞬息万变的市场竞争中抢得先机。

——装轮不用工人。

在项目现场，一些黄色工业机械臂挥舞，轻巧地夹住一个个承重轮，安装在特种机器人本体上。

通过引入工业机器人，企业让承重轮装配这样的高强度、高重复性的关键工序告别人工组装，实现"机器人造机器人""智能设备生产智能产品"。

——生产不看图纸。

采访中，数字"双胞胎"的概念被反复提及。

在现场，每一个工具、零部件的"身份证号"都在工位大屏幕上精准显示，配合三维模拟组装视频，让工人从此告别晦涩难懂的设计图纸，装配从此就像"看动画拼积木"一样简单。

依托该项目，中信重工特种机器人生产效率提高 30% 以上，运营成本、产品不良品率降低 30% 以上，能源利用率提高 20% 以上。

2019 年世界机器人大会 8 月 25 日在北京闭幕。会上发布的《中国机器人产业发展报告》显示，全球机器人整体市场规模持续增长，中国机器人市场需求潜力巨大，工业领域以突破机器人关键核心技术为首要目标，服务领域智能水平快速提升，与国际领先水平基本并跑，颇具成长空间。我国特种机器人同样保持快速发展，在应对地震洪涝灾害等极端天气，以及矿难火灾安防等公共安全事件中，对特种机器人有极强刚需。

正因如此，已经有越来越多的企业和科研院所进入特种机器人产业。

未来已来，中信重工真的能继续引领潮流，而不是被撞碎在沙滩上吗？

2019 年 1 月，在中信集团工作会议上，特别提到了"重点领域的战略顶层设计"问题。中信重工领导坐在下面心里嘀咕，集团现在肯定是要重点"设计"机器人产业了。

果不其然，在 2019 年春节前后，中信集团领导两次召集相关人员重点讨论机器人的战略发展。在连续布局了农业、环境等重点产业之后，中信集团将目光聚焦在特种机器人产业的深层次发展上。

2020 年 8 月 13 日，中信集团新任党委书记、董事长朱鹤新到中信重工开诚智能装备有限公司调研，希望开诚智能瞄准国家战略需求，围绕安全生产、JM 融合和 14 亿人民对美好生活的需要，加快步伐，提升实力，做大做强特种机器人产业，并表示集团层面从他开始，做开诚智能的"第一营销员"。

"古建一旦发生火灾，一般的救援力量很难抵达现场，而消防机器人则能顺利完成救灾。"2021 年 1 月 30 日，中信重工开诚智能装备有限公司技术部门正在检查文物巡检消防机器人实验数据。技术部门负责人介绍，这款机器人还未面世，就已引起了文物界的关注。

一款专精某一领域的产品从研发到推向市场，往往只需要几个月，开诚智能的技术成果转化速度让人吃惊。"这得益于我们建立的以市场为导向的快速响应研发机制。"开诚智能装备有限公司总经理、总工程师裴文良说，客户提出需求后，研发部门针对课题实行项目组工作制。每组由专业能手领队，充分发挥研发人员的自主创新能动性，共同找出产品的系统解决方案，为企业加速创新注入内生动力。

"平均每两个月就能诞生一款新产品"，裴文良介绍，在过去5年，公司形成了"应急救援、特种作业"2大系列50多种特种机器人产品，成为全国领先的特种机器人企业。仅2020年，就完成10套新品类机器人研发，申报国家专利45项，并取得了6项软件著作权。

四、向海！向海！挺进海上风电

碧蓝色的大海与湛蓝的天空交相呼应，金色的阳光穿过白薄的云朵洒在漳州招银港区的每一个角落。

2020年10月3日12时12分，一根重908吨、直径7米、长达69米，相当于20多层楼高度的"鸿篇巨制"，成功在这里装载上船。

这是中信重工海上风电装备产业基地为国家电投湛江徐闻海上风电场项目制造的首桩，同时也是基地投产后首根正式下线的海上风电单桩。

国家电投湛江徐闻海上风电场项目海上场址位于广东省附近的海域，总建设容量60万千瓦，安装94台单机容量，6.45MW风力发电机组。

一座海上风力发电机通常由机舱、叶轮、塔筒和单桩组成，而单桩是海上风力发电机的基础部分。由中信重工海上风电装备产业基地制造的单桩运抵徐闻项目后，将被植入海底数十米，穿入海水层、海底淤泥层、覆盖层、弱风化岩层，就像一根定海神针，使整座发电机组牢牢地在海床扎根。

"漳州有女初长成，养在深闺人未识。其实，这是一颗尘封雾锁的明珠，一旦放出光芒，将照耀东南海疆。"30多年前，成功创办蛇口工业区的袁庚老先生曾对如今是招商局漳州开发区的那片土地——当时闽南地区的一个荒滩野岭做了这样的断言。从1.5亿元资本金起步，夷平了13座山头，开挖1.1亿方土石，昔日的荒滩野岭已成为国家一类口岸，成为一个以临港工业、港航物流业和食品加工业为特色的新兴海滨工业城。

中信重工海上风电装备产业基地就位于此地。基地总建筑面积约8万平方米，年产能达15万吨；拥有企业专用码头，最大可停靠3.5万吨级船。

中信重工在原有竖井钻机、悬臂式掘进机、盾构机等掘进产业研发的基础上，风驰电掣般地开发了海上风电大直径桩基施工用大型液压打桩锤和嵌岩桩钻机，积累了海上风电各类塔筒、钢管桩、导管架、漂浮桩及钢结构附属件的技术实力。

中信重工海上风电装备产业基地自2020年1月启动以来，在疫情、高温、台风等多重考验下，漳州公司项目团队倒排工期、挂图作战，高标准建设、高效率推进、高质量完成项目建设，在短短 9 个月时间，创造了从启动到投产再到首个单桩下线的"漳州速度"。

项目启动当年，已分别向广东徐闻、揭阳海上风电项目发运 7 根单桩，产品总重超 7000 吨。其中，揭阳风电项目首根单桩重超 1500 吨，是目前国内在建海上风电场的最大单桩。

2021 年 3 月 23 日，中信重工（601608.SH）发布 2020 年度报告，海上风电业务新增订单 20 亿元，助力中信重工收入利润双增长。

中信重工海上风电装备产业基地定位于风电类塔筒、钢管桩、导管架、漂浮吸力桩等关键基础件和液压打桩锤、嵌岩桩钻机等国产化重大装备研发制造及技术服务，将成为中信重工重大装备的出海口基地。

2020 年 10 月 20 日，是中信重工海上风电装备产业基地正式投产的日子。这天，中信集团党委书记、董事长朱鹤新，党委副书记、副董事长、总经理奚国华双双出席。奚国华在致辞中指出，发展海上风电是中信集团贯彻绿色发展理念、建设资源节约型、环境友好型社会的重要实践。漳州基地是中信重工从重资产线性增长向轻资产、轻结构增长转变的有益探索，也是中信重工从离散型制造向连续化生产转变的重要尝试。今天漳州基地正式投产和产品成功交付，再次证明了中信重工先进的装备制造水平，也证明了中信重工有一支能打硬仗、善打胜仗、作风过硬的队伍。

资料显示，海上风电业务发展势头强势，预计到 2040 年，海上风电发电的平准化度电成本将下降近 60%，随着国家新能源与碳减排政策的推广，海上风电未来或将成为极有竞争力的电源之一。作为全球清洁能源领域新的竞争热点，海上风电将迎来快速发展。发展海上风电，装备必须先行。中信重工强势发力以风电为代表的新能源装备业务，不仅体现着公司胸怀"国之大者"的站位担当，更展现出公司融入新发展格局的积极姿态。

五、奔跑吧，中国制造！

就在这部国企故事就要结尾的时候，又有一大批年轻的学子加盟中信重工。我走近他们，试图触摸他们的内心，并通过他们，去触摸中信重工新的脉动与未来。一位名叫姚亚婷的大学生给我发来了她的博客文章：《我眼中的中信重工》。我将其作为这部国企故事的结尾，转录于此——

当清晨第一缕阳光洒向屋内时，窗外交错纵横的街道上已经布满了来来往往的车辆。我推开窗，夏日微凉的空气渐渐涌入屋内。从青年公寓望出去，可以看到中信重工机械股份有限公司的全景，威严又不失祥和的综合主楼静静地矗立在公司正中央，升旗台上鲜艳的五星红旗在微风中舒展着雄伟英姿，气势恢宏的机器人及智能装备科创园与国家级企业技术中心、高大美观的营销大楼交相辉映，综合主楼两边是相互对称的副楼，后面就是一望无际的厂区了。这一幅美丽的画卷，在清晨6:30的阳光中缓缓伸展开来。新的一天开始了。

与中信重工的初识是在一则新闻播报中，画面上几个造型精巧的特种机器人正对一个熊熊燃烧的大储罐形成包围之势，它们在距离火源不到10米的位置，迅速调整角度对准火源喷出了近百米的高压水柱。这就是中信重工研发制造的消防灭火机器人。在一次完整的消防工作中，消防灭火机器人从火场侦测到高压灭火，再到火源核心扑救，一系列工作流程连贯、快速、高效。在无情的大火面前，人类总是渺小的，无数消防队员在搜寻、解救受灾群众的过程中壮烈牺牲。而如今科技的发展即将令这一状况成为历史。消防机器人的出现及投产展示了强大的科技力量，同时还有更多种类的机器人即将带领我们走入全新的机器人时代。后来经过了解，中信重工在2016年已成为国内最大的特种机器人研发制造基地，稳居国内特种机器人市场占有率首位。看到这一成就，作为一个新中信重工人，我感到无比自豪。

与中信重工的相遇，有一个浪漫的开始。初到中信重工，作为一个理工小白，我还没来得及好好捋顺一下辊压机、破碎机、磨机、轧机的区别，没看懂7RM镗床液压系统、RFW-16S卧式滚齿机、2JK-6矿井提升机、1370双齿辊破碎机、Φ4.55×72米回转窑这些专业名词时，就被中信重工的企业精神和建筑布局深深吸引了。道路两边长长的红砖厂房有一种历史的代入感，墙面上镌刻的"伟大光荣正确的中国共产党万岁""战无不胜的毛泽东思想万岁"的火红标语还看得出建厂初期的印记。走过一间间厂房，轰隆隆的机器声不绝于耳，远远地能看到里面耸立着的巨大机器。我了解到，在2006年年底，公司启动了"新重机"工程，这是一个围绕世界最大最先进的18500吨自由锻造油压机的全新制造工艺体系。我站在庞大的油压机面前，烧得火红的大钢锭在750吨/米锻造操作机的控制下灵活自如地翻转、锻造，油然而生一种对重型装备制造能力的钦佩之情。工业是一个国家的脊梁。现阶段，越来越多的人趋之若鹜地投向金融、房地产等行业。能在这股热潮中保持冷静坚持做实业的人是值得敬佩的。他们不为眼前利益所动,一步一个脚印、踏踏实实地为工业建设、国家发展添砖加瓦。我国的工业正是因为有了这千千万万的企业踏实做实业,才能使国家真正强大,我国的工业建设才能达到新的高度。

与中信重工的相知,是一种日久生情的喜爱。进入技术中心大楼,迎面吹来的是一股现代化的科技之风,这里会聚了大量优秀拔尖的科技人才潜心进行技术研究。人性化的中信重工大学为企业员工不断地提供着新知识、新思想、新理念。"学不可以已"的精神在这里得到了充分体现。我们处在日新月异的当下,更不能停止学习的步伐。公司内部有着很多个加工车间,每一条通往车间厂房的大道都有自己的名字,两旁的柳树、果树、常青树在骄阳似火的夏季为职工们提供了一个清凉庇护的绿荫。我最喜欢的还是焦裕禄大道。在中信重工,一提起焦裕禄精神,每个人都能滔滔不绝地为你说上一段,讲一讲这位曾在这里工作生活了9年的老洛矿人的事迹。在这里,我还知道了刘玉华、曲绍惠、杨奎烈……当我开始接触这些人的故事时,内心受到了极大的撼动,几欲落泪。上一辈人艰苦卓绝的奋斗,使我们有了今天衣食无缺的生活。岁月静好的背后,是多少人用宝贵的年华甚至生命换来的。我们今天的青年人可能很难想象顶着肝癌晚期的疼痛,奋斗到生命最后一息是一种怎样的坚持?可能无法理解滚烫的11万斤废旧铁钉,就这样用双手一点点地回收起来是一种怎样的毅力?看到那一个个忘我拼搏的身影,我不禁自惭形秽。我们这一批温室里成长起来的90后,还严重缺乏打磨和历练。

人的感情有时候就像漫天飞舞的柳絮,在你不经意间已经扎根在地,发芽长枝。我对中信重工的感情在短短的日子里不断升华,我已经喜欢上了这个传统企业文化与现代公司气息相互交融的地方。浓厚的企业精神文化氛围,鲜明的时代创新变革气息,无一不让人对中信重工的未来满怀憧憬。

大路朝天。奔跑吧,中信重工!奔跑吧,中国制造!

后　记

更好的征程，其实才刚刚开始

2022年7月13日，一个平淡无奇的日子，但对中信重工注定要被记入史册。

这一天，中信重工召开干部大会，宣布中信集团党委决定：武汉琦任中信重工党委书记、董事长；俞章法不再担任中信重工党委书记、董事长。

中信集团党委书记、董事长朱鹤新在会上指出，中信重工领导班子坚持把党的政治优势、组织优势和红色基因转化为企业的发展动力和竞争优势，努力筑牢国之重器地位，加快推进智能制造转型，经营业绩不断提升，这些成绩是中信重工人团结奋斗的结果，同时也得益于俞章法同志担任主要负责同志以来的辛勤付出。我在这里提议，我们用掌声感谢俞章法同志30多年和中信重工人一起，特别是担任主要负责同志以来带领中信重工取得的优异瞩目成就！

迎着如雷的掌声，已履新中信国安集团党委书记的俞章法激动地站起来鼓掌致谢，致谢这些年和他一起并肩战斗、承压负重、砥砺前行的各位班子成员、各位战友同事，致谢这些年投身公司发展一线、热忱奉献、拼搏奋斗的全体干部员工和员工家属！

武汉琦同志表示，我怀着无比崇敬、忐忑、期待、敬畏的心情来到中信重工，深感责任重大。集团党委的支持给了我信心，中信重工的红色血脉给了我力量，中信重工的团队给了我底气，我将加倍珍惜这难得的政治历练和思想淬炼机会，在中信重工丰富的红色资源中汲取营养，全身心投入到工作中，尽快了解并融入中信重工，成为合格有担当的中信重工人，和大家一起继续努力，在集团党委的领导下，再创佳绩，续写新辉煌。

公开履历显示，武汉琦出生于1971年，毕业于东北大学材料科学与工程系铸造专业，正高级工程师。历经中信戴卡轮毂制造有限公司压铸车间副主任、主任、党支部书记,公司总经理助理兼铸造部经理,公司副总经理等职位,2017 年 4 月升任中信戴卡股份有限公司总经理、党委副书记。

引以为傲的是,作为中国铝车轮行业的开创者,中信戴卡履行国企使命担当,聚焦主业,改革创新,已发展成为全球最大的铝车轮和铝制底盘零部件供应商。

此时此刻,走上中信重工帅位的武汉琦内心其实并不轻松。

作为共和国长子企业和服务国家重大工程、重大项目、重大装备的"国之重器",如何进一步提高政治站位,胸怀"国之大者",在践行国家战略、担当国家使命上有新的建树?

创新是中信重工最显著的特质和最大优势,也是中信重工发展的灵魂和核心驱动力,如何攻克"卡脖子"技术并将技术成果转化为现实的生产力,应用拓展到产业化?

传统行业不是落后行业,传统产品并非落后产品,如何把传统产业、主责主业坚持下去并干好干出彩?

公司正处在高质量发展的关键时期,如何研究应用连续化生产的理念与管理方法,在离散化制造领域形成连续化的管理体系,打造重工的核心竞争优势?

……

这是以武汉琦为班长的新一届领导班子必须直面的严峻课题。

2022 年 9 月 29 日—30 日,中信重工开展新一轮"头脑风暴",围绕高质量发展做出系统性、全局性、变革性的自我审视和研究谋划。武汉琦董事长在讲话中指出,一切伟大成就,都是接续奋斗的结果;一切伟大事业,都需要在继往开来中推进。把公司高质量发展的美好蓝图变为现实,是一场新的长征。我们要坚定信心,做强传统产业、做成风电产业、做大成套产业、做精新兴产业,以更加昂扬的斗志、更加务实的作风,凝心聚力再出发,团结担当向前行。

新的征程火热开启。

中信重工亦将翻开它历史性的一页。

在 2021 年那个浓墨重彩的金秋,中信重工迎来了自己 65 周年的庆典。回首往昔尤其是 2004 年以来的突破性成长,中信重工的历史绝不是简简单单的一家企业的发展史,它是人的命运、时代的命运和国家的命运相互交织的产物,是中国改革开放 40 多年的写照,是中国制造业为其伟大复兴而不懈奋斗的缩影,是中国特色社会主义道路优势、制度优势、理论优势、文化优势在一个制造业企业的彰显。无论是谁,也无论是站在哪个层面上的人,凡是对历史的回望中，除了凄苦与无奈，就是欣喜与泪水的交融了，中信重工的回望属于后者。昨天的、今天的以及未来即将加入的中信重工人，他们创造并将继续创造艰难而辉煌的历史，因而必将被历史铭记。

我非常有幸，和这样一家浴火重生，融入全球化巨变时代的公司，这样一群一往无前的人，有过一段同行时光。

中信重工是一部时代大书。

这部时代大书，注定了是只有开头、没有结尾的长途跋涉，永远写不尽道不完。

全体中信重工人是本书的真正作者。

未来全体中信重工人会书写出什么样的新篇章，值得我们拭目以待。

更好的征程，其实才刚刚开始。

参考文献

[1] 张宝,刘莉.镌刻在 Φ12M 梳齿机上的责任和忠诚 [N].中信重工新闻,2011-9-12.

[2] 梁慧.中信重工登陆 A 股资本市场追记.我与中信 [M].北京:中信出版社,2014.

[3] 石文禹,赵志伟."洋"味儿的背后.洛阳日报 [N].2009-6-13.

[4] 仝亚娜.客户为何给中信重工 1000 万奖金 [Z].北京:中国机电工业,2011.11.

[5] 梁真.长缨在手缚苍龙.我与中信 [M].北京:中信出版社,2014.

[6] 雷利甫,郭峰,张琳等."一带一路"故事 [N].中信重工新闻,2017-6-19.

[7] 张宝.全球矿业发展的里程碑 [N].中信重工新闻,2009-7-20.

[8] 赵志伟,陈曦.一名洛阳"洋专家"的两次巅峰体验 [N].洛阳日报,2015-9-15.

[9] 华方圆.华方圆自述.工人阶级劳动传统的形成[M].北京:商务印书馆,2022.

[10] 张琳."三朵雪花" [N].中信重工新闻,2020-7-19.

[11] 中信重工新闻记者.做有温度的管理者 [N].中信重工新闻,2017-8-10.

[12] 赵志伟,王继辉.沿着焦裕禄走过的路 [N].洛阳日报,2012-3-20.

[13] 王伟群.艰难的辉煌 2 [M].北京:中信出版社,2022.

[14] 赵志伟.给磨机装"大脑"的"后浪"们 [N].洛阳日报,2020-10-14.

[15] 张锐鑫,雷正道,邓永武.中国工业 CT 一顶尖产品在洛诞生 [N].洛阳日报,2019-5-6.